Romeo: Un crossover Dark Knights MC/Blood Fury MC

Edizione Italiana

Jeanne St. James

Traduzione di
Adina Grey

Traduzione italiana a cura: Adina Grey
Copertina a cura: Golden Czermak at FuriousFotog
Modello di copertina: Ché Myers

www.jeannestjames.com

**Iscriviti alla newsletter per avere aggiornamenti sull'autrice
e sulle nuove uscite:
https://www.authorjeannestjames.com (in inglese)**

Nota dell'autore

Romeo, il presidente dei *Dark Knights MC*, è apparso per la prima volta in *Crash: Nel Dirty Angels MC/Blood Fury MC Crossover*.

È tornato ancora una volta nell'epilogo di *Blood & Bones: Easy* (Blood Fury MC, libro 12). Il prologo del libro di Romeo parte proprio da lì.

Lo ritroviamo anche in *Beyond the Badge: Nox* (Blue Avengers MC, libro 6). Ora, finalmente, ha la sua storia. Spero che vi godiate il viaggio... e la caduta di questo rubacuori.

Glossario dei termini

Moto (sled) - gergo da biker per una motocicletta
Gabbia - gergo da biker per un veicolo a quattro ruote invece che a due
Estranei/Casuali - partner sessuali sconosciuti o persone casuali
DAMC - Dirty Angels MC
BFMC - Blood Fury MC
BAMC - Blue Avengers MC
DKMC - Dark Knights MC
NFL - National Football League
NHL - National Hockey League
MLB - Major League Baseball

Elenco dei caratteri

Il Dark Knights MC:
Romeo - Presidente
Bishop - Vice Presidente
Magnum - Sergente delle Armi
Sigh - Segretario
Cue - Tesoriere
Cisco - Capitano della Strada
Sully - Cappellano
Wick - Membro
Slick - Membro
BamBam - Membro
Booger - Prospetto

I Blood Fury MC:
Trip - Presidente
Sig - Vice Presidente
Judge - Sergente delle Armi
Ozzy - Segretario
Deacon - Tesoriere

Cage - Capitano della Strada
Shade - Membro; patrigno di Maddie
Castle - Membro
Easy - Membro

<u>Altri:</u>
Cait - Moglie di Magnum; figlia maggiore di Dawg (Dirty Angels MC)
Chelle - Madre di Maddie; moglie/signora di Shade
Josie - Sorella minore di Maddie
Gabi - Salvata dai Blood Fury MC da un culto a 14 anni, vive con Crash (DAMC) e la sua signora, Liz
Coop - Membro dei Dirty Angels MC; manager del The Iron Horse Roadhouse
Zeke Jamison - "Little Z" o "LZ" - Membro dei Dirty Angels MC; figlio del presidente DAMC, Zak Jamison, e sua moglie/signora, Sophie
Roger Smith - Proprietario del Smith's Sports Therapy & Rehab Center; capo di Maddie
Russo - La Mafia di Pittsburgh, ossia La Cosa Nostra
Autumn/Red - signora di Sig
Stella - signora di Trip

Prologo

Romeo la seguiva con lo sguardo mentre attraversava il cortile dei Blood Fury MC.

La giovane dai capelli biondo fragola e gli occhi grandi, marroni.

Gli stessi occhi di sua madre.

Gli stessi della sorella più piccola.

Non portava i colori di nessuno, nonostante fosse abbastanza grande per essere la donna ufficiale di qualcuno. Da quanto riusciva a capire, aveva solo qualche anno meno di lui.

La sua migliore ipotesi? Doveva avere almeno ventun anni, visto stava bevendo. Non che quello fosse un segnale certo. Romeo dubitava che ai Fury fregasse qualcosa se qualcuno beveva prima dell'età legale.

Magari si sbagliava — succedeva, ogni tanto — dato che aveva sentito dire che Trip, il presidente dei Fury, era piuttosto rigido. Completamente l'opposto di lui, presidente dei Dark Knights.

D'altronde, lui era più giovane sia del presidente dei Fury che di quello dei Dirty Angels. E considerando che adorava fare festa, sempre e senza mezze misure, non era certo il tipo da mettere in riga i membri del club — o chiunque fosse legato al club — a meno che non fosse proprio costretto.

Tanto per quello c'era già il suo sergente d'armi, che pensava a sistemare le cose. Nonostante Magnum non avesse più vent'anni, bastava uno sguardo storto per far tremare qualcuno o per farlo cagare addosso.

Romeo si leccò le labbra, pensando alla moglie di Magnum, giovane e fottutamente sexy.

Quel pensiero lo riportò subito alla donna che stava raggiungendo il gazebo coperto. In quel momento era troppo affollato per avvicinarsi. Non aveva voglia che qualcuno ascoltasse il suo 'gioco'.

Avrebbe aspettato un momento migliore, quando lei non fosse stata circondata da altre persone pronte a rovinargli i piani.

Voleva parlarle in privato. Tirare fuori il suo fascino.

Capire il terreno.

Perché aveva deciso che l'avrebbe avuta prima della fine di quel fine settimana di matrimonio.

Non se ne sarebbe andato da Manning Grove senza una donna disposta a scaldargli il letto. Non doveva nemmeno essere la stessa tutte le notti, non era esigente. Le uniche cose che contavano per lui erano: cosce morbide, tette abbondanti e un culo da urlo.

E una bocca che sapesse fare il suo lavoro. E non parlava di conversazione.

In quel momento non riusciva a ricordarsi il suo nome—tra i tre club, tutte le ragazze disponibili, gli amici e chiunque fosse piombato nella fattoria dei Blood Fury per il matrimonio tra Easy, uno dei Fury, e la sorella del loro presidente — c'erano fin troppe persone da tenere a mente.

Se doveva essere sincero, a lui non fregava proprio un

cazzo del suo nome. Tanto, appena l'avrebbe cacciata dal suo letto, l'avrebbe dimenticato comunque.

Quello che non avrebbe dimenticato, invece, era se la sua figa fosse stretta, quanto si bagnava o quanto fosse brava con quelle labbra morbide e carnose.

Un sorriso gli si allargò sulle labbra mentre chiudeva gli occhi e se la immaginava nuda, distesa sul letto del camper che aveva preso a noleggio. Quello parcheggiato proprio lì, nel campo della stessa fattoria dove si trovava lui.

I motel in città erano tutti pieni per il fine settimana del matrimonio; quindi, non aveva avuto altra scelta che affittarne uno.

A meno che non volesse montare una tenda.

E non parliamo di quella nei pantaloni.

Romeo non dormiva mai per terra. Mai.

A meno che non fosse ubriaco marcio.

O che qualcuno fosse così fortunato da stenderlo con un colpo ben assestato.

Se finiva a terra, che fosse per colpa dell'alcol o di un cazzotto, uno dei suoi fratelli aveva il dovere di spostarlo in un posto più comodo. Era uno dei tanti vantaggi di essere stato eletto presidente.

Nemmeno un'ora dopo, mentre scansionava con lo sguardo la folla e il cortile, la vide di nuovo.

Difficile non notarla.

Il problema era che non era l'unico a guardarla.

Aveva sentito voci su suo patrigno... o qualunque cazzo fosse Shade. Pareva che controllasse le figlie della sua donna come un falco.

Magnum era letale, ma te lo faceva capire in faccia.

Shade invece lo faceva in silenzio.

Era il tipo che ti tagliava la gola e spariva prima ancora che tu capissi cosa fosse successo.

Un attimo respiravi, quello dopo stavi sanguinando per terra.

Dopo un ultimo sguardo alla biondina fragola e al gruppo con cui era, Romeo si allontanò alla ricerca di una birra fresca.

E mentre sorseggiava quella birra, avrebbe messo a punto il suo piano d'attacco.

LA SCHIENA di lei era appoggiata a uno dei pali di legno del gazebo. Sopra la sua testa, c'era l'avambraccio di Romeo, che si sporgeva leggermente verso di lei, abbassando il viso fino a quando i loro occhi si incrociarono.

I suoi grandi occhi marroni brillavano e le labbra si piegarono in un mezzo sorriso, leggermente socchiuse, invitanti.

Ora si ricordava come si chiamava. Aveva sentito un altro uomo pronunciarlo poco prima. Almeno così si evitava di chiederlo e rischiare di essere messo da parte.

Alle donne piace essere ricordate. Nessuna vuole essere dimenticabile.

Anche se, per Romeo, il nome non era proprio in cima alla lista delle cose importanti.

«Quanti anni hai, Maddie?»

«Perché?»

«Voglio solo essere sicuro che sei maggiorenne.»

«Per cosa?»

Perché io e te si possa condividere un po' di sano contatto pelle contro pelle.

«Per essere sicuro che puoi bere quella birra.»

Lei sollevò il bicchiere di plastica rossa. «Intendi questa?»

«Quella.»

Lei se la portò alle labbra e bevve un sorso. Poi sorrise.

«Perché ti interessa quello che faccio? Ho già abbastanza occhi puntati addosso qui con Shade e il resto dei Fury. Non ho bisogno anche dei tuoi.»

«Ti tiene al guinzaglio?»

Lei aggrottò la fronte. «Chi? Shade?»

Romeo annuì e fece un piccolo passo avanti, riducendo ancora di più la distanza tra loro. Per un attimo, il battito evidente che le pulsava sul collo catturò la sua attenzione.

«No, ma non vuol dire che non tenga d'occhio tutto. Tu, più di chiunque altro, dovresti sapere come funziona un club. Chi ha una vagina, per loro, è proprietà da proteggere.»

«E tu non vuoi essere protetta?»

«Non voglio che mi dicano cosa fare. Sono adulta, laureata e sto per iniziare la specialistica.»

Cazzo. Prova evidente che era fin troppo fuori dalla sua portata.

Ma, sinceramente, non voleva parlare di Shakespeare con lei.

Voleva solo soddisfare qualche bisogno umano essenziale.

Tipo procreare.

Senza la parte del 'creare'.

Che lui sapesse, non c'era in giro nessun pargolo col suo DNA che sgambettava su due gambette cicciotte. Si era sempre assicurato di raccogliere quel problema in un preservativo e buttarlo nella spazzatura.

Dove doveva stare.

Lontano da assegni per il mantenimento e condanne da diciotto o ventun anni.

Troppi dei suoi fratelli pagavano ogni mese per aver commesso l'errore di non proteggersi.

Con Madison, voleva farlo in modo sicuro.

Doveva solo convincerla che fosse una buona idea.

E quella, forse, sarebbe stata la parte più complicata.

«Una donna intelligente e indipendente,» mormorò, facendole scivolare le dita lungo il braccio. «Non c'è niente di male, anzi... per me è una cosa che accende.»

La sua pelle liscia si ricoprì di brividi e il respiro le si fece più veloce.

Oh sì. Non era proprio immune al suo fascino.

«Suvvia, Romeo... sono sicura che non ci vuole molto per accenderti.»

Lui scrollò una spalla. «Mi piacciono le donne di ogni tipo. Tutti i colori, tutte le forme, tutte le taglie.» Premette la punta dell'indice contro il suo petto. «Non è l'esterno che mi attira... è l'interno.»

Lei si morse le labbra per un secondo. «Uh huh... E ci resti abbastanza a lungo da scoprire cosa c'è sotto la superficie?»

«Lo sto facendo ora, no?»

«Ne sei sicuro? Io pensavo fosse solo il tuo tentativo di 'ungere i pantaloni', così scivolano via più in fretta.»

Il suo tentativo di che?

Cazzo, doveva alzare il livello se voleva conquistarsela.

Per fortuna, le sfide gli piacevano. E Maddie aveva appena deciso di trasformarsi in una.

Sfida accettata.

«Non c'è niente di male se un uomo vuole stare con una donna così dannatamente bella.»

«Mmm hmm,» mormorò lei.

«Non sto mentendo.»

Lei disegnò un piccolo motivo sul suo petto con il dito. «Romeo...»

Lui le afferrò la mano e se la portò alle labbra. «Dimmi, piccola?»

«Ti dirò una cosa che non racconto a molte persone.»

Oh, cazzo. «Vuoi farmi sentire speciale, raccontandomi un segreto.»

«Potrebbe farti vedere me in modo diverso.»

«Ti piacciono solo le donne?»

Se fosse così, era un bel casino e stava solo perdendo tempo.

Lei si morse il labbro inferiore e scosse la testa.

Perché cazzo lo stava stuzzicando così?

«Allora? Puoi raccontare al vecchio Romeo i tuoi segreti più oscuri.» Si batté il petto con la mano. «Li tengo al sicuro qui e prometto che non li spiffero.»

«Sono vergine.»

Lui sgranò gli occhi e scoppiò a ridere. «Bella questa.» Ora lo stava prendendo per il culo.

Solo che lei non rise con lui. Si limitò ad alzare un angolo della bocca e a fare spallucce.

Lui sbatté le palpebre. *Cristo santo.* «Aspetta... dici sul serio?»

«Pensavo che questa piccola informazione ti avrebbe spaventato.»

«Quindi è una balla.» Perché se era vero, non era affatto una piccola informazione. Era una bomba.

E lui non sapeva se esserne felice o meno.

Quando lei non rispose e distolse lo sguardo dal suo viso per guardare oltre la sua spalla, allo stomaco di lui si formò un nodo.

Forse doveva cambiare piano, perché con le vergini lui non ci giocava.

«È una balla, vero? Quanti anni hai?» Non era ancora riuscito a saperlo. E non c'era modo che...

«Quanti anni hai tu?» ribatté lei.

«Ventinove.»

«Ne dimostri di più.»

Era un complimento o una cazzo di offesa? «E tu?»

Lei sollevò il bicchiere. «Abbastanza grande da poter bere a quanto pare.»

«Quindi ventuno.»

«Aggiungi un anno.»

Ventidue. *E ancora vergine? Impossibile. Doveva essere una cazzata.*

Quale ragazza si laureava ed era ancora vergine?

E poi, lui che ne sapeva?

Quando mai una ragazza del college lo aveva mai guardato due volte?

Mai nella vita.

A malapena era riuscito a prendere il diploma. Non era mai stato abbastanza per quelle come lei.

Nemmeno per una notte.

O per un'ora.

A meno che non lo usassero per una scopata di ripicca.

Il tuo uomo ti ha fatta incazzare? Vuoi fargliela pagare? Eccomi, sono disponibile. Se sei bona, è gratis. Se non lo sei... possiamo trattare.

Non aveva mai avuto problemi con quella roba. Per la donna giusta, si offriva pure volontario. Ma una vergine? Lo stava chiaramente prendendo per il culo.

Decise di stare al gioco e vedere dove voleva arrivare.

«Posso aiutarti con quello.»

«Con cosa?»

Questa stava proprio giocando con lui.

«Con quel fastidioso imene.»

«Non mi ha mai dato problemi. Magari voglio tenermi la verginità finché non trovo l'amore della mia vita.»

«Ah sì? Possiamo anche fingere.»

«Fingere cosa?»

«Che io sia l'amore della tua vita.»

«Tipo che chiudo gli occhi mentre mi spacchi in due e immagino che tu sia qualcun altro?»

Lui trasformò il colpo al petto in una risata. «Cazzo, piccola, mi piaci.»

«E come mai?»

«Cosa c'è da non piacermi? Sei da paura. Hai un culo che voglio sfasciare. E visto che sei brava a scuola, scommetto che impari in fretta. Anche se sei vergine.»

Le sue sopracciglia, dello stesso colore dei capelli, si sollevarono. «Con battute così riesci davvero a portare qualcuna a letto?»

«Di solito non devo nemmeno impegnarmi tanto per scopare.»

«Non con le sweet butts sempre a tua disposizione, immagino. Quelle non possono dire di no, giusto?»

«Possono dire di no.»

«Non se vogliono rimanere sweet butts.»

Aveva ragione. Ma quella non era la direzione in cui voleva andare stasera. Voleva che andassero nella direzione del suo camper.

Gli occhi di lei si spostarono dal suo viso a qualcosa dietro le sue spalle. La sua schiena si irrigidì nello stesso momento in cui lei sussurrò, «Merda.»

Ovviamente anche la schiena di lui si irrigidì, ma prima che potesse voltarsi per capire cosa stesse succedendo, il problema si era già materializzato accanto a loro.

«Andiamo,» ordinò Shade a Maddie, con un tono basso che non lasciava spazio a discussioni.

«Sto bene qui,» rispose lei.

«No che non stai bene. Andiamo, Maddie. Lui non fa per te.»

Romeo si girò verso Shade, restando tra lui e Maddie.

«Perché? Perché sono nero?»

Gli occhi scuri di Shade si strinsero su di lui. «Perché sei un fottuto cane che gira intorno a chi non dovrebbe.»

«È adulta. E mi pare che tu non sia suo padre, quindi non capisco perché puoi decidere tu cosa deve fare,» ribatté Romeo.

Shade rimase immobile come una statua, solo le labbra si mossero. «Il mio compito è proteggerla.»

«Da me?»

«Da chiunque voglia approfittarsi di lei. Dovresti rispettarlo.»

Quello era il discorso più lungo che avesse mai sentito fare al Fury, anche se Romeo non ci aveva avuto molto a che fare. Ma si sapeva che Shade non parlava molto e quando lo faceva, ogni parola era misurata e pesata.

Il contrario di Romeo. A lui piaceva far volare le parole senza pensarci troppo.

«Stiamo solo facendo due chiacchiere, tutto qui.»

La mascella di Shade si irrigidì. Poi si girò verso Maddie, o quello che lei era per lui, non lo sapeva e a dirla tutta, non gliene fregava un cazzo.

«Andiamo, Maddie.»

A Romeo non piacque per niente quando Shade le afferrò l'avambraccio e la tirò via.

«Magari lei non vuole andare, cazzo.»

Romeo percepì un'altra presenza alle spalle prima ancora di vederla. Quel 'qualcosa' era un 'qualcuno'.

Judge. Il sergente d'armi dei Fury.

«Fratello,» fu tutto quello che l'uomo alto e barbuto disse, con voce roca.

Romeo non era sicuro se il monito fosse rivolto a lui, a Shade, o a entrambi.

«Non roviniamo questa giornata. E nemmeno l'alleanza.

Quando sei nel nostro territorio, devi rispettare le nostre regole.»

Romeo aggrottò la fronte e chiese a Judge, «E quale regola non starei rispettando?»

«Quando un uomo non vuole che ci provi con sua figlia, devi rispettarlo.»

«È sua figlia?»

«Quasi. Qui la famiglia non deve essere per forza legata dal sangue, proprio come succede anche nel tuo club, immagino. Se quell'uomo ha un problema col fatto che ci stai provando con la sua ragazza, allora te ne trovi un'altra. Ce ne sono abbastanza in giro questo fine settimana, qualcuna disposta la trovi.»

Chiaro che Judge stava facendo da scudo. Perché mentre il gigante parlava, Shade aveva già convinto Maddie ad andarsene con lui.

Romeo però notò che, mentre lo seguiva, Maddie non sembrava affatto felice.

Aspettò che Judge si voltasse per seguirli, poi si lasciò sfuggire un sorriso.

Non gliene fregava un cazzo di quelle regole, né di cosa pensavano gli altri.

Aveva intenzione di portarsi a letto Maddie.

E col cazzo che avrebbe lasciato quella fattoria finché non ci riusciva.

Che il gioco abbia inizio.

Capitolo Uno

Cinque Anni Dopo...

ROMEO SI STAVA FUMANDO un bel cannone.

Con una bottiglia di whiskey mezza piena sul pavimento, accanto allo stivale, e le ginocchia larghe, era sprofondato nella poltrona, buttata in un angolo della stanza, mentre teneva gli occhi fissi sul letto.

Quando il fumo gli uscì dalla bocca, lo risucchiò su per il naso e lo mandò di nuovo giù nei polmoni, mentre rifletteva su quello che aveva davanti.

Quello che più lo infastidiva era che, a quest'ora, sarebbe dovuto essere duro come il marmo. Avrebbe dovuto avere il cazzo in mano e starlo menando fino a sfiorare quel dolce, sottile limite. Fino a sentirsi pronto a partecipare a quello che stava succedendo sul materasso.

E invece niente.

Per qualche cazzo di motivo, stasera quella scena non gli faceva nessun effetto.

Forse stava male. Anche se non si sentiva malato. Solo...

Annoiatissimo.

E quella consapevolezza rendeva tutto ancora più schifoso.

Le sweet butts non erano una sfida. Bastava dir loro di presentarsi, e lo facevano.

Niente obiezioni.

Niente atteggiamento. Niente carattere.

Solo un'enorme, infinita noia.

Poteva ordinare loro qualsiasi cosa e, se volevano rimanere sweet butts nel club, dovevano farlo. Più o meno.

Di nuovo, noia mortale.

Aveva voglia di una donna — o anche più di una — con grinta e fuoco.

Qualcuna che gli facesse battere il cuore, salire l'adrenalina, e indurire il cazzo fino a fargli male.

Invece, ora come ora, si stava trattenendo a stento dallo sbadigliare.

E nemmeno solo una volta.

Tink e CeeCee erano brave a leccare la figa? A giudicare dai suoni che stavano facendo mentre si divoravano a vicenda in quella posizione a sessantanove, sembrava proprio di sì.

Poteva ordinare a una o a entrambe di venire lì, inginocchiarsi e succhiarglielo fino a farlo venire in gola?

Cazzo sì.

Aveva voglia di farlo?

Cazzo no.

Cristo santo. Qualcosa non andava in lui. Da quando due donne calde, arrapate e che si stavano dando da fare tra loro non bastavano a farlo eccitare?

Se non era malato, allora era rotto.

Perché per lui, tutto questo non era normale.

Forse gli serviva uno strizzacervelli.

O meno whiskey.

Forse, malauguratamente, doveva darsi una calmata pure con l'erba.

Aggrottò la fronte.

Col cazzo. Esagerare non gli aveva mai tolto la voglia di scopare. Di solito era sempre pronto a farlo, anche quando era completamente andato.

E questo era un altro dei tristi fatti di stasera...

Non era nemmeno sballato.

«Baciatevi,» ordinò, prima di rimettersi lo spinello acceso tra le labbra.

Tink sollevò la faccia da tra le cosce di CeeCee, mentre l'altra sweet butt girava la testa. Entrambe lo fissavano con le labbra lucide e gli occhi vitrei.

Lui magari non era ancora sballato, ma loro due di sicuro lo erano.

Cazzo.

Quando si staccarono e si misero sedute, le tette pendevano pesanti e i capezzoli erano duri come pietre.

Le aveva scelte lui, quelle due, pescandole nel solito giro che cambiava ogni volta. Le voleva con le cosce belle piene, che si sfregassero tra loro. Proprio come piaceva a lui.

Niente spazi tra le cosce, cazzo. Non voleva vedere nemmeno un filo di luce passare tra quelle gambe. Quando si infilava tra le gambe di una donna, voleva restare cieco e sordo per un po', perso in mezzo a tutta quella carne.

Ai bianchi piacevano pelle e ossa. Spazi tra le cosce talmente grandi da poterci passare con una Harley.

Romeo non era bianco, né aveva intenzione di esserlo.

Era il fottuto presidente dei Dark Knights. E per far parte del suo MC dovevi essere nero. O almeno di una qualche sfumatura di nero.

Le sweet butts e le signore, ossia le donne reclamate dai

suoi fratelli, invece? Nessun requisito. Potevano essere di qualsiasi colore, bastava che avessero le tette, la figa...

E che la dessero. Di loro volontà.

Tink era asiatica e CeeCee... Non lo sapeva e non gliene fregava un cazzo. Era chiara di pelle, tutto quello che gli importava era che la sua figa fosse rosa e non puzzasse come un cane bagnato.

Porca puttana. Neanche vederle che si leccavano a vicenda e si torcevano i capezzoli gli stava facendo effetto stasera.

Qualcosa doveva cambiare.

O lui, o loro.

Decise che erano loro.

Appena si fermarono dal divorarsi a vicenda la faccia, ordinò, «Fuori.»

«Romeo...» si lamentò CeeCee, con le sopracciglia spelacchiate talmente pinzate tra loro che sembravano una linea sottile disegnata con un dannato pennarello.

«Fuori dai coglioni. Ho chiuso con voi due.»

«Ma noi—»

Non era questo il tipo di atteggiamento che stava cercando. Non era una sfida, era solo una rottura di palle.

«Ho detto fuori dai coglioni! Andate a rompere da un'altra parte, ovunque, ma non qui!» urlò, spegnendo lo spinello tra le dita.

Quando si alzò di scatto, lo stivale urtò la bottiglia di whiskey e la fece rotolare sul pavimento. Almeno non si era rotta, sarebbe stato uno spreco di buon alcol.

Era già abbastanza che avesse sprecato il suo tempo.

«Vi do cinque minuti per sparire da qui.»

Detto questo, si voltò sui tacchi e scese le scale del soppalco, tenendo un orecchio puntato sulle sweet butts per assicurarsi che stessero facendo quello che aveva ordinato.

Scosse la testa quando le sentì agitarsi e domandarsi a vicenda cosa avessero fatto di sbagliato, poi uscì deciso, dirigendosi verso il Dirty Dick's.

Ovviamente ci mise pochi secondi ad arrivarci, visto che il suo posto si trovava proprio dietro al bar dei Knights.

Quella casa era stata di Magnum, prima che l'uomo si mettesse con la sua donna e decidesse pure di farci un figlio.

Anzi, due.

Caleb e Asia erano più piccoli di alcuni dei fottuti nipoti del sergente d'armi. Invece di godersi la vecchiaia, ora si ritrovava a crescere di nuovo dei marmocchi.

Che idiota.

E il peggio? Magnum adesso metteva la famiglia prima del club. Avrebbe dovuto essere lui a gestire il bar, ma chi finiva a farlo, la maggior parte delle volte?

Romeo.

Perché Magnum era sempre introvabile. Per fortuna c'era Wick, il barista e fratello dei DKMC, che riusciva a tenere tutto sotto controllo.

Romeo spalancò la porta sul retro e continuò a camminare. Attraversando la cucina del Dirty Dick's diede un'occhiata veloce per controllare se il locale stasera era pieno.

Ovviamente sì, era sabato sera.

Cristo santo, sabato sera e lui non si stava nemmeno facendo una scopata. Forse nel bar avrebbe trovato qualcuna pronta a cambiare le cose.

Qualcuna con denti affilati e artigli.

«Tutto a posto qui dentro?» urlò, senza nemmeno rallentare il passo.

Sentì qualche «Sì« borbottato qua e là, prima di spingere entrambe le mani contro una delle porte a battente.

L'odore intenso di tabacco ed erba, insieme a un lieve sentore di vomito, gli colpì le narici mentre si avvicinava al lungo bancone, pieno zeppo, che correva lungo il fondo della sala.

Fece un cenno col mento a un paio dei suoi fratelli seduti intorno a un tavolo a giocare a carte, probabilmente rischiandosi l'ultimo fottuto dollaro.

Una differenza tra i Knights e altri club era che loro non avevano una vera e propria clubhouse. Il Dick's era la loro chiesa.

Non era stato pianificato così, ma da quando avevano comprato il posto, le cose erano andate in quella direzione. Prima avevano un edificio di merda che era uno scherzo. E una vergogna.

Ma tutto quello era successo prima che lui entrasse nel club.

Lo Stato aveva sequestrato l'edificio e l'aveva buttato giù quando i Knights avevano smesso di occuparsi della manutenzione e non pagavano più le tasse. Nessuna grande perdita a giudicare dalle foto che aveva visto.

Dovrebbero avere una vera sede, qualcosa che non fosse un bar aperto al pubblico? Probabile.

Gliene fregava qualcosa? Col cazzo.

E ai suoi fratelli? Non aveva mai sentito nessuno lamentarsi.

Diversamente dall'Iron Horse Roadhouse dei Dirty Angels, il Dick's aveva un seminterrato. Lo usavano quando serviva privacy. Per le riunioni ufficiali o del club.

O per pestare qualcuno.

Lo spazio funzionava, era abbastanza versatile, anche se non aveva nulla di elegante.

Come la cucina, anche il bar era pieno stasera. E non solo di fratelli, ma di veri clienti paganti.

Clienti che non si facevano problemi a stare gomito a gomito con biker neri.

Clienti che non si scandalizzavano per il fatto di bere in un bar di proprietà di un MC.

Clienti abbastanza intelligenti da tenersi per sé i commenti di merda sui Dark Knights o sui biker in generale.

Per Romeo, vedere il Dick's così pieno significava che un bel po' di soldi sarebbero finiti nelle casse del club. E anche nelle sue tasche.

Quel pensiero migliorò leggermente il suo umore.

«Wick!»

«Che c'è?» borbottò il vecchio Dark Knight, facendosi largo dietro il bancone.

Romeo sbatté la mano sul bancone rovinato e pieno di graffi. «Dammi un whiskey!»

L'espressione di Wick si contrasse. «Ti sei già portato via mezza bottiglia.»

«E allora? Ora voglio un paio di shot da un'altra bottiglia. Che cazzo ti frega?»

«Mi frega perché posso,» rispose il barista.

Romeo scosse la testa.

L'atteggiamento che voleva da una donna, lo stava ricevendo da Wick.

Detto questo, non aveva nessuna voglia di scoparsi Wick. Il suo fratello del club avrebbe avuto bisogno di tette molto più grosse e di togliersi quel pizzetto dalla faccia.

Senza contare che gli serviva una bella figa pronta a prendersi una bella botta.

Quando il bicchiere pieno gli fu sbattuto davanti sul bancone, un po' di whiskey traboccò. «Jack. Doppio. Liscio,» annunciò Wick, prima di allontanarsi verso l'altra estremità del bancone.

Romeo buttò giù il contenuto in un solo sorso, poi si passò il dorso della mano sulla bocca e le dita sulla barba, per controllare che non ci fossero gocce appiccicate alla sua più grande fonte d'orgoglio.

Forse non poteva più vantarsi di avere una bella chioma, ma la barba folta lo compensava alla grande.

Faceva anche da ottimo alleato alla sua lingua quando si infilava tra le cosce morbide di una donna.

Fu una stretta quando Coral si fece spazio tra lui e il cliente accanto, infilando quei fianchi abbondanti proprio tra loro due.

La sua mano andò automaticamente al culo della sweet butt, afferrandolo senza problemi. «Che c'è, chica?»

Forse avrebbe dovuto invitare Coral nel suo letto stasera. Era la portoricana più focosa che avesse mai conosciuto. E considerando quanto fossero incendiarie le Boricua, non era poco.

Il problema era che lei non amava le scopate a tre. Le faceva se glielo ordinavano, ma lo faceva pesare ogni singolo minuto. Per lui, non ne valeva la pena.

Tutta quell'acidità gli dava il mal di stomaco.

Però era un fenomeno con la bocca e, se non avesse trovato nessun'altra per scaricarsi, poteva sempre chiederle un pompino. Magari anche una scopata veloce contro un muro.

La serata era ancora giovane, quindi aveva tempo per decidere come muoversi.

Le affondò le unghie affilate nella nuca e il suo cazzo si svegliò subito.

«Dov'è che sono finite Tink e CeeCee?»

E subito il cazzo tornò in modalità ibernazione.

«L'hai chiesto a loro?»

«No.»

«E allora perché lo chiedi a me? Sembro forse un cazzo di centralino informazioni?»

«Perché se ne sono andate con te, Rome.»

Si trattenne dall'esplodere. «E quindi?»

Coral sospirò.

Lui le afferrò il mento e le girò la faccia verso di sé. «Hai appena sospirato con me?»

Senza esitare, lei rispose, «Proprio così.»

La lasciò andare. «Vai a prendermi un altro whiskey. Doppio. Liscio.»

«So come ti piace il whiskey.»

«E allora perché cazzo non ce n'è già uno davanti a me?»

«Che cazzo ti rode stasera?»

«Le palle, mi rode. Sono blu come il cielo.»

Lei scosse la testa, ora infastidita tanto quanto lui. «Vuoi che ti aiuti a risolvere il problema?»

La osservò.

La ragazza non aveva nemmeno il riflesso faringeo, quindi, di nuovo, la tentazione c'era.

Il problema era che, se dopo essersi scaricato si sentiva ancora irrequieto, sarebbe stato ancora più incazzato.

Cosa cazzo non andava in lui?

Una volta gli bastava una sweet butt o una scopata occasionale per stare bene.

Da quando era diventato così fottutamente schizzinoso?

Forse era il momento di salire sulla sua moto, farsi un lungo giro e lasciare che il vento gli schiarisse la testa.

Capitolo Due

Era tardi, ma la serata era semplicemente splendida, e soprattutto tranquilla. E quella pace ci voleva proprio, dopo la settimana che aveva passato.

Maddie era seduta a un tavolo da picnic, sotto uno dei lampioni del parcheggio, mentre contemplava l'enorme hamburger che aveva appena scartato. Le venne l'acquolina in bocca mentre lo afferrava con entrambe le mani e se lo portava alle labbra. Un secondo dopo, gli diede il morso più grande che poté.

Chiuse gli occhi e si godette il sapore succoso della carne, la sapidità del bacon croccante, la fetta di formaggio fuso dal retrogusto leggermente acidulo, il contrasto della lattuga fresca e il tocco dolce del pomodoro maturo.

Una perfezione assoluta.

Si meritava quel pasto eccome. La settimana appena finita era stata un inferno al lavoro. Aveva rischiato di licenziarsi almeno cinquanta volte negli ultimi cinque giorni.

Okay, forse stava esagerando. Più o meno quarantasette e mezzo.

Ma chi li conta i dettagli?

Il suo capo al Smith's Sports Therapy & Rehab Center era uno stronzo e un tirchio, quindi erano sempre sottorganico. E questo significava turni massacranti per lei e per i colleghi.

Peggio ancora quando le stagioni sportive delle scuole erano in piena stagione.

I pazienti erano i più svariati: ragazzi che partecipavano a sport scolastici o facevano parte di squadre agonistiche, adolescenti che speravano di farsi notare da qualche reclutatore universitario, studenti di college pronti a sognare un posto tra i professionisti.

Maratoneti... Nuotatori olimpici... Tennisti...

Il numero di atleti con cui lavorava sembrava infinito.

Amava il suo lavoro, semplicemente odiava il posto in cui lo svolgeva. Ogni giorno si ripeteva che doveva resistere, farsi le ossa e accumulare esperienza, per poi ottenere il lavoro dei suoi sogni.

Il suo obiettivo finale? Diventare fisioterapista sportiva dei Pittsburgh Steelers. E se non fosse riuscita a entrare nella famosa squadra di football, avrebbe accettato volentieri un posto con i Pirates, la squadra di baseball. O i Penguins, l'hockey su ghiaccio. Qualsiasi squadra professionistica di quella città che adorava.

Era proprio per quello che si era trasferita da quelle parti.

In più, a Manning Grove c'era poca richiesta per quello che faceva.

Il rumore cupo e profondo di uno scarico aperto la fece voltare di scatto. Un suono fin troppo familiare, visto che, anche se in modo non ufficiale, faceva parte dei Blood Fury MC.

O meglio, era stata reclamata. Solo perché sua madre si era innamorata perdutamente di un membro dei Fury.

«Porca miseria,» le sfuggì dalle labbra quando riconobbe il biker che scendeva dalla Harley.

Si voltò sulla panchina, girandogli le spalle. Non sapeva se lui l'avrebbe riconosciuta, ma non voleva correre quel rischio.

Non aveva nessuna voglia di parlare con lui.

Cinque anni fa si erano detti fin troppe cose. Non aveva alcuna intenzione di riaprire quella storia.

Non stasera.

Mai più.

Tutto quello che voleva era godersi il suo hamburger e le sue patatine. Il problema era che, se lui la avesse notata, difficilmente avrebbe potuto farlo.

Sbirciò dietro la spalla per vedere dove fosse andato.

Ovviamente alla finestra per gli ordini da asporto, idiota. Dove altro sarebbe andato in un posto che fa hamburger?

Eppure, lei mangiava lì spesso e non aveva mai visto Romeo mettere piede in quel locale.

Aveva visto biker dei Dirty Angels? Tutte le volte.

Dei Blue Avengers? Assolutamente.

Ma dei Dark Knights? Per qualche motivo, mai. Quindi si era sentita al sicuro.

A quanto pareva, c'è sempre una prima volta.

Solo che, se proprio avesse dovuto incrociare uno dei Knights, avrebbe preferito chiunque tranne lui.

Aveva sempre saputo che, prima o poi, si sarebbero rivisti, visto che viveva e lavorava proprio al confine con il territorio dei Knights. Eppure, per un anno e mezzo, era riuscita a evitarlo.

A quanto pare, la fortuna stasera l'aveva abbandonata.

Se non respirava, non diceva una parola, non lo guardava e soprattutto evitava il contatto visivo, forse lui non l'avrebbe notata.

E appena se ne fosse andato, avrebbe potuto tornare a godersi il suo hamburger e il meritato momento di pace e silenzio.

Meglio un hamburger freddo che un biker troppo caldo.

Il problema era che quel biker era un donnaiolo fatto e finito. Uno che trattava le donne come se servissero solo a una cosa.

O a un paio di cose, a seconda delle capacità.

Cinque anni fa, le sue capacità erano piuttosto limitate.

Voleva fare esperienza, scoprire cose nuove. Aveva solo scelto l'uomo sbagliato per farlo. Avrebbe dovuto aspettare qualcuno a cui tenesse davvero. E che tenesse a lei.

Un errore suo.

Ma gli errori servono a imparare e crescere. E le: quell'esperienza l'aveva sfruttata proprio così.

La lezione più grande?

I biker egoisti e misogini, convinti che il sole sorgesse e tramontasse su di loro, non facevano per lei.

Negli anni, era cresciuta anche nella sua sessualità.

Romeo aveva «rotto il sigillo«? Certo.

Aveva approfittato di lei?

Sospirò. Forse sì, forse no. Lui aveva colto l'occasione, proprio come aveva fatto lei.

La verità? Non poteva dare la colpa a nessuno se non a se stessa.

Ma non per questo voleva ripetere l'errore Romeo.

Si vive e si impara.

Per non farsi notare, rimase immobile, le orecchie tese e lo sguardo rivolto altrove.

Sono invisibile.

Sperava che lui si concentrasse solo sul panino e se lo sbattesse giù in gola prima che si raffreddasse.

Intanto, il suo si stava già raffreddando mentre aspettava che lui se ne andasse.

La schiena si irrigidì e strinse i denti quando sentì il suono inconfondibile della ghiaia schiacciata da stivali pesanti da biker che si avvicinavano.

Il tavolo da picnic tremò leggermente quando l'uomo da cui si stava nascondendo — a vista — si sedette dall'altro lato.

Sentì il fruscio della carta mentre lui scartava il panino.

Santo cielo. Chi avrebbe mai detto che immaginarsi invisibile non funzionava?

Inspirò, si preparò e si girò verso di lui, solo per trovarlo che la fissava mentre masticava.

Dopo aver ingoiato il boccone, fece stridere la cannuccia contro il coperchio di plastica sottile, facendola scorrere su e giù più volte.

Purtroppo, quel ritmo costante e fastidioso le ricordò il sesso.

«Cazzo, è proprio buono,» commentò lui, soddisfatto, dopo aver accompagnato il boccone con un lungo sorso di limonata fresca.

Si era dimenticata quanto fosse profonda e calda la sua voce.

Si era dimenticata anche del suo odore, una miscela di pelle, scarico e un pizzico di colonia. Non troppo forte, a differenza della sua personalità.

E, senza dubbio, si era dimenticata di quanto potesse essere intenso quell'uomo seduto davanti a lei.

«E tu saresti?» gli chiese sarcastica.

Lui sbuffò, scosse la testa e diede un altro morso gigante al panino.

Maddie lo guardò mentre si passava la lingua sulle dita per raccogliere il succo che colava.

Afferrò subito un tovagliolo dal suo mucchietto e glielo lanciò, anche se ormai era troppo tardi.

E mentre la notte si faceva più fredda, guardare cosa faceva con quella lingua le fece salire il calore.

Un caldo fastidioso.

Dovevano essere gli ormoni, anche se era troppo giovane per avere una vampata di calore.

«Che ci fai qui, Romeo?»

Si dimenticò per un attimo del panino, lo tenne sospeso tra le dita e disse, «Divertente, stavo per chiederti la stessa cosa.»

«Sono qui a cenare.»

Lui sollevò il panino. «Anch'io.»

«Cercavo pace e tranquillità.»

Lui scrollò le spalle e ripeté, «Anch'io.»

«Non ti ho mai visto qui.»

Un sorriso malizioso gli si disegnò sulle labbra piene. «Nemmeno io.»

«Sono sorpresa che ti ricordi di me.»

Lo fulminò con lo sguardo, avvertendolo, «Non osare dire nemmeno io.»

«Difficile dimenticare chi ha dato via—»

Lei alzò la mano per fermarlo. «Non farlo.»

Posò il panino, si prese un altro lungo sorso della sua bibita dolce, infilò in bocca quattro patatine e masticò, poi chiese, «Che ci fai qui, Maddie?»

Fece scorrere una mano sopra il suo hamburger mezzo mangiato e le patatine a malapena toccate. «Sto cenando. Mi sembrava ovvio.»

«Sai bene cosa intendo. Che ci fai qui?»

«Vivo qui. Beh, non *qui*,» indicò il terreno, «ma da queste parti.»

Lui inarcò appena la testa. «Da quando?»

«Da quando ho caricato la macchina e sono venuta a vivere qui.»

Le sue narici si allargarono e le labbra si strinsero. «Bella risposta.»

«Era una risposta, solo che a te non è piaciuta.»

«Nessuno mi ha detto che ti sei trasferita qui.»

«Non sapevo ti fossi iscritto alla newsletter. Hai controllato nella cartella spam?»

Quando lui riprese a parlare, non riuscì a capire se il commento le fosse passato sopra la testa o se avesse semplicemente scelto di ignorarlo.

«L'ultima volta che ho controllato, fai parte di un club alleato dei Knights. Un avvertimento sarebbe stato gradito, così potevamo tener d'occhio la situazione.»

«Vedi, forse è proprio questo il problema... Io non ho bisogno che nessuno mi tenga d'occhio.»

Lui non sembrava convinto. «I DAMC sanno che vivi qui?»

«Lo sanno, ma non perché qualcuno li ha avvertiti. Solo perché mi capita di incrociarli spesso.»

Se c'era stato un avvertimento ufficiale, nessuno glielo aveva riferito.

La fronte di lui si corrugò così tanto da ricordarle il Grand Canyon. «Te la fai con loro?»

Il senso nascosto nella domanda era fin troppo chiaro. Non le stava chiedendo se passasse del tempo con gli Angels, ma se si stava scopando qualcuno di loro.

A dire la verità, che fosse sì o no, non erano affari suoi.

Ma col tempo aveva imparato quanto potessero essere testardi quei biker. Se non gli avesse dato una risposta decente, lui avrebbe continuato a insistere finché non ne otteneva una che ritenesse soddisfacente.

Magari, dandogli quella risposta, se ne sarebbe andato prima.

«Ogni tanto bevo qualcosa all'Iron Horse. Ma non me la faccio con loro. Non voglio essere la donna di nessuno o... qualsiasi altra cosa.»

Quel «qualsiasi altra cosa« racchiudeva tutto ciò che una donna poteva essere in un MC. Tutto tranne un membro effettivo. Perché, che orrore, i diritti uguali spaventavano i grandi, duri motociclisti.

Beh, a parte i Blue Avengers. Per quanto ne sapeva, ormai avevano almeno due donne tra i membri, ma i BAMC erano più un club di motociclisti che un vero e proprio stile di vita.

Studiò l'uomo dall'altra parte del tavolo da picnic. Essere un biker lo definiva. Era quello che era, e quello che sarebbe sempre stato.

Un po' come la Mafia, entrare o uscirne non era semplice.

Anche se, al contrario della Mafia, per essere libero non dovevi per forza morire.

Di solito.

Anche se non voleva quella vita per sé, voleva bene a tutti i membri dei Blood Fury MC. Erano la sua vera famiglia e avevano accolto completamente Maddie, sua madre e sua sorella minore. I membri, le loro donne, e forse persino alcune delle sweet butts, avrebbero fatto qualsiasi cosa per lei. E lei non avrebbe esitato a fare lo stesso per loro.

A dire il vero, erano le persone più leali che conoscesse.

Quando Shade e sua madre si erano trovati...

Chiuse gli occhi.

Un giorno sperava di trovare un amore così.

Un uomo devoto solo a lei. Come lei lo sarebbe stata per lui.

Sì, quello desiderava. Non uno che infilava il cazzo in ogni buco disponibile.

Romeo viveva come se dovesse segnare un certo numero di tacche sulla testata del letto prima che il tempo scadesse. Come se fosse una gara contro la morte.

Era stato utile per togliersi il pensiero. Ma una volta finita la «missione«, lei aveva voltato le spalle.

O meglio, aveva fatto la classica camminata della vergogna.

Per fortuna, nessuno l'aveva vista uscire traballante dal camper di Romeo, con i vestiti sgualciti e i capelli in disordine. E se qualcuno l'aveva vista, aveva tenuto la bocca chiusa.

Se i Fury avessero saputo che era stata nel camper di Romeo quel fine settimana, a perdere la verginità, probabilmente sarebbe scoppiata una guerra tra almeno due dei club, se non tra tutti e tre.

Non aveva dubbi che Romeo sarebbe stato trascinato fuori dal suo camper a noleggio e usato come esempio. Da Trip, il presidente dei Fury, o da Shade.

E poi lei sarebbe stata la causa di quel casino.

E forse avrebbe distrutto l'alleanza tra i club.

Tutto perché era stata egoista e aveva voluto risolvere un «problema« che, con il senno di poi, non era mai stato un vero problema.

All'epoca era stata così sciocca da pensare che si stesse perdendo qualcosa.

Che fosse imbarazzante essere una laureata che non era ancora andata «fino in fondo.»

Eppure, creare caos era l'ultima cosa che desiderava al matrimonio di Easy e Tess, quindi, dopo, si era allontanata da quel camper e aveva evitato Romeo per il resto del fine settimana.

Nonostante lui avesse tentato più volte di attirare la sua attenzione.

Non voleva che nessuno iniziasse a sospettare e a fare domande.

A scavare più a fondo per capire perché non aveva dormito nel suo letto quella notte.

A chiedersi come mai fosse rientrata a casa prima dell'alba, non proprio nello stesso stato in cui era uscita, anche se indossava gli stessi vestiti.

O peggio ancora, a fare la domanda più grossa di tutte...

Perché proprio Romeo?

Capitolo Tre

«Come mai ti sei trasferita qui?» La domanda di Romeo riportò Maddie al presente.

«Mi è stato *fortemente consigliato* di vivere e lavorare in una delle zone coperte dall'alleanza dei MC.»

Visto che l'«alleanza» comprendeva tre club — i Blood Fury, il club di cui faceva parte suo patrigno, i Dirty Angels e i Dark Knights, ovvero il club di Romeo — praticamente poteva scegliere quasi tutta la parte ovest della Pennsylvania.

Raccolse il suo hamburger e ne addentò un altro pezzo. Anche se ormai non era più caldo, era ancora buonissimo e sarebbe stato un crimine sprecare un Bangin' Burger.

«Se è vero, potevi anche farti viva e dirmi che eri da queste parti.»

«Non era obbligatorio,» rispose, dopo aver inghiottito il boccone.

E, sinceramente, se avesse insistito abbastanza, le avrebbero permesso di andare ovunque.

Permesso.

Sospirò mentalmente. Come se avesse bisogno che qualcuno le desse il permesso per fare qualcosa. A ventisette anni era adulta, si manteneva da sola e sapeva benissimo prendere decisioni.

Per fortuna, Pittsburgh le piaceva, e adorava le squadre sportive legate alla città, quindi il trasferimento combaciava perfettamente con quello che voleva.

Aveva solo lasciato che Shade e sua madre credessero che stava seguendo i loro desideri, così erano felici e non si preoccupavano per il fatto che si stava allontanando da Manning Grove.

E dagli occhi da falco di Shade.

Capiva perché si preoccupavano. Dopo anni passati a gestire i pazzi della montagna, ovvero quelli di Hillbilly Hill, i Fury erano diventati iperprotettivi.

Ma la spina nel fianco dei Fury, la setta chiamata Shirleys, ormai non esisteva più, e il club non aveva più nemici.

Almeno per il momento.

«Dai la colpa a tuo padre per averti obbligata a restare nella zona dell'alleanza?»

Si era dimenticato? O semplicemente non le aveva mai prestato attenzione?

«Shade non è mio padre. Mio padre è morto mentre era in servizio nell'esercito.»

«Magari non ha piantato lui il seme, ma il compagno di tua madre è intervenuto per aiutare a crescerli.»

Ecco, la prova che non le aveva mai prestato davvero attenzione.

«Ti sei perso la parte in cui io avevo già vent'anni quando è entrato nelle nostre vite.»

«L'età non conta un cazzo. La famiglia è famiglia, a prescindere. Non ti piace Shade?»

«Adoro Shade, ma non è mio padre, come lo chiami tu.»

Anche se lui si comportava come se Maddie e sua sorella Josie fossero davvero figlie sue.

In realtà, era più protettivo di tanti padri biologici.

Ma aveva le sue ragioni, che non avevano nulla a che vedere con il fatto di essere un Fury. Era stato rapito da bambino e venduto come schiavo sessuale.

Per quello Shade e sua madre avevano anche «adottato« Jude, che Maddie ormai considerava a tutti gli effetti suo fratello, dopo che Shade lo aveva trovato rinchiuso in un seminterrato, chiuso in una gabbia, in attesa di essere venduto all'asta.

Il cuore le accelerò solo al pensiero di quella situazione terribile e di quanto più distrutto sarebbe Jude oggi se Shade non l'avesse salvato in tempo.

Già così, suo fratello combatteva ogni giorno contro i traumi e i pensieri oscuri di quell'esperienza, aggravati dalla perdita della madre.

Tutta colpa di malati e pervertiti.

«Stronzate semantiche, ragazza.»

Cosa? Doveva restare concentrata.

Soprattutto con l'uomo seduto davanti a lei.

Romeo era scaltro e, prima che se ne accorgesse, l'avrebbe convinta a togliersi i vestiti e finire di nuovo nel suo letto.

«A proposito di semantica... Non sono una ragazza. Non lo ero neanche quando mi hai conosciuta la prima volta, e non lo sono adesso, Rome.»

«Donna, allora,» la corresse.

«Il punto è che a Manning Grove non ci sono abbastanza opportunità per quello che faccio. Le possibilità erano migliori qui, vicino a Pittsburgh.»

Quando inclinò leggermente la testa, lo sguardo gli scivolò dai suoi capelli al petto, fermandosi solo quando il tavolo gli impedì di vedere altro.

«Che fai di preciso?»

Ma davvero gli interessava? O stava solo cercando di lavorarla?

«Sono una fisioterapista sportiva.»

«Una cosa?»

«Fisioterapista per atleti,» spiegò Maddie. «Sai cosa sono gli atleti, vero?»

Lui grugnì in risposta alla sua domanda ma non abboccò. «Dove lavori?»

«In un centro di riabilitazione, ma spero di farmi assumere da una grande squadra sportiva.»

La sua fronte si increspò. «Che tipo di squadra?»

«Una professionistica. Preferibilmente della NFL o della MLB.»

«Tipo gli Steelers o i Pirates?»

«Visto che sono squadre professionistiche, direi di sì.»

Sapeva di essere sarcastica, ma non sentiva il bisogno di spiegarsi o di giustificare la sua carriera, soprattutto davanti a Romeo.

Da quando mai lui si era interessato veramente a qualcuno che non avesse un cazzo tra le gambe? Era più che sicura che fingesse di interessarsi giusto quel tanto che bastava per convincere le donne a cedere.

La sua fama lo precedeva, le donne le usava solo per soddisfare sé stesso.

Magari, negli ultimi cinque anni, era cambiato.

Aspetta...

Alzò lo sguardo al cielo scuro. *Che, per caso, era appena passato un maiale volante?*

Il suo «Perché?» la riportò alla conversazione.

«E perché no?» ribatté lei.

«Ti piace lavorare con gli uomini?»

Perché dava per scontato che gli atleti fossero tutti uomini? «Mi piace lavorare con... le persone. Di ogni tipo.»

Amava aiutare gli altri a guarire da un infortunio o a diventare il miglior atleta possibile.

Sua madre era stata la prima a stupirsi quando Maddie aveva scelto quella carriera, visto che lei non era mai stata un'atleta. A scuola non aveva mai corso, né aveva mai fatto parte di squadre come pallavolo, softball o hockey su prato.

Ma aveva sempre ammirato la dedizione e il duro lavoro che servivano per diventare un atleta di alto livello.

Per lei sembrava troppa pressione da sopportare. Ma non aveva mai giudicato chi inseguiva quel sogno. Anzi, era felice di aiutarli a realizzarlo.

«Ci guadagni bene?»

«Me la cavo.»

Ma avrebbe potuto guadagnare molto di più una volta accumulata l'esperienza necessaria. Per quello doveva stringere i denti e restare da Smith's, a meno che non si presentasse un'occasione migliore.

Continuava a ripetersi che quel lavoro era solo un trampolino verso opportunità più grandi e migliori.

«Già?»

«Già,» ripeté lei a bassa voce.

«Tocchi gli uomini?»

Sospirò mentalmente. Doveva aspettarselo che non avrebbe lasciato perdere quel punto.

«Tocco un sacco di persone.»

«Tipo uomini.»

«Sì, tocco gli uomini. Ma non in modo inquietante, Romeo. Quello lo lascio fare a te.»

Mangiò altre patatine. Anche se fredde, non le avrebbe certo sprecate.

«Non toccare gli uomini.»

Alzò lo sguardo dal cibo e lo fissò. «Intendevo le donne.»

«Non toccare nessuno che tu non voglia che io tocchi poi.»

«Probabilmente se ne pentono solo dopo.»

«Cristo, donna.»

Lei si strinse nelle spalle. «Ho forse torto?»

«Ti sei pentita che ti ho toccata?»

«Non voglio ferirti,» lo avvertì, anche se non era sicura che Romeo avesse davvero dei sentimenti.

La fissò, sbattendo le palpebre.

Lei gli rivolse un sorrisetto.

Lui aggrottò la fronte.

Il sorriso le si allargò.

Lui strinse ancora di più lo sguardo, lasciando il panino dimenticato sul tavolo. «È stato fantastico, vero?»

«Fantastico è... generoso.»

Raddrizzò la schiena di scatto e sollevò il mento barbuto. «Che cazzo vuoi dire?»

Lei si strinse nelle spalle e puntò una patatina verso di lui. «All'epoca non avevo termini di paragone. Ora sì.»

Se la infilò in bocca e masticò con calma.

«Ora sì?» esplose lui. «Che cazzo significa?»

«Devo spiegartelo per forza?»

Gli occhi scuri di Romeo si strinsero e lei giurò che la sua voce scese di almeno un'ottava quando chiese, «Quanti?»

Maddie sostenne il suo sguardo con il proprio. «E che importanza ha?» Quella era una questione che riguardava solo lei.

«Nessuna.»

«Sembra di sì, altrimenti non l'avresti chiesto.»

Aveva appena digrignato i denti?

Il donnaiolo si infastidiva all'idea che qualcun altro potesse scoparsi una donna?

O più probabilmente, che una donna andasse a letto con qualcuno che non fosse lui?

Che stupidaggine. Avevano scopato cinque anni prima. Una volta sola.

Fu stato un errore.

Non perché lui fosse stato pessimo a letto. Anzi, poi aveva scoperto che era stato meglio della maggior parte.

L'errore era stato farlo con lui per il motivo sbagliato.

E quel motivo la rendeva egoista quanto lui.

«Vuoi venire a casa mia?»

Cosa? Parlava sul serio? Quel tizio non sapeva proprio leggere l'atmosfera... o il tavolo da picnic.

«Hai davvero una casa? O parli di una stanza nella «chiesa« dei Knights?»

«Abbiamo un bar. Non è un fienile con un appartamento dietro, come i Fury.»

«Vivi in un bar?»

«Dietro un bar.»

«In una casa vera?» *Romeo era forse un minimo addomesticato e non completamente un gatto randagio?*

«Quattro mura e un tetto, quindi suppongo che si possa chiamare così. Cambia qualcosa per farmi dire sì?»

«No.»

«E allora?»

«Quella era la mia risposta.»

«Pensavo avessi bisogno di un promemoria su quanto fosse stato bello. Sono disposto a darti quel promemoria.»

Riuscì a fatica a non alzare gli occhi al cielo. «Non prenderla sul personale, Rome. È normale che la prima volta non sia eccezionale.»

Soprattutto se lo fai con qualcuno con cui non hai nessun legame emotivo.

Avevano flirtato e scherzato. Lei lo trovava attraente e, da quanto diceva lui, era lo stesso anche per lui.

Ma il legame finiva lì.

Aveva pensato che, tra tutti, Romeo — notoriamente un donnaiolo — fosse quello che si sarebbe fatto meno problemi sul fatto che lei non avesse esperienza.

E aveva anche pensato che, essendo così egoista e concentrato solo sui suoi bisogni, avrebbe tirato dritto senza preoccuparsi troppo se per lei fosse stato imbarazzante o scomodo.

O per entrambi, a dirla tutta.

Inoltre, non voleva «rompere il sigillo« con qualcuno che avrebbe rivisto regolarmente.

Era certa che un paio di membri dei Fury senza donna si sarebbero fatti avanti più che volentieri per aiutarla con il «problema.»

Ma sapeva anche che per loro sarebbe stato rischioso se Shade l'avesse scoperto.

E poi, dopo essersi visti nudi, sarebbe stato ancora più imbarazzante guardarli negli occhi.

Più importante di tutto, non cercava una storia con un biker. Né con un Blood Fury, né con un Dirty Angel, né con... incrociò lo sguardo di Romeo... né con un Dark Knight.

Quando avrebbe trovato l'amore della sua vita, quello non avrebbe indossato un giubbotto di pelle né sarebbe salito su una Harley.

Ma per trovare l'amore della sua vita, avrebbe dovuto cercarlo.

E lei non lo stava facendo.

In questo momento, la sua priorità era la carriera e farsi assumere da una squadra professionistica.

Voleva dimostrare a sé stessa di poter ottenere qualsiasi cosa si mettesse in testa.

Come gli atleti professionisti, aveva un obiettivo e ci stava correndo incontro.

Non voleva inciampare lungo il percorso.

O finire con un uomo convinto di poterle dire cosa fare e come farlo.

«Allora?» la incalzò di nuovo.

«Grazie per l'invito. Per quanto sia difficile resistere a una proposta così generosa, devo rifiutare.»

«Va bene anche a casa tua.»

«Per cosa?»

«Per un bis.»

«Ti sei perso questa parte a scuola, ma non posso perdere la verginità una seconda volta.»

Non si era accorta che le sue labbra potessero diventare così sottili.

Lui allungò il braccio sopra il tavolo con la mano aperta e il palmo rivolto verso l'alto.

Lei aggrottò la fronte, perplessa. «Cosa vuoi? Il resto del mio hamburger?»

«Telefono.»

«Per cosa?»

«Ti do il mio numero. Se ti serve qualcosa, chiamami.»

«Tipo se ho bisogno di farmi una canna o di ubriacarmi abbastanza da finire in una rissa? O magari cerco solo una scopata senza impegno?»

«Maddie...» gli ringhiò. «Mi chiami se sei nei guai, cazzo.»

«Ah, capisco. Quindi il nome Knight nel tuo club non è solo un caso.»

Si alzò dalla panchina, le afferrò il telefono dal tavolo e, prima che lei potesse schivare il gesto, le piazzò lo schermo davanti al viso per sbloccarlo, poi iniziò a scorrere.

«Posso riavere il mio telefono?» gli chiese, il più calma possibile, anche se dentro sentiva salire il panico.

«Quando ho finito.»

Ecco, questo era esattamente il tipo di uomo che non voleva. Uno che imponeva, controllava, decideva per lei.

«Questo è furto.»

«Non te lo sto rubando. Lo sto solo prendendo in prestito.»

Romeo continuò a trafficare con il telefono. Probabilmente stava memorizzando il suo numero tra i contatti.

Quando ebbe finito, sentì il cellulare di lui squillare.

Merda.

Ora aveva anche il suo numero.

Avrebbe dovuto lanciarsi sul tavolo e riprendersi il telefono prima che succedesse.

Senza preavviso, le lanciò il telefono. Per fortuna, i riflessi di Maddie furono abbastanza pronti da afferrarlo al volo.

Non si disturbò nemmeno a cancellare il nuovo contatto, tanto ormai lui aveva il suo numero.

E, a essere onesti, non era un ragazzo che le stesse antipatico. Anzi, era il contrario.

Ma non era l'uomo giusto per lei.

Anche se il sesso non era stato male.

Il problema era che, se avesse ceduto di nuovo alla tentazione, lui avrebbe capito quanto in realtà le fosse piaciuto la prima volta.

Era stato imbarazzante e scomodo? All'inizio sì.

Ma sorprendentemente, lui si era assicurato che non durasse a lungo.

Con la sua reputazione, non si sarebbe mai aspettata che si preoccupasse di qualcun altro oltre sé stesso.

Eppure lo aveva fatto.

Ed era proprio quello che l'aveva più destabilizzata in tutta quella storia.

Capitolo Quattro

Possibile che fossero già passati cinque fottuti anni dall'ultima volta che l'aveva vista?

Le poche volte in cui i club si erano ritrovati insieme, aveva chiesto notizie su di lei, ma senza farsi notare o destare sospetti.

Gli avevano detto che era via per studiare.

Quando avevano scopato durante il fine settimana del matrimonio di Easy, lei era già laureata.

Il che significava che aveva continuato con gli studi.

Forse gliel'aveva anche detto a suo tempo, ma la sua istruzione non era certo stato l'argomento che lo interessava di più in quel momento.

Eppure, questo gli ricordava che lei già allora era fuori dalla sua portata...

Ora? Probabilmente aveva un titolo universitario impressionante, al contrario del suo diploma spiegazzato e macchiato, preso per il rotto della cuffia.

Gli serviva davvero quel cazzo di pezzo di carta? Col cazzo. Si era costruito la sua strada senza bisogno di usarlo.

Magari in certi ambienti non era considerato «di successo«, ma non gliene fregava un cazzo di cosa pensassero gli altri.

Romeo forse non aveva la testa per i libri, ma sapeva come cavarsela per strada. Come gestire il suo MC. Come fare soldi. E come restare vivo.

E quello, per lui, era più importante.

Gli bastava essere rispettato come presidente di un MC in continua espansione, che ormai contava trentadue membri.

La loro fratellanza ora era più numerosa sia dei Dirty Angels che dei Blood Fury, anche se questi ultimi li stavano quasi raggiungendo.

Anche se i tre MC dell'ovest formavano un'alleanza potente, a lui interessava di più rafforzare il proprio club. Così, in caso di necessità, i Knights non avrebbero dovuto dipendere da nessun altro.

E li avrebbe resi una forza con cui fare i conti, nel caso un nuovo presidente dei Fury o degli Angels avesse deciso di voltare loro le spalle e tentare di rubare il territorio dei Knights.

Avere i numeri dalla propria parte rendeva tutto più difficile. Se non impossibile.

Romeo non era un fottuto idiota.

Sapeva bene che il prossimo a prendere in mano il martello degli Angels era il figlio di Z, Zeke.

Zak aveva un carattere rilassato e una buona testa per gli affari dei biker, ma suo figlio era giovane e presuntuoso.

E a quanto pareva, il piccolo Z già combinava cazzate. Quel ragazzo doveva darsi una calmata prima di prendere il comando di un MC con anni di storia e rispetto alle spalle.

Un presidente sbagliato poteva distruggere un club.

Uno giusto poteva renderlo invincibile.

Lui si considerava della seconda categoria. E credeva che

anche i suoi fratelli la pensassero così, visto che continuavano a rieleggerlo presidente anno dopo anno, da quando il vecchio aveva lasciato.

Stava pian piano rinnovando il consiglio direttivo con sangue giovane, ma c'erano ancora alcuni vecchi che resistevano.

Come Magnum.

Anche se il suo sergente d'armi aveva stretto ancora di più il legame con i DAMC mettendosi con Cait, la figlia di uno degli Angels, con la quale ebbe due figli.

Non sarebbe stato male rafforzare lo stesso legame con i BFMC.

Solo che lui non stava cercando di «sistemarsi« con una donna.

Di sicuro non cercava una cazzo di moglie né dei pargoli che gli girassero tra i piedi. A trentaquattro anni stava ancora vivendo la vita al massimo e aveva ancora molta strada da fare prima di legarsi a una sola donna e mandare tutto a puttane.

Poteva avere una donna fissa e continuare a scopare in giro?

Certo che sì. Ma si sarebbe solo creato un mare di grattacapi che non aveva nessuna voglia di affrontare.

Sfortunatamente, la maggior parte delle donne non amava condividere.

La vita era molto più semplice se si limitava alle sweet butts, alle tipe di passaggio e agli incontri occasionali che poteva togliersi di dosso con facilità.

Mentre parcheggiava la sua moto nel retro del Dirty Dick's e costeggiava l'edificio, il ricordo di Maddie nuda, distesa sul letto nel suo camper a noleggio, gli balenò nella testa.

Ancora non riusciva a credere di averla incontrata stasera.

Parcheggiò accanto al lato della sua casa e spense il motore.

No, non riusciva a credere che lei vivesse lì da un anno e mezzo — a quanto aveva detto prima di andarsene — e che nessuno gliene avesse mai parlato.

Se una donna del club dei Knights si fosse trasferita più a nord, lui avrebbe subito chiamato Trip per avvisarlo, così potevano tenerla d'occhio.

Questo fanno gli alleati, si coprono le spalle a vicenda.

E questo valeva anche per la famiglia e per le donne legate ai club.

Scese dalla moto e, una volta coi piedi a terra, tirò fuori il cellulare dalla tasca interna del giubbotto e controllò l'ora.

Erano passate le otto. Il vecchio poteva già essere a letto.

Mandò comunque un messaggio a Magnum, *Lo sai che Maddie dei Fury vive qui?*

Poi rientrò in casa e appoggiò il telefono sul bancone, mentre si prendeva una birra fresca dal frigo.

Quando svitò il tappo della birra, lo lanciò nel cestino centrando il bersaglio come una star dell'NBA, poi si scolò circa un terzo della bottiglia. Proprio in quel momento arrivò la risposta.

Come previsto, breve e diretta. *No.*

Romeo rispose subito, *Ti ho svegliato, vecchio?*

No.

Sbottò in una risatina. Magnum odiava mandare messaggi, quindi solo il fatto di doverlo fare probabilmente gli rodeva il culo nero.

Pensi che Z lo sappia?

Perché cazzo lo chiedi a me e non a lui?

Romeo scosse la testa e sorrise. *Ti si è gonfiata la prostata o cosa? Dovresti farla controllare.*

Voglio vedere se mi abbassi i pantaloni per controllarla tu la prossima volta che ci vediamo.

Romeo lo avvertì, *Non minacciarmi con un buon momento, vecchio.*

Poi cercò il numero di Z nei contatti e mandò un messaggio al presidente degli Angels. *Lo sapevi che Maddie dei Fury vive qui?*

Quando arrivò la risposta, Romeo era già alla seconda birra e steso sul divano in boxer, mentre faceva zapping tra canali senza senso, cercando qualcosa che gli facesse dimenticare la donna che aveva incontrato quella sera.

Forse il porno era la soluzione. Forse era l'unica cosa in grado di distrarlo. Soprattutto considerando che la formosa ex biondo fragola gli si era rimasta piantata nel cervello.

Con le luci del Bangin' Burgers era difficile dirlo, ma giurava che ora i suoi capelli fossero più scuri.

A dire la verità, non gliene fregava un cazzo del colore dei capelli. Poteva essere anche rosa acceso, sarebbe stata comunque sexy da far male.

Anzi, ora che aveva messo su qualche curva in più rispetto all'ultima volta che l'aveva vista, gli sembrava ancora più attraente.

All'epoca era un po' troppo magra per i suoi gusti.

Adesso?

Sbuffò piano.

Cristo santo, una perfezione assoluta.

Il messaggio di Zak lo strappò dai pensieri perversi.

Già, lo sapevo. Che c'è? Problemi?

Romeo scrisse, *Trip te l'ha detto lui?*

Shade me l'ha detto, fu la risposta.

E perché non l'ha detto anche a noi?

Perché lo chiedi a me? Chiedilo a lui.

Era tentato di rispondere come aveva fatto con Magnum,

ma Romeo doveva mantenere i rapporti tra i club tranquilli. Una cosa era scherzare tra fratelli.

Un'altra era farlo con il presidente di un altro club, anche se lui e Z erano in buoni rapporti.

Devo preoccuparmi?

Il problema era che i Fury non avevano sentito il bisogno di avvisarlo che una delle loro si era trasferita lì.

Ma, a quanto pareva, l'unico che si faceva problemi era lui.

No, nessun problema. L'ho incrociata per caso. Tutto qui.

Il messaggio successivo fu solo un pollice in su.

Romeo buttò il telefono sul divano accanto a sé e infilò una mano nell'elastico dei boxer.

Con le labbra serrate, fissò il programma che stava passando in TV.

Qualunque cosa fosse, non gli avrebbe fatto togliere Maddie dalla testa.

Né quell'alone di sangue sulle lenzuola dopo che lei se l'era filata dal suo camper all'alba, come se avesse il culo in fiamme.

Ovviamente, lei gliel'aveva detto che era vergine, quindi vederlo non lo aveva sorpreso.

Ma era stato comunque un promemoria bello chiaro di quello che le aveva portato via.

Qualcosa che non avrebbe mai potuto restituirle.

Non avrebbe dovuto sentirsi in colpa per aver accettato qualcosa che lei gli offrì spontaneamente.

Eppure, in quel caso, si era sentito così.

E a distanza di anni, la cosa ancora lo infastidiva.

Le aveva dato quello che voleva.

Non si era preso niente che lei non fosse disposta a dargli.

Si era perfino trattenuto, facendo attenzione alla sua

inesperienza per non farsi prendere la mano e non essere troppo duro o prepotente.

Di solito non ci pensava troppo alle donne che si metteva sotto o sopra.

Ma con lei... era stato diverso.

E guarda com'era andata a finire.

Da nessuna parte.

Probabilmente lei era passata a farsi un mucchio di altri uomini e di Romeo non si ricordava nemmeno più.

Serrò la mascella.

Che cazzo gli stava succedendo? Stava diventando sentimentale?

Da quando aveva messo su una figa al posto dei coglioni?

Perché si stava facendo tutti questi problemi?

Spense la TV e lanciò il telecomando dall'altra parte della stanza, fregandosi di dove fosse finito, poi afferrò il telefono per cercare quello che gli serviva davvero.

Qualcosa che non gli costasse un cazzo.

Al contrario della ex bionda fragola con gli occhi grandi e marroni e la figa stretta da far impazzire.

Con quelle labbra piene che avrebbe voluto intorno al cazzo, mentre si muoveva dentro e fuori dalla sua bocca.

Con quell'unico punto del corpo che garantiva nessun altro avesse mai toccato prima che lui le facesse perdere la verginità.

Scorse il sito finché non trovò il video che cercava. Una con gli occhi marroni e la chioma biondo fragola.

Poi si sistemò sul divano, pronto per l'ora successiva.

Alla fine, gli bastarono meno di cinque minuti.

Ma tanto, nessuno doveva saperlo.

Capitolo Cinque

La voce profonda di Trip gli riempì l'orecchio. «C'è un motivo se non ti abbiamo avvisato, Rome.»

«E quale sarebbe?»

«Davvero devi chiederlo?»

Sapevano qualcosa o stavano solo sparando a vuoto? O il presidente dei Blood Fury stava solo facendo finta?

Non riusciva a immaginare che Maddie avesse raccontato a qualcuno quello che era successo.

«Stalle lontano.»

Troppo tardi.

«Non è per te, fratello.»

Doveva offendersi? Aveva proprio la sensazione che doveva offendersi. Era ora di rispondere a tono.

«Non ti biasimerei se te la stessi tenendo da parte per te.»

Sapeva che non era vero. Aveva visto con i suoi occhi il legame tra il presidente dei Fury e la sua donna. Quel tizio non guardava nessun'altra che Stella, sua moglie e madre dei suoi due figli.

Alcuni biker che conosceva erano infedeli, ma Trip non era uno di loro.

Poveretto.

«Chiudiamo questa conversazione qui. Se continuiamo, rischiamo di mandare a puttane l'alleanza tra i nostri club.»

«E come si manderebbe a puttane?»

«Quando sarai tu a farti incasinare.»

Dannazione. «Perché dovrei farmi incasinare?»

Questa conversazione stava prendendo una piega che non gli piaceva per niente.

«Perché cercherai di andare dietro alla nostra ragazza.»

«La vostra ragazza,» mormorò Romeo al telefono.

«Porta i nostri colori. È sotto la nostra protezione.»

«Quando l'ho incrociata ieri sera, non portava i colori di nessuno.» Era un dato di fatto.

«Allora sei cieco.»

«L'ho vista benissimo.»

E quanto cazzo stava bene.

«Fai finta di non vederla.»

Cristo santo. Sperava che Trip gli dicesse di tenerla d'occhio, non di starle lontano.

Questo gli rovinava i piani.

«Ascolta, ho chiamato perché tra club alleati dovremmo coprirci le spalle. Non avevo idea che vivesse qui. Se non volevi dirmelo, almeno potevi informare Magnum.»

«Magnum lo sapeva.»

Aspetta un secondo...

«Gli ho detto io di non dirtelo.»

Ora il sangue gli saliva alla testa. «Perché?»

«Perché hai una reputazione, *Romeo.* No, non è una reputazione, è la realtà. Infili il cazzo ovunque. Ma lasciati dire una cosa... Non lo infilerai in lei.»

Romeo borbottò, «Che cazzo di mancanza di rispetto.»

«Sbaglio? Pensavi che non ce ne accorgessimo quando le giravi intorno ogni fottuta volta che ci si ritrovava insieme? Che non sentissimo le tue domande su dove fosse quando non c'era?»

Merda. Era stato così evidente? Pensava di essere stato discreto.

«Credi che non sappiamo come ti sei guadagnato il soprannome Romeo?»

A quanto pareva, stava collezionando figuracce a raffica.

«Non sento risposte,» lo incalzò Trip.

Romeo non ne aveva.

Non poteva negare nulla. Era tutto vero.

«Ho chiamato per aiutare un fratello e mi becco solo stronzate.»

«Dimmi, perché te ne frega che Maddie viva lì?»

«Te l'ho detto, volevo fare la mia parte, visto che siamo alleati. Tutto qui. Non devi leggerci altro.»

Il silenzio riempì la linea.

Romeo non lo prese come una resa, ma come Trip che cercava di non peggiorare la situazione con il presidente di un altro club.

Tra i club, il carattere impulsivo di Trip era noto quanto la fama di Romeo di collezionare conquiste fino a ridurre il letto in segatura.

Si passò la mano sulla faccia per cancellare il sorriso, come se Trip potesse vederlo.

«Va bene... pensavo di dare una mano, ma vedo che il mio aiuto non è apprezzato.»

«Se credessi che le tue intenzioni sono buone, Rome, l'avrei apprezzato. Ma come ti ho detto, Magnum era stato avvisato.»

Si sarebbe fatto una bella chiacchierata con il suo sergente d'armi.

Soprattutto dopo che gli aveva mentito dicendo di non saperne nulla.

Quel bastardo non doveva tenersi segreti del genere.

Al minimo, avrebbe dovuto condividere l'informazione in una riunione del direttivo.

«Quindi immagino che se qualcuno dei Knights si spostasse a nord, ti aspetteresti che contatti Judge invece di te?» Judge era il sergente d'armi dei Fury.

Di nuovo silenzio.

Esatto. Proprio quello che pensava. Trip aveva escluso Romeo apposta, per tenerlo all'oscuro di Maddie.

Finalmente, Trip disse, «Nel caso raro che succeda, non ho problemi se contatti Judge.»

Stronzate. «Chiaro.» Ne aveva abbastanza di questa conversazione. «Stammi bene.»

«Anche tu, Rome. E non preoccuparti per Maddie. Ci pensiamo noi.»

Romeo chiuse la chiamata e fissò il telefono.

Meno male che quell'alleanza era stata creata prima che lui diventasse presidente, altrimenti non ci sarebbe stata.

Non dopo quella cazzo di telefonata.

Ma aveva ancora un conto da regolare. E stavolta era con uno dei suoi.

«Hai detto che non lo sapevi, cazzo.»

Magnum grugnì e passò oltre Romeo.

«Hai nascosto una cosa al tuo fottuto presidente.»

Magnum stavolta non emise nemmeno un grugnito, lo ignorò e continuò a camminare. Romeo gli rimase incollato ai talloni.

«Ho fatto due chiacchiere con Trip e ha detto che ti aveva avvisato che lei viveva qui.»

Magnum si fermò di colpo e si girò verso Romeo. «E a te che cazzo te ne frega se vive qui?» Si tirò il mento verso il collo. «C'è solo un motivo... Ed è proprio il motivo per cui Trip non voleva che lo sapessi.»

«Mi aspetto rispetto, non solo dai miei fottuti fratelli, ma anche dagli altri club.»

«Se avessi una figlia, lo capiresti.»

«Lei non è la figlia di Trip,» sbottò Romeo.

«Non importa. Quello che conta è che è sotto la sua protezione. Ha fatto quello che pensava fosse meglio per lei. Come dovrebbe fare ogni cazzo di presidente degno di quel titolo.»

«Stai dicendo che non dovrei essere presidente?»

«Hai sentito uscire quella stronzata dalla mia bocca?»

«È meglio che non la senta uscire dalla tua bocca,» lo avvertì Romeo. «Sono stato eletto all'unanimità e continuo a essere rieletto. Qualcosa vorrà pur dire.»

«Vuol dire che nessun altro voleva quel cazzo di ruolo. Ecco cosa vuol dire.»

Dannazione. Cosa gli era salito nel culo stasera? «Cait ti ha cacciato nel divano, o che?»

Magnum aggrottò la fronte. «Di che cazzo stai parlando?»

«Se no, devi avere qualche problema con me per dire certe stronzate.»

«Di nuovo, mi stai mettendo in bocca parole che non ho detto. Non ho nessun problema con te come presidente, ma ne avrò uno grosso se fai casini con gli altri club. Solo per una scopata. I Knights sono molto più forti con gli Angels e i Fury al nostro fianco. Lo capisci, vero?»

Lo capiva.

Ma Magnum non aveva ancora finito.

«Quell'alleanza c'era già prima che tu diventassi un prospetto, e credimi, non vogliamo perdere il supporto di quei cazzo di club. Adesso le cose vanno molto meglio. Dal momento che l'alleanza non è un segreto, gli altri club non vogliono romperci i coglioni. Secondo te, cos'è che ha fermato i Deadly Demons dallo spingersi più a nord?»

«Il fatto che gli Angels li avrebbero schiacciati come cazzo di scarafaggi?»

«Gli Angels non ce l'avrebbero fatta da soli.»

«Hanno i Shadows alle spalle,» gli ricordò Romeo. E quel gruppo di ex operatori militari speciali non era gente con cui scherzare, anche se ormai si stavano avvicinando al lato geriatrico.

Pensò anche all'età di Magnum, mentre l'uomo diceva, «Hanno anche noi. E i Fury. Non credi che questo impedisca ai coglioni là fuori di voler testare i limiti?»

Romeo non poteva dargli torto, quindi non lo fece.

«Non capisco perché tutta questa storia con Maddie ti dia così tanto fastidio...» Magnum scosse la testa calva. «No, cazzo, lo so bene. Non incasinare Maddie, Rome. Se lo fai, stai giocando col fuoco. E se la incasini, rischiamo di mandare a puttane l'alleanza.»

«O di renderla più forte.»

«Tu non rinforzi un cazzo. Te la scopi e poi la mandi a fanculo. Lei correrà a piangere da mammà e mammà correrà a piangere dal suo uomo. Shade si incazzerà e ti sgozzerà nel sonno, oppure ne parlerà con Trip. E sai bene quanto è corto il temperamento di quell'uomo. In ogni caso, non finisce bene. Ho fatto il mio cazzo di lavoro come sergente d'armi di questo club e ho preso la decisione di proteggere, non solo il mio presidente e il nostro club, ma anche l'alleanza. Se quella decisione non ti piace, cazzi tuoi.»

Dannazione. «Forse non ero ancora nel club quando hai

conosciuto la tua donna, ma da quel che ho sentito, ti avevano detto di lasciarla stare perché apparteneva agli Angels. O sbaglio?»

Visto che Magnum non rispose, Romeo continuò, «Non solo te la sei presa, ma ha pure rafforzato il legame tra gli Angels e il nostro club. Non puoi negarlo.»

«Non le ho rovinato la vita, Rome. Me la sono sposata. Le ho fatto dei figli. Questa è la cazzo di differenza.»

«Chi dice che io manderei Maddie a fanculo?»

Con un altro grugnito, Magnum scosse la testa e proseguì nella cucina affollata del Dirty Dick's, fino all'angolo in fondo dove c'erano le scale per il seminterrato. Stavano scendendo per una riunione del direttivo.

«Hai a disposizione tutta la fottuta figa che vuoi, donne che farebbero qualsiasi cosa per te, e ti viene duro per quella che non dovresti nemmeno guardare.»

Niente di male nel desiderare un frutto proibito. Anche se un assaggio lo aveva già avuto.

E dopo averla rincontrata, si era reso conto che ne voleva ancora.

«Non ti sei fatto problemi quando ho messo gli occhi su Aaliyah.»

La figlia maggiore di Magnum era una gran figa, anche se aveva qualche anno più di Romeo.

E, cosa ancora più interessante, aveva un sacco di soldi. Si spaccava il culo e guadagnava un botto.

Dopo aver aperto la porta del seminterrato, Magnum lo guardò da sopra la spalla, stringendo gli occhi. «La verità è che sapevo che mia figlia non ti avrebbe mai degnato di uno sguardo. È troppo per il tuo cazzo di culo.»

«Ma non troppo per un poliziotto.»

Aveva appena toccato un tasto dolente, visto che sua figlia si era di nuovo sposata con un maledetto sbirro, proprio come il primo marito. E gli aveva pure fatto un altro figlio.

«Credi che mi piaccia quella merda? Lo tollero solo perché la rende felice e si prende cura di lei. E perché è un cazzo di buon padre per mia nipote e i miei nipoti.»

«È un finto biker.»

Il marito poliziotto di Aaliyah era un membro di quello che Romeo considerava un MC finto, i Blue Avengers.

«Finto» perché era pieno di sbirri e non vivevano la vita vera.

Essere un vero biker era uno stile di vita.

Per i Knights, la vita ruotava intorno al club; per i Blue Avengers, la vita ruotava intorno al distintivo.

«Io sarei stato leale con lei.»

O almeno ci avrebbe provato. Riuscirci era un'altra storia.

Magnum sbuffò, scosse la testa e cominciò a scendere le scale.

Romeo lo seguì. «Non ne parlerò stasera al direttivo, perché voglio che ci pensi su prima, ma... credo che dovresti farti da parte come sergente d'armi.»

Per poco non gli finiva addosso quando Magnum si fermò di colpo ai piedi delle scale e ringhiò, «E per quale cazzo di motivo?»

Romeo gli passò davanti, fuori portata. Per sicurezza.

Sapeva tenere testa a chiunque, ma, età a parte, Magnum non era uno con cui scherzare quando si incazzava.

«Stai invecchiando, fratello. È ora di lasciare il posto a qualcuno più giovane.»

«Tipo chi?»

Romeo si strinse nelle spalle. «Chiunque voglia mettersi in gioco e sia in grado di gestire il ruolo.»

«Secondo te non sono più in grado?» Più la rabbia cresceva, più la voce di Magnum si faceva forte.

Nonostante tutto, Romeo non aveva intenzione di tirarsi indietro da quella conversazione. L'aveva rimandata abbastanza, ma il fatto che Magnum gli avesse nascosto la verità su Maddie era un buon motivo per tirare fuori l'argomento.

«Non ho detto questo.»

«Suonava proprio così. Sto facendo questo lavoro da quando tu eri solo un girino nelle palle di tuo padre.»

«Ed è proprio quello che sto dicendo, cazzo. Stai rallentando, vecchio. Non preferiresti startene a casa spaparanzato su una poltrona con i nipotini in braccio?»

Magari pure su un ginocchio artritico.

«L'unico nipotino abbastanza piccolo da stare sul mio cazzo di ginocchio è Destiny.»

Destiny era l'ultima figlia di Aaliyah, avuta con quel suo attuale marito con il distintivo.

«Allora perché non chiedi al resto del direttivo se dovrei essere rimpiazzato? Vediamo cosa dicono. Proprio come succede con te da presidente, sono abbastanza sicuro che i nostri fratelli pensano che io sia ancora più che in grado di fare il sergente d'armi di questo club. E comunque, è una cazzo di decisione che spetta ai membri, non a te.»

Magnum non aveva torto.

Doveva esserci un motivo valido per toglierlo da quel ruolo. A meno che non si dimettesse lui stesso.

Altrimenti, Romeo avrebbe dovuto aspettare le prossime elezioni e convincere qualcuno a candidarsi contro di lui.

«Abbiamo nemici?»

Romeo rispose, «No.»

«Ne vuoi?»

«No.»

«Allora la persona giusta è già nel cazzo di ruolo.»

«Pensavo solo che avresti voluto rallentare e goderti la

vita. E poi dovresti anche gestire il bar. Non ci sei quasi mai. Devo intervenire io ogni fottuta volta.»

«Wick ha tutto sotto controllo. Se ci metti bocca è solo perché adesso abiti nel mio vecchio posto e sei più vicino.»

«Ma tu prendi comunque una fetta dei profitti da cazzo di manager.»

«Perché sei una checca frignona stasera? Ti è venuto il ciclo o qualcosa del genere?»

La testa di Romeo scattò indietro. «Fratello, stai parlando al tuo fottuto presidente.»

Magnum si avvicinò e lo fissò dritto negli occhi. «So bene con chi sto parlando. Che tu ci creda o no, ti copro sempre le spalle, fratello. È proprio per questo che non ti ho detto un cazzo su Maddie.»

Romeo lo capiva, ma non significava che dovesse gradirlo.

«E dovrei ringraziarti per questo?»

«Sì. Sarebbe stato meglio di tutte le stronzate che mi hai appena vomitato addosso. Soprattutto visto che stavo cercando di tenerti vivo. Ma vai pure a incasinarti con lei e poi vediamo come ti va.»

«Finché non finisco sposato e con dei figli come te, starò da dio.»

Magnum sbuffò, scosse la testa e si sedette al suo posto al tavolo.

Quella conversazione era ufficialmente chiusa, visto che gli altri membri del direttivo stavano scendendo le scale.

Romeo decise di non tirare fuori l'argomento durante la riunione.

Ma non significava che non l'avrebbe ripreso più avanti.

Capitolo Sei

Maddie era seduta nella sua macchina, nel parcheggio del Smith's Sports Therapy & Rehab Center, e fissava il palazzo davanti a lei attraverso il parabrezza.

A quest'ora il suo posto di lavoro sarebbe dovuto essere nello specchietto retrovisore, visto che normalmente sarebbe già sulla strada di casa.

Invece era lì, a riflettere se mettere la Toyota in Drive, schiacciare il piede sull'acceleratore e sfondare l'ingresso principale dell'edificio.

Sarebbe stata una cosa stupida? Sì.

L'avrebbe fatta sentire meglio? Ancora sì.

Almeno fino a quando la realtà delle sue azioni non l'avrebbe colpita in pieno.

Le dita stringevano il volante come una morsa, ogni singolo muscolo del corpo era teso.

In quel momento avrebbe pagato oro per ricevere uno di quei massaggi che faceva ai suoi pazienti, quelli per sciogliere i muscoli contratti.

Doveva continuare a insistere per ottenere un lavoro in

una squadra professionistica, ma se avesse mandato i curriculum adesso, l'avrebbero scartata senza nemmeno farle un colloquio. Le servivano più esperienza e più ore di praticantato sulle spalle.

Ecco perché lavorava ancora al Smith's.

Le serviva anche una buona referenza. Un altro motivo per cui non aveva ancora schiantato il SUV contro l'edificio.

Le serviva lo stipendio, per mangiare, fare benzina, pagare l'affitto.

Magari anche per la cauzione, se avesse finito per dare sfogo alla frustrazione su quel pezzo di merda del suo capo.

Per tutto questo la Toyota era ancora in folle, ferma al suo posto, e si limitava a lanciare occhiate velenose al palazzo invece di aprire un nuovo ingresso con la macchina.

I pro di lavorare al Smith's? I pazienti e l'esperienza che le serviva per fare carriera.

I contro? Troppi per elencarli.

Ma in cima alla lista dei contro c'era lui, Roger Smith.

Non credeva potesse esistere qualcuno più arrogante e presuntuoso di un biker. Ma ogni volta, «Roger Dodger« riusciva a smentirla.

Ogni volta che sua madre la chiamava per sapere come andava, Maddie metteva su la faccia da brava ragazza e mentiva dicendo che adorava il suo lavoro.

L'ultima cosa che voleva era dirle la verità.

Primo, perché avrebbero insistito per farla tornare a casa. E questo non sarebbe mai successo.

Secondo, perché Shade avrebbe fatto visita a Roger.

E quello era un altro problema che doveva assolutamente evitare.

Shade era iperprotettivo verso la sua famiglia allargata.

Non solo verso sua madre Chelle, ma anche verso Maddie, la sorellina Josie e il fratello adottivo Jude.

E volendo essere precisi, anche verso Gabi, che al momento viveva con Crash e Liz a Shadow Valley.

Per un periodo, Gabi aveva vissuto con la famiglia di Maddie dopo essere stata salvata dai fanatici della montagna, gli Shirleys.

Ma visto che tra Gabi e Jude si era creato un legame molto profondo in poco tempo — e considerando che erano ancora troppo giovani per agire su quella cosa — Crash e Liz dei Dirty Angels l'avevano accolta nella loro casa.

Così avevano evitato un sacco di problemi e tentazioni.

E avevano dato sia a Gabi che a Jude una casa stabile e una famiglia vera.

Maddie passava molto tempo con Gabi, visto che ormai aveva quasi ventun anni. Quindi, anche se Trip non avesse detto nulla a Zak quando si era trasferita lì, Gabi lo avrebbe saputo e glielo avrebbe raccontato.

In sintesi, Romeo si stava facendo un film inutile.

Con i tre club così intrecciati tra loro, Maddie non poteva scappare dalla vita da MC.

O dalle loro continue ingerenze.

Per quanto ci provasse.

Per un secondo aveva persino pensato di trasferirsi in Thailandia.

O in Antartide.

Amava la sua famiglia, sia quella stretta che i Fury, questo era sicuro.

Riceveva amore, sostegno, protezione. Anche se, a volte, il tutto risultava un po' soffocante.

Ma se aveva bisogno di qualcosa, bastava un messaggio o una telefonata.

Se un mese le mancavano soldi, come per magia si ritrovava un bonifico sul conto.

Se la macchina aveva bisogno di assistenza, c'erano

Dutch's Garage a Manning Grove o lo Shadow Valley Body-works, il garage gestito dal DAMC e da Crash.

Qualsiasi cosa le servisse, uno dei tre club la copriva.

Quindi, a conti fatti, non avrebbe dovuto lamentarsi troppo della vita da MC.

Si prendevano cura di lei.

Al contrario del pezzo di merda che era il proprietario del Smith's Sports Therapy & Rehab Center.

Se la sua Toyota si rompeva e arrivava in ritardo, le toglieva un'ora di stipendio.

Se inciampava su un attrezzo, la derideva davanti a tutti, pazienti e colleghi.

Se un cliente si lamentava per una sciocchezza, la metteva sotto osservazione e poi usava la cosa contro di lei nella valutazione annuale, così da non darle un aumento decente.

Insisteva anche a chiamarla *Mad* invece di Madison o Maddie.

E, francamente, questo la faceva... incazzare.

Lui trovava il soprannome divertente. Lei non era d'accordo.

Magari, se a chiamarla così fosse stato chiunque altro tranne lui, avrebbe anche potuto pensarla diversamente.

La sua battuta preferita—e anche la più stupida—era, «Sei *Mad*?»

Poi rideva così tanto e in modo così irritante che a Maddie veniva voglia di tirargli un ginocchio nei coglioni. Quello sì che avrebbe fermato quella stronzata.

Anche se, a dire il vero, le sarebbe costato il posto di lavoro.

Senza contare che avrebbe rovinato per sempre il suo futuro come fisioterapista sportiva per i Pittsburgh Steelers.

A quel punto, non le sarebbe rimasto che trasferirsi in

Antartide e lavorare con i pinguini. Quelli veri, gli uccelli, non la squadra di hockey NHL.

Sbuffò rumorosamente, mise in moto la macchina e si costrinse a girare il volante. Doveva andarsene dal parcheggio prima di fare una cavolata di cui si sarebbe pentita.

Oggi era stata una giornata particolarmente pesante.

Quindi, se non poteva sfondare l'edificio con la sua Toyota, né prendere a calci Roger nelle palle senza rovinarsi il futuro, le serviva dannatamente un drink.

Peccato che il ventunesimo compleanno di Gabi non fosse ancora arrivato.

Ancora poco e avrebbe avuto qualcuno con cui andare a bere nei bar o nei locali. Una «spalla« al femminile.

Purtroppo, visto che Gabi era ancora minorenne, Maddie avrebbe dovuto uscire da sola.

Doveva davvero fare più sforzi per farsi delle amiche da queste parti. Anche se fossero state solo alcune delle donne dei Dirty Angels.

Ma fino ad allora, poteva sempre andare nel suo solito posto per bere... l'Iron Horse Roadhouse.

Oppure...

Poteva andare al Dirty Dick's.

In entrambi i posti sarebbe stata al sicuro. Non avrebbe dovuto preoccuparsi che qualcuno le drogasse il bicchiere mentre non guardava.

Non avrebbe dovuto temere molestie in un parcheggio buio.

E, se per caso avesse bevuto troppo, qualcuno si sarebbe preso cura di lei.

Tuttavia, al Dick's c'era il rischio concreto di incrociare Romeo.

Aveva già dovuto gestire un uomo fastidioso oggi, non aveva voglia di avere a che fare con un altro.

Era stanca e la sua pazienza era pari a zero.

Decisione presa.

Si andava all'Iron Horse.

ROMEO FECE RETROMARCIA con la moto fino a parcheggiarla accanto a un'altra Harley, la spense, si tolse la bandana che evitava agli insetti di infilarglisi tra i denti e si levò gli occhiali protettivi trasparenti che indossava quando era troppo buio per gli occhiali da sole.

Decise di tenersi il casco leggero e, ovviamente, il giubbotto di pelle con le toppe.

Il DAMC non aveva problemi con i colori degli altri club dentro al loro locale, a patto che non creassero casini.

Se succedeva, quel giubbotto e chi lo indossava volavano fuori dalla porta, grazie ai prospetti che facevano da buttafuori.

Ma ora che gli Shadow Warriors MC erano spariti da un pezzo e i pochi sopravvissuti dei Deadly Demons erano a malapena attaccati alla vita, i casini al Iron Horse Roadhouse erano ormai rari.

A meno che non considerassero Romeo un problema.

Alcuni degli Angels potevano pensarla così.

Hawk aveva sempre tenuto il locale in riga e ora divideva la gestione con Coop.

Il vice-presidente del DAMC era presente nel bar quanto Magnum lo era al Dick's.

In pratica, quasi mai.

Per fortuna Coop e gli altri Angels veterani lo tenevano in piedi senza problemi.

Appena Romeo spalancò la pesante porta antiproiettile, il basso martellante della musica rock gli colpì il petto.

Riconobbe subito il pezzo, era dei Dirty Deeds, la band di Nash.

Facevano ancora esibizioni, ma avrebbero potuto sfondare a livello nazionale—o persino internazionale—se Nash non si fosse sistemato con Cross, il poliziotto con il distintivo, per crescere i gemelli adottivi.

La band suonava ancora in tour, ma non come prima.

I Knights li ingaggiavano ogni tanto per le feste o gli eventi grossi.

All'Iron Horse li passavano spesso, sia registrati che dal vivo.

Quando erano lì in carne e ossa, il locale si riempiva fino all'orlo.

Stasera si trattava di musica registrata e il bar era affollato quanto ci si poteva aspettare da un giovedì sera.

Poco.

Perfetto per scovare la persona che sperava di trovare.

Aveva il dannato presentimento che sarebbe venuta lì, solo perché l'altra sera aveva detto che era il suo posto preferito per bere.

Errore suo, vantaggio di Romeo.

Sorrise.

Stava giocando a biliardo, quindi gli dava le spalle mentre lui si dirigeva dritto al bancone per prendersi una birra.

Si sedette sullo sgabello e si limitò a fare un cenno col mento a Coop.

Invece di ricambiare, Coop si avvicinò. «Fratello.»

«Tutto bene? Mi serve una birra.»

«Spina o bottiglia?»

Romeo rispose, «Quello che offrite gratis.»

«L'unica cosa gratis qui è fare due chiacchiere. E forse una ciotola di noccioline stantie.»

«Che hai alla spina?» chiese Romeo.

«Probabilmente la stessa roba che tieni alla spina al Dick's. Che ci fai qui?»

«Cristo! Non posso entrare qui e farmi una cazzo di birra?»

«Certo. Ma se vuoi bere gratis, il Dick's fa al caso tuo. Forse ti sei perso.»

«Non mi sono perso. Non posso passare di qui? Gesù Cristo. Hawk sa come tratti i clienti?»

«Da quando sei un cliente?»

«Da quando devo pagare, cazzo!» quasi urlò.

Brontolando, tirò fuori il portafoglio e sfogliò le banconote. Si girò e sbatté una da cinque sul bancone.

«Sei corto.»

«Sono alto un metro e ottantacinque. Come cazzo faccio a essere corto?»

Coop sbuffò e indicò la banconota. «Adesso sono sei per una birra alla spina. E non include la generosa mancia che mi lascerai.»

«Ti lascio un cazzo di consiglio...» Romeo gli mostrò il dito medio e lo puntò contro di lui. «Vedi la punta del mio dito?»

«Sei proprio un comico, Rome. Dovresti fare cabaret.»

«Probabilmente sì.»

«Ok, tirchio, spina o bottiglia?»

«Quello che mi copre quella da cinque.»

«Con quella ti prendi un bicchiere d'acqua. Senza ghiaccio.»

Romeo scosse la testa e diede di nuovo le spalle all'uomo, così da potersi concentrare sulla donna che stava giocando a biliardo.

Ora che era sotto la luce, notò che aveva avuto ragione, i suoi capelli erano leggermente più scuri. Niente di drastico, ma non sembravano più così biondi come l'ultima volta che l'aveva vista. Ora tendevano più a un castano ramato.

In ogni caso, erano ancora abbastanza lunghi da poterli stringere tra le dita mentre si muoveva dentro e fuori da quelle sue dolci labbra.

Comunque, non gli fregava un cazzo se li avesse avuti viola neon, quella donna era comunque da scopare.

Se i capelli lo distraevano, poteva spegnere le luci.

O coprirle la testa con un cuscino. O qualcosa del genere.

Il rumore di una bottiglia che veniva appoggiata sul bancone di legno alle sue spalle lo fece girare di nuovo.

«Quell'acqua ha un colore strano. Ti conviene controllare l'impianto idraulico.»

«Ti va bene che ci stai simpatico, fratello. Altrimenti, per cinque dollari ti avrei servito mezza birra. E ti saresti dovuto fare dei fottuti sorsi minuscoli tutta la notte per farla durare.»

«Forse dovresti fare tu il fottuto comico.»

Si voltò di nuovo verso Maddie che si muoveva intorno al tavolo da biliardo.

Era dannatamente brava. Molto più di quanto si sarebbe aspettato. Si chiese chi le avesse insegnato a giocare così bene.

Poi posò lo sguardo sul suo compagno di gioco.

Zeke Jamison.

Romeo si domandò se il prossimo in linea per prendere il comando del DAMC fosse già riuscito a infilarsi nei suoi pantaloni.

Conoscendo Little Z—soprannome che il ragazzo odiava ormai—probabilmente ci aveva provato parecchio. Che lei avesse ceduto o meno, era un'altra storia.

Romeo sapeva che LZ non aveva nemmeno venturi anni.

A lei piacevano i ragazzini più giovani?

Rome poteva avere sette anni più di Maddie, ma LZ ne aveva sette di meno.

Stava con lui?

Era sicuro che Maddie preferisse un uomo a un ragazzino.

E lui poteva decisamente essere quell'uomo per lei.

Doveva solo allontanarla da Zeke e convincerla che Romeo era quello di cui aveva bisogno nella sua vita.

Per una notte.

Magari due.

Capitolo Sette

«Lei è il motivo per cui sei qui, Rome?» chiese Coop.

Fanculo. «L'ho detto io?»

«Lo stai rendendo piuttosto ovvio, visto che parli con me mentre la fissi.»

«Non sei sexy come lei, Coop. Se il tuo culo e le tue tette avessero quell'aspetto, forse fisserei anche te.»

«Con le luci spente e gli occhi chiusi, non cambierebbe un cazzo,» scherzò Coop. «E si dice che tu non sia tanto schizzinoso. Qualsiasi buco va bene.»

«Mi stai confondendo con Nash, visto che lui va in entrambi i sensi, quindi qualsiasi buco va bene.»

«Nah. Nash non scopa nessun altro oltre a Cross. Non rovinerebbe quel matrimonio.»

Romeo si succhiò i denti. «Non capisco perché qualcuno dovrebbe volersi legare a una sola persona per tutta la vita. Tutti sanno che la varietà è il sale della vita.»

«Su questo siamo d'accordo, fratello. Ma non tutti la pensano così. Sai chi è quella, vero?»

«Ovviamente so chi è.»

«Lei sa chi sei? O stai solo facendo il maniaco?»

Visto che lo aveva già visto nudo una volta, dentro un camper, poteva dire che lo conosceva. «Sa chi sono.»

«Il che significa che sai anche chi è il suo patrigno, giusto?»

«Coop,» ringhiò Romeo, «fatti i cazzi tuoi. Non ho bisogno di un cazzo di quiz.»

«Sto solo cercando di assicurarmi che tu non faccia cazzate e non finisca stecchito.»

«Non finirò stecchito. Ora puoi smettere di chiacchierarmi nell'orecchio? Ti faccio sapere io quando voglio un'altra fottuta birra.»

Che cazzo gli stava prendendo con le rime?

Anche Coop se n'era accorto, perché si mise a ridere prima di battere le nocche sul bancone e allontanarsi.

Era ora, cazzo. Ora poteva concentrarsi, senza distrazioni, sul motivo per cui si trovava all'Iron Horse.

Di sicuro non era lì per la birra, visto che nel suo bar poteva ubriacarsi gratis fino a finire sotto al tavolo.

La mascella gli si irrigidì vedendo come LZ e Maddie interagivano.

Sembrava si conoscessero bene. Ridevano, si scambiavano sguardi, si parlavano sottovoce. Zeke si chinava su di lei per darle consigli sul tiro... le metteva una mano sulla schiena, sui fianchi, sul braccio... le sussurrava qualcosa all'orecchio...

Romeo inspirò profondamente dalle narici dilatate.

Zeke se la stava chiaramente lavorando, flirtava, scherzava, la toccava...

E lei ci stava cascando?

In ogni caso, Maddie non doveva avere problemi col fumo, visto che LZ aveva una sigaretta accesa tra le labbra.

La cosa lo sorprese, credeva che la generazione di Zeke si facesse solo di sigarette elettroniche.

A quanto pare no.

Ma in fondo, non era aggiornato sulle mode.

Se doveva fumare—erba o altro—lo faceva come un uomo, non come un ragazzino che succhia da una cazzo di penna a batteria o qualsiasi altra stronzata fosse.

Non gliene fregava un cazzo. Non avrebbe mai usato quella roba.

L'avrebbero preso per il culo fino a cacciarlo dal ruolo di presidente.

Se avesse visto uno dei prospetti o dei più giovani usare quella roba, gliel'avrebbe strappata di bocca e schiacciata sotto lo stivale. Dovevano metterlo nei regolamenti, vietare quella stronzata.

Sospirò. Si era distratto da solo con quelle cazzate inutili.

Torniamo al punto...

E il punto era che la mano di LZ toccava Maddie, quando invece avrebbe dovuto essere quella di Romeo.

Era ora di farsi notare.

Se LZ riusciva a convincerla a salire nel suo appartamento sopra la clubhouse degli Angels—comodamente attaccata sul retro dell'Iron Horse—Romeo avrebbe potuto perdere la testa.

Se li avesse visti andare da quella parte, sarebbe intervenuto.

Certo, questo avrebbe potuto creare problemi tra i club.

Per mantenere la pace, doveva agire prima, non dopo.

«Coop!» lo chiamò lungo il bancone, senza mai staccare gli occhi dal culo di Maddie mentre si piegava per allineare il tiro.

Non era l'unico a fissarla.

Solo che LZ aveva una visuale molto migliore da dove stava appoggiato col bastone da biliardo.

Per l'amor del cielo. Non tirare un cazzotto in faccia al figlio del presidente dei DAMC.

«Non serve gridare. Sono a due passi da te. Direi che sei distratto.»

Romeo ignorò il tono ironico dell'Angel. «Portami quello che sta bevendo lei. E portami anche qualcosa di fresco.»

Le labbra di Coop si piegarono in un sorrisetto. «Offri tu?»

Romeo sospirò, tirò fuori il portafoglio a catena e sfilò una venti dollari.

Quando la lanciò verso l'altro biker, la banconota svolazzò sul bancone.

Coop la afferrò. «Dovrebbe bastare per entrambe le birre e la mia mancia.»

E si diresse verso il bancone.

Romeo tornò subito a controllare Maddie, assicurandosi che non fosse già sparita con LZ mentre lui era distratto.

Nemmeno due minuti dopo, Coop gli portò le due birre fresche.

«Il resto?» chiese Romeo.

Coop rise e se ne andò.

«Stronzo.»

«In buona compagnia,» ribatté Coop senza neanche voltarsi.

Afferrando le due bottiglie, Romeo si alzò dallo sgabello e attraversò il bar verso i tavoli da biliardo.

Non riusciva a credere che Maddie non l'avesse ancora notato. Il bar non era così pieno.

Non aveva cazzo di idea di come facesse a non vedere un uomo alto un metro e ottantacinque, bello da far paura, e per di più con il giubbotto dei Knights addosso, in mezzo a tutta quella gente bianca.

Forse il flirt di LZ stava funzionando e lei non aveva occhi per nessun altro.

Romeo stava per cambiare le cose.

«Tocca a me,» annunciò avvicinandosi al tavolo e salutando il suo 'rivale', ignorando Maddie per il momento. Si sarebbe occupato di lei tra un attimo. «LZ.»

«Rome.»

Si strinsero la mano e si diedero una pacca sulla spalla.

«Che ci fai qui?» chiese LZ. «Mio padre sa che sei qui?»

Romeo piegò il mento verso il collo. «Devo avere il suo permesso prima?»

LZ si fece un lungo tiro dalla sigaretta. «No, pensavo solo che magari voi due aveste un incontro o qualcosa del genere.» Alzò la testa e soffiò il fumo verso il soffitto.

«No. Sono qui solo per puro piacere.» Romeo si assicurò di guardare Maddie mentre lo diceva.

Gli occhi di LZ si strinsero su di lui, come fecero quelli di Maddie. «Che tipo di piacere cerchi all'Iron Horse che non puoi trovare al Dick's?»

«Non posso godermi una birra?»

«Certo che puoi. Anche al Dick's hanno la birra.»

Che cazzo. Tra Zeke e Coop, non si sentiva molto il benvenuto.

«Ti vedo con due birre, fratello. Devi avere una sete della madonna.» LZ si rimise la sigaretta tra le labbra, si spostò lungo il tavolo e fece il suo tiro, mandando la palla in buca con facilità.

«Non sono entrambe per me.» Romeo poggiò la seconda bottiglia sul bordo del tavolo, davanti a Maddie, e fece un cenno con il capo verso di lei. «Questa è per te.»

«Non dovevi farlo...»

«Volevo farlo.»

«Visto che qui non pago i miei drink,» concluse lei.

Che cazzo?

LZ ridacchiò con la sigaretta tra le labbra e si preparò per il prossimo tiro.

Romeo scosse la testa e guardò verso il bancone, dove Coop sfoggiava un sorrisetto arrogante.

Stronzo.

Maddie si morse le labbra e gli occhi le si incresparono agli angoli. «Ma grazie per avermela portata, è stato gentile da parte tua, Rome.»

«Non è gentilezza, Maddie. Non cascarci,» intervenne LZ mentre infilava un altro tiro. Poi si raddrizzò e lanciò un sorriso da idiota a Romeo. «Lo conosci, si infila dietro a chiunque abbia un paio di tette.»

Quel bastardo stava provando a mettergli i bastoni tra le ruote. Non avrebbe funzionato.

Romeo portò la bottiglia alle labbra e ne bevve un terzo prima di poggiarla su un tavolino lì vicino. «Che ne dici di finire la tua fottuta partita così faccio io la prossima?»

«Se vuoi giocare col vincitore, metti il tuo quarto di dollaro sul bordo del tavolo,» lo istruì Zeke, come se Romeo non avesse mai giocato a biliardo in vita sua.

Riuscì a trattenersi dal rispondere a tono e disse solo, «Non gioco col vincitore. Gioco con lei.»

«Hai sentito, Maddie? Te l'avevo detto. Vuole giocare con te.» LZ mosse le sopracciglia in modo esagerato.

Le mani di Romeo si strinsero a pugno da sole. *Calmati, fratello, prima di fare qualche cazzata.* «Non sei più un prospetto, LZ?»

Zeke si fece un altro tiro di sigaretta. «Fratello, vedi scritto 'prospetto' da qualche parte sul mio fottuto giubbotto?» Soffiò il fumo di lato.

«Non ti stavo guardando così da vicino.»

Zeke indicò col pollice il retro del suo giubbotto. «Ho tutte le toppe da un anno.»

Buttò giù un'altra palla con facilità nell'angolo del tavolo.

Quel ragazzino probabilmente giocava a biliardo da quando era abbastanza grande da tenere in mano una stecca. Sicuro sapeva giocare anche a freccette.

Ma Romeo poteva scommettere il culo che a letto lo batteva.

E cosa avrebbe impressionato di più Maddie? Uno bravo a biliardo e a freccette, o uno bravo a leccare?

Secondo lui, decisamente la seconda. E quello era solo l'inizio delle sue doti.

Era un uomo completo, cazzo.

E apprezzava anche le donne complete. Tette, culo, fianchi, labbra.

Osservò LZ chiudere la partita. Non lasciò nemmeno a Maddie la possibilità di fare un altro tiro.

«Bel gentiluomo, davvero. Non ti lascia neanche vincere,» sussurrò Romeo a Maddie, fuori dalla portata d'orecchio di LZ.

«E tu cosa ne sai sull'essere un gentiluomo? Mi lasceresti vincere?»

Romeo non era bravo come LZ a biliardo, lo ammetteva, giocava poco. Ma gli sarebbe piaciuto sfidare il figlio di Z a dadi. Gli avrebbe svuotato il portafoglio e ferito un po' l'orgoglio.

«Se è quello che serve.»

«Serve per cosa?»

Abbassò lo sguardo su Maddie, che però fissava il tavolo e non lui.

«Non ti avevo mai visto qui prima,» gli mormorò. «Non fino a quando, l'altra sera, ho detto che vengo qui.»

Si girò verso di lui, lo fissava dritto negli occhi. Voleva vedere la sua faccia mentre le rispondeva.

Romeo si ricompose. «Sono stato impegnato, tutto qui.»

«Immagino con il tuo bar. Sai, quello dove puoi bere gratis?»

Maddie era dannatamente sveglia. Aveva capito al volo.

Un colpo di tosse li fece voltare entrambi verso la persona che lo aveva fatto.

LZ sorrise. «Bella partita, ragazza.»

«Non ero nemmeno vicina a vincere,» ammise con un'alzata di spalle.

«Stai migliorando molto con il mio aiuto.» E mentre lo diceva, LZ incrociò lo sguardo con Romeo.

«Nessuno della Fury ti ha insegnato a giocare a biliardo?» chiese Romeo, sorpreso.

«Sapevo solo le basi della Palla Otto. Non ero granché.»

«La sto trasformando in uno squalo da tavolo, così quando torna a casa, può spennare tutti e riempirsi le tasche. Riderà fino in banca.»

«Cosa intendi con 'tornare a casa'?» Si stava trasferendo di nuovo a casa? Non era sembrato così l'altra sera da Bangin' Burgers.

«Per una visita,» precisò Maddie.

Romeo aspettò che LZ si allontanasse verso il bancone a prendere un'altra birra prima di dirle, «Non è l'unico che può insegnarti a giocare.»

«In realtà non cercavo lezioni. Zeke si è offerto.»

«Ma non hai detto di no.»

«Perché mi sto divertendo. Ma non m'interessa diventare uno squalo da tavolo. È solo per divertirmi. Quindi, vuoi sistemare quelle palle?»

Perché non sistemi le mie palle? gli stava quasi per uscire senza pensare. Per fortuna si morse la lingua in tempo.

Maddie non era una sweet butt. Non era una che gironzolava intorno ai Knight sperando di accalappiarsene uno per diventare una signora. E di certo non avrebbe mai sopportato le stronzate solo per arrivare a esserlo. O almeno, diventare una scopata abituale.

Non aveva dubbi, era proprio l'ultima cosa che lei voleva.

Il punto era che lei era considerata proprietà della Fury. Quindi, se voleva che finisse di nuovo nel suo letto, doveva muoversi con attenzione. Doveva farlo nel modo giusto.

Il problema era che non aveva la minima idea di come riuscirci senza far incazzare un sacco di gente.

Compreso il suo sergente d'armi.

Capitolo Otto

Sembrava proprio che Romeo volesse un bis di quello che era successo anni prima nel suo camper. Quello che Maddie non capiva era il motivo. Non aveva bisogno di inseguirla, aveva già a portata di mano un sacco di donne disponibili e consenzienti.

Perché gli uomini volevano sempre ciò che non potevano o non dovevano avere? Era per la sfida? O solo per orgoglio?

Con Romeo potevano essere entrambe le cose.

Maddie lo osservò sistemare con precisione le palle sul tavolo e scorrere il triangolo di legno prima di sollevarlo.

Il cuore le perse un battito quando lui si allontanò dal tavolo e le rivolse quel sorriso arrogante. Sapeva di essere attraente e affascinante. Il problema era che era anche un bel casino da gestire.

A lui forse piacevano le sfide, ma a lei no. E avere a che fare con Romeo sarebbe stata una sfida, anche solo per una notte.

Sapeva che se avesse semplicemente accennato all'idea di

andare a casa sua, o a casa di lui, lui avrebbe colto la palla al balzo senza pensarci due volte.

Non era stupida. Il presidente dei Dark Knights non bazzicava l'Iron Horse Roadhouse. Il suo club possedeva il Dirty Dick's. Ovviamente era lì per un motivo solo, anche se lui non voleva ammetterlo.

Lei.

Perché?

Lui inclinò la testa verso il tavolo. «Fai tu il primo tiro.»

Ovviamente, dato che lui aveva sistemato le palle, toccava a lei la rottura. Zeke l'aveva aiutata a migliorare il gioco, ma non era per quello che ogni tanto passava la serata all'Iron Horse o con il figlio del presidente dei DAMC.

Anche se Zeke era più giovane di lei di qualche anno, le stava simpatico. Non in senso romantico o sessuale, ma come amico. E poi, lui si era sempre dimostrato protettivo se qualche uomo al bar superava il limite.

Ma non solo lui, anche Coop, Hawk o qualsiasi degli Angels, persino i prospetti o i clienti abituali del bar, la proteggevano. Sapevano tutti chi fosse. Rispettavano i Fury e, di conseguenza, la rispettavano anche loro.

Se avesse voluto, avrebbe potuto bere tranquillamente nel loro bar privato, attaccato sul retro dell'Iron Horse. Ma farlo le dava l'impressione di essere fuori posto. E poi, alcune delle sweet butts del club non la volevano tra i piedi. La vedevano come una minaccia.

Non dovevano. Lei non aveva alcuna intenzione di frequentare, uscire o divertirsi con qualcuno dei DAMC. Così come non voleva avere niente a che fare con nessuno dei Fury o dei Knights.

Se un giorno avesse dovuto frequentare qualcuno, sarebbe stato un uomo normale, noioso magari, ma normale. Non uno con quell'atteggiamento possessivo e minaccioso da 'se la tocchi, muori', dove ogni minima cosa è vista come un pericolo.

Un borbottio basso la riportò alla realtà. «Maddie,» le disse, e si scosse dai suoi pensieri, stringendo meglio la stecca da biliardo.

«Sai rompere?» le chiese.

Annuì mentre si avvicinava al tavolo. «Sì, ma non aspettarti niente di spettacolare.»

Un lato della bocca di Romeo si sollevò. «Posso aiutarti.»

Buffo che nemmeno le avesse chiesto se voleva davvero giocare con lui. Aveva semplicemente deciso.

Visto che era lì apposta per lei, sarebbe stata abbastanza gentile da concedergli una partita. Forse, nel frattempo, avrebbe trovato il modo per fargli capire che non aveva alcun interesse a essere qualcosa di più che semplici conoscenti. Al massimo amici.

E no, non amici con benefici.

Cinque anni fa, lo aveva scelto proprio perché era risaputo che fosse un donnaiolo. Aveva dato per scontato—magari sbagliando—che quell'esperienza significasse saper fare le cose nel modo giusto, e che dopo quella notte sarebbe passato subito alla prossima conquista.

Doveva andare così.

Chiaramente, la serata di oggi stava dimostrando che non era andata così.

Forse la vedeva solo come una preda facile. Un'opportunità per un'avventura veloce?

Anche fosse, non aveva senso. Aveva già tante donne a disposizione che non richiedevano alcuno sforzo.

C'era stata chimica tra loro quella volta? Certo. E Romeo sapeva flirtare da professionista. Sapeva come far sentire una donna speciale, anche se nella sua testa non la considerava tale.

Le donne erano il bersaglio, e lui era la freccia.

E visto che cinque anni fa aveva colpito Maddie in pieno centro, probabilmente stasera voleva solo riprovare.

E non solo nel gioco del biliardo.

Si spostò all'estremità del tavolo e osservò le palle perfettamente sistemate, e per qualche motivo si sentì nervosa. Doveva ricordarsi che era solo un gioco, non una questione di vita o di morte. Doveva davvero preoccuparsi se sbagliava il tiro di apertura? Era solo una partita tra amici, un gioco leggero, non una competizione seria, giusto?

Non si giocava nulla con quella partita. Per ora... Ma si aspettava che lui avrebbe cambiato le regole.

«Prima che tiri, voglio proporti una scommessa.»

Giusto come immaginava. «Credo di avere cinque dollari con me,» rispose lei.

«Non si parla di soldi.»

Ovviamente no. Decise di stare al gioco. «E allora di cosa si tratta? Non sei certo qui per ammirare le mie (poche) abilità al biliardo.»

«Se vinco, vieni a casa mia dopo. Se vinci tu, vengo io a casa tua.»

Si raddrizzò e lo guardò male. Quella scommessa era pure peggio di quanto si aspettasse. Ma, ovviamente, nessuna sorpresa. «E come sarebbe una scommessa? Io sono la 'vincita' in entrambi i casi.»

«Mai pensato che la vincita potessi essere io?»

Girò la testa abbastanza da fargli vedere chiaramente i suoi occhi che roteavano, forte. «Tu ci guadagni comunque, sia se vinci o perdi.»

«Anche tu.» Lui socchiuse le labbra mentre la studiava. «Posso aiutarti a vincere.»

«Spiegami esattamente come vincerei?»

«Passi un po' di tempo con me e con tutto quello che ne consegue.»

Scosse la testa. «Mamma mia, Rome, sei proprio pieno di te stesso.»

«Posso riempire anche te.»

Gemette, esasperata. «Sul serio?» Le donne cadevano ancora ai suoi piedi per quel tipo di battute? Probabilmente lei stessa lo aveva fatto in passato, ma all'epoca aveva solo ventidue anni. Ora era decisamente più sveglia.

Lui rise. «Sì.»

«Se serve una scommessa per giocare, passo. Trova qualcun'altra.»

Fece per allontanarsi dal tavolo, ma lui le afferrò il braccio e la trattenne. «Stavo solo scherzando.»

Sì, certo.

«Non serve scommettere. Fai il tiro.»

Rimasero a fissarsi un po' troppo a lungo. Nessuno dei due voleva distogliere per primo lo sguardo.

Alla fine, Romeo mormorò, «Fai il tuo tiro, Maddie.»

Un brivido le scivolò lungo la schiena.

Perché diavolo quell'uomo aveva un tale effetto su di lei? Peggio ancora... bastava una frase sussurrata.

«Solo per divertirsi,» confermò lei.

«Sempre per divertirsi.»

Si sistemò in posizione, concentrandosi sul punto dove colpire la palla bianca per evitare una figuraccia, ma il calore di lui la circondò appena prima che il suo corpo lo facesse.

Non era particolarmente minuta, ma Romeo era decisamente più grosso e alto di lei. Quando poggiò le mani sulle sue, il contrasto tra le loro dimensioni e i loro colori fu evidente. Le sue mani piccole e chiare, le sue braccia tatuate, la pelle scura e calda contro la sua carnagione chiara...

Le venne da pensare che forse doveva passare un po' di tempo al sole per non sembrare un cadavere ambulante. Ma per farlo, avrebbe dovuto smettere di lavorare così tanto.

E il pensiero tornò al suo capo tirchio e al fatto che erano sempre sottorganico. E al motivo per cui quella sera era andata all'Iron Horse.

Per dimenticare i problemi. O meglio, un problema in particolare.

«Perché sei così tesa?» Sembrava quasi offeso.

«Giornata lunga.» Spiegò in fretta.

Per fortuna lui accettò la risposta e non insistette. «Quando vuoi dritte sul biliardo, vieni al Dick's. Posso insegnarti io a gestire le palle meglio di quel ragazzino. È ancora un novellino,» mormorò all'orecchio.

Un altro brivido le percorse la schiena, mentre le venne la pelle d'oca.

Con il petto incollato alla sua schiena e l'inguine contro il suo sedere, appoggiò le mani sulle sue, con la scusa di aiutarla nel tiro.

«È solo un amico.» Dannazione, perché sembrava senza fiato?

Perché diavolo lui aveva ancora quell'effetto su di lei? Forse perché riportava a galla i ricordi della loro unica, sola notte insieme?

Era lei a volere il bis?

No. Sarebbe stupido e sarebbe un altro errore, visto che questi biker tendevano a diventare possessivi, a meno che tu non fossi una sweet butt o una qualunque sconosciuta. Magari non volevano una relazione, ma nemmeno volevano che tu ne cercassi un'altro. Dovevi avere occhi solo per loro, mentre i loro occhi finivano su qualsiasi cosa avesse tette e un culo.

Era giusto? Assolutamente no. Ma era anche uno dei motivi per cui la maggior parte dei club MC considerava le donne come proprietà e non alla pari.

Quanto a Romeo, aveva una reputazione. E non la negava, anzi, la rivendicava.

«Non vuole solo essere un amico, Maddie. Non ti sta insegnando a giocare a biliardo perché è buono e generoso. Vuole qualcosa da te.»

Beh, che ironia. «Tipo te?»

«Sto solo cercando di proteggerti.»

«Sono perfettamente capace di capire chi è un vero amico e chi... non lo è.» Dovevano darsi una mossa a iniziare questa partita, perché quell'abbraccio le stava iniziando a piacere più del dovuto. «Facciamo così, tu vinci, vengo da te. Vinco io, non ci vengo.»

All'improvviso lui le lasciò le mani e fece un passo indietro, lasciandole un po' di respiro. Le prese il mento tra le dita e le girò la testa, cercando di leggere la sua espressione. «Sai che perderai, vero?»

Lei si strinse nelle spalle. «Se perdo, perdo.»

«Allora accetto questa fottuta scommessa.»

Se lo aspettava che abboccasse a quell'esca.

Lui la fissò con quegli occhi scuri e intensi. «Giusto per essere chiari... venire da me non significa bere un caffè e chiacchierare.»

«Lo so perfettamente cosa significa.» E lo sapeva davvero.

Con un sorriso arrogante, le lasciò il mento e indicò il tavolo con la testa. «Allora rompi.»

Pensava fosse una vittoria facile. Doveva impegnarsi e dimostrargli il contrario.

«Adesso non mi aiuterai più, sperando che perda?»

«Perderai lo stesso e non vedo l'ora. E non voglio sentire lamentele quando succede.»

Gesù. Che arroganza.

Ma quell'arroganza non fece altro che alimentare la sua determinazione.

Dopo aver preso la mira, tirò indietro la stecca e colpì la palla bianca con tutta la forza che aveva.

Il rumore delle palle che si colpivano tra loro fu più forte della musica. Trattenne il fiato mentre vedeva le palle disperdersi sul tavolo. Proprio come sperava, una palla piena finì in una buca laterale e un'altra cadde nell'angolo opposto.

Con gli occhi sgranati, sussurrò, «Wow.»

«Culo da principiante,» gli mormorò.

«Qualsiasi tipo di culo va bene.» Analizzò il tavolo e la posizione delle altre palle.

Per vincere, doveva mandare in buca altre cinque palle prima di centrare la nera. E tutto senza sbagliare un tiro, senza fare fallo, senza far saltare la palla fuori dal tavolo o, peggio, mandare in buca una delle palle a righe di lui.

Guardò Romeo. «Dobbiamo chiamare le buche?»

Le sue labbra si piegarono appena. «Non serve.»

Oh sì, era dannatamente sicuro di sé.

Lei si strinse nelle spalle e si rimise a studiare il tavolo, mordendosi il labbro inferiore.

«Vai con calma,» la incoraggiò.

Ma lei sentì chiaramente nella sua voce che non credeva minimamente che avrebbe azzeccato il prossimo tiro.

E aveva buone possibilità di sbagliarlo, in effetti.

Scelse volutamente un tiro facilissimo, quello che nemmeno un principiante avrebbe mancato e...

Fece cadere la palla nell'angolo opposto.

«Troppo facile. Prova qualcosa di più tosto. Vediamo quanto è bravo il ragazzino a insegnare,» commentò Romeo.

Lo ignorò mentre girava intorno al tavolo, cercando e concentrandosi. Zeke le aveva insegnato i tiri a sponda, ma con questa posta in gioco, non voleva rischiare. Trovò un altro tiro sicuro e lo eseguì rapidamente. La palla numero sei finì dritta nella buca laterale.

Sentì un rumore provenire da dove lui si trovava, ma non si voltò nemmeno a guardarlo. Continuò a cercare il prossimo tiro e lo eseguì, mandando in buca anche quella palla.

Avrebbe voluto gongolare, ma si sforzò di nascondere la soddisfazione per quanto erano migliorate le sue capacità.

Le restava solo una palla piena di dover tentare con la otto nera. La palla che le avrebbe fatto vincere sia la partita che la scommessa.

Il cuore le martellava nel petto, nelle orecchie e persino nella gola.

Concentrati.

Rafforzò la presa sulla stecca e ignorò tutto ciò che la circondava, incluso il grosso biker muscoloso lì accanto, che aspettava solo che sbagliasse.

Maddie doveva restare lucida, concentrarsi e analizzare il prossimo tiro in modo logico. Dimensione, età, genere... nulla contava rispetto all'abilità. Tutto si basava sulla fisica, usare la spinta, l'impulso, l'energia cinetica.

Si visualizzò mentalmente il tiro successivo, poi lo mise in pratica, mandando in buca la numero tre.

Riuscì a soffocare l'urlo di entusiasmo che le premeva in gola. Non era il momento di esultare. Il prossimo tiro era il più importante di tutti.

Tutto si giocava sulla palla nera, la otto.

Doveva solo mandarla in buca senza fare fallo o far cadere per sbaglio una delle palle a righe di Romeo.

Non era affatto semplice, dato che tutte e sette le palle di Romeo erano ancora sparse sul tavolo.

Con la punta della stecca indicò la buca laterale. Ora doveva solo concludere il tiro.

Scelse il punto sulla palla bianca, allineò la stecca, espirò tutta l'aria dai polmoni nel tentativo di rallentare il battito impazzito del cuore...

E poi eseguì il tiro.

Capitolo Nove

«CHE CAZZO...?» sbottò Romeo nell'esatto momento in cui la palla otto scivolò sul bordo e finì in buca. «Che cazzo, Maddie? Non è culo da principiante, quello. Mi hai fottuto.»

Non è più così sicuro di sé adesso, eh? «Sì. A biliardo.»

Un muscolo gli pulsò sulla mascella. «Non era quello che intendevo.»

«Sembra che pensassi di approfittarti di me... e hai fallito.» Maddie si strinse nelle spalle e, con un sorrisetto, ripose la stecca nel porta stecche al muro. Poi si avvicinò a lui, che era ancora lì impalato tra lo shock e la rabbia. Usando la sua spalla come appoggio, si sollevò sulle punte e gli sussurrò vicino all'orecchio, «Credevi che non ti avessi visto entrare? Sei difficile da non notare, Rome. Specialmente qui dentro.»

Senza aspettare che quelle parole gli si imprimessero nel cervello, si allontanò e, incrociando il suo sguardo, portò la birra che lui le aveva comprato alle labbra, sorseggiandola a lungo.

Quando finì, sospirò rumorosamente e gli rivolse un altro sorriso.

Appena lo aveva visto entrare al The Iron Horse, lei e Zeke avevano improvvisato un piano mentre Romeo se ne stava al bancone. Non credeva che quel piano sarebbe davvero servito, e invece lui ci era cascato in pieno.

Colpa sua per averla sottovalutata.

Maddie sapeva già le basi del biliardo prima di trasferirsi a Shadow Valley. Zeke si era limitato a perfezionare le sue capacità.

Qualche volta, per divertirsi o per raggranellare un po' di soldi, fingevano che lei fosse alle prime armi. Scommettevano con qualche ignaro cliente del bar, lei vinceva e si fingeva sorpresa, dicendo che era solo fortuna da principiante. Proprio come aveva fatto con Romeo. Solo che con gli altri la scommessa non aveva mai avuto a che fare col sesso.

La 'certezza' di Romeo era appena andata in fumo.

Il suo ego, forse, ridimensionato di un bel po'.

E adesso sapeva che lei non era una che si faceva mettere i piedi in testa.

Zeke rise tornando verso l'area biliardo e diede una pacca così forte sulla schiena di Romeo che lui si piegò in avanti. «Ti andrà meglio la prossima volta, fratello.»

Cazzo. Romeo era già incazzato e ora Zeke gli stava pure sbattendo in faccia la sconfitta...

Non era una mossa furba.

Maddie aprì la bocca per dire a Zeke di lasciar perdere, ma prima che la prima parola le uscisse dalle labbra, si trasformò in un piccolo urlo quando Romeo le afferrò il polso e si diresse verso l'uscita a grandi falcate, trascinandosela dietro.

«Romeo...« Cercò di mantenere la voce calma e bassa per evitare che Zeke intervenisse in suo soccorso.

Il grosso biker non si fermò finché non furono fuori dal locale, abbastanza lontani dalla porta. Appena si fermarono, la spinse delicatamente contro il muro esterno, abbassò la testa e la fissò dritta negli occhi. «Quella era una stronzata.»

Lei sollevò il mento. «Lo dici solo perché hai perso. Scommetto che se avessi vinto non la chiameresti così.»

Appena lui le lasciò il polso, Maddie si girò nella direzione della sua auto, ma lui fu più veloce a sbarrarle il passaggio appoggiando una mano al muro. Quando tentò di passare dall'altra parte, le bloccò la via con l'altro braccio, intrappolandola.

«Lasciami andare, Romeo.»

«Non te ne vai finché non ho finito con te.»

Oh sì, era decisamente arrabbiato.

«Me ne vado quando voglio io. Non hai il diritto di fermarmi.» Riusciva a sentire lei stessa il tremolio nella sua voce?

Era stata stupida a provocarlo?

Lo conosceva, ma non così bene. Anche se, a dire il vero, non aveva mai sentito dire che avesse fatto del male a una donna. Le usava, sì, ma sempre consensualmente. Proprio come era successo con lei cinque anni prima.

Tuttavia, non c'era motivo di essere così furioso. Aveva perso solo una partita a biliardo. Non le aveva estorto nulla di valore. Il suo unico scopo era stato ridimensionarlo.

Zeke non aveva idea che Maddie e Romeo si fossero già 'frequentati' quel famoso fine settimana a Manning Grove. Per quanto ne sapeva lei, nessuno lo sapeva. E sperava con tutto il cuore che le cose rimanessero così.

Zeke aveva accettato di stare al gioco solo perché gli sembrava divertente che il grande e temibile Romeo venisse battuto da 'una ragazza'.

«Maddie, tutto ok?» chiese una voce alle spalle di Romeo.

Parli del diavolo.

«Sta bene,» ringhiò Romeo, continuando a fissarla senza battere ciglio.

«Preferisco sentirmelo dire da lei,» insistette Zeke, abbassando il tono della voce a sua volta.

Le narici di Romeo si allargarono e Maddie giurò di sentire i suoi denti stridere.

Non sarebbe certo stata lei il motivo di una rissa tra Zeke e Romeo. Creerebbe solo problemi. Non solo a loro due, ma tra i Dirty Angels e i Dark Knights.

Non sarebbe stata lei la ragione per cui quell'alleanza solida e duratura tra club si incrinava o, peggio, crollava.

«Sto bene, Zeke,» lo rassicurò con calma.

Romeo continuava a fissarla, intenso e senza distrarsi, ma sapevano entrambi che Zeke era ancora lì, alle sue spalle, pronto a intervenire se fosse stato necessario.

«Non fare il cazzo di permaloso, Rome. Ti ha battuto onestamente.»

Zeke pensava che si trattasse solo della partita. Che Romeo fosse imbarazzato per aver perso contro Maddie.

Non aveva idea di quale fosse stata la vera posta in gioco. E, giudicando la reazione di Romeo, era meglio che non lo scoprisse. Nonostante tra lei e Zeke ci fosse solo amicizia, lui aveva comunque quel tipico atteggiamento da biker 'se la tocchi, sei morto'. Purtroppo, quella mentalità poteva essere pericolosa.

«Non sembri così tranquilla. Vuoi davvero stare lì?»

Non proprio, ma Romeo non le stava facendo del male. «Stiamo semplicemente parlando,» lo rassicurò.

«Bella discussione del cazzo, siete appiccicati,» commentò Zeke.

«Va tutto bene, Zeke. Finisco di parlare con Romeo e vado a casa.»

Zeke rimase dov'era.

«Apprezzo che ti preoccupi per me, ma—»

«Non serve,» la interruppe Romeo.

«Questa cosa non mi piace, Maddie.»

«Non deve piacere a te,» gli rispose Romeo al posto suo.

Doveva ammettere che Romeo aveva una fiducia in sé stesso quasi disarmante, visto che non si era voltato nemmeno una volta verso Zeke. Gli dava deliberatamente le spalle, facendo chiaramente capire che non temeva minimamente cosa potesse fare il ragazzo.

E scommetteva che Zeke l'avesse presa come una provocazione, come un segno che Romeo non lo considerava una minaccia. Un bel colpo all'ego del figlio del presidente dei DAMC. Non diverso dal colpo che Maddie aveva appena inflitto all'orgoglio del biker che ora la stava intrappolando.

Entrambi i maschi avevano ricevuto una lezione stasera.

Tutto quello che Maddie voleva, invece, era bersi due birre in santa pace, fare due tiri a biliardo, chiacchierare con un amico e dimenticarsi del lavoro per qualche ora.

Sussurrò, «Se ti prometto che non me la do a gambe, mi lasci respirare? Così anche Zeke si rilassa?»

Con le labbra serrate in una linea sottile, Romeo inspirò profondamente, poi si raddrizzò. Dopo un attimo d'esitazione, fece un piccolo passo indietro e abbassò le braccia lungo i fianchi.

Ma lei non si perse il dettaglio che le sue mani erano ancora semi chiuse a pugno e che si teneva comunque abbastanza vicino da impedirle di vedere Zeke dietro di lui.

Romeo era un muro perfetto. Ma una finestra pessima.

Questo però voleva dire che Zeke non poteva vederla. Quindi alzò la voce, per farsi sentire, «Va tutto bene, Zeke. Non c'è da preoccuparsi. Io e Romeo dobbiamo solo... aggiornarci.»

«Non sapevo foste così in confidenza da dovervi aggiornare.» Il tono di Zeke era scettico. E aveva ragione a esserlo, non era stupido. Aveva preso l'aspetto da suo padre, l'intelligenza da entrambi i genitori, ma a quanto pare il gene del carattere rilassato l'aveva saltato.

«Certo. Ci conosciamo da anni.»

Amici non lo erano mai stati. Avevano flirtato tanto e avevano fatto sesso una volta, punto.

«Okay,» mormorò Zeke. «Mandami un messaggio se ti serve qualcosa.»

«Lo farò,» rispose lei, mentre Zeke brontolava qualcosa a mezza voce, si voltava e finalmente rientrava nel locale, lasciandola sola con Romeo.

Quando lui si avvicinò, si aspettava che la schiacciasse di nuovo contro il muro, ma non lo fece. Eppure, pur senza toccarla, invase il suo spazio personale e chiese, deciso, «Lui era d'accordo?»

«D'accordo su cosa?»

«Su come mi hai fregato.»

«Non ti piace quando ti fregano, eh, Rome?» gli chiese con un tono zuccheroso da far venire il diabete.

CHE CAZZO, davvero? «Non era quella la mia domanda.»

«Sei arrabbiato?»

«Sembro felice, cazzo?»

«Pensavi che la vittoria fosse assicurata. Pensavi che IO fossi assicurata. Sei incazzato perché non lo sono.»

Non poteva controbattere, perché aveva ragione. Ma il fatto che lei gongolasse gli dava ancora più fastidio.

«Stai cercando di vendicarti perché pensi che quella notte ti abbia usata.» Doveva essere quello il motivo.

«E non l'hai fatto?»

«E tu?» ribatté lui.

«Ammettiamolo, ci siamo usati a vicenda. Io lo ammetto. Ma usare le donne non è forse il tuo marchio di fabbrica? Non fare finta che non lo sia.»

La testa gli scattò all'indietro. «Amo scopare. E per farlo servono le donne.» Magari al liceo non era stato un genio in biologia, ma quello lo sapeva.

«Non proprio.» Lei sorrise e mimò un gesto inequivocabile con la mano, come se si stesse facendo una sega.

Se non fosse stato così incazzato, probabilmente avrebbe riso. Ma lo era. E non rideva affatto. «Non è la stessa cosa.»

«No? Perché alla fine la tua mano è ancora attaccata, mentre le donne che ti porti a letto poi spariscono?»

Che cazzo ci stava a fare lì a parlare con lei? Non aveva bisogno di quella merda. Di donne ne aveva quante ne voleva, senza sforzi.

E anche se lei non voleva ammetterlo, era sicuro che lei e LZ si erano messi d'accordo per fregarlo.

Se fosse ancora stato presidente dei Knights quando LZ avrebbe preso il comando dei DAMC, l'alleanza sarebbe stata a rischio. Non era sicuro di riuscire a fare affari con quel ragazzino pieno di sé.

Soprattutto dopo questa storia con Maddie.

Non era proprietà dei DAMC. E neanche di LZ. Quel ragazzino doveva farsi i cazzi suoi.

«Tipo come hai fatto tu quando sei sgattaiolata via dal mio camper quella notte?»

«Era mattina,» lo corresse lei.

«Cristo. Era piena notte.»

«Aww, Rome. Volevi le coccole dopo?»

Non gliene fregava un cazzo delle coccole. Forse un tenerone come LZ sì, ma lui no. Quello che voleva davvero, quella notte, era scoparsela di nuovo. Quando non fosse stata più a disagio dopo aver perso la verginità con uno come lui, che non era certo piccolo.

Era stato attento la prima volta. Non aveva intenzione di esserlo la seconda. Ma non era stato lui a 'sparire'.

Era stata lei.

E a lui non succedeva mai. Semmai, era difficile liberarsi di certe tipe che si illudevano di diventare la sua signora.

Maddie, invece, si era dileguata non appena lui aveva chiuso gli occhi. Sembrava quasi che avesse copiato dal suo stesso manuale.

«Sì, mi devi delle coccole.»

«Ti ho dato la mia verginità. Non ti basta?»

Neanche per sogno. E, a dirla tutta, non gli fregava un cazzo della sua verginità. Di solito evitava le donne inesperte.

Era lei che lo attirava, non il fatto che fosse inesperta.

Era per lei che era venuto all'Iron Horse stasera. Aveva impiegato anni a togliersela dalla testa, a far svanire il ricordo di quel fine settimana. Ma incontrarla di nuovo da Bangin' Burgers aveva fatto riaffiorare tutto.

E quella cosa lo mandava fuori di testa.

Non aveva mai rincorso nessuna. E ora...

Avrebbe dovuto andarsene. Lasciarla stare e dimenticarla. Tornare al Dick's, trovarsi una sweet butt e fare le porcate peggiori per cancellare Maddie dalla mente.

L'aveva fatto? Ma neanche per il cazzo.

Cos'aveva fatto invece? Qualcosa che normalmente non avrebbe mai fatto, a meno di essere completamente impazzito. Proprio lì, nel parcheggio dell'Iron Horse, in pieno territorio DAMC, l'aveva spinta contro il muro con il petto.

«Ro—»

Le ingoiò il nome catturandole la bocca.

Lei non gli graffiò gli occhi, ma gli artigliò le braccia. Non per allontanarlo, ma per tirarlo ancora più vicino. Per invitarlo a continuare. A restare attaccato a lei.

Gli infilò un ginocchio tra le cosce, le affondò una mano nei capelli e la bloccò contro il muro con il petto mentre le rubava ogni respiro dalle labbra.

Il corpo di lei, la sua reazione, confermavano quello che già sapeva.

La donna stava facendo scena. Fingendo di non volere Romeo, quando la verità era l'esatto opposto. Ma non era l'unica incapace di nascondere le proprie reazioni. In un secondo, il cazzo di Romeo si era trasformato in acciaio, implorando di esserle dentro.

Nonostante fosse stata la prima volta per lei, era stata sorprendentemente partecipe. Non se n'era stata lì ferma come un cadavere, ma aveva assecondato ogni singolo colpo.

Voleva rivivere quel momento. Voleva averla di nuovo nuda e contorcersi sotto di lui, con quelle unghie piantate nella sua schiena, non nelle braccia.

Era ancora stretta come cinque anni fa? L'unico modo per scoprirlo era provarci.

Quella sera, la sua lingua esplorò ogni angolo della bocca di Maddie, si intrecciò alla sua, mentre le sue labbra morbide gli rispondevano. Quando lei inclinò appena il viso, lui approfondì ancora di più il bacio.

Un gemito le sfuggì dalla gola, le unghie gli si conficcarono più a fondo nelle braccia mentre lei si aggrappava a lui.

Era da idioti iniziare una cosa simile lì, dove non avrebbero potuto finirla.

Perché, se quei gemiti e quei piccoli lamenti non erano abbastanza chiari, negare che lei lo volesse sarebbe stata una bugia.

Quando Maddie iniziò a muoversi contro la sua coscia, quella che lui aveva piantato tra le sue gambe, capì che doveva fermarsi. Perché se non lo faceva... la situazione sarebbe degenerata in fretta.

Non l'avrebbe mai scopata lì, in quel cazzo di parcheggio dell'Iron Horse.

Cristo santo, a quel punto non voleva neanche più scoparsela davvero. Voleva solo darle una lezione per averlo preso in giro. Farla eccitare a tal punto da toglierle il terreno da sotto i piedi. Proprio come aveva fatto lei con lui.

Doveva sapere che chi la fa, l'aspetti.

Però quella lezione sarebbe fallita miseramente se non si fosse fermato in quel preciso momento.

Ci volle tutto il suo autocontrollo per staccarsi dalla sua bocca e fare un passo indietro, liberandola. E liberandosi dalla tentazione.

Il cazzo gli pulsava nei jeans quando vide le sue labbra socchiuse, il petto che si sollevava e abbassava in cerca di ossigeno, e gli occhi chiusi stretti.

Sì, era stato lui a ridurla così.

E lei non poteva negare che fosse tutta colpa sua.

Quando finalmente lei sollevò le palpebre, Romeo si passò una mano sulla barba folta per rimetterla in ordine. «Peccato, ti sei persa dove tutto questo sarebbe potuto finire.»

Detto questo, serrò la mascella e fece qualcosa di maledettamente difficile. Si voltò e si avviò verso la sua moto, lasciandola lì, appoggiata al muro, ancora in trance.

Lei pensava di aver fregato il giocatore.

E forse l'aveva fatto.

Questa volta.

Ma la prossima sarebbe stato pronto.

Perché lui non era la puttanella di nessuno.

Nemmeno di Maddie.

Capitolo Dieci

Maddie lanciò un'occhiata all'orologio grande appeso alla parete. Quello che fissava tra un paziente e l'altro. Contava sempre i minuti che la separavano dall'uscire da lì.

Roger era stato via tutto il giorno a fare chissà cosa — non che le importasse — e questo aveva reso la giornata di lavoro molto più piacevole del solito. Non solo per lei, ma per tutti quelli che lavoravano al centro Smith's. Tutti, dai fisioterapisti agli impiegati in amministrazione, sembravano più rilassati oggi. Si scambiavano battute, ridevano, addirittura sorridevano quando quell'insopportabile stronzo non era nei paraggi a respirare loro sul collo, pronto a cogliere ogni occasione per criticare, scrivere un richiamo, togliere soldi dalla busta paga...

L'elenco era infinito.

Roger Smith era un tiranno del cazzo. Si era autoproclamato re del suo piccolo regno e governava con il pugno di ferro. Lui era la ragione per cui quell'azienda aveva un continuo ricambio di personale.

Non era una sorpresa che, ogni volta che qualcuno si

licenziava, Roger li etichettasse come 'deboli', 'sfaticati', 'incapaci' o peggio. A volte tirava fuori anche insulti molto più pesanti.

Maddie aveva appena finito con il suo ultimo paziente della giornata e non vedeva l'ora di filarsela via da lì quando la porta d'ingresso si aprì e l'uomo in persona fece il suo ingresso.

Le sfuggì un gemito esasperato, seguito da un sussurrato «Cazzo,» mentre si nascondeva dietro una grossa colonna quadrata. Con Roger, di solito, valeva la regola del 'occhio non vede, cuore non duole'. Tutti sapevano che bisognava evitare movimenti bruschi per non attirare la sua attenzione.

Probabilmente tutti i dipendenti rimasti al piano stavano incrociando le dita dietro la schiena, sperando che lui si dirigesse dritto nel suo ufficio in fondo al corridoio. Ma per arrivarci, doveva attraversare la grande sala aperta dove loro lavoravano coi pazienti.

Tutti si dileguarono rapidamente o finsero di essere super impegnati. Nessuno incrociava il suo sguardo, se poteva evitarlo.

Maddie si schiacciò contro la colonna, chiuse gli occhi e trattenne il respiro, ascoltando con attenzione.

Solo che, in quel momento, non stava pensando a Roger.

L'ultima volta che aveva avuto la schiena contro un muro...

Poteva ancora sentire il peso del corpo solido di Romeo contro di sé, il rigonfiamento duro e spesso nei suoi jeans, la mano che le afferrava i capelli, la sua bocca che prendeva il controllo in un bacio talmente intenso da farle cedere le ginocchia e accelerare il cuore. Il modo in cui la sua coscia si era incastrata contro la sua figa palpitante. La barba che graffiava la pelle.

Il calore. L'odore. Il suo sapore.

L'intensità di quegli occhi scuri quando aveva interrotto il bacio.

Tutto le tornò addosso come un film in 3D che si proiettava dietro le palpebre chiuse, facendole contrarre il ventre e i muscoli bassi per la voglia di un uomo che non avrebbe dovuto desiderare.

Non voleva desiderarlo.

Il suo corpo e il cervello erano in guerra su questo punto.

Il buonsenso le diceva chiaramente che mettersi nei guai con il presidente dei Dark Knights sarebbe stata una follia.

Sobbalzò quando riaprì gli occhi e si ritrovò Roger a due passi da lei, le sopracciglia bionde aggrottate e la bocca piegata in quell'espressione crudele che conosceva fin troppo bene.

«Che stai facendo?»

Nascondermi da te. «Mi sentivo... un po' stordita.» Non era proprio una bugia. Ricordare il bacio con Romeo le aveva fatto cedere di nuovo le ginocchia.

«Non mi sorprende. Sei sempre stordita.»

Perché, diavolo, continuava a lavorare lì e a sopportare il suo atteggiamento da bullo?

Ah, già. Perché voleva lavorare con una squadra sportiva professionistica e, sfortunatamente, Roger aveva le conoscenze giuste.

Il che significava che se lo avesse mandato affanculo e se ne fosse andata, si sarebbe ritrovata fortunata a lavorare con una squadra di ragazzini della Little League. Lui l'avrebbe fatta fuori dal giro in tutta l'area di Pittsburgh.

Perché gli stronzi hanno sempre il potere? Probabilmente perché pestano chiunque pur di arrivare in cima.

Dovette trattenersi dal guardare l'orologio. Se Roger la avesse beccata a controllare l'ora, l'avrebbe rimproverata davanti a tutti. Ad alta voce. Senza preoccuparsi di umiliarla.

Senza preoccuparsi se in sala c'erano pazienti. Persino bambini.

In realtà, a Roger non fregava niente di nessuno tranne che di sé stesso. L'unico altro amore del narcisista era il denaro. In un anno e mezzo, Maddie non l'aveva mai sentito nominare la famiglia, degli amici, o persino un animale domestico.

Lei si lamentava spesso e si irritava altrettanto con la sua famiglia del club motociclistico, ma almeno aveva delle persone che la amavano, che si preoccupavano per lei e che si sarebbero presentate al suo fianco al primo cenno.

Era praticamente sicura che se uno degli impiegati di Roger fosse stato al volante e lui fosse inciampato nel parcheggio finendo a terra, si sarebbe trasformato in un dosso. E lo avrebbero investito più di una volta.

«Visto che ti mancano quindici minuti alla fine del turno e ti stai solo appoggiando a quel pilastro, perché non vai a pulire il bagno?» Non era una richiesta, era un ordine.

Che stronzo.

Lei era una fisioterapista certificata, non una donna delle pulizie. Pulire i bagni non rientrava nella sua mansione né nei suoi piani per il futuro. Forse aveva licenziato il personale delle pulizie notturno per tirchieria?

Oppure aveva insultato i lavoratori dell'impresa di pulizie a tal punto da farli scappare? Non si stupirebbe se li avesse offesi anche con qualche insulto razzista.

L'unica cosa positiva nel lavorare al centro Smith, nonostante il proprietario fosse un idiota, era che aveva una buona reputazione per l'assistenza agli atleti. Ma questo era merito dei fisioterapisti che ci lavoravano con passione, non certo di Roger. Inoltre, il fatto che fossero sempre pieni di pazienti faceva passare le giornate più velocemente.

Doveva dirgli di no? Se lo faceva, lui sarebbe stato ancora

più stronzo? O l'avrebbe licenziata per insubordinazione? In tal caso, avrebbe anche fatto in modo di impedirle di ottenere l'indennità di disoccupazione mentre cercava un altro lavoro.

E senza stipendio, niente affitto, niente soldi. Dovrebbe tornare a casa. E prima o poi si sarebbe stancata di sentire la solita tiritera su come non avrebbe mai dovuto andarsene, su quanto si stava meglio a Manning Grove.

Certo. Se amavi la vita di paese. Se ti piaceva che tutti si facessero gli affari tuoi. Se ti piaceva che la gente avesse un'opinione su ogni cosa e non avesse problemi a spiattellartela in faccia.

E quanto agli appuntamenti? Era deserto da quelle parti, a meno che non volessi metterti con un biker.

Lei non voleva.

Almeno non a lungo termine.

Perché dopo quel bacio, quel maledetto bacio che le aveva fatto perdere l'equilibrio due sere prima... una notte con un biker capace di starsene zitto forse non sarebbe stata poi così male.

Con la solita espressione da carogna, Roger ringhiò, «Perché stai ancora lì impalata?»

Si aspettava sempre che tutti saltassero sull'attenti appena dava un ordine. Gestiva il centro con paura e intimidazione e poi si metteva la maschera da falso gentiluomo quando si trattava dei clienti o dei fornitori.

Qualcuno doveva metterlo al suo posto. Ma finché non si fosse sistemata con un lavoro migliore, quel qualcuno non sarebbe stata lei.

«Se ti sbrighi, in dodici minuti riesci a pulire quei cessi, quindi muoviti.»

«Non ho passato anni a prendere una laurea specialistica per pulire i bagni.» Almeno, non bagni diversi da quelli di casa sua.

Roger si avvicinò e le lanciò uno sguardo sprezzante. «Non ti pago per non seguire gli ordini. Ti senti troppo superiore per pulirli?» Guardò l'orologio. «Il tempo scorre, Mad. Non mi interessa se dovrai rimanere oltre l'orario. Quando ti dico di fare qualcosa, lo fai.»

Il sapore metallico del sangue le riempì la bocca: si era morsa la lingua così forte per trattenersi.

Aveva una scelta da fare. Obbedire per tenersi il maledetto lavoro o rifiutare e vedere la sua carriera andare a rotoli quando lui le avrebbe infangato la reputazione.

Non ci sarebbero stati dubbi, Roger avrebbe mentito pur di rovinarla. Tipico comportamento da narcisista.

Purtroppo, la decisione che avrebbe voluto prendere davvero — tirargli una ginocchiata nei coglioni — le sarebbe costata un'accusa per aggressione. Così si sarebbe dovuta limitare a immaginare la scena mentre strofinava quei maledetti bagni.

Avrebbe dovuto trasferirsi in un'altra città, con altre squadre sportive professionistiche, e saltare Pittsburgh del tutto.

Troppo tardi.

Eppure, aveva un obiettivo, e nessuno le avrebbe messo i bastoni tra le ruote.

Nemmeno Roger Smith.

Era determinata a ottenere ciò che voleva, nonostante lui e il suo essere un enorme stronzo.

NON LE CI vollero dodici minuti. Ce ne mise più di un'ora a pulire tutti quei bagni disgustosi da cima a fondo. 'Schifo' non rendeva nemmeno l'idea. Ora aveva il massimo rispetto per chi faceva le pulizie per mestiere. Non venivano certo pagati abbastanza per strofinare pavimenti coperti di pipì o tavole del water. O per raccogliere da terra oggetti... discutibili.

Ancora una volta, era seduta nella sua Toyota Highlander nel parcheggio ormai vuoto, fissando il suo posto di lavoro chiuso e rimuginando sulle scelte della sua vita.

Dopo aver terminato il compito assegnato ed essere uscita da uno dei bagni, aveva quasi sbattuto contro Roger. A quanto pare, lui aveva ispezionato il suo lavoro.

Era ufficialmente l'essere più stronzo tra tutti gli stronzi del pianeta.

Aveva avuto la frase sulla punta della lingua... ma se l'era rimangiata. Gli era passata accanto stringendosi contro il muro, aveva preso le sue cose ed era uscita dalla porta principale a testa alta. Non era mai saggio mostrare una debolezza a un narcisista.

Si era aspettata che la chiamasse indietro o che trovasse qualcosa che non andava, obbligandola a rifare tutto da capo. Per fortuna, non era successo.

Anzi, la vera fortuna era essere riuscita a tenersi dentro i pensieri, per quanto difficile fosse stato.

Era rimasta seduta nella sua macchina mentre lui chiudeva il centro e girava la chiave nella serratura. Era rimasta lì mentre lui raggiungeva il suo parcheggio riservato proprio davanti all'ingresso. E ancora lì, quando lui era salito sulla sua Porsche.

E ancora lì quando lui era uscito dal parcheggio senza degnarla nemmeno di uno sguardo.

Se i suoi sguardi avessero potuto uccidere, la Porsche sarebbe esplosa all'istante con l'intensità con cui lo aveva fissato.

L'orologio sul cruscotto segnava quasi le cinque e mezza. Avrebbe dovuto finire alle quattro. Avrebbe ricevuto lo stipendio per quell'ora e mezza in più? Ovviamente no. Se arrivavi in ritardo di cinque minuti, ti scalavano la paga. Se restavi oltre l'orario, lo facevi 'per la causa'.

Non era sicura di quanto ancora avrebbe resistito a lavorare da Smith's. Ma non sarebbe stato un buon segnale sul curriculum saltare da un lavoro all'altro.

O non ottenere buone referenze.

O, peggio, essere diffamata.

E con Roger era praticamente certo che se gli avesse detto di ficcarsi quel lavoro nel culo, lui avrebbe inventato ogni tipo di menzogna su di lei.

Prese il telefono dal portabicchieri e aprì la rubrica. Scorse l'elenco fino a trovare il numero di Zeke.

Magari passare un po' di tempo con un amico l'avrebbe aiutata a liberarsi di quell'umore di merda.

Dopo tre squilli si aspettava di sentire la segreteria.

Invece no.

Rispose una voce femminile dall'altro lato. «Sì?»

Sì? «Sto cercando Zeke.»

«Chi sei?»

Maddie tirò un respiro esasperato. «Un'amica.»

«È occupato con un'altra amica in questo momento. Dovrai aspettare il tuo turno.»

Non era così ingenua da chiedere cosa stesse facendo con quell''amica'. Poteva immaginarlo. Soprattutto se era troppo impegnato per rispondere da solo al telefono.

«E tu chi sei?» domandò lei alla donna.

La linea si spense.

Allontanò il telefono dall'orecchio per controllare, la tipa le aveva chiuso in faccia.

Mandò subito un messaggio a Zeke. *Chiamami quando non sei impegnato. Spero che stai bene.*

Stava per buttare il telefono sul sedile del passeggero, quando arrivò un altro messaggio.

Appena lo aprì, se ne pentì all'istante.

Era una foto di Zeke, con una donna nuda seduta sulla sua faccia e un'altra intenta a succhiargli il cazzo. Il messaggio diceva, *A me sembra che stia bene.*

L'unico motivo per cui lo aveva riconosciuto erano i tatuaggi. Altrimenti, con il viso coperto, sarebbe potuto essere stato qualsiasi uomo durante un'orgia.

Ma dubitava seriamente che Zeke si tenesse in memoria certe foto. Donne nude? Probabile. Ma un uomo nudo? Neanche per sogno.

Cancellò velocemente la foto e si chiese cosa fare dopo.

La cosa migliore sarebbe stata andare a casa, farsi un paio di bicchieri di vino e guardare una commedia romantica o qualcosa del genere. Qualsiasi cosa che la facesse uscire da quel pessimo umore.

Scorse tra i suoi contatti. Poteva chiamare casa e parlare con sua madre o con sua sorella. Poteva anche chiamare Jude.

Poteva persino chiamare Shade. Solo che con lui non avrebbe potuto lamentarsi del lavoro. Altrimenti, avrebbe rischiato di ritrovarsi senza un impiego... e non perché l'avessero licenziata, ma perché il suo capo non avrebbe più respirato.

Era anche il motivo per cui evitava di parlarne con il resto della famiglia. Se Shade avesse saputo dei problemi che aveva alla Smith's, si sarebbe messo in sella alla sua moto e avrebbe fatto un salto a sud.

Doveva proteggere il suo patrigno... da se stesso.

Continuò a scorrere. Poteva scrivere a Gabi e vedere cosa stava facendo. Magari uscire a cena insieme o vederci per guardare un film.

Ma prima che trovasse il numero di Gabi, un altro nome catturò la sua attenzione.

BBC.

Era uno scherzo? Doveva essere uno scherzo.

Lei non aveva messo quel contatto in rubrica...

Ma vaffanculo.

Santo cielo. Si era dimenticata che Romeo aveva salvato il suo numero nel telefono da Bangin' Burgers.

Doveva chiamarlo? O semplicemente ignorare la sua esistenza?

Oppure... poteva chiamarlo.

Giusto per prenderlo in giro per quella cosa del 'BBC'.

Ma magari era proprio quello che voleva lui. Una reazione da parte sua.

Doveva ignorarlo.

Sì, doveva.

Ma lo fece? Ovviamente no. Cliccò sul numero e premette Chiama.

La scusa? Aveva proprio bisogno di staccare la testa dal lavoro, senza per forza ubriacarsi. E lui, forse, poteva riuscirci... senza bisogno di alcol.

L'uomo col 'BBC', come si era autoproclamato, poteva essere la soluzione.

Il telefono squillò appena una volta prima che lui rispondesse, «Era ora.»

Alzò gli occhi al cielo. «BBC? Davvero?»

Una risata profonda le riempì l'orecchio. «Sai che significa?»

«Perché non me lo dici tu, visto che sei stato tu a metterlo nel mio telefono?»

«Preferirei mostrartelo.»

«L'ho già visto.»

«Vale la pena guardarlo un'altra volta.»

«Allora mandami una foto.» Ovviamente intendeva una foto del pene.

«Una foto piatta non rende giustizia. È più impressionante in 3D.»

«Onestamente, Rome, all'epoca non sapevo di meglio. Ora so che sei nella media.»

«Dannazione,» mormorò lui.

«Non so chi sia più pieno di sé. Tu o Zeke.»

«Suppongo di essere io, visto che ce l'ho più grosso.»

Maddie sbuffò e alzò ancora gli occhi al cielo. «Non ho visto il suo per confrontare.»

E in effetti, nella foto che aveva cancellato, non si vedeva nulla. La testa di una donna con lunghi capelli biondo platino aveva censurato tutto. Però aveva notato che quella donna avrebbe avuto bisogno di una tinta urgente.

Ma non era quello il punto.

«È un po' giovane per te, non trovi?»

«Beh, sono abbastanza sicura che la differenza d'età tra me e lui sia la stessa che tra me e te. Sono troppo giovane per te?»

Quella domanda lo lasciò senza parole. Almeno per un paio di secondi.

«Che stai facendo?»

Comodo come cambiava discorso. «Sono seduta nella mia macchina a parlare con te.»

«Perché sei nella tua gabbia?»

Per fortuna sapeva che 'gabbia' nel gergo dei biker voleva dire macchina. «Sto cercando di decomprimere.»

«Da cosa?»

Un attimo di silenzio. Poi, «Che stai facendo?»

Cosa? «Te l'ho appena detto—»

«No. Perché chiami me?»

«Immagino che sia il motivo per cui hai salvato il tuo numero nel mio telefono. Così ti chiamavo.» *Ovvio.*

«E che cerchi da questa telefonata?»

«Una conversazione?» Non si era resa conto che Romeo potesse essere così dannatamente tardo.

«Non è quello.»

«Ah no?»

«Cosa vuoi da me, Maddie?»

«Te l'ho appena detto, una conver—»

La interruppe di nuovo. «Non è quello.»

«Okay, allora spiegami tu perché ti sto chiamando.»

«Vuoi che ti faccia dimenticare qualsiasi cosa ti stia facendo sentire il bisogno di staccare la spina.»

Beh, questo era vero. Forse si sbagliava e lui non era così tardo, dopotutto.

«Conosco un sacco di modi per farlo,» continuò lui.

Probabile anche quello. «Tipo?»

«Per prima cosa ti spalanco per bene le gambe, ti infilo la faccia tra quelle dolci cosce e uso la lingua finché non mi implori di smettere. Finché non ti contorci sul letto. Finché non vieni così tante volte che non riesci nemmeno a muoverti.»

La sua volgarità avrebbe dovuto farle passare la voglia. E invece, succedeva l'opposto.

Perché la sua voce bassa e roca, unita a quelle parole sporche, la facevano andare in fiamme?

«E poi ti—»

«Romeo,» uscì dalla sua bocca in un respiro spezzato, nel tentativo di fermarlo.

Non aveva bisogno che le spiegasse oltre, lo stava già immaginando nella sua testa.

La sua figa si contrasse violentemente e iniziò a pulsare. Le dita delle mani e dei piedi si arricciarono. Il battito le martellava nelle orecchie.

Doveva smetterla prima che finisse per venire seduta lì, sul sedile della sua macchina nel parcheggio della Smith's.

Non aveva mai fatto sesso al telefono, ma immaginava che quello ci si avvicinasse parecchio.

«Stavolta mi fotti di nuovo o lasci che ti fotta io?»

«Io non—»

«Fatti trovare da Dick's. Venti minuti. Se non ti presenti, cancella il mio cazzo di numero.»

«Giochiamo a biliardo?» Nonostante cercasse di fare la spiritosa, la voce roca la tradì.

«Giochiamo a qualcosa, ma non sarà biliardo.»

Capitolo Undici

Romeo afferrò la bottiglia di Jim Beam dallo scaffale più alto dietro il bancone e la aprì. Tenendo gli occhi incollati all'ingresso del Dirty Dick's, si versò il bourbon in un bicchiere basso.

Lo buttò giù tutto d'un sorso, poi si passò il dorso della mano sulle labbra.

Maddie aveva ancora cinque minuti per presentarsi. Se non fosse arrivata, lui se ne sarebbe tornato a casa, avrebbe chiuso la dannata porta a chiave e si sarebbe dimenticato della sua esistenza.

Non si sarebbe fatto fregare di nuovo.

Purtroppo, dimenticarla sembrava impossibile.

Pensava di esserci riuscito, almeno fino alla notte in cui l'aveva rivista al Bangin' Burgers. Da allora non era riuscito a smettere di pensarla. Soprattutto adesso che i suoi fianchi erano un po' più pieni, il suo culo ancora più da scopare e le sue tette un po' più generose.

Era maturata un bel po' da quando l'aveva vista nuda l'ultima volta.

Senza dubbio, gli ultimi cinque anni erano stati buoni con lei. E non era sempre così quando si trattava di donne che invecchiavano.

Non che Maddie fosse vecchia. Cristo, non aveva nemmeno compiuto trent'anni. A differenza di lui. Lui quel traguardo l'aveva superato già da un po'.

«Che succede, prez?»

Romeo staccò gli occhi dalla porta solo il tempo necessario per vedere BamBam avvicinarsi. «Niente. Tu che fai?»

«Sto controllando chi c'è nel menù stasera.»

«Tink, Coral e Keisha sono qui da qualche parte, se nessuno se le è già accaparrate.» Non ci aveva fatto molto caso, la sua testa era occupata da un'altra donna.

Una che non era una sweet butt da dividere con i suoi fratelli.

«Speravo di trovare Nia. L'hai vista?»

«Ho fatto il suo nome?»

BamBam ridacchiò mentre si spillava una birra. «Magari te la stai tenendo per te stasera. Quella donna ha una lingua tagliente, ma è facile farla tacere quando è in ginocchio.»

«Basta che non la fai incazzare. Ha dei bei denti affilati.»

BamBam scoppiò a ridere e gli diede una pacca sulla schiena. «Sembra che tu lo sappia per esperienza.»

Romeo scosse la testa. Lo sapeva, ma non l'avrebbe mai ammesso. Entrambi avevano imparato la lezione quel giorno. Romeo aveva capito che non doveva far incazzare Nia mentre gli stava facendo un pompino, e Nia aveva imparato a non mordere mai più il suo cazzo.

Per la maggior parte, i Knights erano generosi e anche piuttosto tolleranti con le ragazze del club. Le trattavano bene e avevano libero accesso al Dick's, potevano mangiare e bere quanto volevano, quando volevano. Se avesse avuto bisogno di un tetto sopra la testa o di un'auto per spostarsi, gliene avrebbero trovati. Erano anche sotto la protezione del club. Però Romeo tracciava una linea molto chiara quando si trattava di rischiare la castrazione.

Quando si voltò per rimettere la bottiglia sullo scaffale, sentì BamBam fischiare piano. «Dannazione, guarda chi è appena entrata. Sembra persa. Direi che tocca a me aiutarla a trovare la strada.»

Quando BamBam si girò per andare dalla nuova arrivata, Romeo lo fermò afferrandogli il braccio. «Tu non fai proprio un cazzo. Non è persa. E non è qui per te.»

Le sopracciglia del fratello si sollevarono. «La conosci?»

«Sì.»

«È qui per te?»

Romeo succhiò rumorosamente i denti prima di rispondere. «Sì.»

BamBam gli diede una gomitata. «La condividi?»

«Vaffanculo, fratello. Vai a cercarti Nia.»

Anche Romeo era d'accordo con l'osservazione del fratello. Maddie sembrava effettivamente un po' spaesata, visto che non era mai entrata al Dick's prima di allora. Anzi, non era nemmeno sicuro che fosse mai stata in territorio dei Knights.

Essendo considerata 'proprietà' dei Blood Fury, normalmente avrebbe dovuto chiedere il permesso per entrare nel territorio di un altro club. Ma quella regola non veniva applicata visto che i BFMC e i DKMC erano alleati. Tutti e tre i club avevano la libertà di muoversi nei territori degli altri senza dover chiedere prima.

Mentre lei scrutava il bar alla sua ricerca, tutti i suoi fratelli la stavano osservando a loro volta. Così come alcuni dei clienti.

«Nia può aspettare. Adesso devo restare a guardare questa scena.»

«Non c'è niente da guardare.» Doveva andare subito a prendersi Maddie prima che qualcun altro ci provasse.

Quando Romeo girò attorno al bancone, lei lo individuò e si diresse verso di lui. Si fermò un istante a guardare l'ondeggiare dei suoi fianchi e il rimbalzare delle sue tette.

Sì, negli ultimi cinque anni si era sicuramente riempita nei punti giusti.

E a lui piaceva da impazzire.

Forse anche troppo.

Quella sera era vestita come la ragazza della porta accanto. Jeans consumati che abbracciavano quei fianchi pieni, corti abbastanza da lasciare le caviglie scoperte. Scarpe da ginnastica o qualcosa di simile ai piedi, una maglietta della Mansfield University che le aderiva perfettamente al seno che voleva affondare tra le sue mani e un berretto nero con una grande M rossa ricamata a coprirle la testa. I capelli—qualunque fosse il colore ora—raccolti in una coda che spuntava da dietro il cappello.

Se si fosse truccata, si vedeva appena.

Non era vestita per fare colpo, ma per stare comoda. E nonostante questo, per lui era comunque dannatamente sexy.

Shorts inguinali e minigonne dove il culo spunta fuori avevano il loro posto... Su una sweet butt. Non su Maddie. Sarebbe impazzito se l'avesse vista entrare al Dick's vestita come una puttana da club.

Si pizzicò il ponte del naso, chiuse gli occhi e scosse la testa alla sua stessa reazione. Perché cazzo gli si era alzata la pressione solo a pensarlo? Perché doveva fregarsene di come si vestiva? Non era sua. Non era la sua donna né una delle sue solite. Era solo una donna che quella sera voleva farsi scopare.

Il cazzo che lei cercava, lui era più che disposto a fornirlo.

Quando riaprì gli occhi, Maddie era sparita. Qualcuno le aveva bloccato il passaggio... e a lui la visuale.

Quel qualcuno indossava il gilet dei Knights.

Fottuto Slick.

Proprio come Romeo, anche Slick si era guadagnato quel soprannome per un motivo ben preciso.

Sbuffando e succhiando rumorosamente tra i denti, Romeo si avviò verso di loro per intervenire. E per far capire a tutti, molto chiaramente, che Maddie era lì per lui.

Non per BamBam. Non per Slick. Non per nessun altro dei suoi fratelli.

Quando li raggiunse, lo urtò 'accidentalmente' con abbastanza forza da far cadere la mano che teneva il mento di Maddie e le sollevava il viso.

Dal modo in cui Maddie lo guardava, sembrava chiaro che non stesse bevendo nessuna delle cazzate che Slick stava sparando.

Bene. Perché Slick era bravo a parlare dolce con le donne e a portarsele a letto.

Quasi bravo quanto Romeo.

Quasi.

Ma Romeo stava per rovinarlo.

Non perse tempo, le afferrò la mano e la tirò verso di sé, reclamandola senza mezzi termini. Maddie sembrò sollevata nel vederlo.

«Lei è con me», ringhiò in direzione di Slick. E senza aspettare risposta, ordinò a Maddie, «Andiamo».

«Cristo, fratello...», si sentì dire alle spalle.

Fortunatamente, lei lo seguì senza opporsi o lamentarsi davanti a Slick. Quando furono abbastanza lontani, Maddie chiese, «Dove stiamo andando?».

«Da qualche parte in privato.» Le lasciò la mano, ma subito le posò l'altra dietro al collo per guidarla verso la cucina del Dick's. La scortò attraverso la porta a battente, ignorando gli sguardi dei due che stavano lavorando dentro, e continuò a farla camminare.

Una volta fuori, Maddie ripeté la domanda, «Dove stiamo andando, Rome?».

«A casa mia.»

A metà strada tra il bar e il suo appartamento, lei si bloccò di colpo. «Vivi qui?»

«Dove cazzo pensavi vivessi? In una fottuta tenda?»

«Uhm... avevo pensato a una scatola di cartone sul marciapiede. Non sono sicura che sia molto meglio.»

«Divertente», le mormorò.

«Lo penso anch'io.»

«Non mi senti ridere.» Le strinse leggermente il collo. «Muoviti.»

Ok, lo ammetteva, da fuori il suo posto non faceva una gran figura, ma era voluto. A un primo sguardo, l'edificio sembrava un grosso magazzino o un capannone per attrezzi.

Ma dentro era tutta un'altra storia. Semplice, certo, ma quello era tutto ciò che gli serviva. Quando Magnum si era sposato e aveva cominciato a fare figli a ripetizione, il sergente d'armi del club aveva avuto bisogno di un posto più grande, così Romeo si era preso l'appartamento. Era il presidente, dopotutto, e aveva la precedenza su chiunque.

Ancora meglio, il club gli pagava tutto, visto che l'appartamento si trovava nello stesso terreno del Dick's. Con la sola quota mensile, si portava a casa un appartamento decente, tutte le bollette incluse, più un bar e una cucina industriale a pochi passi.

E le sweet butts sempre a portata di mano.

Un affare della madonna.

Doveva solo restare presidente per tenerselo. Sapeva che, se mai avesse mollato il comando—volontariamente o meno—

qualcun altro si sarebbe sdraiato nel suo letto, spaparanzato sul suo divano, guardando la sua maxi TV e bevendo il suo whisky gratis.

Arrivati davanti alla porta laterale in metallo, Maddie chiese, «È davvero casa tua, questa?».

«Sì.»

«È un fienile o un capanno?»

«È il posto dove ti scoperò.»

Dietro di lui sentì il suo sospiro tremante proprio mentre sbloccava la porta.

«Forse volevo solo passare del tempo con un amico.»

Romeo rise piano e aprì la porta. «Se avessi voluto un amico, avresti chiamato LZ.»

«Era impegnato.»

«Allora Gabi. È ex Fury, scommetto che sei amica sua.»

«Lo sono, ma...»

«Ma volevi cazzo, e lei non ne ha», concluse lui per lei.

«Sto solo cercando un modo per staccare la testa dal lavoro.»

«Il cazzo è perfetto per quello.» Soprattutto il suo.

«Sei molto sicuro che il tuo cazzo possa risolvere i miei problemi.»

«Non ho detto risolverli. Ho detto farti dimenticare tutto per un po'.»

«E da quando trenta secondi sono considerati 'un po''?»

«Ancora con queste battute del cazzo...» Le spinse la mano sulla schiena e la infilò dentro.

Dovette quasi sbatterle il petto contro per costringerla a entrare più a fondo nell'appartamento e poter chiudere la porta dietro di sé. Girò la chiave, poi chiuse anche il catenaccio e la serratura supplementare. Sistemò pure la barra di sicurezza.

Non voleva che quello che stavano per fare fosse interrotto.

Quando si voltò, notò i suoi occhi spalancati.

«Ti serve davvero tutta questa sicurezza?»

«Sì», rispose secco.

«È una zona pericolosa?»

«Non c'entra la zona. Noi comandiamo qui. È perché sono il fottuto presidente dei Knights.»

«Sei paranoico?» gli chiese.

«Realista.»

«Hai ricevuto minacce?»

«Ultimamente no. Ma non significa che non succederà in futuro. I Knights e gli Angels hanno avuto problemi con quei fottuti Shadow Warriors prima che venissero sistemati. Poi abbiamo dovuto occuparci di quei cazzo di Deadly Demons, più di recente.»

«Chi sarebbero i Deadly Demons?»

«Degli un-percento che si sono montati troppo la testa. Sono stati decimati.»

Lei sollevò le sopracciglia. «Dal tuo club?»

Inspirò profondamente. Avevano avuto un ruolo nella faccenda, ma solo perché quel club fuorilegge aveva preso Aaliyah, la figlia maggiore di Magnum, contro la sua volontà. Avevano sistemato in fretta quei due membri dei Demons che l'avevano portata via, dopo che La Cosa Nostra aveva già pensato al resto.

Il resto del lavoro era stato portato a termine da una task force federale. Quella di cui faceva parte il marito di Ali-Cat.

Il labbro superiore di Romeo si sollevò in un ghigno, come sempre quando pensava al genero sbirro di Magnum e padre della sua ultima nipotina, Destiny.

«Dal tuo club?» insistette Maddie.

«No.» Perché non si parlava di quello che era successo il

giorno in cui avevano trovato quei due figli di puttana dei Demons, T-Bone e Saint, in un motel con la figlia di Magnum. I Knights avevano solo dato una spintarella al karma quando quei due erano spariti nel nulla e non si erano più visti.

«Quindi, se quel club è stato decimato, perché preoccuparsi?»

«Non è preoccuparsi. È essere furbi. Non sai mai che cazzo di male può nascondersi dietro quella porta chiusa.» La superò e si diresse a destra verso la cucina aperta. Aprì il frigorifero. «Birra?»

Lei annuì.

Prese una bottiglia fresca, le tolse il tappo e gliela porse, poi ne prese una anche per sé.

Quando si voltò con la birra in mano, lei osservò. «Non c'è molto cibo lì dentro.»

«Non mi serve. Ho una cucina intera con una cella frigorifera a pochi metri da qui.»

Nel tono di lei si sentì la sorpresa. «Cucini tu?»

Sbuffò.

«Te lo cucinano i tuoi in cucina?»

«Loro... o le sweet butts.» Un altro vantaggio dell'essere presidente di un MC forte e in crescita.

Con lo sguardo chiuso e diffidente, lei lo fissò per un minuto intero. «Avrei dovuto chiedertelo prima... sei single, vero?» E si portò la birra alle labbra.

Capitolo Dodici

«NON HAI una signora o una ragazza?» O una moglie? Si maledì mentalmente per non averlo chiesto prima, invece di dare per scontato che fosse libero. Ma... era Romeo. Dubitava che uno come lui mostrasse fedeltà a una donna. Moglie, signora o qualsiasi altra cosa. «Non voglio mettermi nei casini con un'altra donna solo per essere qui.» Magari a lui non fregava niente, ma a lei sì.

«Non ci sono piedi da pestare.»

Maddie gli lanciò un'occhiata veloce per assicurarsi che non stesse mentendo, poi si allontanò dalla piccola cucina a destra della porta laterale e si mosse verso lo spazio aperto che occupava gran parte dell'edificio. O della casa. O di qualsiasi cosa fosse quel posto.

La struttura aveva un soffitto alto due piani con quello che sembrava un soppalco. Riusciva a intravedere appena un letto grande lì sopra. Sotto il soppalco, al piano terra, c'erano scaffali, armadi e una porta che probabilmente portava al bagno.

Il suo posto le ricordava un monolocale. E anche le dimensioni erano quelle.

Alla sua sinistra, lungo la parete laterale, c'era una scala molto stretta e ripida che portava alla zona notte. Più che una scala, sembrava una scala a pioli potenziata, e non riusciva a immaginare di salirci o scenderci da ubriaca o stanca morta.

Una tragedia annunciata.

«Questo posto è... interessante.» Nonostante fosse piccolo e spartano, dentro era sorprendentemente carino. Super pulito? No. Ma non era nemmeno un porcile.

Non aveva dubbi che, se le sweet butts cucinavano per lui, pulivano anche casa sua.

E probabilmente facevano anche altro.

Sapeva bene come funzionava il discorso delle ragazze da club in un MC. Lo aveva visto succedere troppe volte tra i membri dei Fury.

Ogni volta, aveva la tentazione di lavarsi gli occhi con la candeggina.

Notò anche che alle pareti c'erano pochi decori. E quel poco era generico, per nulla personale. Se fosse entrata lì senza sapere a chi appartenesse, mai avrebbe immaginato che fosse casa di Romeo.

Le sembrava strano, visto che quando si era trasferita nel suo appartamento non vedeva l'ora di renderlo personale. Di appendere le foto della famiglia, i disegni di Jude, e arredarlo come piaceva a lei.

«È solo un posto dove appoggiare la testa e avere un po' di privacy. Tutto qui. Non serve che sia elegante.»

Lei si girò verso di lui. «No, non serve.» Portò la bottiglia alle labbra e si concesse un lungo sorso. Aveva bisogno di quella birra per calmarsi, perché al momento era un fascio di nervi.

Se avesse tirato fuori una canna, avrebbe anche potuto fumarla, pur non essendo solita farlo.

Ovviamente, come se le avesse letto nel pensiero, Romeo tirò fuori quello che sembrava uno spinello bello carico e un accendino dalla tasca interna del suo giubbotto di pelle. Li lasciò sul tavolino basso davanti al divano, si sfilò il giubbotto e lo appese al gancio accanto alla porta. Probabilmente non metteva mai piede fuori casa senza indossare i colori dei Knights.

Classico comportamento da MC. Raramente aveva visto i membri dei Fury senza i loro colori, a meno che non avessero una buona ragione. Shade, sicuramente, visto che se lo toglieva non appena metteva piede in casa.

Con un cenno verso il divano, Romeo raccolse lo spinello e l'accendino e si sedette, facendo affondare il suo corpo massiccio nei cuscini.

Si stupì che non la stesse già trascinando su per la scala verso il letto. Sembrava non avere alcuna fretta di fare sesso. Si comportava come se passassero normalmente il tempo insieme. Come se fossero amici.

Forse si vedeva che era un po' tesa e pensava che l'erba l'avrebbe aiutata?

Colpì con la mano il divano. «Vieni qui.» Sollevò lo spinello. «Questo ti rilasserà più in fretta della birra. E ti voglio sobria.»

«Sobria per cosa?» Chiese fingendo di non capire.

«Per quello per cui sei venuta qui.»

Mentre si avvicinava al divano e a lui lo stuzzicò. «Per cosa sono venuta qui?»

«Facciamo finta di essere scemi adesso? O mi stai prendendo per il culo?»

Si sedette accanto a lui ma, al contrario di lui, rimase

rigida sul bordo. «Non sarei nemmeno venuta se ti stessi prendendo per il culo, Rome.»

Lui si mise lo spinello tra le labbra, accese l'estremità arrotolata e tirò qualche boccata rapida finché la punta non iniziò a bruciare bene, poi aspirò a fondo. Mentre teneva il fumo nei polmoni, glielo porse.

Lei lo fissò qualche secondo, indecisa se accettare o meno. Al diavolo.

Era lì per distrarsi dal lavoro. E da Roger.

Se la combinazione sesso ed erba poteva funzionare... allora, con Rome...

Prese lo spinello e tirò timidamente. Non appena il fumo le raggiunse i polmoni, iniziò a tossire.

Un profondo ghigno arrivò dall'uomo al suo fianco. Le sfilò lo spinello dalle dita e aspirò di nuovo.

Lei si strofinò il petto, tossendo ancora, mentre sentiva i polmoni in fiamme.

«Hai mai fumato erba prima?»

«Qualche volta, ma non abitualmente. Immagino non sia il tuo caso.»

Le porse di nuovo lo spinello scuotendo la testa. «No. Mi aiuta a tenere a bada il caratteraccio.»

«Hai un brutto carattere?» Lo disse sorpresa. Era abituata al carattere esplosivo di Trip, ma non sapeva che anche Romeo fosse così.

«Non ho pazienza per le stronzate.»

Prese lo spinello arrotolato a mano da lui. «Siamo in due.» Fece un altro tiro—sicuramente non lungo come quello di Romeo—e cercò di trattenere il fumo nei polmoni per qualche secondo senza tossire, poi lo soffiò in alto, lontano da loro.

Bruciava meno della prima volta.

E, ancora meglio, cominciava già a fare effetto. Quel nodo di stress nel petto iniziava a sciogliersi.

Forse non aveva bisogno di fare sesso con Romeo. Forse bastava sballarsi un po'. O almeno rilassarsi.

Afferrò la birra che aveva lasciato a terra e si appoggiò allo schienale del divano, sprofondando nei cuscini con un sospiro.

Il calore del suo corpo la scottava ovunque si toccavano, gambe e braccia, ma non si allontanò.

«Quando hai preso il nome da strada?»

Lui ridacchiò. «Avevo sedici anni.»

Lei spalancò gli occhi. «Sul serio? Anche da ragazzino eri un cane?» Ma guarda un po'.

Il sorriso sfrontato di lui le fece accelerare il battito e un calore familiare si diffuse nel corpo fino a finire tra le gambe.

La testa le diceva che lui era un guaio. Ma il resto di lei non sembrava preoccuparsene.

«Ho sempre adorato le donne.»

«Non è detto che loro adorino te,» ribatté lei.

«Non cerco amore.»

«No, solo figa bagnata, giusto?»

Cristo santo, l'aveva detto davvero? Lanciò un'occhiata allo spinello ancora tra le dita spesse di lui. Doveva essere roba potente. Ma considerando le sue conoscenze, non c'era da stupirsi.

Bevve un altro sorso di birra, cercando di spegnere quel fuoco che le ardeva dentro. Doveva rimanere lucida.

Forse mescolare erba e alcol non era stata proprio un'idea geniale.

«Non ho mai promesso un cazzo a nessuna,» le disse.

«No, ti sei solo dato da fare con le parole dolci, vero?»

«Più che altro con le parole sporche.»

Lei scosse la testa con un sorriso. «Beh, sulle parole sei bravo, Romeo.»

«Devo essere bravo visto che sei qui.»

Già. Ma era perfettamente consapevole del tipo d'uomo che aveva di fronte. E quella sera le stava bene così. Voleva esattamente quello che aveva voluto da lui quella notte, cinque anni prima, nel suo camper.

Niente di più.

Niente di meno.

La differenza? Ora aveva molta più esperienza. E stavano in una casa con fondamenta, non su ruote.

Tese la mano.

Lui scosse la testa, si prese il suo tempo a leccarsi le dita, poi schiacciò la punta dello spinello per spegnerlo e lo lasciò cadere sul tavolino.

Lei lo fissò con desiderio. Era finalmente rilassata. Anche se, forse, chiuderle il rubinetto era stata la scelta migliore. Si sentiva leggera come l'aria e aveva già voglia di schiacciare un pisolino.

Ma non era andata lì per dormire.

«Posso prendermi un'altra birra?» Magari l'avrebbe svegliata un po'. Si alzò in piedi, ma prima che potesse muovere un passo verso la cucina, lui la afferrò per un braccio e la tirò di scatto, facendola atterrare sulle sue cosce.

«No.»

Le sue gambe erano grosse, calde e dure.

«No? E allora cosa posso avere?» gli sussurrò.

Le gambe non erano l'unica cosa dura. «Ce l'hai davanti.»

Lei si girò fino a trovarsi a cavalcioni su di lui, i loro volti a pochi centimetri di distanza. «Adesso sì.»

Incontrò i suoi occhi scuri, così neri che non si distingueva la pupilla dall'iride. Ma non fu solo quello che notò.

Nei suoi occhi c'era fuoco. E una promessa. Bastò a farle tremare la pancia e irrigidire i capezzoli.

Gli infilò le dita nella barba folta. «Da quanto non vedi le tue guance?» Il tono affannato la tradiva, mostrando quanto lo volesse, proprio lì, in quel momento.

Non capiva l'attrazione. Per lei, almeno. Lui inseguiva ogni donna con due tette e qualche buco disponibile.

«Tanto tempo. Ma che cazzo di domande fai?»

Sollevò una spalla in una specie di mezzo sorriso. «Forse voglio conoscerti meglio.»

Inarcò un sopracciglio. «Perché?»

Così non si sarebbe sentita in colpa per fare con lui esattamente quello che lui faceva con le donne? Usarlo solo per sesso? Volerlo solo per divertirsi e poi sparire?

Senza preoccupazioni. Senza gelosie. Senza un uomo possessivo tra i piedi a controllarle la vita dopo.

A dirla tutta, suonava perfetto. Esattamente quello che le serviva. Una notte di movimento sotto le lenzuola e via.

«Hai ragione. Non c'è nessun motivo valido per conoscerti meglio, Rome. Al di là di quello che già so.»

Lui socchiuse gli occhi. «Quindi sei qui solo per usarmi.»

Lei inarcò un sopracciglio verso di lui. «Esatto. Hai un problema con questo?»

«Finché tu non hai un problema se faccio lo stesso con te.»

«Se ce l'avessi, non sarei qui.»

Invece di sembrare sollevato da quelle parole, il suo sguardo si fece cupo.

Capitolo Tredici

SANTO CIELO. Romeo era infastidito dal fatto che una donna potesse davvero voler fare sesso senza complicazioni? A parte le sweet butts, ovviamente.

Non poteva essere una cosa così rara nel suo mondo, o sì?

Era logico pensare che alcune donne volessero finire a letto con lui solo per poi indossare il suo giubetto. Essere la donna ufficiale del presidente di un club aveva un certo status e potere nell'ambiente dei motociclisti.

Tecnicamente, la 'nobiltà' nei MC non esisteva, ma Stella, la donna di Trip, era considerata a tutti gli effetti la regina del regno dei Blood Fury. D'altronde, era la compagna perfetta per il 're' indiscusso del BFMC.

«Non devi preoccuparti che io voglia qualcosa in più rispetto al motivo per cui sono venuta qui. Puoi stare tranquillo, Rome.»

Le afferrò il sedere stringendolo con forza. «Non ho problemi a respirare, donna. Mi chiedevo solo il perché di questo interrogatorio prima che scopassimo, tutto qui.»

«Allora non farò altre domande. Resterò beatamente ignorante su di te, se è quello che vuoi.»

Quando lui serrò le labbra in una linea dura, Maddie sorrise, gli afferrò il viso barbuto e tirò quei peli neri e ispidi avvicinandolo mentre si sporgeva verso di lui.

«Non abbiamo bisogno di parlare,» sussurrò, a un soffio dalla sua bocca.

«Proprio come piace a me,» ribatté lui a bassa voce.

Quando lei si passò la lingua sulle labbra, vide gli occhi di lui seguirne ogni movimento. Appena smise, il suo sguardo risalì a incrociare il suo.

Tutto il corpo di Maddie si contrasse per quello che vide nei suoi occhi. In quel preciso istante, non ebbe più dubbi che stanotte lui le avrebbe dato esattamente ciò che voleva.

Non le lasciò neanche il tempo di chiudere il piccolo spazio tra loro. Le prese la bocca come se gli appartenesse, facendole scorrere una scarica elettrica lungo la schiena.

Le sue labbra piene erano morbide ma decise mentre si muovevano sulle sue. La sua lingua tracciò il contorno delle labbra di Maddie, incoraggiandola ad aprirsi e lasciarlo entrare. Lei lo accolse senza esitazione.

Le loro lingue si sfiorarono e si alternarono nell'esplorarsi.

Al di là del gusto della birra e dell'erba, sentiva il suo sapore.

La prima volta che avevano fatto sesso non si erano davvero baciati. Le sue labbra erano state impegnate altrove nel tentativo di distrarla da ciò che sarebbe venuto dopo. Il suo intento era farla eccitare al punto da farle dimenticare che era vergine.

Questa volta, era tutt'altro che innocente e apprezzava quanto sapesse baciare bene.

Onestamente, la cosa la sorprendeva. Aveva immaginato che, come quella prima volta, Romeo di solito non perdesse tempo con gesti così intimi. Che volesse solo un legame fisico, qualcosa di superficiale, non profondo.

Ma forse per lui baciare non era un grande affare. Era solo un passaggio naturale del resto. Probabilmente faceva tutto ciò che serviva per spogliare una donna. E se un bacio era la chiave per arrivare a quel punto...

In ogni caso, si stava facendo troppe paranoie. Non doveva preoccuparsi di cosa facesse lui con altre donne, doveva solo godersi il momento.

In fondo, baciava da dio e lei non si sarebbe lamentata se avessero impiegato un po' di tempo a scambiarsi baci invece di passare subito al sodo.

Un gemito le sfuggì dalle labbra quando lui affondò ancora di più le dita nei suoi glutei e iniziò a massaggiarle il sedere con decisione.

Contemporaneamente, Romeo le rubò il respiro per poi restituirglielo, mentre le loro lingue si scontravano per un attimo prima che lui riprendesse il controllo e la esplorasse a fondo.

Un gemito le sfuggì dal profondo quando lasciò cadere tutto il suo peso sul suo grembo e iniziò a strusciarsi contro il suo cazzo duro. Muovendo i fianchi in cerchio, si strofinava sull'erezione coperta dal denim, mentre le dita di lui le affondavano nei glutei così forte da farle quasi male.

Nonostante tutto, non voleva che si fermasse.

Quando continuò a strusciarsi contro di lui, lui spinse il bacino verso l'alto, più e più volte, regalandole un assaggio di ciò che sarebbe arrivato una volta che si fossero spogliati. Tuttavia, se non si fermavano subito, lei sarebbe venuta semplicemente strusciandosi su quell'uomo ancora completamente vestito.

Era un problema?

Non ai suoi occhi.

E dubitava che lo fosse per lui.

Probabilmente si sarebbe fatto una risata, divertito dal fatto che riuscisse a farla godere così in fretta e con così poco sforzo.

Succedeva con tutti? Assolutamente no. Ma Romeo aveva qualcosa di diverso...

Oh cavolo. Eccoci qua.

Come previsto, un orgasmo la travolse all'improvviso, facendola ansimare e spingendo il bacino contro la sua erezione d'acciaio.

Ciò che non si aspettava era che fosse così intenso.

«Cristo santo,» gemette lui, staccando la bocca dalla sua. Le afferrò i fianchi e affondò il volto tra i suoi seni, coperti solo da una maglietta di cotone. Forse per nascondere il respiro irregolare. «Sto durissimo, cazzo.»

E lo era, senza ombra di dubbio. Doveva essere scomodo, per lui.

Avvolse le braccia intorno alla testa di Romeo, tenendolo stretto a sé mentre piccole scosse continuavano a percorrerle il corpo dopo quell'orgasmo potente.

«Devo toglierti tutto,» le mormorò, la voce attutita contro la maglietta. «Tutto. Tipo subito.»

Anche lei voleva togliergli tutto.

Il ricordo del suo corpo si era un po' sbiadito dopo cinque anni. Era ora di rinfrescare quella memoria. Quella che, per almeno due anni, aveva usato per confrontare ogni altro uomo, rimanendo sempre delusa.

«Lo faremo sul divano?» Sperava proprio di no.

Lui esitò solo un istante. «Col cazzo. Ti voglio nuda e stesa sul mio letto.»

Usare un letto aveva anche il suo voto.

Le sue cosce erano quasi dure quanto il suo cazzo. «Sei tutto rigido.»

«Sto cercando di non venire nei jeans, cazzo. Tu che vieni così...» Sbuffò piano. «Cristo santo...»

Si scostò da lei e sì, aveva proprio l'aria di essere a pezzi. Si stupiva che non stesse già correndo verso il soppalco.

«Ti porterei su in braccio, ma con quelle cazzo di scale ripide rischio di ammazzarmi.»

«Evitare di morire mi sembra un buon piano,» approvò lei.

Un lato della bocca di lui si sollevò. «Immaginavo.»

Si alzò in piedi con un unico movimento, sollevandola tra le braccia come se non pesasse nulla, anche se Maddie sapeva bene di avere un bel po' di chili addosso.

Gli circondò il collo muscoloso con un braccio e con l'altra mano si aggrappò a uno dei suoi bicipiti, sodo e potente, mentre attraversava la stanza. Voleva evitare di ruzzolare dalle scale, certo, ma anche di cadere sul pavimento di piastrelle non era proprio il massimo.

Quando raggiunsero la base delle scale, lui la rimise giù in piedi. «Sali prima che ti scopo qui, sul pavimento.»

Arricciò il naso. «Il pavimento è sporco.»

«Esatto. Muoviti.»

Al terzo gradino, lui le diede una sonora pacca sul sedere che la fece barcollare in avanti e il cuore le fece una capriola nel petto. Si aggrappò alla ringhiera con le unghie. «Rome, piantala! Non voglio cadere.»

«Se cadi, ti prendo.»

«E se ti cadessi addosso e finissimo entrambi come una frittata per terra?»

«Attutirò la tua caduta.»

«E io ti spezzerò le ossa.»

«Allora muoviti, cazzo.»

«Chi ha progettato queste scale?» Erano talmente ripide che bastava un passo falso...

«Vuoi che faccia ricerche o vuoi scopare?»

«In realtà era una domanda retorica.»

«Anche la mia. Continua a salire.»

Stringendo le labbra, tornò a concentrarsi sul punto più alto. Non amava le altezze. Per fortuna il soppalco aveva una ringhiera in acciaio che evitava il rischio di cadere giù e morire in modo tragico e precoce.

Mentre saliva, sentiva il suo calore del corpo dietro di sé, segno che la stava seguendo da vicino. Ma non si voltò per controllare.

Respirò più tranquilla quando raggiunse la cima e finalmente poggiò entrambi i piedi su un pavimento solido. Poi però la prese un altro momento di panico, si rese conto che nel soppalco non c'era un bagno. Se avesse avuto bisogno, avrebbe dovuto riscendere.

«Dormi qui sopra quando sei ubriaco?»

«Mai ubriaco.»

Un'esplosione di risate le sfuggì dalle labbra. «Ma dai, adesso so che è una cazzata enorme.»

Lui sorrise sornione. «Il divano è comodo da morire.»

«Se vivessi qui, ne comprerei uno con il letto estraibile.»

Si guardò intorno. Pensava che il soppalco ospitasse solo il letto. Si sbagliava. Lungo la parete opposta c'erano delle foto personali incorniciate.

Si avvicinò subito a una cornice con la foto di una donna che teneva per mano un bambino. Si sporse e strizzò gli occhi, come se questo potesse aiutarla a riconoscere le persone nell'immagine.

Ma il bambino...

«Quel bambino è tuo?» Romeo era padre?

Sentì uno sbuffo alle sue spalle. «Quel bambino sono io.»

Si voltò e lo guardò. «Quello sei tu? Sembravi così dolce e innocente.»

«A dieci anni, probabilmente lo ero.»

«E a undici ti sei trasformato in un gangster?»

Quando lui sbuffò, «Un gangster?» lei rise divertita.

«La donna è tua madre?»

«Zia.»

Trovò interessante che lui pronunciasse 'zia' in modo diverso da lei. Lui lo diceva come 'zia' all'inglese, mentre lei l'aveva sempre detto all'italiana, più secco.

Scansionò rapidamente le altre foto incorniciate. In uno scatto in posa c'era lui insieme a un gruppo di altri membri dei Knights. Accanto, una foto più spontanea di Romeo. Il sorriso che sfoggiava era abbagliante.

Cavolo, sembrava così giovane. E la toppa che portava sulla giacca... «Prospetto?»

«Già, mi avevano appena dato il giubbotto.»

«L'inizio della fine, giusto?» lo stuzzicò.

«Dal momento in cui ho indossato quella cazzo di toppa, il mio unico obiettivo era diventare presidente.»

Si voltò verso di lui. «Tu ottieni sempre quello che vuoi.»

«Non fai lo stesso?»

«E ottieni sempre quello che vuoi.»

«Non fai lo stesso?» le ripeté alzando un sopracciglio. «Mi volevi e guarda un po' dove cazzo sei.»

Certo che l'avrebbe detto. Lei represse un sorriso e lo fissò. «Quindi... tua zia, eh?»

«È stata lei a tirarmi su.»

Tutto qui? Non aveva altro da dire? «E tua madre?»

Il sorriso gli scomparve dalle labbra. «Storia per un altro giorno.»

Un giorno che probabilmente non sarebbe mai arrivato. Non sarebbero diventati migliori amici dopo quella notte.

Lui le afferrò un braccio e la trascinò via dal muro delle

foto. «Abbiamo cose più interessanti da fare che stare a chiacchierare del nulla.»

Non credeva affatto che fosse 'nulla'. Aveva visto bene come il suo volto si era trasformato quando aveva chiesto della madre. Dopo quello, non le venne nemmeno in mente di chiedere del padre.

«Facciamo questa cosa o no?»

«Non ho rischiato l'osso del collo su quelle scale per niente,» lo informò. Voleva la sua ricompensa per essersi presa quel rischio.

Posò lo sguardo sul letto matrimoniale. Era un disastro. Sembrava che lui si fosse alzato e basta. «Quando è stata l'ultima volta che hai cambiato le lenzuola?»

Lui diede un'occhiata al letto. «Devo chiederlo a Tink.»

«Tink?»

Quando lui aprì la bocca, lei alzò una mano per fermarlo. «Lascia stare. Ho capito.»

Lui si accarezzò la barba. «Problemi con le sweet butts?»

«Finché non hanno problemi con me, no.»

«Ci sei abituata, vero?»

«Più o meno. Ma io non ho mai...» Stava per dire che non aveva mai condiviso un uomo con loro. Ma Romeo era l'unico vero biker con cui avesse mai fatto sesso. E poteva scommetterci che lui aveva dormito con un'infinità di loro. Non c'era nemmeno bisogno di chiederlo.

Alcuni dei single della Fury avevano mostrato interesse per lei, ma si erano fatti due conti quando si trattava di affrontare Shade dopo. Non che Maddie avrebbe trasformato quell'interesse, o anche solo i flirt innocenti, in qualcosa di serio. Non voleva avere a che fare con gli stronzi alfa.

Si avvicinò e gli sollevò il viso barbutto con una mano. «Promettimi che non dirai a nessuno quello che succede qui.»

«Ho forse spifferato tutto l'ultima volta?»

«Non che io sappia.» Anche per questo lo aveva scelto cinque anni fa. Nonostante le tante conquiste, non l'aveva mai sentito vantarsi. Probabilmente perché dimenticava le donne il secondo dopo aver tirato su i jeans.

Molti biker non vedevano le donne come loro pari. Romeo non faceva eccezione. Per lui, le donne avevano una sola funzione. Servirlo. A letto. In cucina. O facendo quello che chiedeva, che fosse lavare i panni o pulire casa.

Questo era confermato dal fatto che non sapesse quando erano state lavate le lenzuola l'ultima volta. Ci pensava una sweet butt, a quanto pare una certa Tink.

Quel pensiero le riportò alla mente qualcosa che avrebbe dovuto chiedere cinque anni prima. «Usi sempre il preservativo, vero?»

«Mi prendi per scemo?»

«Molti uomini lo sono.»

«Se pensi che la stupidità sia solo maschile, ti sbagli di grosso.»

Si stava innervosendo. Era ora di smettere di parlare prima che decidesse che non ne valeva la pena e la cacciasse.

Anche se... un orgasmo se lo era già portato a casa quella sera... E non era stato deludente.

Nonostante tutto...

Si scostò di un passo, facendogli scorrere lo sguardo addosso, dalla testa rasata agli stivali da biker. «Spogliamoci.»

Le labbra di lui si sollevarono in un sorriso malizioso. «Era ora, cazzo.»

Capitolo Quattordici

«Troppa chiacchiere del cazzo e poca azione,» gli ringhiò.

Dopo che lei si era praticamente strusciata contro il suo cazzo duro come il marmo, Romeo era rimasto appeso a un filo. Quindi, ora le cose dovevano andare avanti — e in fretta.

Maddie aveva catturato la sua attenzione molto prima che le togliesse la verginità. Ma adesso... con qualche anno in più e anche qualche chilo in più...

Cristo. Era un fottuto sogno erotico.

Il suo sogno, comunque. Non gliene fregava un cazzo di quello che pensavano gli altri uomini. Anzi, sperava che gli altri non la pensassero proprio.

Magari non era sua, ma non significava che dovesse essere di qualcun altro. Col cazzo.

Era egoista? Sì, cazzo. Ma non gli importava minimamente.

Si sedette sul bordo del letto e si tolse stivali e calze. Non appena fu a piedi nudi, si tirò su e notò che lei non si era mossa di un millimetro. Ancora peggio, era completamente vestita. Persino il cappellino aveva ancora in testa.

Inaccettabile.

«Hai cambiato idea?» Se fosse stato così, avrebbe fatto del suo meglio per farle cambiare idea di nuovo. Non c'era verso che si perdesse quello che lei aveva da offrirgli.

«Ti ripeto che non ho rischiato la vita su quelle scale per niente. Voglio che ne valga la pena.»

Grazie a Dio.

Balzò in piedi, tentato di strapparle di dosso i vestiti. Ma se l'avesse fatto, lei non avrebbe avuto nulla da mettersi addosso quando l'avrebbe cacciata dal letto.

«Allora spogliati, Maddie. Non costringermi ad aiutarti, perché non ho la cazzo di pazienza di non strapparti tutto di dosso.» Con quella minaccia, si afferrò l'orlo della maglietta e se la tirò via dalla testa.

Sentendo il respiro di lei mozzarsi, alzò lo sguardo per controllare se si stava finalmente muovendo.

Macché.

Lei lo stava fissando.

«Maddie,» ringhiò.

Sembrava che facesse fatica a staccare gli occhi dal suo petto nudo. «Cosa?»

Le stava piacendo o no?

E poi, a dirla tutta... gliene fregava? Col cazzo.

«Spogliati, subito.»

«Tutti i tatuaggi te li ha fatti Crow?» gli chiese, come se non l'avesse neanche sentito.

«Alcuni. Ma ora basta parole, donna. Le azioni parlano più forte...»

Quando gli sorrise, qualcosa gli attraversò il petto. Qualcosa che non riconobbe. A parte l'irrefrenabile voglia di scoparsela.

Di solito il sorriso di Maddie le illuminava il volto, ma quello... Quel sorriso lì diceva chiaramente che quello che vedeva le piaceva. E il suo cazzo si mosse di conseguenza nei jeans.»

Doveva sbrigarsi, cazzo. «Se non ti sei spogliata entro il tempo che ci mette il mio culo nero, ti strappo via i vestiti. E quando dico strappo, intendo STRAPPO. Se vuoi conservare quei vestiti interi, ti consiglio di darti una cazzo di mossa.»

Meglio che ascoltasse questo secondo avvertimento, perché sarebbe stato l'ultimo.

La sua minaccia fece arrossire le guance di Maddie e la costrinse finalmente a muoversi.

Rimasto solo in jeans, Romeo si piantò lì, mani sui fianchi, a guardarla mentre si sfilava il cappellino dalla testa.

Non sapeva quale colore di capelli le piacesse di più. Il biondo fragola naturale o quel castano rossiccio che aveva adesso. Le stavano bene entrambi. Probabilmente starebbe bene pure con i capelli viola.

Ma a dirla tutta, non gliene fregava un cazzo del colore, visto che il suo obiettivo era scoparsela, non pettinarle i capelli.

Lei si tolse le scarpe con la punta dei piedi, poi sbottonò i jeans e abbassò la zip. Dondolandosi un po', si sfilò i pantaloni dai fianchi e lungo le gambe, rimanendo con addosso solo un paio di mutandine color pesca.

Lui si leccò le labbra. «Avanti.»

«Hai intenzione di stare lì fermo e guardare?» gli chiese.

«Esatto.»

Un lampo le attraversò gli occhi. «Sicuro che non vuoi darmi una mano?»

«Solo se vuoi tornare a casa con i vestiti a brandelli, come se fossi scappata dalla gabbia dei leoni.»

Lei si premette una mano sul petto. «Questa maglietta mi piace.» Poi la tirò su, sfilandosela dalla testa.

Le dita di Romeo si contrassero per l'urgenza di toccarla.

Avrebbe avuto tutto il tempo di farlo. Per adesso, si godeva lo spettacolo, tanto potrebbe essere l'unica occasione.

Ma invece di togliersi il reggiseno e le mutandine, lei si avvicinò e, quando fu a pochi centimetri, si voltò.

Gli occhi di lui seguirono la linea della sua schiena, il giro dei fianchi e la perfezione del suo culo.

Dannata perfezione.

«Slacciamelo,» gli ordinò.

Sfiorandole la pelle liscia con il dorso delle dita, dal collo fino alla chiusura del reggiseno, la sentì rabbrividire e la pelle coprirsi di brividi. Le sue dita grandi fecero subito saltare i gancetti, ma il reggiseno restò al suo posto, visto che lei si teneva un braccio premuto sul petto.

Fece due passi più in là, poi si voltò di nuovo. «Adesso tocca a te.»

Tocca a lui? Oh, cazzo, sì.

Infilò i pollici sotto i jeans e se li sfilò in un attimo. Non portava nulla sotto, quindi adesso era completamente nudo. Il suo cazzo puntava dritto davanti a sé e la punta brillava del liquido trasparente che già colava.

Lo guardava con attenzione mentre lui si strinse la cappella fra le dita, spremendo un'altra goccia. «Ti piace quello che vedi?»

«Non è male,» lo stuzzicò. «Su una scala da uno a dieci... direi che sei...»

Lui inarcò un sopracciglio.

«Un otto,» concluse.

«Parli di me o del mio cazzo?»

«Di te. Visto che il tuo cazzo è attaccato.»

«Dovrebbe essere un dieci.»

I suoi occhi brillarono. «Nessuno è perfetto.»

Lui sbuffò. «Adesso valuto io te. Fammi vedere quelle cazzo di tette.»

Quando tolse il braccio che le copriva il petto, il reggiseno cadde a terra.

Fanculo. Sarebbe morto volentieri soffocato tra quelle tette. Anzi, a pensarci bene, non sarebbe nemmeno un brutto modo di crepare.

«Le mutandine.»

Trattenne il fiato mentre lei se le sfilava e le lasciava cadere ai piedi.

Almeno non si era rasata completamente là sotto. Lui odiava quella roba. Non gli piacevano nemmeno le giungle incolte, ma l'effetto terra bruciata proprio no.

«Sciogli i capelli.»

«Sei così autoritario.» Notò un tremolio nella sua voce.

Quando lei portò le mani dietro la testa, il petto si sollevò e i suoi occhi si posarono sui capezzoli tesi. Non vedeva l'ora di prenderli in bocca.

Una volta sciolti i capelli, le ricaddero attorno al viso come una cascata e sulle spalle.

Cristo santo. La ragazza della porta accanto era sparita, sostituita da una dannata bomba sexy.

«Penso che hai mentito sul fatto che nessuno sia perfetto. Sei un cazzo di dieci, Maddie.»

«Nemmeno per sogno.»

«Il voto lo do io. Non sta a te contraddirmi. Vieni qui.»

«Da presidente dei Knights sei abituato a dare ordini, eh?»

«Qualcuno deve tenere in riga quei figli di puttana.»

«Beh, io non sono una di loro. E credevo che fosse Magnum quello che tiene tutti in riga.»

Quella frase gli ricordò che Magnum gli aveva nascosto il fatto che Maddie vivesse in zona. Quella cosa gli rodeva ancora un sacco.

Avrebbe potuto avere quella donna davanti a sé già da un bel pezzo.

Magnum era stato un cazzo di ostacolo.

Stronzo.

Romeo si sforzò di ignorare il fastidio e si concentrò sulla donna che aveva davanti. Allungò la mano. «Ti ho detto di venire qui.»

Con un mezzo sorriso sulle labbra, lei si avvicinò con calma. E lui si gustò ogni passo.

Stanotte era un uomo fortunato. Ancora meglio, Maddie sarebbe stata tutta sua, solo sua.

Se qualcun altro provava a toccarla, gli avrebbe spezzato le dita.

Quando gli afferrò la mano, gliela sollevò sopra la testa e la fece girare lentamente su sé stessa, ammirando ogni centimetro del suo corpo.

Quando tornò faccia a faccia con lui, la tirò bruscamente contro di sé, schiacciandole le tette morbide contro il suo cazzo duro e dolorante.

Quando lei sollevò il viso verso di lui, gli mancò il fiato. L'ultima volta che gli era successa una cosa del genere era stata quando l'aveva presa per la prima volta, sapendo di essere il primo uomo ad averla avuta.

Di solito non gliene fregava un cazzo delle vergini, erano solo una rottura di palle. Quelle che aveva avuto prima non sapevano come far godere un uomo, ma Maddie...

Sapere di essere stato il primo...

Sapere che aveva scelto lui tra tanti, anche se sicuramente aveva un esercito di cazzi pronti a rincorrerla. Solo nella Blood Fury...

«Perché sei qui, Maddie?» Forse aveva un secondo fine per averlo scelto di nuovo.

«Te l'ho già detto.»

Non riusciva a fermare la paranoia. Essere presidente di un MC potente significava stare sempre all'erta. Anche con le donne. «Perché proprio me?»

«Perché non ti piace impegnarti.»

«Quindi andava bene chiunque non volesse il matrimonio con la palla al piede?»

Esitò solo un secondo. «Volevo qualcuno di cui potermi fidare.»

«Qualcuno potrebbe dire che sei una cazzo di scema a fidarti di me.»

«Mi fido più del mio giudizio che di quello degli altri.»

«Non mi conosci abbastanza.»

«Cinque anni fa non mi hai fottuto la vita. Mi hai solo... fottuto.» Gli ricordò.

«Proprio quello che volevi.»

Lei annuì.

«Quello che vuoi anche stanotte.»

Annuì di nuovo.

«Sesso senza complicazioni,» confermò lui.

«Non eri tu quello che si lamentava per le troppe chiacchiere e poca azione?»

Sorrise. Aveva ragione. Stavano perdendo tempo.

Anche se, poteva definirsi tempo perso con una donna così figa, nuda davanti a lui?

Qualsiasi uomo sano di mente avrebbe risposto di no.

Le sfiorò la mascella con le nocche, poi tracciò il contorno delle sue labbra con il pollice. «Fammi vedere cosa sa fare quella bocca oltre a parlare.»

«Cantare?»

Scosse la testa.

«Fischiare?»

Scosse di nuovo la testa.

«Ricambierai il favore?»

«Voglio infilare la faccia tra le tue cosce e farti godere finché non mi implori di fermarmi. Voglio la tua figa che mi cola sulla faccia.»

Lei tremò. Oh sì, anche lei lo voleva.

«Siediti,» gli disse.

Lui sollevò le sopracciglia quando lei prese il comando all'improvviso, si staccò da lui e indicò il bordo del letto.

Sua zia non aveva cresciuto uno scemo, quindi si sedette dove lei gli aveva detto. E appena lo fece, lei usò il ginocchio per allargargli le gambe, creando spazio sufficiente per inginocchiarsi tra di esse.

Gli affondò le dita nei muscoli delle cosce mentre si abbassava sulle ginocchia.

Troppo lentamente.

L'attesa era più una tortura che altro.

«Le tue cosce sono come tronchi d'albero.»

«Anche il mio cazzo.»

«Intendi come un alberello appena nato?»

«Più come una quercia secolare.»

I suoi occhi scuri si sollevarono verso i suoi. «Difficile mentire quando ce l'ho proprio davanti agli occhi.»

«Smetti di usare gli occhi e comincia a usare la bocca. Non si succhia da solo.»

Appena le parole gli uscirono di bocca, vide il cambiamento nell'espressione di lei che si chiuse all'istante.

Cristo santo, doveva ricordarsi che lei non era una sweet butt. Doveva trattarla in modo diverso. Con attenzione.

Lei non era costretta a stare lì. Era venuta da lui per scelta.

Non poteva mandare tutto a puttane. Ci era quasi riuscito.

Forse doveva semplicemente tenere quella cazzo di bocca chiusa, così non l'avrebbe fatta scappare prima ancora di cominciare.

Capitolo Quindici

Perché diavolo l'aveva contattato?

Perché aveva pensato che lui fosse la soluzione per distrarsi dal lavoro? Doveva essere fuori di testa per aver immaginato che potesse andare in modo diverso da così.

Lui era abituato a donne che facevano tutto quello che ordinava. Avrebbe dovuto saperlo che con lei non sarebbe stato diverso.

Sciocca com'era, ora si ritrovava completamente nuda, in ginocchio sul pavimento.

Aveva perso il senno per un minuto, ma ora la realtà stava tornando a farsi sentire.

La parte negativa di tutta questa storia? Lui era Romeo, famoso per usare le donne. La parte positiva? Non avrebbe mai spifferato in giro che erano finiti a letto insieme. I pro superavano i contro?

Beh, il suo cazzo era notevole. Quindi, quello era un punto a favore.

E da quel che ricordava, sapeva anche come usarlo. Così come sapeva usare la bocca.

A questo punto, le restavano due scelte, sopportare il suo atteggiamento da biker prepotente... o andarsene.

Il suo cazzo era bello. E anche il resto non era male da guardare.

Aveva più tatuaggi di quanti ne ricordasse. E sembrava pure più grosso. Non grasso, solo... più massiccio.

L'unica cosa che la infastidiva era il suo atteggiamento.

Doveva stringere i denti e andare avanti?

Sospirò mentalmente. Certo che sì.

Avvolse una mano alla base del suo pene e ne prese la punta tra le labbra. Magari non era spesso come un tronco d'albero, ma non era certo piccolo. Un sapore salato le invase la lingua mentre la faceva roteare attorno alla testa.

Il suo gemito le arrivò alle orecchie nello stesso istante in cui lui le affondò le dita nei capelli, stringendo forte. Quando sussurrò, «Così, piccola», la sua figa si strinse così tanto che per un attimo pensò di venire di nuovo.

Solo per come l'aveva detto. Dannazione.

Infilò in bocca quanto più riusciva senza soffocare. Anche se, probabilmente, a lui non sarebbe fregato nulla se lo avesse fatto. Aveva visto alcuni membri dei Fury scopare le donne in bocca così profondamente e violentemente che si ritrovavano con le lacrime agli occhi, la saliva che colava sulle labbra e il moccio che scendeva dal naso.

Maddie lo trovava disgustoso. I tipi? Non proprio. Sperava che Romeo non avesse in mente di 'scoparle il cranio' in quel modo. Se ci avesse provato, non avrebbe avuto problemi a fermarlo subito.

Seguì con la lingua il grosso nervo sotto al cazzo, poi lo inghiottì di nuovo per quanto poteva.

Le sue dita si muovevano ritmicamente tra i suoi capelli, stringendo e rilasciando. E le anche si sollevarono qualche volta dal letto. Ma almeno non la forzava a scendere di più mentre la scopava in bocca.

«Cazzo,» gemette mentre lei continuava a succhiare e leccare.

Non dovette essere lei a fermarsi, fu lui a farlo. Quando si prese le palle in bocca e gli accarezzò il cazzo duro con la mano, lui le afferrò i capelli e la tirò su.

«Cazzo,» ansimò, «guardati. Le guance arrossate, le labbra gonfie e lucide. Sei fottutamente sexy.»

«Hai finito?» gli chiese.

Lui scosse lentamente la testa. «Non è finita.»

Quando stava per prenderlo di nuovo in bocca, lui la fermò. «Dicevo che hai finito. Con quello. Ma noi non abbiamo finito.» Si alzò in piedi e il suo cazzo, pieno di vene e duro, le sobbalzò davanti. «Invertiamo i ruoli.»

Ancora ordini, ma questo non le dispiaceva. Se si ricordava bene, era molto bravo in quello che stava per fare.

La sua reazione quando lui le aveva leccato la figa quella prima volta l'aveva divertito. Forse perché Maddie aveva emesso uno strillo acuto e praticamente era saltata fuori dalla pelle quando l'orgasmo l'aveva colta di sorpresa.

Questa volta, però, l'avrebbe aspettato con ansia, sapendo cosa sapeva fare con quella lingua. Il tipo poteva pure essere un donnaiolo, ma bisogna riconoscergli che aveva delle doti straordinarie.

Secondo lei, se la cavava perché era consapevole di non essere difficile da guardare. E sapeva anche di essere bravo a letto. Ecco dov'era il problema. Se non fosse stato né l'uno né l'altro, sarebbe stato molto più facile resistergli. E non avrebbe avuto tutte le donne ai suoi piedi.

Come lei.

Era caduta nella trappola.

«A quattro zampe? Sulla schiena? Come mi vuoi?»

«La vera domanda è, come non ti voglio? Ma per ora, sulla schiena, con quelle gambe ben spalancate. Fammi vedere quella bella figa rosa.»

Bella figa rosa?

L'aveva detto davvero?

Forse tutto il sangue che aveva nel corpo era finito nel cazzo e gli stava annebbiando il cervello. O forse era lei, che era così eccitata da iniziare a sentire fischi nelle orecchie.

Non fece in tempo a salire sul letto che le sue mani grandi la presero per la vita e la sollevarono, lanciandola sul materasso come se fosse leggera come una piuma.

L'uomo era forte, su questo non c'era dubbio.

Atterrò sul letto con un rimbalzo e si sistemò velocemente, scivolando all'indietro fino ad appoggiare la testa su uno dei suoi cuscini.

«Fammi vedere,» le ringhiò, quella voce bassa e roca che le fece bruciare ogni centimetro del corpo.

Senza esitare, sollevò le ginocchia e le spalancò.

«Allargati le labbra,» fu il suo prossimo comando.

Le venne quasi da chiedergli quali labbra, per prenderlo in giro, ma non era proprio il momento per scherzare. Quello era un affare serio.

Il desiderio negli occhi scuri di lui le mozzò il respiro, le fece dolere i capezzoli e tremare le cosce. Si accarezzò piano, poi fece una V con le dita e si aprì, mostrandosi senza alcun pudore.

Un sospiro gli sfuggì dalle labbra. «Che cazzo di spettacolo.»

Doveva prenderlo come un complimento, non come un'offesa, visto che si era sempre presa cura di sé. Non per un uomo in particolare, ma per se stessa.

Negli ultimi anni, osservare le sweet butts le aveva fatto capire di non voler mai dipendere da qualcuno solo perché aveva un cazzo. Lei voleva essere trattata da pari, non come un oggetto.

Stasera, però, avrebbe fatto un'eccezione. Avrebbe sopportato quell'atteggiamento da biker solo per ottenere ciò che voleva.

Voleva Romeo per una notte, non per una vita.

E lui voleva la stessa cosa da lei.

Un semplice accordo reciproco.

Il letto affondò sotto il peso del suo corpo mentre le si arrampicava sopra, gli occhi incollati al punto tra le sue gambe.

Trattenne il respiro per un attimo quando lui le afferrò le cosce e gliele spalancò ancora di più.

«Sono un uomo grosso. Mi serve spazio per lavorare.»

«Meno parole, più fatti,» lo provocò, tirandogli piano la barba.

I suoi occhi si sollevarono verso il suo viso, poi lui inclinò il capo e si abbassò, spostando le dita di Maddie e sostituendole con la sua bocca.

Inarcò la schiena quando le succhiò il clitoride, mentre la barba le graffiava la pelle sensibile delle labbra. Non si tratteneva. Era completamente immerso in ciò che stava facendo, come se volesse farsi un trattamento completo con la sua eccitazione.

Era più che felice di accontentarlo.

Lui succhiava, leccava, mordicchiava e pizzicava.

Oh sì. Aveva fatto bene a contattarlo. Era proprio quello che le serviva dopo la giornata di merda che aveva avuto. Anzi, se potesse finire ogni giorno così, non avrebbe avuto niente da lamentarsi.

E poi, Romeo la stava mangiando come se fosse a digiuno da un mese. Ogni gesto le faceva saltare i fianchi dal letto, mentre lei gli affondava le dita nel cranio rasato. Buttò indietro la testa, chiudendo gli occhi e godendosi le sue capacità.

Le sue straordinarie capacità.

Ma quando iniziò a succhiarle il clitoride e a infilarle le dita, tutti i pensieri le sparirono dalla testa. Si concentrò solo su quello che le stava facendo con la bocca e le mani.

E stava perdendo completamente la testa.

Ogni osso nel suo corpo si sciolse mentre lui continuava quel tormento delizioso tra le sue gambe. La portava fino al limite, poi la tirava indietro, solo per spingerla di nuovo verso l'orlo fino a farla restare lì, in bilico, aggrappata per un filo.

Era pronta ad avere un altro orgasmo, ma allo stesso tempo voleva che lui continuasse.

Era combattuta. Godere subito o resistere il più a lungo possibile?

Se fosse stata gentile, avrebbe pensato alla pazienza di Romeo. Era sicura che lui fosse pronto a passare all'evento principale.

Ci pensò. Essendo un biker, come la maggior parte di loro, Romeo non avrebbe mai fatto qualcosa che non voleva fare. Compreso passare un'eternità a leccare una figa. Quindi, forse non doveva preoccuparsi di lui e pensare solo a se stessa.

Se non gli fosse piaciuto, non avrebbe avuto problemi a farglielo sapere. E lo avrebbe fatto in modo molto chiaro, e pure a voce alta.

Ecco una cosa positiva dei biker, non giravano intorno ai discorsi. Erano diretti, anche in modo brutale, e non gliene fregava nulla di cosa pensassero gli altri.

Inspirò a fondo e poi lasciò andare l'aria lentamente, decidendo di lasciarlo continuare finché non ne avesse avuto abbastanza. Intanto, le dita accarezzavano la pelle calda e liscia della sua testa rasata.

La sua pelle era morbida. La barba, ruvida.

E anche se non poteva più vederlo, era certa che il suo cazzo fosse ancora duro come l'acciaio. Probabilmente stava già sporcando le lenzuola.

La testa le ricadde pesantemente sul cuscino e tutto il suo corpo iniziò a tremare in modo incontrollabile quando lui aggiunse un altro dito al mix. Ma, a differenza dei primi due, il terzo si spostò più in basso, toccandola in un punto dove nessun uomo l'aveva mai toccata prima.

Oh... Aspetta un attimo...

Non era sicura di essere del tutto a suo agio con quel nuovo 'gioco'. Non era spiacevole, ma... diverso.

Decise di dargli una possibilità prima di dirgli di lasciar perdere.

Dato che lui le aveva già tolto la verginità, adesso voleva conquistare anche quel punto? Non l'avrebbe stupita.

Era il tipo da voler conquistare ogni centimetro di una donna, senza però volerla tenere davvero. Faceva di tutto per ottenere quello che voleva, poi se ne andava. Maddie l'aveva accettato cinque anni fa e le stava bene anche stasera.

Non voleva indossare la sua toppa.

E non voleva avere a che fare con i suoi soliti casini da biker.

Voleva solo godere altre due o tre volte. E se lui fosse stato bravo a darle anche di più, non si sarebbe certo lamentata. Avrebbe affrontato quelle scale ripide con un sorriso e una soddisfazione addosso difficile da spiegare.

Magari, pure con una nuova prospettiva sulla vita.

Le premette leggermente contro l'ano, ma non andò oltre. Stava testando la sua reazione?

Appena si accorse di essersi irrigidita, si costrinse a rilassarsi di nuovo. Sapeva il fatto suo, non era un ragazzino impacciato. Poteva fidarsi di lui durante il sesso. Se non si fosse fidata, non sarebbe stata lì, nuda nel suo letto. Anzi, non sarebbe stata neanche a pochi metri da lui.

Alla fine, lui non andò oltre. Continuò solo a stimolarla lì, succhiandole il clitoride con forza, accarezzandole le labbra gonfie con la lingua piatta e incurvando le dita dentro di lei alla ricerca di quell'altro punto cruciale.

Un uomo che sa dove si trova il punto G, secondo lei, valeva oro. Ma non glielo avrebbe detto, altrimenti gli avrebbe fatto gonfiare ancora di più la testa... quella tra le spalle, s'intende.

Meglio lasciarlo fare.

E, santo cielo, se sapeva cosa fare.

Stimolarle il clitoride, il punto G e anche l'ano allo stesso tempo le fece divampare il fuoco nella pancia come se qualcuno ci avesse buttato sopra benzina.

Inarcò la schiena e si prese i seni tra le mani, stringendoli, pizzicandosi i capezzoli tesi.

Ogni parte del suo corpo iniziò a pulsare, segnale inequivocabile che stava per arrivare. Bastava ancora poco per spingerla oltre quel confine sottile.

E quando finalmente si lasciò andare, l'orgasmo la travolse, la afferrò e la trascinò via con sé.

Capitolo Sedici

Cazzo, *che* orgasmo.

Romeo gli sorrise contro la figa caldissima e bagnatissima.

Missione compiuta. Ora che lo era, era tempo di passare oltre e ottenere il proprio sollievo.

Quando sollevò la testa, Madison sembrava svenuta, con la sua espressione rilassata e il corpo molle. Doveva aver perso completamente il controllo di sé.

Cazzo sì. Ci sapeva ancora fare. Non che avesse mai avuto il dubbio. Ma per qualche ragione, aveva avuto bisogno di assicurarsi che Maddie fosse ben soddisfatta.

Voleva chiedersi perché? Cazzo no.

Gliene era mai fregato qualcosa di lasciare una donna soddisfatta? Di solito no. Ma, ancora una volta, per qualche ragione, nella sua testa, Maddie era diversa dalle sue normali conquiste.

Non avrebbe dovuto esserlo. Avrebbe dovuto essere come qualsiasi altro buco che voleva riempire.

Lo faceva incazzare di brutto il fatto di averla messa in una categoria completamente diversa.

E allora se le aveva preso la verginità? Per quello non le doveva un cazzo.

Sedendosi sulle ginocchia, passò lo sguardo su di lei. Anche lì distesa senza vita, era fottutamente sexy. E più che tentatrice. «Ti è piaciuto?»

Certo che sì. Era ovvio.

I suoi occhi si aprirono a fatica e un dolce sorriso le incurvò gli angoli della bocca. «È andata bene.»

Lui sbuffò, «Sì, certo. Hai avuto di meglio, allora?»

I suoi occhi castani si incrociarono con i suoi. «Vuoi che ti dia un voto?»

«Dall'aspetto che hai, è stato un dieci pieno.»

Il sorriso le si allargò e si sedette, passandosi le dita tra i capelli per sistemarli. «*Mmm.*»

«Stai dicendo che non lo è stato?»

«Hai bisogno di convalida? Questo ti fa sembrare un po' insicuro.»

Lui scosse la testa. «Non ho bisogno di un cazzo.»

«Questo significa che non hai bisogno di una risposta.»

Per l'amor del cielo. Maddie doveva essere diventata una sapientona negli ultimi anni. Di solito preferiva le donne più compiacenti a quelle con opinioni forti. Ma d'altronde, questa non era una relazione a lungo termine, quindi poteva sopportare la sua lingua per il breve periodo di tempo in cui sarebbe stata nel suo letto.

E se si fosse dato una mossa, sarebbe uscita dal suo letto prima del previsto.

Era quello che voleva, giusto?

Lui aggrottò la fronte.

«Che c'è? Hai un crampo o qualcosa del genere?» gli chiese.

«Se ce l'avessi, immagino che tu possa alleviarlo.» Specialmente essendo una fisioterapista. Probabilmente metteva le mani addosso a ogni sorta di fottuta gente.

Uomini inclusi.

Lui si succhiò i denti.

«Ho delle conoscenze in quell'area. Fammi vedere dove sei teso.»

Si sedette sulle ginocchia e indicò il suo cazzo duro come la roccia. «C'è solo un fottuto modo per sistemarlo.»

«Me ne vengono in mente alcuni.»

«Solo uno che conta in questo momento.»

«Allora cosa stai aspettando?»

«Hai fretta?»

«Vorrei uscire di qui a un'ora decente,» gli rispose.

Che diavolo? «Sei spiritosa.»

«Non stavo scherzando. Devo lavorare domani.»

«Dai forfait.»

La sua fronte si corrugò. «Dai forfait?»

«Sai, chiama dicendo che stai male.»

La sua espressione si chiuse. *Cazzo.* Era ora di passare alla fase successiva e smettere di sbattere le fottute mascelle prima che le cose peggiorassero. Perché se lei se ne fosse andata prima che lui potesse scoparla, si sarebbe incazzato.

Le strisciò addosso finché non si trovò faccia a faccia con lei. «Sei venuta qui per dimenticare il lavoro. Ci sono quasi riuscito a rovinare tutto.»

Lei gli accarezzò la guancia e mormorò, «Allora fai qualcosa per rimediare.»

«Non devi dirmi due volte che vuoi il mio cazzo.»

La sua espressione si distese e le labbra le si contrassero per il divertimento. Chinando la testa, prese possesso di quelle labbra e fece scorrere il dorso delle dita sulla sua morbida guancia e lungo la mascella prima di arricciarle intorno alla parte anteriore della sua gola.

Il suo pollice tracciò avanti e indietro il suo polso che batteva furiosamente. Se fosse per quello che stavano facendo ora, o per il suo orgasmo, non lo sapeva.

Si sistemò i fianchi finché non si trovò tra le sue gambe divaricate, poi gli venne in mente che non si era messo la protezione.

Certo che era un dannato requisito. Non scopava nessuna donna senza. Non gliene fregava un cazzo se dicevano che 'ci pensavano loro'. *Fanculo*. Aveva passato trentaquattro anni senza avere marmocchi e non aveva intenzione di averne presto.

Infatti, avvolgere il suo cazzo stretto era una delle prime cose a cui di solito pensava, non importava se fosse una fighetta o una sconosciuta. Maddie non era nessuna delle due, ma questo non significava che non volesse proteggere entrambi.

Era dannatamente sicuro che lei non avrebbe voluto suo figlio e che cazzo, nemmeno lui non sarebbe stato contento. Voleva scoparla, non procreare con lei.

Con un gemito, interruppe il bacio.

La sua fronte si corrugò. «Qualcosa non va?»

«Mi serve una protezione.»

«Sì, ti serve.»

«Cazzo,» brontolò, rotolandole sopra e verso il bordo del suo letto king-size. Sperava cazzo di averne almeno uno rimasto. Ne aveva usati tre l'ultima volta che un paio di fighette lo avevano scopato nel suo letto e si era dimenticato di controllare le sue scorte dopo.

Era una dannata stupidaggine. Avrebbe dovuto avere le protezioni in consegna automatica. Fare così sarebbe stato fottutamente più economico di pannolini e mantenimento dei figli.

Un brivido gelido gli corse lungo la schiena al pensiero di

essere finanziariamente responsabile di un bambino per un minimo di diciotto anni.

Aprì il cassetto superiore della vecchia cassettiera che usava come comodino e cercò alla cieca, tastando per trovare la scatola.

Era meglio che ne avesse ancora, altrimenti tutta questa storia si sarebbe bloccata. Lei se ne sarebbe andata e lui sarebbe stato costretto a prendersi cura del suo orgasmo da solo. Sarebbe stato un casino, quando attualmente aveva una donna volenterosa e formosa che lo aspettava nel suo letto.

Per l'amor del cielo.

Quando le sue dita sfiorarono la scatola, il suo sollievo fu di breve durata. Nel peggiore dei casi, poteva essere vuota. Afferrandola, la tirò fuori dal cassetto, fece una piccola preghiera agli dei del preservativo e sbirciò dentro.

Grazie al cazzo ne aveva ancora due. Si arrotolò uno di quei cosi addosso il più velocemente possibile dato che era passato il momento di alleviare la sua sofferenza...

Romeo si rotolò di nuovo sopra una Maddie che aspettava pazientemente e ancora una volta sistemò i suoi fianchi tra le sue cosce.

«Ora hai tutto sotto controllo?» I suoi occhi castani brillavano.

«Ancora una volta, sei spiritosa,» brontolò lui.

«Non sarebbe stato divertente se non li avessi avuto i preservativi.»

Non ci potevano essere parole più vere. Forse avrebbe anche versato una dannata lacrima o due se questa opportunità gli fosse sfuggita di mano per questa mancanza.

Ma dato che non era così, era ora di iniziare.

Caaazzo sì.

Poi gli venne in mente che stava aspettando una seconda possibilità con Maddie da quando aveva eseguito la prima.

Finalmente ce l'aveva tra le mani, quindi non poteva rovinare tutto.

Dannazione. Perché diavolo gliene importava qualcosa? L'ultima volta che si era preoccupato di cosa pensasse una donna di lui era quando aveva quindici anni. Allora, invece di provarci, era stato respinto.

Poi era maturato. Si era fatto più grosso. Si era fatto crescere la barba. Si era aggiunto un tatuaggio, o due, o venti.

Era anche diventato un autoproclamato duro.

Gesù, era un coglione. Aveva una donna stupenda nuda sotto di lui e i suoi dannati pensieri vagavano.

Era fottutamente rotto? Nessuna donna gli avrebbe mai grattato tutte le sue voglie?

Si scosse mentalmente, si afferrò il cazzo, lo allineò e tirò un respiro. «Pronta?»

«Lo sono stata, Rome. Non so dove tu sia appena andato, ma sembrava più lontano di quella scatola di preservativi.»

La sua risposta fu spingersi dentro di lei.

Quando raggiunse il fondo, si fermò, chiuse gli occhi e apprezzò la calda e umida stretta della sua figa.

Le sue gambe che si avvolgevano intorno ai suoi fianchi gli fecero sollevare le palpebre per vedere le sue serrate.

Fanculo. Doveva sapere chi era dentro di lei e non fantasticare su qualche altro uomo.

«Guardami,» ordinò.

Quando le sue palpebre si sollevarono, le sue pupille erano dilatate, la sua bocca semiaperta e un rossore le salì sul petto e sulla gola.

Le sue gambe erano lunghe ma non abbastanza da circondare completamente i suoi fianchi. Lo strinse più forte e lo tirò più in profondità.

«Sto per cominciare a muovermi e quando lo farò, probabilmente non mi fermerò finché non avrò finito,» la avvertì.

«E io?»

«Mi assicurerò che anche tu abbia finito.»

«Allora mi va bene.»

«Non ti stavo chiedendo l'approvazione.»

Lei roteò gli occhi e gli conficcò i talloni nelle cosce. «Beh, comunque ce l'hai. Fattene una ragione. Ora scopami come se lo pensassi davvero.»

Dannazione.

Lui le conficcò le dita tra i capelli, abbassò la testa per portarle un capezzolo in bocca e fece quello che entrambi volevano... Si mosse.

Con le ginocchia conficcate nel materasso, cominciò a spingersi dentro di lei con forza. La penetrò ripetutamente con decisione.

Non andò piano. Non fu gentile. Non la trattò come se fosse delicata o fragile.

Se avesse voluta essere scopata, sarebbe stata *scopata.* L'avrebbe trattata come chiunque altro finisse nel suo dannato letto. Non era fottutamente diversa.

Non era fottutamente diversa.

Il suo lungo, basso gemito gli fece alzare gli occhi per incontrare i suoi, dato che erano ancora aperti e concentrati a guardarlo mentre le succhiava le tette.

Il suo rossore si era esteso alle guance. I suoi occhi erano sfocati. Tra le labbra socchiuse, ansimava dolcemente.

Cazzo sì, le piaceva.

La penetrò un po' più forte per vedere se riusciva a sopportarlo e continuò a muoversi dentro e fuori di lei come la macchina che era. Le sbatté il cazzo così forte dentro che tutto il suo corpo sussultò per l'impatto.

Non gli disse di fermarsi o di rallentare. Invece, gli affondò ancora di più le unghie nel culo in segno di incoraggiamento.

Questo era totalmente diverso dalla prima volta, quando lei era più titubante e inesperta.

Anche a lui piaceva.

Ma allo stesso tempo no.

Quante volte era stata scopata così forte? E da chi?

Si tolse quel pensiero dalla testa, ricordandosi che questa era solo una cosa una tantum. Lei non gli doveva un cazzo e lui le doveva lo stesso.

Niente legami. Niente catene. Nessuna dannata gabbia per il cazzo.

Giusto?

Fottutamente giusto.

Capitolo Diciassette

Maddie non aveva dimenticato i suoi fianchi ben oliati. Era contenta che non fosse cambiato. Questo era il *paradiso* e non aveva il minimo rimpianto.

Almeno finora.

Più forte pompava dentro e fuori, più profondamente gli affondava le unghie nel culo. I muscoli si flettevano potentemente sotto i suoi polpastrelli.

Avvolgendo le gambe più strette intorno a lui, inclinò il bacino per assicurarsi che lui colpisse tutti i punti giusti. Ogni spinta era accompagnata da un profondo grugnito che gli alimentava il fuoco nel ventre.

Succhiandole il capezzolo più a fondo, i suoi denti le raschiarono la punta perlata, facendole inarcare la schiena e lasciando sfuggire un gemito. Usando entrambi i pugni pieni dei suoi capelli, le tirò indietro la testa e tracciò un percorso umido con la lingua dal suo seno all'incavo della gola e oltre. La sua folta barba le solleticava sia la parte inferiore della mascella che la pelle del collo mentre lui le serrava quelle labbra morbide sulla gola.

Lasciando scivolare le palpebre, si perse nei suoi movimenti fluidi e nei suoni che emetteva. Rilasciò una natica e fece scorrere la mano su per la sua spina dorsale, sentendo i muscoli della schiena contrarsi e rilassarsi mentre la scopava.

L'uomo era pura potenza.

E, senza sorpresa, era dannatamente eccitante.

Per un secondo, si chiese se potesse farne una cosa regolare con lui senza che diventasse complicato. Le sarebbe piaciuto poterlo chiamare o mandargli un messaggio ogni volta che avesse avuto bisogno di un antistress, mantenendo comunque la sua indipendenza.

Si rifiutava di rinunciare alla sua libertà in cambio di sesso. Non oggi, non domani, mai. Aveva troppe cose nella sua lista di cose da fare e una di queste non era essere legata a un uomo.

Voleva un giorno sposarsi e formare una famiglia? Sì, ma non prima di aver ottenuto il lavoro dei suoi sogni. Quello era il suo obiettivo principale in questo momento.

Beh, in questo momento il suo obiettivo avrebbe dovuto essere l'uomo sopra di lei.

«Donna,» uscì con un gemito torturato.

Lei fece un «*hmm*« dato che non pensava di essere in grado di rispondere con parole vere. Dubitava di poter mettere insieme abbastanza suoni per formare una frase coerente.

E, onestamente, quella era una buona cosa.

«Ti aspetto.» Lui mise un punto esclamativo a quella frase con un'altra spinta vigorosa.

Apprezzò il fatto che lui voleva che lei avesse un altro orgasmo prima di averne uno lui. A dire il vero, immaginava che a Romeo non gliene fregasse un cazzo se lei lo avesse o meno. Forse poteva effettivamente essere premuroso in alcuni casi?

Mah. Non gliene avrebbe dato credito per ora.

Le strinse forte i capelli, tanto da farle bruciare il cuoio capelluto, e si spinse dentro di lei di nuovo.

Ops. La stava ancora 'aspettando'.

Lei era grata per la sua resistenza. E pazienza. Anche se la sorprese che avesse la seconda.

Ragazza, ti lascerà a metà se non raggiungi presto l'orgasmo.

Svuotò la mente e cercò di ritornare al momento. Non appena lo fece, un orgasmo si costruì rapidamente con il suo pene che l'accarezzava l'interno. Con le sue labbra ferme sulla sua pelle. Le sue lunghe dita tra i suoi capelli. Il suo respiro caldo che le batteva sul collo. Il suo cuore che le batteva contro il petto. E la potenza delle sue cosce, rendendo questo il miglior sesso che avesse fatto da molto tempo.

Tuttavia, quello sarebbe rimasto il suo piccolo segreto. L'uomo tendeva ad essere presuntuoso e dirgli che 'scopava bene' poteva peggiorare le cose.

Continuando a penetrarla completamente, le tolse una mano dai suoi capelli e la spinse tra loro, trovandole rapidamente — e abilmente — il clitoride.

Qualcuno ora stava diventando disperato e cercava di sbrigare le cose.

Lo biasimava? No. Dato che anche lei avrebbe beneficiato di quest'ultima mossa, non aveva niente da ridire.

E, *dannazione*, che mossa era. Continuava a dimostrare di sapere come usare abilmente le dita, la bocca e il cazzo.

Oh sì, era stata la scelta giusta.

Quando i suoi fianchi si sollevarono per incontrare i suoi, le intense ondate di orgasmo iniziarono dal suo centro e si irradiarono verso l'esterno, riuscendo a risucchiarle tutto l'ossigeno dai polmoni e a farle arricciare dita delle mani e dei piedi. Quando aprì la bocca, non uscì nulla.

«Così, bambina,» le fu gemuto contro l'orecchio mentre cavalcava le scosse di assestamento altrettanto intense. «Cazzo. Così.»

Il suo pene sembrò gonfiarsi ancora di più mentre i suoi fianchi si muovevano fluidamente prima di spingere dentro di lei. Un segno sicuro che stava per venire.

Proprio prima del suo orgasmo, sigillò le sue labbra sulle sue, rubandole il poco fiato che le era rimasto e restituendole un gemito quando spinse ancora una volta profondamente.

Quando si tese e si immobilizzò, la sua figa si strinse ancora più forte intorno al suo cazzo alla consapevolezza che stava venendo.

Dopo qualche secondo, girò la testa per interrompere il bacio a fior di labbra, ma non si rotolò subito via da lei. Invece, le affondò di nuovo il viso nel collo e ansimò.

Romeo era solido e pesante, ma a lei non dispiaceva il suo peso addosso. Almeno non per il breve periodo di tempo in cui sarebbe rimasto lì. Invece di spingerlo via e correre verso l'uscita, si trascinò pigramente le dita su e giù per la sua spina dorsale, sentendo la sua schiena alzarsi e abbassarsi a ogni respiro affannoso.

Senza alcun preavviso, si rotolò su un fianco e sulla schiena, infilando un braccio piegato sotto la sua testa calva e strappando il preservativo pieno con l'altra mano.

Lei si chiese se fosse il caso di andarsene o aspettare che dicesse qualcosa. Perché lui continuava solo a giacere accanto a lei, stringendo il preservativo usato e apparendo più rilassato che mai. Se avesse chiuso gli occhi e avesse iniziato a russare, lei se ne sarebbe andata subito da lì.

Avrebbe dovuto andarsene comunque. Non aveva mentito quando aveva detto che doveva lavorare domani e certamente non avrebbe passato la notte lì. Anche se avesse voluto — cosa che non voleva — dubitava che lui lo volesse, perché non riusciva a immaginare che si svegliasse accanto a una delle sue conquiste.

Poteva scommettere tranquillamente che Romeo non era tipo da coccole o da condividere colazione e caffè la mattina dopo.

Ancora una volta, era ora di andare dato che aveva ottenuto ciò per cui era venuta e non aveva altri motivi per rimanere.

Si spostò lentamente fino al bordo del letto. «Devo ripulirmi. Suppongo che l'unico bagno che posso usare sia di sotto.» Avrebbe semplicemente preso i suoi vestiti e non sarebbe risalita su quelle scale insidiose.

Ma prima che potesse alzarsi, lui le afferrò un braccio e la tirò indietro al suo fianco. «Ti ho presa.»

Mi ha preso?

I suoi occhi seguirono tutta la sua gloria nuda mentre lui scendeva dal letto, portando ancora il suo stesso DNA, e scomparve rapidamente giù per le scale.

Sedendosi, ascoltò attentamente per assicurarsi che il suo culo nudo non rotolasse giù per le scale. Perché se l'avesse fatto, lei avrebbe fatto abbastanza per assicurarsi che respirasse ancora, gli avrebbe coperto le parti importanti con un asciugamano e avrebbe chiamato il 911.

Loro avrebbero potuto occuparsi del suo culo ammaccato. Lei era una fisioterapista, non un'infermiera del pronto soccorso.

Le sfuggì un leggero sbuffo.

Se solo l'uomo conoscesse i suoi pensieri...

Ma davvero, perché stava aspettando?

Prima che potesse tentare ancora una volta di fuggire dal suo letto, la sua testa apparve sulle scale seguita da quel corpo pesantemente tatuato e da sbavare.

Dannazione.

In una delle sue grandi mani, non stringeva più il preservativo usato ma quella che sembrava una pezza bagnata.

Non poteva essere la sua routine normale, vero?

La sua ipotesi era che molte donne avessero l'impronta del suo stivale sulla schiena per come le cacciava dal letto.

Avvicinandosi al letto, tese quello che ora lei poteva vedere essere un asciugamano e non una pezza a caso.

Lei arricciò ancora il naso mentre lui glielo porgeva. Anche se quello era un gesto davvero carino... «E' pulito?»

«Naa, prima ci ho pulito il culo. Certo che è fottutamente pulito. Per chi mi prendi?»

Strinse forte le labbra per impedirsi di rispondere e glielo strappò dalle dita. «Supponevo che la maggior parte dei biker si mettesse fuori e si lavasse con la pompa.»

Le sue labbra si contorsero e scosse la testa. «È quello che fa la Fury?»

«Davvero non chiedo loro la loro routine igienica.»

«E il tuo patrigno?»

Alzò le spalle. «Non lo seguo in bagno.»

«L'hai mai visto fuori nudo come mamma l'ha fatto con una pompa?»

Di solito una domanda del genere l'avrebbe fatta sorridere, ma non quando si trattava di Shade. Con tutto quello che aveva passato crescendo – e le erano stata risparmiati i dettagli più crudi – non avrebbe faticato a credere che qualcuno gli avesse davvero puntato una pompa addosso. Purtroppo, però, il motivo non avrebbe avuto niente di divertente.

«Dovrei andare,» mormorò mentre si passava rapidamente il panno umido tra le gambe e sulla parte interna delle cosce.

«Dove devi andare?»

«A casa.»

«Cosa c'è lì?»

Aggrottò la fronte a questa inaspettata linea di interrogatorio, si spostò dal letto e si alzò in piedi. «Il mio letto.» Afferrò i suoi vestiti e cominciò a indossarli.

«Maddie...»

Alzò gli occhi su di lui. «Sì?»

La stava fissando un po' troppo intensamente. «Stai dannatamente bene, donna.»

«Ci sono stati dei cambiamenti dall'ultima volta che mi hai vista nuda.» Non le piacevano tutti, ma c'era poco che poteva fare.

«Non c'è niente di male. Nessun uomo sano di mente vuole rosicchiare un fottuto osso senza carne.»

«I cani lo fanno.»

«Non sono un cane.»

Tornò a tirarsi su i pantaloni. «Non sono sicura che tu possa dirlo.»

«E questo è un problema.»

Non era una domanda, ma lei rispose comunque mentre infilava i piedi nelle scarpe. «Per me no.» Quando ebbe finito, si tirò indietro i capelli in una coda di cavallo, prese il berretto da baseball e se lo rimise in testa. «Beh, è stato divertente.»

«Tutto qui?»

Diede un'occhiata a dove lui stava nudo con le mani appoggiate ai suoi fantastici fianchi. Il suo pene esausto era ancora impressionante. Così come tentatore.

Era ora di andare.

Poteva vederlo trasformarsi in una pericolosa tagliola per orsi in cui doveva evitare di mettere piede e rimanere intrappolata. Se fosse successo, avrebbe potuto doversi rosicchiare una gamba.

«Mi sto dimenticando qualcosa?»

Lui si succhiò i denti e scosse lentamente la testa. «No.»

Con un cenno, si diresse verso le scale, si prese il suo tempo per scenderle con attenzione e uscì dalla porta.

Non ripassò per il Dirty Dick's perché non voleva attirare l'attenzione. Invece, costeggiò l'esterno del bar e tornò al suo Highlander.

Durante il viaggio verso casa, si rese conto, come sperava, che Romeo l'aveva aiutata a dimenticare lo stronzo del suo capo.

Almeno per un po'. Sfortunatamente, la mattina era proprio dietro l'angolo. E con essa, un altro giorno allo Smith's Sports Therapy & Rehab Center.

Capitolo Diciotto

Romeo si appoggiò allo schienale e si accarezzò lentamente la barba mentre contemplava i suoi confratelli Knights che si univano a lui attorno al lungo tavolo dove il martelletto del presidente giaceva a pochi centimetri dalla sua mano sinistra.

Le sue narici si dilatarono mentre tirava un respiro irritato. Non si sarebbe sorpreso se avesse iniziato anche a digrignare i denti.

Ma eccoli lì.

Il suo sguardo vagò sul suo comitato esecutivo. Da Bishop, il suo vice presidente, seduto alla sua destra, a Sigh il segretario del club, al loro tesoriere Cue, a Cisco il capitano di strada, e finì con Magnum, seduto alla sua sinistra.

L'unico Knight con un titolo ufficiale non presente era Sully perché il loro cappellano non votava. Né prendeva decisioni. Avevano un cappellano del club solo perché Sully aveva chiesto il titolo molto tempo fa dopo essere diventato un ministro ordinato. Il presidente precedente aveva accolto la sua richiesta, e a Romeo non importava che il membro di lunga data lo mantenesse.

Guardò di nuovo di sottecchi il suo sergente d'armi. L'uomo che aveva tenuto segreta la residenza di Maddie. E questo continuava a dargli fastidio.

Gli occhi di Magnum si strinsero su di lui. «Che cazzo hai fatto?»

«Non ho fatto un cazzo,» gli rispose. «Iniziamo questa riunione.»

Il grosso uomo alla sua sinistra non sarebbe stato contento se avesse scoperto che Romeo aveva immerso il suo cazzo nella proprietà dei Blood Fury. Specialmente senza prima chiedere il permesso al membro dei Fury a cui lei apparteneva.

Ma d'altronde, Romeo non aveva chiesto a Shade se potesse scopare la sua figliastra cinque anni fa.

Non era stupido.

Okay, forse lo era. A volte.

Si era messo la vita nelle proprie mani prendendosi la verginità di Maddie. Nonostante lei fosse una partecipante consenziente. Ma ora lei era sola e non nel giro dei Fury. Ed era dannatamente sicuro che Maddie non avesse presentato a Shade nessuno di quelli che si era scopata prima.

Si rese conto che andare da Shade per primo avrebbe mostrato un po' di rispetto. Ma non aveva dubbi che il membro dei Fury gli avrebbe detto di andare a farsi fottere e di lasciare in pace la sua ragazza.

Questo non sarebbe successo.

Specialmente dopo l'altra sera. Non aveva fantasticato su nessun'altra donna da allora. Tutto quello a cui riusciva a pensare era quanto fosse bagnata, calda e stretta la figa di Maddie. Come le sue tette si muovevano su e giù ogni volta che lui le sbatteva il cazzo dentro.

La sua faccia quando veniva.

La sua faccia quando veniva lui.

Sfortunatamente, ora non era proprio il momento ottimale per rivivere quella notte.

Specialmente quando Magnum si sporse più vicino e cercò di incrociare lo sguardo di Romeo. «Hai fatto qualcosa, stronzo, vero?»

«Sì, ho indetto una fottuta riunione, quindi sbrighiamoci.»

Un muscolo pulsò nella liscia guancia di Magnum.

Romeo sembrava colpevole? Non avrebbe dovuto.

Forse Magnum aveva sentito chiacchiere su Maddie che era andata al Dirty Dick's. A tutti i suoi fratelli piace spettegolare come un branco di perfide ragazze del liceo. Avrebbe dovuto essere più intelligente e incontrarla altrove.

Troppo tardi.

«Forse ha a che fare con quella giovane e sexy che si è presentata l'altra sera,» menzionò Cisco con un sorriso.

Per l'amor del cielo.

Romeo tenne la bocca chiusa dato che sapeva che era meglio non rispondere. Se avesse cercato scuse, sarebbe sembrato fottutamente colpevole.

Magnum chiese a Cisco, «Aveva i capelli biondo rossiccio?»

«Aveva qualcosa,» rispose Cisco.

«Perché cazzo stiamo perdendo tempo qui? Una femmina che entra al Dick's non è niente di nuovo. Nessuna dannata ragione per discutere di quella merda a questo tavolo.» Romeo batté un dito contro il legno consumato e segnato. «Abbiamo affari seri da discutere.»

«Se hai toccato la proprietà di un altro club, sono affari del club,» gli disse Magnum. «Non abbiamo bisogno di causare problemi con un alleato.»

«Non ci saranno problemi.»

Una delle folte sopracciglia nere di Magnum si sollevò

sulla sua enorme fronte. «Perché non hai toccato la proprietà dei Fury, giusto?»

Il suo primo istinto fu di mentire, ma se in seguito avessero scoperto che quella era una bugia ci sarebbe stato un casino. Tuttavia, non aveva intenzione di ammettere un cazzo durante una riunione degli ufficiali. Non erano lì per discutere delle loro ultime conquiste. O delle loro vite sessuali. O nemmeno della loro fottuta vita familiare.

Erano lì per occuparsi degli affari dei Knights.

«Ti conosco troppo bene, fratello. Non riesci a tenerti il cazzo nei fottuti pantaloni.»

«Niente di nuovo,» ammise lui.

Cisco abbassò la testa e sbuffò. Sigh sorrise e Cue annuì, sorridendo anche lui come un fottuto idiota.

Bishop si lamentò, «Cristo, se dobbiamo parlare dell'ultima scopata di Rome ogni dannata volta che abbiamo una riunione, allora parleremo solo di quello. Andiamo avanti, cazzo. Se pesta i piedi ai Fury, allora se la vedrà lui.»

La mascella di Magnum si strinse. «Non funziona così, cazzo. Se pesta i piedi ai Fury, ce ne occuperemo tutti.»

«Se pesta i piedi a Shade, Rome non siederà più a capo del tavolo. Problema risolto.» Cue alzò le spalle.

Sigh aggiunse, «Sì, si ritroverà il suo culo nero sepolto in qualche fossa profonda da qualche parte.»

«Senza pelle né carne. Forse anche senza quella lingua che gli piace usare così tanto.» Cisco tirò fuori la lingua e fece un gesto come se la stesse tagliando.

Romeo combatté una smorfia e un brivido. «Allora, per fortuna Shade non ha motivo di farlo.»

Magnum sbuffò e scosse la testa. «Meglio che sia vero.»

«Devi smetterla di mettere in discussione il tuo presidente.»

«Lo farò una volta che smetterai di fare stronzate,» ribatté Magnum.

«Aspettati miracoli, fratello,» disse Bishop al loro sergente d'armi con una risata.

Magnum si sporse verso Romeo e ringhiò, «Non rovinare la nostra alleanza. Non abbiamo nessun dannato nemico in questo momento grazie ad essa. Se la perdiamo, altri club potrebbero metterci alla prova.»

Romeo indicò con un cenno del mento il martelletto. «Vedi dov'è seduto? Non è davanti a te, fratello.»

«Dopo le prossime elezioni, potrebbe non essere seduto davanti a te, *fratello*.»

Questa riunione stava andando a rotoli. Doveva riprenderla in mano. Prese il martelletto e lo sbatté sul tavolo. «Basta chiacchierare come un branco di puttane. Facciamo sul serio.»

ROMEO NON VEDEVA l'ora di uscire dal seminterrato. Magnum gli aveva bruciato un buco di lato alla faccia durante tutta la fottuta riunione. Se il suo scagnozzo stesse cercando di farlo cedere, avrebbe fallito.

Il Dick's era tranquillo stasera, come al solito di martedì. Era uno dei motivi per cui tenevano le loro riunioni esecutive in quella particolare notte della settimana. In quel modo potevano sentirsi pensare.

Si diresse dritto dietro il bar perché dopo aver affrontato quella stronzata, aveva bisogno di un fottuto drink.

E di un bong pieno. Con della Kush di prima qualità.

Anche se esistevano molti vantaggi nell'essere il presidente dei Knights, comportava anche molti mal di testa. Whisky ed erba sarebbero stati la sua aspirina.

Proprio mentre finiva di trangugiare il suo primo bicchierino di Jack Daniels, la porta d'ingresso si aprì ed entrò qualcuno che non si aspettava.

Che cazzo? Di tutte le sere doveva presentarsi proprio di martedì?

Senza avvisarlo?

Cazzo, questa poteva finire in un fottuto disastro. Specialmente dopo tutta quella merda con Magnum.

Peggio ancora, l'uomo non se n'era ancora andato. Molto probabilmente Magnum era ancora di sotto a parlare con Cisco. Questo significava che poteva salire di sopra in qualsiasi momento.

Romeo si aggirò rapidamente intorno al bar e si diresse verso Maddie. Non appena la raggiunse, si mise di lato per impedire a chiunque salisse dal seminterrato di vederla. Ma quella era solo una soluzione temporanea. Maddie non si mimetizzava bene al Dirty Dick's. La sua presenza attirava l'attenzione, come era ovvio con la maggior parte degli occhi degli uomini rivolti verso di lei. «Che cazzo ci fai qui?»

Le sue sopracciglia si unirono. «Ti ho mandato un messaggio e non hai risposto.»

Questo perché non aveva controllato il suo dannato telefono durante la riunione. Anche se l'avesse visto, non rispondeva mai immediatamente a nessuna donna. Se l'avesse fatto, avrebbero potuto pensare che stesse aspettando di sentirle. Non era così. Di solito. «Quindi, ti presenti senza sapere se sarei stato qui?» O occupato con qualche altra donna?

La piega sulla sua fronte si fece più profonda. «Non sapevo che sarebbe stato un problema.»

Il problema si chiamava Magnum. Gli occhi di Romeo saettarono verso l'angolo in fondo al Dick's e la porta che conduceva al seminterrato.

Porca puttana.

«Se non è un buon momento—»

Le afferrò fermamente il gomito e lo usò per spingerla verso la cucina. Non voleva avere a che fare con altre stronzate paranoiche di Magnum.

Diavolo, in quel momento non voleva avere a che fare con quell'uomo affatto. Quello che Romeo faceva con Maddie non erano cazzi del sergente d'armi.

Non erano cazzi di nessuno, tranne delle due persone coinvolte.

«Perché sei qui?» ringhiò dopo averla spinta attraverso la porta a battenti nella cucina.

«Posso andarmene,» ribatté. «Gesù, non pensavo che saresti stato così stronzo per il fatto che mi sono presentata in un bar pubblico.»

Aspetta un attimo. Lei gli stava tenendo il muso? «Non è un bar pubblico e lo sai.»

«Ancora non vedo il problema.»

Certo che no. Avrebbe dovuto avvertirla che Magnum ficcava il naso dove non doveva e che potenzialmente avrebbe potuto contattare il suo patrigno psicopatico? Se l'avesse fatto, avrebbe potuto perdere la ragione più probabile per cui lei si era presentata stasera. Considerò le sue opzioni. «Hai mai parlato con Magnum?»

La sua fronte si corrugò di nuovo. «Perché dovrei parlargli?»

Era tutto ciò che aveva bisogno di sentire. «Non ero sicuro che si fosse fatto vivo con te.»

«Non ha motivo di farlo.»

Romeo era d'accordo. Sperava come un matto che Magnum non riconoscesse la gabbia di Maddie.

«Andiamo a casa tua?»

«Certo che non siamo in cucina per fare fottuti tacos.»

«Beh, è martedì del Taco.»

I suoi piedi si fermarono di scatto. Poi scosse la testa e continuò a muoversi. Si sarebbe sentito più sicuro una volta che fossero stati a porte chiuse. Nella sua tana. Con tutte le serrature ben chiuse.

Nemmeno due minuti dopo, stava girando quelle stesse serrature e finalmente respirava di sollievo.

Si voltò per dare un'occhiata alla donna che lo aveva braccato. Non che avesse dovuto cercare molto. «Sei tornata per un secondo assaggio?»

«Un secondo assaggio?»

Sapeva esattamente cosa intendeva. Ma se non fosse così, lui l'avrebbe aiutata. «Sì, di questo...» Si afferrò il cazzo e lo scosse.

Lei roteò gli occhi castani. «Che classe.»

«Se vuoi la classe, sei nel posto sbagliato, donna.»

«Oh, grazie per averlo chiarito. Ora, vuoi sbloccare la porta così posso trovare qualcuno con un po' di classe?»

Quando lei si avvicinò, fingendo di voler andarsene, le afferrò la mano e la tirò a sé. «No. Sei venuta a cercarmi per un motivo. Dimmi qual è.»

Alzò gli occhi su di lui. «Cosa ne pensi?»

Quegli occhi contenevano un po' di malizia. Chiaramente stava giocando con lui. «Avevo ragione, allora, eh? Vuoi quello che solo Romeo può darti.»

Il suo dolce sorriso lo colpì dritto allo stomaco. «Non direi che sei l'unico. Il mio vibratore può darmi un orgasmo da urlo.»

«Se potesse fare un lavoro altrettanto buono come me, il tuo culo lo starebbe usando adesso. Non lo stai facendo. Sei qui. Non puoi prendermi in giro.»

«Forse mi piace un po' di varietà.»

Strinse le labbra mentre la fissava in faccia. Lei lo stava prendendo in giro. «Decisamente non la tua solita varietà.»

Inarcò un sopracciglio. «Non lo sei?»

Cosa stava insinuando? «Con quanti fratelli sei stata?»

«Fratelli, intendi motociclisti?»

«Non intendevo quello, e lo sai.»

Sollevò e abbassò una spalla. «Come te, non parlo delle mie conquiste passate.»

Lui si succhiò i denti. «Pensavo di essere speciale.»

«Oh, sei speciale. Ma il nostro significato di quella parola potrebbe essere diverso.»

«Ancora una volta, sei spiritosa.»

«Dicevo sul serio.» Un enorme sorriso le si allargò sul viso.

Lui scosse la testa, le affondò le dita nei fianchi e la tirò ancora più vicino. Finché le sue tette non furono schiacciate contro di lui. Stasera indossava una maglietta con una profonda scollatura a V che metteva in mostra perfettamente quelle tette.

Non vedeva l'ora di mettere la bocca su quei capezzoli che spuntavano dalla sua maglietta. «Perché sei qui, Maddie? Davvero.»

I suoi occhi furono attratti dalla sua gola quando deglutì. Le sue prese in giro si fecero serie e i suoi occhi si fecero turbati.

Cazzo.

Era di nuovo il suo fottuto lavoro? «Qual è il problema al lavoro?»

Lei sospirò un «Niente.»

Quando evitò i suoi occhi, fu chiaro che stava mentendo. Qualcosa con il suo lavoro la stava davvero turbando. Molto probabilmente il suo capo di merda. Si chiese se l'uomo fosse in una crisi di potere.

Le mise un pollice sotto il mento e le sollevò il viso, costringendola a guardarlo. «Stronzate.»

Si liberò dalla presa con uno scatto e di nuovo evitò i suoi occhi. «È mentalmente e fisicamente estenuante, tutto qui. Dato che siamo sempre a corto di personale, siamo super impegnati ma nonostante ciò, le giornate sembrano trascinarsi all'infinito.»

Non era quello. Gli stava ancora mentendo. O almeno minimizzando qualunque cosa fosse. «Licenziati e vai da qualche altra parte.»

Lei si accigliò. «Non posso semplicemente licenziarmi. Il mio capo ha molte conoscenze. Connessioni che non posso tagliare se mai vorrò un lavoro con una squadra sportiva professionistica. Sto solo facendo le mie ore di apprendistato finché non succede.»

«Un lavoro non dovrebbe essere come scontare una pena in un fottuto carcere.»

«Hai ragione, non dovrebbe. Ma come essere bloccati in prigione, non sempre abbiamo una scelta.»

«Una scelta c'è sempre.»

«Hai scelto di scontare una pena?»

Nessuno *sceglie* di scontare una pena. «Si sceglie di infrangere la legge. Non sono stupido. Sapevo le conseguenze di essere beccato e l'ho fatto lo stesso. Proprio come tu hai scelto di trovare un lavoro lì e scegli di rimanere.»

«Vorrei che fosse così semplice,» gli mormorò, liberandosi da lui.

Ancora una volta, nascondeva qualcosa. Stava cercando di non far trapelare dalla sua espressione qualunque cosa stesse succedendo al lavoro, ma lui l'aveva notato prima che potesse nasconderlo completamente.

Non voleva condividere con lui qualunque cosa fosse. Certo, doveva esserci una ragione per questo. Quale fosse quella ragione, lui non lo sapeva.

Se avesse voluto davvero capirlo, aveva i suoi modi. Per

ora, avrebbe lasciato correre. Se qualunque cosa fosse avesse continuato a essere un problema, avrebbe trovato una soluzione per lei.

Questo è quello che gli alleati facevano l'uno per l'altro.

Se un club aveva un problema e un altro nella loro alleanza aveva una soluzione, lavoravano insieme.

Era dannatamente sicuro che i Fury avrebbero apprezzato l'intervento di Romeo se la loro ragazza avesse avuto a che fare con qualche merda.

Almeno questo era quello che si diceva.

Magnum poteva non essere d'accordo. Ma d'altronde, lui era il dannato presidente, e non gliene fregava un cazzo di quello che pensava il suo scagnozzo. Il presidente era superiore al sergente d'armi ogni dannata volta.

Che al grosso uomo piacesse o no.

Capitolo Diciannove

MADDIE NON VOLEVA ENTRARE nei dettagli del perché avesse avuto un'altra giornata di merda. Le avrebbe solo fatto schizzare di nuovo la pressione sanguigna. Aveva rintracciato Romeo perché lui potesse farle aumentare la pressione, non quel coglione di Roger.

Il suo capo era un tale stronzo, e lei era stanca di ripetersi di resistere perché farlo avrebbe pagato alla fine.

Se solo avesse saputo quando sarebbe arrivata quella 'fine', affrontarlo sarebbe stato un po' più facile. Solo che sembrava troppo lontano. Peggio ancora, non c'era alcuna garanzia che rimanere l'avrebbe mai ripagata. Le unghie che stava usando per aggrapparsi alla fede che sarebbe successo stavano iniziando a strapparsi.

«Ti dispiace se prendo un po' d'acqua?» Diede un'occhiata oltre la spalla per vederlo allontanarsi dalla porta e avvicinarsi a grandi passi a dove lei si trovava vicino alla cucina.

Avrebbe invece avuto davvero bisogno di una birra, ma il suo stomaco era ancora attorcigliato dai nodi per aver avuto a che fare con Roger e i suoi immeritati insulti crudeli.

«Ho solo roba del rubinetto,» le disse. «Niente di speciale.»

«Va bene così.» Sperava che sorseggiare un po' d'acqua l'avrebbe aiutata a calmare lo stomaco.

Con un solo cenno del capo, prese un bicchiere dall'armadio e lo riempì di ghiaccio e acqua dal dispenser della porta del frigorifero. Sperava che il bicchiere fosse pulito. Supponeva che lui non lavasse i suoi piatti dato che aveva delle fighette che facevano i suoi comodi.

Mentre aspettava, toccò un pezzo di posta appoggiato sul bancone della cucina indirizzato a un Marvin.

Romeo aveva ricevuto per sbaglio la posta di qualcun altro? «Chi è Marvin?»

Quando lui non rispose, lei alzò lo sguardo. La sua espressione diceva tutto. «Aspetta. Sei tu? Il tuo vero nome è Marvin?» Ridacchiò, poi si chinò più vicino per leggere il resto del nome. «Marvin Lee Carter... Il terzo?»

«Non c'è niente di sbagliato in quel nome. È un nome di famiglia.»

«Certo che non c'è niente di sbagliato.» Solo che era difficile guardare Romeo e vedere un Marvin. Infatti, Romeo era quanto di più lontano si potesse immaginare da un Marvin. «Perché non lo usi?» Si morse il labbro, cercando di non sorridere come una pazza.

«Sai perché,» brontolò, appoggiando il bicchiere di acqua ghiacciata sul bancone di fronte a lei.

Si allontanò da lui ballonzolando, ridendo ancora. «D'ora in poi ti chiamerò Marvin.»

«Col cazzo.»

«Cosa farai se lo faccio?»

«Ti sculaccerò.»

Si fermò di scatto e si girò per affrontarlo, tenendo l'isola della cucina tra loro per rimanere fuori dalla sua portata. «No, non lo farai.»

«Vuoi scommettere?»

Lei inarcò un sopracciglio. Doveva essere una minaccia vuota. Non oserebbe. «Scommetto.»

«È una scommessa che perderai.»

«Vedremo, Marvin.»

«Madison,» ringhiò.

«Oh, ora so che fai sul serio dato che hai usato il mio nome completo.» Rabbrividì con finto terrore prima di fargli la linguaccia. «Che paura.»

«Dovresti averne.»

Era *quello* di cui aveva bisogno stasera. Un po' di prese in giro e risate. Qualcuno che sapesse prendere uno scherzo senza offendersi.

Romeo poteva fingere di essere infastidito dal fatto che lei aveva scoperto il suo vero nome, ma in verità, i suoi occhi dicevano il contrario.

«I tuoi fratelli sanno il tuo vero nome?»

Lui alzò le spalle.

«Quindi, non lo sanno? Cazzo, ho davvero qualcosa da usare come ricatto contro di te?»

«Hai qualcosa che vuoi da me che non sono disposto a darti?»

Strinse le labbra e lo considerò. «Mi daresti qualsiasi cosa ti chiedessi?» Certo che no, stava solo giocando con lui. Non si aspettava altro che sesso da lui. Lui non le doveva niente e lei gli doveva lo stesso.

«Entro limiti ragionevoli. Non posso darti un fottuto milione di dollari o una Ferrari. Ma posso darti un passaggio da qualche parte.» Fece un cenno con la testa verso il bicchiere pieno. «O un drink. Forse qualche consiglio gratuito. Non posso garantire che quel consiglio non faccia schifo. E se vuoi uno o due orgasmi, posso darteli.»

Quello sì che poteva. «L'ultimo è il motivo per cui sono qui.»

«Certo.» Lui fece un cenno con il mento verso l'acqua intatta. «Riesci a portare quello di sopra?»

Se le scale fossero state normali, sì, ma le sue erano tutt'altro che normali. «Non me la rischierei.»

«Allora bevi la tua acqua perché sto per farti venire di nuovo sete.»

«Promesse, promesse,» mormorò, prendendo il bicchiere dal bancone. Quando ebbe finito di berne un terzo, notò che lui la stava fissando. «Cosa?»

«Niente.»

Aveva mentito quando gli aveva dato esattamente quella risposta prima. Ora lui stava facendo lo stesso.

Quando lei si leccò le labbra — di proposito — i suoi occhi seguirono il percorso della sua lingua. Nonostante l'acqua, la sua gola si seccò rapidamente. «Penso che dovremmo andare di sopra adesso.»

«Ottima idea. Altrimenti, ti scoperò su quel bancone e non dovrai preoccuparti di salire quelle fottute scale.»

Non solo un incendio le si propagò dentro e si depositò tra le gambe, ma anche le guance le si scaldarono. Non poteva mica star arrossendo, vero? Si premette una mano su una di esse.

Certamente lo era.

Perché quest'uomo la eccitava così tanto? Non aveva senso. Era tutto ciò che lei non voleva. Principalmente, un biker in un MC. *Diavolo*, non solo un biker ma un presidente di un MC e per di più senza filtri.

Un uomo a cui non fregava un cazzo di niente.

Ma per la prossima ora o due, anche a lei non sarebbe

fregato un cazzo. Domani sarebbe stato un altro giorno per preoccuparsi di quello che l'aspettava al lavoro.

DOPO ESSERSI SVEGLIATO DA SOLO, Romeo scese le scale con la delusione che gli pesava addosso. Maddie doveva essersela filata dopo che lui si era addormentato. In qualche modo, era riuscita ad andarsene senza svegliarlo. Un'impresa non facile.

La sua fuga furtiva dimostrava che voleva solo una cosa da lui.

Lo aveva detto, ma la maggior parte delle donne diceva stronzate e o non intendeva quello che diceva, o il significato andava molto più in profondità delle loro parole. Certo, gli uomini avrebbero dovuto capirlo da soli. Come un lettore di menti.

E se non lo avessero fatto, non avrebbero ricevuto altro che l'inferno per questo.

Era uno dei motivi per cui non aveva intenzione di far indossare a nessuna donna la sua giacca. Erano troppo dannatamente confuse.

A volte persino fastidiose.

Qualcuno avrebbe dovuto scrivere un manuale di istruzioni. Anche se, a essere onesto, dubitava che gli uomini l'avrebbero letto.

Anche se avrebbe dovuto essere contento di non doverla cacciare dal suo letto per essersi trattenuta troppo a lungo, la cosa lo infastidiva anche per una ragione che non voleva approfondire.

Il sesso con Maddie era fottutamente fantastico. Ma aveva avuto un sacco di sesso fantastico prima e non gli importava mai se la donna se ne andava subito dopo. Anzi, se una donna non se ne andava da sola, lui incoraggiava la sua partenza. Persino aiutandola.

In sostanza, quando lui aveva finito, anche loro avevano finito.

Una volta fuori dalla vista, erano fuori dalla mente. Almeno finché non finivano di nuovo nel suo letto.

Ma non tutte avevano quel privilegio, specialmente se il sesso faceva schifo.

O non la smettevano mai di parlare.

O stavano sviluppando dei sentimenti.

O facevano richieste.

Ma niente di tutto ciò si applicava alla donna che si era dileguata la notte scorsa. Forse era per questo che lo infastidiva così tanto.

Lo infastidiva anche un casino il fatto che tenesse i problemi che aveva al lavoro così dannatamente stretti al petto. Glielo aveva persino chiesto di nuovo dopo il suo terzo orgasmo qual era il problema.

E di nuovo, lei si era rifiutata di dirlo.

Forse doveva scoprirlo da solo.

Questo è quello che i buoni alleati facevano l'uno per l'altro, giusto? Certo che sì.

Dato che Magnum era così dannatamente deciso a non rovinare la loro forte alleanza con i Fury, non poteva certo avere problemi con Romeo che li aiutava.

Avrebbe dovuto scoprire dove lavorava e andare a dare un'occhiata alla situazione. Perché ogni volta che chiedeva a Maddie dei dettagli, lei liquidava la cosa.

Anche se immaginava che Magnum sapesse dove lavorava, Romeo non poteva chiederglielo. Non senza scatenare un casino. Ma aveva qualcuno che poteva chiamare. Qualcuno con le competenze esperte per localizzare chiunque ovunque.

Qualcuno in una squadra in grado di hackerare database — anche quelli governativi — e non farsi beccare.

Hunter non avrebbe avuto problemi a scoprire il luogo di lavoro di Maddie e il suo indirizzo di casa. Avrebbe anche tenuto la bocca chiusa sulla richiesta di Romeo.

Avrebbe solo dovuto un favore a uno dei Shadows di Diesel in cambio. Qualunque cosa si rivelasse essere, poteva valerne la pena.

«MADDIE, il tuo nuovo paziente è qui,» sentì chiamare.

Il suo *nuovo* paziente? Avrebbe dovuto controllare meglio il suo programma.

Si fece strada tra le attrezzature mentre si dirigeva verso la parte anteriore dell'edificio dove la receptionist accoglieva chiunque entrasse. Maribeth li registrava anche per l'appuntamento e si assicurava che compilassero i moduli completamente e correttamente.

Non appena Maddie vide il suo nuovo 'paziente', quasi inciampò sui suoi stessi piedi.

Che diavolo? Da quando Romeo era un atleta che aveva bisogno di fisioterapia? Il suo sport preferito era il sesso. E forse le risse da ubriachi. Di certo non soffriva di gomito del tennista o di un tendine d'Achille strappato per aver corso in pista.

L'unica corsa che probabilmente faceva il presidente dei Knights era quella dalla legge. E non usava le gambe per quello, era dannatamente sicura che avrebbe avuto la sua potente moto tra le cosce.

Quindi, perché diavolo Romeo era qui allo Smith's?

Diede un'occhiata oltre la spalla per assicurarsi che Roger non stesse gironzolando. Anche se non lo vide, ciò non significava che non stesse guardando. Era un bastardo subdolo Non dubitava che guardasse le telecamere di sicurezza, aspettando che qualcuno facesse qualcosa che non gli piaceva. Cercava qualsiasi scusa per rimproverare qualcuno o degradarlo verbalmente.

Per questo, doveva trattare Romeo come avrebbe fatto con qualsiasi altro paziente. Strinse i denti e continuò.

Quando arrivò davanti dove lui aspettava, ignorò l'uomo sorridente e chiese a Maribeth, «Ha compilato tutti i moduli appropriati?»

La receptionist alzò una cartella con una clip. La prese e diede un'occhiata al foglio superiore. «Vecchia scuola, eh?» Alzò lo sguardo per incontrare quello di Romeo.

Quel figlio di puttana ora stava sogghignando.

«Sai che avresti potuto compilarli online, vero?» E salvare uno o due alberi.

«Il signor Carter ha preso un appuntamento all'ultimo minuto,» spiegò Maribeth come se Romeo non potesse parlare da solo.

Maddie si girò quanto bastava per assicurarsi che Maribeth non potesse vedere i suoi occhi roteare. «Venga con me, signor Carter.» Senza aspettare di vedere se la seguiva, si diresse verso il suo 'ufficio'.

A dire il vero, chiamarlo ufficio era uno scherzo dato che aveva le dimensioni di un ripostiglio per la biancheria. Ci entrava a malapena una scrivania — metà delle dimensioni di una normale — e due sedie. Fortunatamente, usavano tutti dei tablet per tenere i fascicoli e gli appunti dei loro pazienti. Inserire uno schedario nel suo spazio sarebbe stato impossibile.

Non che lei fosse spesso nel suo ufficio. Cercava di rimanere in sala il più possibile in modo che Roger non potesse prenderla lì dentro e fare il coglione a porte chiuse. Se doveva fare il bastardo, Maddie voleva che tutti fossero testimoni.

Con la mole di Romeo, non appena entrarono nel suo ufficio, sembrò ancora più angusto di quanto non fosse in realtà.

Il biker non era un uomo piccolo. In nessun senso. Poteva non essere robusto come Magnum, o persino Diesel, lo scagnozzo del DAMC, ma ci andava dannatamente vicino.

«Chiudi la porta,» gli disse. Dopo essersi appoggiata alla sua scrivania, indicò la sedia di fronte a lei. «Siediti.»

Non sorprese che la malizia gli riempisse gli occhi mentre si sedeva. Le sue dita sfiorarono 'accidentalmente' la sua coscia e le fecero correre un brivido lungo la schiena.

Scosse la testa. «Davvero?» Cosa stava tramando?

Lui alzò le spalle. «Continuavo a chiederti che problemi avevi qui. Non me l'hai detto, quindi sono venuto a vedere di persona.»

Sospirò. «Non è un problema tuo, Rome. Per essere chiara, non ho chiesto il tuo aiuto.» Almeno non aiuto in nessuna forma diversa da un po' di sesso.

O, preferibilmente, un sacco di sesso.

Le sue narici si dilatarono e la sua espressione si fece seria. «Maddie, tu appartieni ai Fury. I Fury sono nostri alleati. Questo significa che se tu hai un problema, tutti noi abbiamo un problema.»

Era stanca della scusa dell'alleato. «Stronzate.»

Capitolo Venti

«Non sei venuta da me per aiuto?» chiese Romeo.

«Non questo tipo di aiuto. Sono venuta da te per scaricare lo stress. E solo un certo tipo. Tutto qui.»

«Sono qui solo per capire la fonte di quello stress. Se posso risolverlo, lo farò. Dovresti ringraziarmi, non farmi la predica.»

«Sì, ti sono *taaaaanto* grata che ti sei inventato una scusa per diventare mio paziente così potevi ficcare il naso nei miei affari. Ti rendi conto che se risolvi la mia situazione stressante, non avrò più bisogno di sesso da te?» Maddie disse apposta 'bisogno' invece di 'volere'. Perché dopo le due notti che era andata a casa sua di recente, sarebbe stata ancora tentata di scambiarsi qualche fluido corporeo con lui. Dimentica lo stress, sarebbe semplicemente per piacere. La sua espressione le disse che non doveva aver pensato così a lungo termine.

Sollevò la cartella e fece scorrere un dito lungo i suoi documenti di accettazione. «Vediamo che scusa hai usato.»

«Mi sono stirato il tendine del ginocchio scopandoti.»

«Stronzate,» ripeté, poi alzò gli occhi e incontrò i suoi. Il suo battito cardiaco accelerato le salì in gola. «Non l'hai detto a Maribeth, vero?» Ancora una volta, quest'uomo non aveva filtri. Non si sarebbe stupita se avesse detto alla receptionist che avevano fatto sesso. Certo, allo stesso tempo flirtando con la donna.

«Ho detto che me lo sono stirato.»

Lei inarcò un sopracciglio. «Durante la tua corsa mattutina?»

«Qualcosa del genere.»

Tirò un respiro e scosse la testa. «Sai, ora devo trattarti come un vero paziente. E non dimenticare, fatturarti come tale.»

«Puoi farmi uno sconto.»

«Non posso. Non dipende da me. Non so se hai guardato le nostre tariffe, ma i nostri servizi qui non sono economici.»

«Come hai intenzione di servirmi?»

Lei si picchiettò un dito sulle labbra fingendo di considerare seriamente il suo finto infortunio. «Beh, potremmo iniziare con alcuni esercizi—»

«Nudo?»

«Come le flessioni degli ischiocrurali. Poi passare ad alcune estensioni dell'anca e allungamenti al muro.»

«Qualcuno di questi è pratico?»

«Intendi come un massaggio?»

«Sì, ne prenderei uno.»

«No, non per un tendine del ginocchio stirato. Avresti dovuto inventarti un infortunio finto migliore se volevi un massaggio.»

Lui fece un cenno con il mento verso la cartella che lei teneva in mano. «Posso riavere quei documenti?»

«No. Ma posso facilmente strapparli e mentre esci dalla porta, puoi informare Maribeth che hai deciso che non puoi

permetterti la fisioterapia e che lascerai che guarisca da solo.»
Problema risolto.

La sua fronte si corrugò. «Chi cazzo ha detto che non posso permettermelo? Pensi che non possa pagare?»

«Ti stavo dando una via d'uscita,» gli rispose.

«Ti stai dando una fottuta via d'uscita.»

Anche quello.

«Sono qui solo per aiutarti, donna,» brontolò lui.

«Aiuto che non ho chiesto,» gli sibilò.

Un bussare alla porta del suo ufficio la fece sussurrare, «Merda.»

«Chi è?» chiese Romeo. Sgranò gli occhi. «Non lo saprò finché non aprirò la porta.»

Però aveva una buona idea.

Guardò dalla porta a Romeo. Almeno lui era stato abbastanza intelligente da non indossare la sua giacca mentre cercava di portare avanti questa farsa.

Senza aspettare che lei rispondesse, la maniglia girò e la porta si aprì, incastrandosi contro lo schienale della sedia su cui Romeo era spaparanzato con gli stivali e le cosce divaricate. «Vedo che interrompo.» Roger infilò la testa intorno alla porta parzialmente aperta. I suoi occhi saettarono da Maddie a Romeo. «Un nuovo paziente?»

«Sarei io,» rispose Romeo, fissando il suo capo sopra la spalla. Non si mosse di un dannato centimetro né spostò la sedia abbastanza da permettere alla porta di aprirsi completamente. Bene. Il suo ufficio non era abbastanza grande per l'ego di entrambi gli uomini. Roger si fece spazio nella fessura, allungando la mano. «Permettetemi di presentarmi. Sono Roger Smith, proprietario di questo centro. Vedo che avete scelto una brava terapista con cui lavorare.»

Cosa? Un vero complimento è uscito dalle labbra di Roger?

Maddie non pensava fosse possibile. Aspettò che Roger si auto-incendiasse per il suo tentativo di essere gentile. Doveva essere una lotta.

Senza preoccuparsi di alzarsi, Romeo si girò per stringere la mano offerta da Roger. Forte. La leggera smorfia di Roger quasi la fece sorridere, ma Maddie sapeva bene di non dovergli far vedere che si stava godendo il suo disagio.

Ma... Romeo era così dannatamente perspicace da aver già capito qual era il suo problema al lavoro? O più precisamente chi era il suo problema? Non poteva essere possibile. Forse stava solo tastando il terreno.

Quando Romeo finalmente lasciò la mano di Roger, il suo capo se la portò al petto con un cipiglio. «Allora, quale infortunio la porta qui? Che sport pratica?»

Romeo fissò l'intruso.

Certe persone ti stavano sulle palle dal primo istante. Roger Smith ne era un esempio perfetto.

Il proprietario salutava sempre i nuovi pazienti, o era particolarmente interessato a quelli di Maddie?

Era lui il problema? Le stava facendo delle avances?

La stava *toccando* senza permesso? Quel bastardo non sapeva accettare un 'no'?

La mascella di Romeo si irrigidì. Si costrinse a restare seduto e a non saltargli addosso solo per un brutto presentimento. Se finiva in prigione per aver steso un tizio forse innocente, non avrebbe potuto aiutare Maddie con il suo vero problema.

«Di tutti i tipi, Roger. Mi piace tenermi in forma, quindi mi alleno parecchio. Amo lottare.» Nudo. «Gioco un po' a palla.» Soprattutto con quelle che gli penzolano tra le gambe.

«Basket?»

«Non ho detto quello, Roge. Non dovresti dare per scontato che giochi a basket solo perché sono nero.»

Il caro Roger impallidì, colto in fallo da Romeo per uno stereotipo. Sperava che gli si fosse stretto anche il buco del culo.

«Preferisco il golf. Un po' di tennis. Del pickleball.» E come cazzo aveva fatto a dirlo con la faccia seria? Meritava uno di quei cazzo di Oscar.

«Allora sei un atleta completo,» mormorò Smith.

«Non sono un olimpionico, ma ammetto che mi piace divertirmi.» Con le donne. E in particolare con una, ultimamente.

Smith batté le mani una volta. «Va bene, allora... È stato un piacere conoscerla...»

Visto che il capo di Maddie aveva lasciato la frase a metà, Romeo completò, «Signor Carter.»

«Signor Carter,» ripeté Smith. «Sono sicuro che Mad si prenderà cura di lei. È una delle nostre migliori.»

Quando sentì un rumore da Maddie, Romeo si voltò a guardarla, perdendosi il momento in cui Smith sgattaiolava fuori e chiudeva la porta.

«Ti chiama davvero *Mad*?» quasi ringhiò. Riuscì a non urlare, ma di poco.

Lei sospirò. «Gli ho chiesto di smetterla, ma...»

«Ti sta toccando?» Gli uscì un po' più forte. Si chiese quanto fossero spesse le pareti. Smith poteva benissimo stare con l'orecchio incollato alla porta, ficcanaso com'era.

«Cosa? No. Perché dovresti pensarlo?»

La sua espressione disgustata lo convinse che non mentiva. Quindi forse non era molestata sessualmente dal capo.

«Stronzi come lui pensano di poter fare quello che cazzo vogliono.»

Lei sollevò un sopracciglio e lo fissò. «Ah, davvero? Chissà perché dici così.»

«Sarò anche un sacco di cose, ma non mi sono mai imposto su una donna.» E mai lo avrebbe fatto.

«Non quando hai le puledre a disposizione come e quando vuoi.»

La sua schiena si irrigidì a quel commento. «Non c'entra niente con le puledre. Non sono brutto. Non sono scemo. Ho un cazzo piuttosto impressionante. Ho più pregi che difetti.»

Quando lei abbassò la testa nascondendo il viso tra i capelli, il suo corpo cominciò a tremare. Stava ridendo?

«Non mi pare ti sia fatta problemi a spogliarti con me.»

«Era solo un giro di prova. Non avevo intenzione di comprare.»

«Di nuovo con 'ste cazzo di battute.» Doveva proprio rivedere il suo repertorio comico.

«Ah, e l'elenco dei tuoi pregi non doveva essere divertente?»

«Non ti sei certo lamentata quando il mio cazzo ti stava spaccando in due ieri notte.»

Le ci volle meno di un secondo per arrossire come un peperone. Ora le parti si erano invertite, e a divertirsi era lui.

Lei lanciò un'occhiata preoccupata alla porta.

Lui si voltò per assicurarsi che il capo non fosse tornato a sbirciare.

Maddie sospirò. «Ok. Possiamo chiudere questa farsa, ora?»

«Mi dici che cazzo ti sta stressando così tanto?»

Esitò, ma solo per un attimo. «Non voglio che tu ti intrometta, Romeo. Peggiorerebbe solo le cose.»

«Potrei aiutarti a risolverle.»

«Non senza incasinarle ancora di più.»

«Maddie...»

«No, Romeo. Non ti appartengo. Non appartengo ai Knights. Non è compito tuo intervenire.» Si staccò dalla scrivania e afferrò la cartella. «Ti accompagno all'uscita. Puoi dire a Maribeth che... anzi, non mi importa quale scusa userai. Inventane una per spiegare perché non sarai un paziente qui.»

Lui rimase seduto. «Non lo farò.»

«Fallo per me.»

Fu la sua ovvia ansia crescente a decidere le sue prossime mosse. «È *per te* che lo sto facendo. Quindi non vuoi essere la mia fisioterapista? Va bene.»

Quando si alzò dalla sedia, la stanza sembrava improvvisamente minuscola. Si ritrovarono faccia a faccia.

Lui abbassò la testa e le inchiodò lo sguardo. «Ma ti darò comunque quello che vuoi, e andrò a parlare con Maribeth. Le dirò di assegnarmi a qualcun altro. Non ti piace? Peccato.»

«Rome...»

«Fanculo. Niente di quello che dici mi farà cambiare idea.»

«Ti stai mettendo in mezzo dove non dovresti.»

«Continua pure a pensarlo.»

Deglutì così forte che fu evidente. Sì, un altro segnale che non doveva lasciar perdere, qualunque cosa dicesse lei.

«Perché sei così maledettamente testardo?» sibilò.

«Non più di te,» le rispose.

«Non posso permettermi di bruciarmi ponti, Romeo. Questo lavoro potrebbe decidere il mio futuro.»

Considerò quella supplica sussurrata. Che razza d'uomo sarebbe stato se l'avesse lasciata soffrire in silenzio? Non avrebbe mai potuto guardarsi allo specchio.

Ci stava guadagnando qualcosa da questa situazione? Ma

certo che sì. E lo faceva impazzire non sapere cosa la stesse facendo soffrire così. E anche se fosse riuscito a risolvere tutto... non significava che il sesso dovesse finire.

«Mi aiuti con l'infortunio o mi devo trovare qualcun altro?»

«Sono venuta da te perché non volevo che nessuno mi invadesse la vita. Pensavo che a te non fregasse un cazzo.»

Di solito era così. Ma stavolta, era diverso. «Allora ti sei sbagliata. Mi frega, eccome.»

«Puoi non farlo?»

«No.»

«Se te lo dico, te ne vai?»

«Dipende.»

«Ho bisogno di una garanzia.»

«Allora, no.»

Sbuffò, chiuse gli occhi e scosse la testa. «Sei un vero stronzo Rome.»

«Già. E se pensi che chiamarmi stronzo possa ferirmi, quella sì che è una garanzia che posso darti... Non succederà.»

Capitolo Ventuno

Nonostante la forte tentazione di chiamare o messaggiare Romeo per una nuova sbandata, si tenne a freno. Pensò che usare il vibratore avrebbe creato meno casino. Un paio di sere si beccò con Zeke all'Iron Horse per una birra e qualche tiro a biliardo.

Passò anche lo scorso fine settimana con Gabi per un «uscita tra donne.»

Purtroppo, per quanto avesse cercato alternative, l'unico modo per scrollarsi di dosso Roger dopo una giornata di merda era spogliarsi con Romeo. Ma dopo il casino che aveva combinato allo Smith's, la cosa la frenava.

Se possibile, doveva trovarsi un rimpiazzo. Qualcuno che non fosse un biker. Con tutte le app di incontri che giravano, l'uomo giusto non poteva essere impossibile da trovare, o no?

Dato che le app potevano essere un azzardo, non la gasavano molto, specialmente perché preferiva che la sua pelle non finisse trasformata in un giubbotto di pelle. O i suoi denti in una collana. O essere seppellita senza arti in un qualche buco sperduto in un campo.

Ma se riusciva a trovare qualcuno con cui fare sesso – qualcuno bravo – senza crepare o diventare una schiava del sesso, poteva essere un'opzione.

Quando Romeo si presentò per il suo primo appuntamento, Maddie lo aveva riaccompagnato alla reception e Maribeth lo aveva sbolognato a un altro fisioterapista. Si rifiutava di lasciarlo fare il solito invadente e, se avesse insistito, avrebbe potuto sborsare i soldi e continuare la farsa dell'infortunio con qualcun altro.

Si assicurò anche che Maribeth lo assegnasse a un uomo invece che a una donna con cui potesse provarci. Per lei, questo rendeva il suo ficcare il naso dove non doveva un po' più accettabile. Aveva la sensazione che Romeo si sarebbe presto rotto le palle di avere appuntamenti con Chuck, così come di vedere il suo portafoglio alleggerirsi sempre di più.

Quando non era presa con un suo paziente, osservava Romeo e Chuck lavorare insieme, sapendo benissimo che il biker stava recitando la parte dell'infortunato.

Doveva dare atto all'uomo di aver tenuto duro per le ultime due settimane e, nonostante fosse una palla al piede, di essere stato così dannatamente dedito a scoprire il suo 'problema'.

Fortunatamente, dato che veniva solo due volte a settimana, era riuscita a evitare Roger ogni volta che Romeo era nell'edificio. Finora. Ma non sarebbe durata a lungo. Era dannatamente sicura che avrebbe assistito alle porcate del suo capo se il presidente dei Knights non avesse presto alzato bandiera bianca.

Stava sgranocchiando qualcosa nella sala relax tra un paziente e l'altro quando Chuck la mise alle strette.

«Il tuo amico ha appuntamento tra un quarto d'ora.» Il suo collega diede un'occhiata all'orologio e la sua bocca si storse. «Anche se, di solito fa un casino di ritardo.»

Nessuna sorpresa. Non conosceva nessun biker che guardasse un orologio. Tendevano a vivere la loro vita secondo i propri tempi e le proprie regole.

«Dice che ti conosce molto bene.»

Porca puttana. Doveva far finta che Romeo non fosse altro che una vaga conoscenza?

Se stava cercando dettagli sulla sua 'relazione' con Romeo... *In bocca al lupo, Chuck.* «Ci conosciamo, ma non così bene come tende a insinuare lui.»

Le sopracciglia scure di Chuck si alzarono. «Ma non lo volevi come paziente?»

«Ho pensato che saresti stato più adatto a seguirlo tu.» Non era proprio una bugia.

Il suo collega aggrottò la fronte. «Non ti sembra un po' strano che si sia autoinvitato alle nostre cure invece di andare prima da un medico?» Chuck si girò e si appoggiò al bancone con una tazza di caffè in mano.

«Ro—» Il suo cervello andò in tilt. Se avesse chiamato Romeo con il suo nome da strada, avrebbe solo sollevato altre domande. «Marvin tende ad andare per la sua strada.»

«L'ho notato,» disse Chuck con tono asciutto. «Ha cercato di dirmi come fare il mio lavoro.»

Oh, merda. Ma neanche questo era una sorpresa.

Maddie arricciò le labbra invece di alzare gli occhi al cielo. «Non sta collaborando?»

«Oh, sì che collabora, ma ha delle opinioni molto forti.»

Questo sì.

«Che condivide. Spesso.»

«Sulla terapia?»

«Su tutto. E fa un sacco di domande su Roger. Per qualche ragione, sembra ossessionato dal nostro capo stronzo.»

Certo. «Stai attento. Non farti beccare a lamentarti di *sai chi.* Peggiorerebbe solo le cose.»

«Sono riuscito a schivare la maggior parte delle domande di Marvin.»

Bene.

«Sei sicura di non volerlo prendere nella tua lista pazienti?»

Lo sguardo supplichevole negli occhi di Chuck la fece sentire in colpa per avergli scaricato Romeo addosso. Tuttavia, non abbastanza da accettare di riprenderselo. «Non credo sarebbe appropriato,» fu l'ultima cosa che disse prima di sgattaiolare fuori dalla sala relax con una pesca rubata dalla sua borsa del pranzo.

Mentre stava per tornare in reparto, notò l'uomo di cui stavano parlando entrare dalla porta.

Girò la testa e gridò, «Chuck, il tuo appuntamento è qui.»

«Di già?» fu la sua risposta.

A quanto pare, Romeo non faceva sempre tardi. Oppure Chuck aveva imparato a dirgli un orario precedente per assicurarsi che arrivasse *prima* dell'inizio dell'appuntamento, invece che dopo.

Quel trucchetto veniva usato spesso dalle donne legate ai biker. Se le loro signore li volevano da qualche parte alle undici, dicevano loro le dieci e mezza. Funzionava finché i ragazzi non ci arrivavano.

«Puoi dirgli che arrivo tra qualche minuto?» Poi sentì un borbottio, «Dovrei farlo aspettare tanto quanto lui fa aspettare me.»

Maddie tirò un sospiro prima di rispondere con riluttanza, «Certo.» Non l'avrebbe fatto per Romeo, ma come favore a Chuck visto che le aveva tolto dalle palle quel Knight testardo.

Mentre si dirigeva verso l'ingresso, lanciò un'occhiata

languida alla pesca stretta tra le dita. Sperava di mangiarla prima che si presentasse il suo prossimo appuntamento.

Ignorò il fatto che il suo cuore fece un capitombolo e il suo polso accelerò nel momento in cui Romeo la vide venire verso di lui e la accecò con un sorriso a cento watt.

Poi si prese il suo tempo per ispezionarla dalla testa ai piedi.

Quasi si lisciò i capelli, poi si infastidì con se stessa per aver avuto anche solo quell'impulso.

Si fermò alla scrivania di Maribeth. «Lo riprendo io per Chuck. È un po' in ritardo.»

Non sentì la risposta della receptionist perché Romeo la stava fissando così intensamente che Maddie giurò che avesse la vista a raggi X e potesse vedere attraverso i suoi vestiti. Soprattutto quando disse, «Bella pesca,» in un modo che le fece stringere la figa.

«Venga con me, signor Carter,» le uscì più senza fiato di quanto avrebbe voluto. Infastidita dalla sua stessa reazione, strinse la mascella, si girò e passò davanti ad altri pazienti che lavoravano con i loro terapisti. «Probabilmente dovrebbe indossare delle scarpe da ginnastica per i suoi appuntamenti. Chuck le permette di indossare i suoi stivali da biker mentre lavora con lei?»

«Pensi che abbia delle cazzo di scarpe da ginnastica?»

Chi non possedeva un paio di dannate scarpe da ginnastica? «Non le indossava mentre correva quella maratona? Se ha corso più di quaranta chilometri con degli stivali da biker pesanti, non c'è da meravigliarsi che si sia stirato il tendine del ginocchio.»

Sentì un grugnito dietro di lei. «Questa donna fa un sacco di battute.»

Prendere la situazione alla leggera era il modo migliore per affrontarla.

Si fermò in un'area con dei tappetini lungo il muro e indicò una grande palla da ginnastica gonfiabile. «Può sedersi lì e aspettare. Sono sicura che Chuck sarà con lei a breve.»

Ovviamente, non seguì le sue indicazioni. Invece, si girò per affrontarla. «Non me ne frega un cazzo di Chuck. Non sono qui per quello.»

«Allora, come ti stai riprendendo da quel devastante infortunio?» chiese Maddie. «Ti piacciono i massaggi di Chuck? Ha delle mani molto forti e un tocco speciale, non trovi?»

«Il migliore,» mormorò Romeo.

Finalmente alzò gli occhi e incontrò i suoi. «Quando hai intenzione di finirla con questa farsa?»

«Appena scopro le informazioni per cui sono venuto.»

«Non riesco a credere che tu continui a spingerti a questo estremo. Deve costarti una fortuna.»

«Pensa a quello che hai appena detto. Potevi dirmi il problema quando te l'ho chiesto. Adesso mi sta costando. Lo faccio per te, Maddie, non per me.»

«Se ti sta costando, è un problema tuo, non mio, perché ti ho chiesto di non intrometterti. Avresti dovuto rispettare la mia richiesta di starne fuori.»

«Testarda.»

Un momento. La stava chiamando testarda? «Mah.» Cercando di evitare un'altra scaramuccia verbale, diede un morso alla sua pesca. Più matura del previsto, il succo finì per colarle sul mento. Avrebbe dovuto prendere uno o due tovaglioli. O dieci. Errore suo.

Dato che non voleva usare la manica, si girò per tornare in cucina a prenderne uno. Romeo la bloccò bruscamente afferrandole il braccio, rendendola molto consapevole della sua faccia sporca. Quando lei cercò di pulirsela da sola, lui le diede uno schiaffo alla mano e le asciugò il succo appiccicoso con il pollice. Mantenne il suo sguardo infuocato fisso sul suo mentre si portava quel pollice alla bocca.

Porca puttana. Non era solo l'azione, ma il modo in cui lo fece a farle tremare le ginocchia e a farle rimpiangere di aver evitato il suo letto ultimamente.

Perché quest'uomo in particolare la rendeva così dannatamente debole? Perché non poteva essere qualcun altro?

Quando si tolse il pollice pulito dalle labbra, la sua voce era bassa e roca. «Non sei più venuta ultimamente.»

«Ti—» Si schiarì la gola stretta e riprovò. «Ti sono mancata?»

Si afferrò il pacco ma non lo tenne abbastanza a lungo perché qualcuno se ne accorgesse. A parte lei, almeno. «Difficile non pensare a te e a quella figa.»

La pesca finì per essere dimenticata nella sua mano mentre si fissavano.

Chuck si precipitò da loro. «Grazie, Maddie. Ci penso io da qui. Venga con me, signor Carter, e iniziamo il riscaldamento.»

Romeo aveva appena iniziato a riscaldarla.

Resisti, Maddie.

Sperò con tutta l'anima che Chuck non avesse sentito l'ultima cosa che Romeo aveva detto.

«Stai bene? Sembri davvero accaldata. Ti è venuta una vampata di calore?» chiese Chuck.

«Non sono abbastanza vecchia per una vampata di calore.» Si premette una mano sulla guancia calda. «Ho solo un po' caldo.»

«Forse dovresti cancellare il resto degli appuntamenti e andare a casa a riposare. Potresti esserti presa qualcosa.»

Si era presa qualcosa, eccome.

Quando sentì urlare «Mad!» per tutto l'edificio, pensò davvero che il suggerimento di Chuck potesse essere una buona idea. Perché quella voce apparteneva solo a una persona.

Una rapida occhiata a Romeo le mostrò che stava scrutando la stanza alla ricerca di chi stava urlando il suo nome.

«Mad!»

Cazzo. Cazzo. Cazzo.

Sentì un ringhio soffocato – che non proveniva da Chuck – sopra il rumore dei suoi denti che si serravano.

Doveva trovare Roger prima che lui trovasse lei. E prima che continuasse a sputare merda ad alta voce. Forse poteva intercettarlo e farlo tacere.

Si scoprì che non si mosse abbastanza velocemente.

Roger si diresse a grandi passi verso dove si trovavano, con l'aria di volere sangue. Solo che lei temeva che non sarebbe stato il suo sangue a essere versato.

«Il tuo paziente ti sta aspettando. Cosa stai facendo?» I suoi occhi scivolarono sulla pesca. «Non solo fai aspettare i pazienti, ma mangi anche nel corridoio? Sai che non è permesso. E poi è da maleducati. Sei un maiale, Mad?»

Aspettò che iniziasse a grugnire. L'aveva fatto prima quando qualcuno aveva rovesciato il suo spuntino.

«Conosci le regole. Dovrò farti un richiamo scritto per questo. È il tuo terzo richiamo questo mese. Conosci la regola dei tre errori, ora dovrò decurtarti lo stipendio.»

Niente di nuovo. Roger cercava apposta scuse per fare richiami ai suoi dipendenti. Anche per le ragioni più banali, così poteva decurtare loro lo stipendio. Più soldi che tornavano nelle sue tasche.

Avido stronzo.

«Ti ricordi di me, Roge?»

Oh, merda.

Quando un calore lancinante le colpì la schiena, i sottili peli sulla nuca si drizzarono. Roger aveva risvegliato la bestia. L'unico motivo per cui voleva che Romeo stesse fuori dai giochi. Se lui avesse gestito male la cosa, lei avrebbe potuto perdere il lavoro e, conoscendo la meschinità di Roger, avrebbe potuto metterla sulla lista nera ovunque.

Questa poteva trasformarsi in un incubo completo.

«Signor Carter... Come potrei dimenticare? Spero che la sua terapia stia procedendo bene.»

«Andrebbe anche bene se non fossi così fottutamente turbato dal modo in cui parla alla sua dipendente. Mi fa chiedere se ho preso la decisione giusta a venire qui.»

«Abbiamo delle regole, signor Carter. Proprio come sono sicuro che le abbia anche il suo datore di lavoro. Senza regole, è il caos.»

Oh, buon Dio.

«È una fottuta pesca, Roge.»

«Anche se questa volta potrebbe essere solo una pesca, se la lascio correre, cosa succederà la prossima volta? Mantengo regole severe per una ragione. Se Mad non riesce a seguirle, allora non appartiene a questo posto.»

Maddie sobbalzò leggermente in avanti quando il petto di Romeo le urtò la schiena. «Il suo fottuto nome è Maddie. O Madison. O magari signorina Goodson. Non è Mad.»

Roger sbatté le palpebre di fronte all'inaspettata furia di Romeo. «Se a lei non piace che io la chiami così, me l'avrebbe detto.»

L'aveva fatto. Molto probabilmente una dozzina di volte prima di arrendersi.

«Te lo dico io... Non chiamarla più in quel modo, cazzo.»

La fronte di Roger si abbassò. «Non c'è motivo di usare volgarità.»

«Ho ogni fottuto motivo per usarla. Stai mancando di rispetto alla tua dipendente.»

«Dicendole di seguire le regole? Regole che ha accettato quando è stata assunta?»

Non ricordava nessuna regola sul mangiare per terra, ma in quel momento non aveva importanza.

Maddie tirò un sospiro e si girò, posando una mano sul petto di Romeo. Incrociò il suo sguardo e sgranò gli occhi in una silenziosa supplica. «Va tutto bene. Non mi dispiace.»

«A te frega un cazzo. Me l'hai detto.»

«Rome...» *Cazzo*. «Marvin, apprezzo che tu mi difenda, ma non è necessario.»

Capitolo Ventidue

Non necessario? Un cazzo se non era necessario.

Il crescente sospetto di Romeo che il vecchio Roger fosse la fonte dello stress di Maddie ora era confermato. Tutto quello che lei doveva dirgli era che il suo capo era un coglione. Anzi, più di un coglione. Sconfina nell'abuso.

Romeo trovò quella cosa fottutamente inaccettabile.

E cazzo se l'avrebbe lasciata continuare, non importa quanto Maddie volesse che lui se ne stesse fuori.

Fanculo quella merda.

«Mi dispiace, signor Carter, ma sembra che lei non sia adatto al mio stabilimento, dopotutto. Devo chiederle di andarsene visto che non riesce a controllarsi. Le rimborserò la visita di oggi se ha già pagato.»

Romeo si girò di scatto verso l'uomo, facendolo barcollare all'indietro di un passo. E impallidire leggermente come la piccola femminuccia che era. «Pensi che non sia sotto controllo? Sono fottutamente sotto controllo. Non vorresti vedermi quando perdo la pazienza.»

Smith era il tipo di femminuccia che avrebbe sporto denuncia se Romeo lo avesse anche solo toccato con un dito.

Ma certo non avrebbe toccato quel tipo. Si sarebbe tirato indietro e gli avrebbe piantato un pugno dritto in bocca al suo capo. E una volta a terra, forse gli avrebbe anche schiacciato la faccia con uno dei suoi stivali.

Ma Romeo era sotto controllo.

A malapena.

Era ora di andarsene prima che la situazione cambiasse e le cose prendessero una brutta piega. Di solito non indossava gioielli, quindi le fredde manette di metallo non facevano al caso suo.

Quando si girò verso Maddie, notò che era immobile. Non solo, non pensava che si rendesse conto di stringere la pesca in una morsa mortale e che il suo succo le gocciolasse dalle dita e sui tappetini del pavimento.

Smith doveva averlo notato nello stesso momento, anche lui.

«Hai fatto un casino, Mad. Ora vai a prendere qualcosa per pulire. Questo è un perfetto esempio del perché il cibo non è permesso sul pavimento.»

Romeo fece un respiro profondo, diede uno strattone alla testa a sinistra, poi a destra per scrocchiarsi il collo, poi forzò le dita a distendersi.

Quel coglione non sapeva quando cazzo stare zitto.

Smith stava anche tirando troppo la corda chiamando Maddie 'Mad' dopo che Romeo aveva chiarito bene di non farlo più.

Quando Maddie alzò la mano, la sua espressione cambiò nel momento in cui vide cosa aveva fatto. I suoi occhi saettarono sul pavimento.

«Ora!» abbaiò Smith. «Qualcuno potrebbe scivolare e

cadere su quel casino, e sai chi verrà citato in giudizio? Non tu.»

«Scusa.» Nel momento in cui lei si mosse di scatto, lo fece anche Romeo. Ma non per dare una lezione a Smith.

Non qui, non ora.

Quando l'uomo meno se lo sarebbe aspettato. Quando non ci sarebbero stati testimoni. Alcuni lo avrebbero chiamato un atto di violenza 'casuale'. Romeo lo avrebbe chiamato karma.

Il momento di Smith stava arrivando.

Tic fottuto tac.

Si diresse dietro a Maddie mentre lei andava verso il retro dell'edificio.

«Signor Carter, deve andarsene. Sta andando nella direzione sbagliata.»

Romeo ignorò Smith e invece gridò, «Maddie!»

Quando lei si fermò e si girò, alzò la mano con la pesca malconcia. «Devo buttarla via.»

«Un secondo.» Colmando la distanza tra loro, le mise un pollice sotto il mento per alzarle il viso e abbassò la voce. «Me ne vado prima di finire rinchiuso in una scatola di cemento, ma voglio che tu vada via anche.»

«Non posso,» sussurrò lei. «Ho bisogno di questo lavoro.»

Romeo si succhiò i denti e un muscolo gli balzò sulla guancia. «Se non l'hai capito, quella non era una domanda, donna. Te lo stavo dicendo. Quindi, mettiamolo fottutamente in chiaro... tu non resti qui. Ci sono un sacco di altri lavori là fuori. Non devi sopportare le sue stronzate.»

«Ti ho detto perché resto,» gli sussurrò con più forza. «Ha importanti contatti nel settore. Devo solo resistere ancora un po'.»

«Ancora quanto?»

Stava facendo un punto perché anche Romeo sapeva che

era un azzardo se questo lavoro l'avrebbe portata a cose più grandi e migliori. Il suo capo era un coglione narcisista. Quello non sarebbe mai cambiato. Era il tipo di figlio di puttana che faceva solo ciò che gli avrebbe portato beneficio, non agli altri.

Nel breve periodo in cui era venuto al suo lavoro, era piuttosto chiaro che il suo capo governava i suoi dipendenti con la paura, non con il rispetto. All'inizio, Romeo non l'aveva notato con Maddie, ma ora che l'aveva visto...

Quando lei chiuse gli occhi, la sua rabbia salì alle stelle. Capiva che lei era combattuta. Aveva un obiettivo di carriera. Pensava che questa fosse l'unica strada per raggiungerlo.

La verità era che quelle erano cazzate totali. Doveva esserci un altro modo per ottenere ciò che voleva.

E se avesse avuto bisogno di trovare quell'alternativa per lei, l'avrebbe fatto. Perché col cazzo che lei avrebbe continuato a farsi insultare verbalmente da quel cretino.

Non sotto la sua sorveglianza.

Romeo si fermò fuori dall'unità numero ventidue e bussò forte alla porta.

Rumori provennero dall'altro lato prima che lui sentisse un sommesso, «Chi è?»

Sospirò. «C'hai lo spioncino. Sai benissimo chi cazzo è.»

«Hai una buona ragione per essere qui?»

Scosse la testa. Stava mettendo alla prova la sua pazienza. «Seriamente, donna? Apri questa fottuta porta. Altrimenti, ti metterò in imbarazzo finché non lo farai.»

«Facendo cosa?»

Si chinò più vicino alla porta e avvertì, «Vuoi davvero scoprirlo?»

«Con te, potrebbe essere qualsiasi cosa.»

Non aveva torto.

Ascoltò attentamente lo scorrere di una catena e lo scatto di un catenaccio per assicurarsi che tenesse la porta chiusa a chiave.

Nel momento in cui lei aprì, lui le passò di slancio accanto ed entrò nel suo appartamento.

«Accomodati pure,» gli disse con tono asciutto.

«Perché il tuo palazzo non ha l'ascensore?»

«Perché il tuo sì? E se non l'hai notato, il mio condominio è piccolo. Sono capace di salire una rampa di scale. A quanto pare, lo sei anche tu, visto che sei qui!» Inclinò la testa di lato e alzò entrambe le sopracciglia.

Con la testa che gli girava, diede un'occhiata al suo covo. Almeno le parti che riusciva a vedere da dove si trovava.

Da quello che poteva capire, il suo appartamento era minuscolo. «Vivi qui da sola?»

«No. Con il mio amante.»

Girò la testa verso dove lei era ancora in piedi accanto alla porta ora chiusa. Aveva una dannatamente buona faccia da poker. «Ha le iniziali LZ?»

«Sai che Zeke ha una stanza alla chiesa degli Angels.»

«Un sacco di membri dell'MC tengono una stanza in chiesa. Non significa che non dormano altrove.» O che saltino da un letto all'altro, a seconda di quale femmina si stavano scopando quella notte. «Devi essertene dimenticato. Abbiamo già discusso di Zeke.»

Con le mani sui fianchi, si girò per affrontarla. «Le donne mentono.»

Lei aggrottò la fronte. «Mi stai dando della bugiarda? Questa è grossa.»

«Non stai mentendo sull'avere un amante?»

«Stavo solo scherzando.»

«Già. Le tue battute non mi fanno ridere.»

«Ecco perché sono una fisioterapista sportiva e non faccio cabaret.»

«Mi fai fare il giro veloce?»

«Ti costerà più di un nichelino. Bisogna tener conto dell'inflazione, sai.»

Si frugò nella tasca anteriore e tirò fuori un quarto di dollaro. Glielo lanciò. Dopo averlo preso, lei lo fece roteare tra le dita. «Non sono sicura che questo coprirà il costo della tua presenza qui.»

«La mia presenza qui non ti costa niente.»

«A differenza di te che vieni al mio lavoro.»

Non aveva idea di cosa fosse successo dopo che aveva lasciato lo studio di Smith prima, perché lei si era rifiutata di andarsene con lui. Dato che non era dell'umore di passare una o dieci notti in gattabuia, se n'era andato a malincuore senza di lei.

Lei si diresse verso la piccola cucina a sinistra dell'ingresso. Solo un mezzo muro la separava da dove lui si trovava e dal soggiorno situato alla sua destra.

La seguì.

Lei andò verso il fornello. «Non hai mai detto perché sei qui.»

«Tu non sei venuta da me, quindi sono venuto io da te.» Pensava che l'avrebbe sentita una volta uscita dal lavoro. Invece, solo silenzio radio.

«Comunque... Come fai a sapere dove abito?»

«Ho i miei metodi.»

«Seguendomi?»

«Non ce n'era bisogno.» Non aveva nemmeno bisogno di spiegare da dove avesse preso le sue informazioni. Allargò le narici e respirò profondamente. Qualunque cosa ci fosse sul fornello aveva un odore fottutamente buono. «Che stai preparando?»

Avvicinandosi a lei, sbirciò sopra la sua spalla quello che sembrava un pentolone di chili.

«La cena. Sai, il pasto che la maggior parte delle persone mangia prima di andare a letto.»

«Di solito mangio figa prima di andare a letto.»

«Come ho detto... La *maggior parte* delle persone.»

Quando le sussurrò, «Mi aspettavo che venissi a casa mia,» vicino al collo, sorrise perché le aveva fatto venire la pelle d'oca.

Cazzo sì. Lei lo voleva. Anche se cercava di negarlo, la sua reazione la tradiva.

«Le aspettative non sempre vengono soddisfatte.»

«*Mmm.*» Le soffiò leggermente sulla nuca.

Lei rabbrividì e agitò una mano sopra la spalla nella sua direzione. «Smettila.»

«Lo condividi con me?»

«Ne ho fatto abbastanza solo per uno.»

«C'è abbastanza cibo lì per sfamarne dieci.»

«Forse ho molta fame.»

«O forse ti piace solo fare la difficile.»

Scrollò le spalle e si girò. «Non capisco perché dovresti pensarlo.»

«Quale donna non è difficile?»

«Potrei dire lo stesso degli uomini.»

«Noi non siamo difficili. Siamo solo stronzi.»

«Con gli stronzi.»

Lui *mormorò* di nuovo e si fece indietro, dandole spazio per lavorare.

Lei diede un'ultima mescolata al chili, spense il fuoco e spostò la pentola su un altro fornello. I suoi occhi erano incollati al suo culo mentre apriva un armadietto e tirava fuori una ciotola, posizionandola sul bancone accanto a un'altra vuota.

Poi tirò fuori un secondo cucchiaio.

Qualcuno avrebbe mangiato bene stasera. Sperava di essere quel qualcuno.

Un po' di chili fatto in casa seguito da un po' di figa per dessert.

Quello potrebbe finire per essere il suo nuovo pasto preferito.

Si mise mezza ciotola per sé e una ciotola piena per lui. Gliele porse entrambe. «Mettile sul tavolo.» Si allontanò rapidamente dalla sua portata per prendere dei tovaglioli da un porta tovaglioli, poi li mise accanto alle ciotole che lui aveva posizionato uno di fronte all'altro.

Come se fosse il padrone del posto, si diresse verso il frigorifero e lo aprì senza nemmeno chiedere.

«Fai pure,» mormorò lei.

«Contavo di farlo,» rispose con la schiena rivolta a lei mentre frugava, cercando birra. Non ebbe fortuna.

Alzò una bottiglia con un nome familiare. Certo che sapeva che la Smirnoff faceva la vodka, ma quella merda non era trasparente, era rosa. «Che cazzo è questa roba?»

«Non hai mai bevuto una limonata alcolica prima?»

Alcolica cosa? «Non ho bisogno di limonata per farmelo venire duro.»

Gemette. «I Knights non hanno un bar?»

Certo che sapeva che il suo MC possedeva un dannato bar. Ci era stata dentro. «Questa merda non verrà mai servita al Dick's.»

«Peccato. Potrebbe attirare qualche nuova donna nel tuo locale.»

«Allora, immagino che ne ordinerò un po'.» Svitò il tappo e bevve un sorso.

Fece una smorfia. «Alle donne piace questa merda?»

Lei gli strappò la bottiglia fredda dalle dita. «Sì, ci piace.»

«Non hai birra?»

Lei scosse la testa.

«Whiskey?»

Scosse di nuovo la testa.

«Nient'altro che questa pisciata?»

«A me piace questa pisciata.» Prese un altro lungo sorso e posò la bottiglia sul tavolo accanto alla sua ciotola.

«Visto che mi hai scopato due volte, pensavo avessi buon gusto. Immagino mi sbagliassi.»

Lei inclinò la testa e disse con faccia seria, «Ti sbagliavi.»

Dannazione.

«Sono tornato per il bis, però.»

«Hai mai sentito il detto, 'tempi disperati richiedono misure disperate'?» Prese posto e indicò dove si trovava la sua ciotola sul tavolo. «Siediti e mangia prima che si raffreddi.»

Lui la guardò mettersi il chili in bocca con il cucchiaio, chiudere gli occhi e ingoiarlo.

«Cavolo, è buono. Sono dannatamente brava a cucinare, se posso dirlo da sola.»

Tornò al frigorifero e prese un'altra bottiglia di quella pisciata rosa alcolica.

Quando si girò, lei lo stava fissando. «Pensavo non ti piacesse?»

«Tempi fottutamente disperati richiedono fottute misure disperate,» ripeté, tirando fuori la sedia di fronte a lei e lasciandosi cadere. Gli venne l'acquolina in bocca solo a vedere e sentire l'odore del chili fatto in casa.

Afferrando il cucchiaio, se lo portò alla bocca Appena toccò le sue papille gustative, la sua testa si tirò indietro.

Porca merda. Era il miglior dannato chili che avesse mai mangiato.

Fissò la donna di fronte a lui. Non solo era fottutamente sexy, ma sapeva anche cucinare?

Gli angoli delle sue labbra si incurvarono leggermente. «Buono?»

Lei lo sapeva che lo era. E se ne stava vantando.

Glielo avrebbe concesso perché... *Dannazione.* Poteva mangiarsi tutta quella pentola da solo. Forse non in una sola seduta.

I suoi fratelli si sarebbero fatti in quattro per sbavare un po' di quella roba.

L'avrebbe condiviso? Fanculo no.

Le sweet butts occasionalmente cucinavano per lui, ma per lo più mangiava quello che riusciva a prendere dalla cucina del Dick's.

Era passato un po' di tempo da quando si era seduto a tavola e aveva condiviso un pasto con una donna. Anzi, l'ultima volta era stata molto probabilmente lo scorso Natale. Cait, la signora di Magnum, lo invitava sempre a passare le feste con la loro famiglia.

Andava lì ogni anno solo per cercare di scoparsi Ali-Cat. Ma ora la figlia maggiore di Magnum era sposata con quel maiale e aveva un maialino con lui.

E la figlia minore del suo sergente d'armi, Asia, era troppo giovane. Tipo giovane da galera. E col cazzo che a lui interessava quella roba.

A lui piacevano le donne mature. Proprio come quella pesca che Maddie aveva mangiato prima.

Dolce e succosa.

Capitolo Ventitré

«Perché mi stai fissando così?»

«Come?» Romeo finse di non guardarla allo stesso modo in cui guardava il chili. Come se fosse commestibile e lui un uomo affamato.

Maddie fece roteare il cucchiaio in aria all'altezza del suo viso. «Non capisco se sei sciaccato dal fatto che io sappia cucinare o se invece stai per lanciarti attraverso il tavolo per mangiarmi.»

«Forse entrambe le cose.» Lui si cacciò in bocca un altro generoso cucchiaio. «Se vuoi un nuovo lavoro, c'è un posto per te nella cucina del Dick's.»

Lei sbuffò, «Ho già una carriera e non è come cuoca.»

«Potrebbe essere temporaneo finché non trovi qualcosa di meglio.»

«A proposito di quello...»

«Avresti dovuto andartene quando l'ho fatto io.»

«Beh, so che questo è un concetto difficile da capire per te, ma te lo spiego comunque... Non ti appartengo; quindi, non devo seguire i tuoi ordini.»

Non doveva indossare la sua giacca perché lui volesse proteggerla. «Non c'è motivo di restare in quel fottuto lavoro, donna, e continuare a farti maltrattare da lui.»

«Sei venuto solo per riparlare di questo? Se è così, ti dico che oggi mi hai creato tensione al lavoro. Ti ho detto di starne fuori e non l'hai fatto. Avrei potuto essere licenziata. Sono sicura che Roger ci abbia pensato seriamente. Oh, aspetta. Sai come faccio a sapere che l'ha fatto? Me l'ha detto almeno una mezza dozzina di volte che sono 'fortunata' che non mi abbia licenziato.»

A quel coglione bisognava dare una lezione... Più che altro, Smith aveva bisogno di una bella botta. «Sono preoccupato per te.»

«Non esserlo. Sono sopravvissuta a lavorare lì per più di un anno ormai. Il suo modo di fare non è una novità. È stato così fin dall'inizio. Comunque, non sono solo io, lui tratta tutti di merda. È proprio per questo che c'he c'è un via vai di continuo di personale.»

«Mi stupisco che nessuno abbia ancora perso la testa e abbia fatto a pezzi lo stronzo.»

Alzò entrambe le sopracciglia. «Potrebbe essere perché farlo è illegale? Nel caso tu non lo sappia, accoltellare qualcuno è un crimine, essere un coglione no...» Le labbra le si contrassero. «O saresti in galera a vita.»

Ancora una volta, aveva delle battute. «Stai dicendo che sono un coglione?»

«Mi sbaglio? Non hai detto che gli uomini sono stronzi?»

Non si sbagliava.

«Fortunatamente,» continuò lei, «sono abituata a trattare con uomini con un ego più grande di una mongolfiera.»

«Ci sei mai stata?» Avrebbe dovuto essere messo fuori combattimento prima di salire in quella che sembrava una cesta da picnic di vimini attaccata a un enorme pallone che non poteva essere guidato o fermato.

Fanculo quella merda.

«No, ma i biker tendono a essere pieni di aria fritta »

«Non sto soffiando nessuna aria fritta. Se mi dai l'ok per picchiare quel figlio di puttana in un vicolo buio una notte, lo farò.»

«Preferirei che tu evitassi di commettere crimini per me.»

«Dicevo solo.»

«Anche se apprezzo la tua dedizione a essere il mio Batman personale, sto bene, Rome. Se vai in prigione, non aspettarti che ti venga a trovare.»

«Non metteresti nemmeno un graffio sui miei libri?»

«No.»

Alzò un sopracciglio. «Niente visite coniugali?»

Lei scosse la testa. «Assolutamente no.»

«Nemmeno una telefonata?»

Usando il segno universale della mano per un telefono, se lo portò all'orecchio. «Numero nuovo, chi parla?»

Quasi sputò il boccone di chili. Sprecarne anche solo un po' sarebbe stato il vero crimine.

La donna aveva un senso dell'umorismo, era intelligente, sapeva cucinare, era più che piacevole alla vista, fottutamente reattiva a letto e conosceva la vita MC...

Sarebbe stata perfetta se lui stesse cercando qualcuno che indossasse la sua giacca.

Non lo stava facendo. Ma questo non significava che non potesse godere di alcuni di quegli aspetti nella lista.

Anche se Smith non l'aveva licenziata... «Cosa e successo dopo che me ne sono andato?»

«Mi hanno fatto un richiamo scritto. Di nuovo.»

Che cazzo? «Per cosa?»

«Per aver fatto un casino sul pavimento. Sia con la pesca,» gli fece gli occhiacci, «che con te.»

«Ti ha fatto un richiamo scritto. Tutto qui?»

«Mi ha anche decurtato lo stipendio.»

Lui ha fottutamente fatto cosa? «Può farlo?»

«Può fare quello che vuole visto che è il proprietario. Mi è stato detto molte volte che se non mi piace come gestisce le cose, posso andarmene.»

Romeo era d'accordo che lei se ne dovesse andare. «Dovresti.»

«Grazie per aver confermato la tua posizione,» alzò un dito e aggiunse, «su qualcosa che non ti riguarda.»

Con la mascella serrata, chiuse gli occhi e tirò un respiro. Non avrebbe fatto marcia indietro su questa cosa. Ma si rese conto che in futuro avrebbe dovuto tenere segreti sia i suoi pensieri che le sue azioni al riguardo.

«Bruciore di stomaco?»

«Non per il chili,» mormorò lui.

«È perché non voglio inchinarmi a te?»

«Inchinarsi? È una specie di nuovo feticcio sessuale che non conosco? Perché io ci sto per le novità.»

Il suo cucchiaio raschiò il fondo della ciotola mentre finiva l'ultimo boccone di chili. «Per la maggior parte dei biker, non è un nuovo feticcio.»

Questa era una novità per lui. «Coinvolge bondage o qualcosa del genere?»

«Più o meno. Ma non nel modo in cui stai pensando.»

«Spiega allora.»

Scrollò le spalle e posò il cucchiaio nella sua ciotola ormai vuota. «I biker tendono a preferire le loro donne sottomesse. Vogliono che facciano tutto quello che dicono loro.»

La fissò. «Mi stai prendendo in giro? Forse non conosci nessuna delle signore dei Knights, ma conosci dannatamente bene le Fury e probabilmente la maggior parte delle Angels. Quante delle loro signore sono sottomesse? Quante di loro rispondono al loro signore?»

Stava sputando fatti che lei non poteva negare. L'unica signora che conosceva davvero sottomessa al suo uomo era Syn. Ma quella era più una dinamica sessuale tra i due. «Nemmeno Dodge impedisce a Syn di avere un'opinione e di esprimerla. Quindi, non so da dove ti venga quella stronzata sulla sottomissione.»

«E le sweet butts? Loro devono fare quello che voi gli chiedete.»

«Ma loro non sono...» Probabilmente era meglio se abbandonavano quella conversazione. Voleva scopare stasera. Se quella discussione prendeva una brutta piega, forse non sarebbe successo.

«Non sono cosa?» incalzò lei. «Donne con pensieri e sentimenti validi?»

«Nessuno sta forzando nessuno a fare la dannata sweet butt. È una loro scelta. Se non gli piace, possono andarsene.»

Nel momento in cui lei inclinò la testa di lato e alzò le sopracciglia verso di lui, si rese conto di essere caduto nella sua trappola.

«Ragazzo, quell'ultimatum suona familiare. Ma loro non se ne vanno, vero? Perché?»

«Perché vogliono stare lì. Non è una fottuta carriera. Se fossero maltrattate, loro—»

Lei lo interruppe con, «Fotterle nel cranio fino a farle piangere, far uscire il moccio dal naso mentre hanno il vomito non è abuso?»

«Loro...» *Cazzo.* Si grattò la barba con le dita e sospirò. «Il chili è dannatamente buono.»

Fece scivolare indietro la sedia e si alzò. «Bella deviazione.»

Lui si concentrò sull'ondeggiare dei suoi fianchi e sulle curve voluttuose del suo culo mentre portava i piatti sporchi al lavandino. Quando si girò, notò che lui la stava 'mangiando' con gli occhi.

Non che a lui importasse un cazzo.

Era venuto nel suo appartamento per due motivi. Per scoprire cosa fosse successo dopo che se n'era andato e per piantare la sua barba tra le sue cosce. Se lei non fosse consapevole del secondo motivo, lo sarebbe stata presto.

Erano sparite la polo con il logo ricamato 'Smith's' sopra la tetta sinistra. O i pantaloni beige da nerd che indossava prima. O le semplici scarpe da ginnastica bianche. Si era cambiata con dei semplici pantaloncini di cotone che mettevano in risalto le sue gambe lisce, una di quelle canottiere aderenti che le incorniciavano le tette così perfettamente che lui voleva soffocare tra di esse, e le sue dita dei piedi con le punte rosa erano nude.

Quando finì la breve passeggiata fino al suo lato del piccolo tavolo, i suoi capezzoli spuntavano attraverso il cotone elastico.

Improvvisamente perse il gusto per il chili ed ebbe una voglia matta di qualcos'altro.

«Finito?»

La raucedine nella sua voce gli fece credere che lei sarebbe stata pienamente d'accordo con i suoi piani postcena.

Quando lei allungò la mano verso la sua ciotola parzialmente vuota, lui fece scivolare indietro la sedia, le afferrò i fianchi e la tirò sulle sue ginocchia.

Invece di respingerlo, lei si sistemò, gli passò un braccio sulle spalle e gli pettinò le dita attraverso la folta barba. «Immagino che tu abbia finito.»

«Sì. Presto sarà l'ora del dolce.» Soprattutto perché la sua idea di dolce non aveva niente a che fare con il cibo.

Lei si mosse. «Cosa mi sta pungendo?»

«Il mio cazzo?»

«Sembra che tu abbia due pistole cariche e pronte. Una nei tuoi jeans e una nella tua giacca. Le porti sempre?»

«Sì.»

«Perché?»

Perché non era stupido. «Il male si nasconde ovunque. Facendo parte dei Fury, dovresti saperlo.»

«La tana del male a Manning Grove è stata ridotta in polvere.»

Era così. «Più di un fottuto male, Maddie. Diavolo, lavori per qualcuno in quella categoria.»

«Pensavo che avessimo finito con quell'argomento.»

Lui le strinse il fianco. «Abbiamo finito. Ora sei sulle mie fottute ginocchia e possiamo parlare del futuro. Come quello che sta per succedere nei prossimi minuti.»

«Devo pulire.» Quando lei si mosse di nuovo, lui dovette trattenere un gemito. Si era strusciata apposta contro la sua erezione?

«Non per me, non devi.»

«Intendevo la cucina.»

«La cucina può aspettare. Il cazzo su cui sei seduta no.»

«Non ci sei affezionato?»

«Sì, e vorrei che rimanesse così.»

«Qualcuno ha mai minacciato di tagliartelo?»

Lui sbuffò. Aveva una lunga dannata lista di donne pazze che erano entrate e uscite dal suo letto. Era dannatamente sicuro che molte di loro non avrebbero esitato a tagliargli il cazzo se ne avessero avuto la minima possibilità.

Dopo essersi trasferito nella vecchia casa di Magnum, era

diventato più cauto riguardo alle donne che effettivamente ammetteva nello stesso letto in cui dormiva. Maddie era una delle poche – oltre alle sweet butts – autorizzate a sapere dove abitava.

Se non fosse stato sicuro di qualche sconosciuta, avrebbe preteso ad andare a casa sua o in un motel. O usava il sedile posteriore. O il bagno del Dick's. Davvero, tutto quello che doveva fare era sbottonarsi abbastanza i jeans per tirare fuori il cazzo per fare il lavoro. Era più sicuro non fargli sapere dove posava la testa di notte. Gli rendeva anche più facile liberarsene dopo l'incontro.

Tuttavia, non aveva fretta di liberarsi della donna calda e morbida che attualmente gli stava seduta in grembo. Semmai, sarebbe stata lei a calciarlo fuori dalla porta dopo che lui l'avesse fatta venire.

Spingendo la sedia ancora più indietro, le strinse bene il culo e si alzò di scatto. Sorrise quando lei gli strinse le braccia più saldamente intorno al collo e gli avvolse le gambe intorno alla vita invece di insistere perché la mettesse giù.

La portò lungo il corridoio e scoprì rapidamente che il suo appartamento era ancora più piccolo di quanto pensasse.

«Una camera da letto?»

«È tutto ciò di cui ho bisogno. Perché pagare per uno spazio che non userò? C'è anche meno da pulire. E, comunque, il tuo appartamento non ha nemmeno una camera da letto.»

«Ho un soppalco.»

«Non è la stessa cosa.»

«Meno da pulire,» ripeté lui, dirigendosi nella sua camera da letto.

Fece una risata soffocata. «Certo. Come se tu pulissi.»

Lui scrollò le spalle. «Meno da pulire per le sweet butts. Significa che possono sbrigarsi velocemente.» E poi togliersi dai coglioni dal suo territorio.

Scosse la testa alla sua risposta.

Con le mani ancora piantate sulle sue natiche, la lasciò scivolare lentamente lungo il suo corpo finché non stette in piedi da sola, ma lui non la lasciò andare. Invece, chinò la testa e la fissò negli occhi. «Ti scopo.»

Un rossore le invase le guance e un luccichio le riempì gli occhi. «L'avevo immaginato.»

«Hai battute anche su questo? Se le hai, tirale fuori adesso.»

Sorrise. «O tacerò per sempre?»

«Mi sta bene.»

«Ne sono sicura, visto che non trovi divertente il mio sarcasmo.»

Le sfilò una spallina sottile della canottiera e le diede dei piccoli morsi sulla spalla. «Hai un sapore migliore di quel dannato chili,» mormorò contro la sua pelle. «E quella merda era la migliore.»

«Non così piccante?» Il suo sussurro tremava.

«Però hai ancora un fottuto morso.»

«Stai dicendo che anche se il mio chili non ti ha dato bruciore di stomaco, io sì?»

«Non c'è bisogno che lo dica, l'hai appena fatto.»

«Nessuno ti sta costringendo a stare qui.»

«Tu.»

Quando lei ritrasse la testa, le sopracciglia erano aggrottate. «Come ti sto costringendo a stare qui? Non ti ho nemmeno invitato.»

Le spinse giù anche l'altra spallina e le trascinò la lingua lungo la clavicola. «Perché sei una dannata tentazione irresistibile.»

«Dovrei scusarmi?»

«Abbiamo finito di parlare?»

«Tu?»

Capitolo Ventiquattro

A QUANTO PARE, Romeo aveva finito di parlare visto che li trascinò verso il letto, le fece perdere l'equilibrio e li fece entrambi schiantare sul materasso. Quando si girò, bloccandola sotto di lui, Maddie fissò i suoi occhi intensi e scuri e il suo cuore fece una capriola.

Niente di tutto ciò aveva senso. Perché trovava Romeo così dannatamente sexy? Così attraente? Non aveva mai voluto un biker prima, nemmeno per una sbandata, quindi perché voleva un donnaiolo come lui?

Non permanentemente, ovviamente.

Ma nudo.

L'uomo era da sbavare anche solo con i suoi tatuaggi. Era anche capace di indurre orgasmi perché sapeva come usare quella barba a suo vantaggio.

Le barbe non erano mai state una sua cosa. Principalmente perché la maggior parte degli uomini non sapeva come prendersene cura adeguatamente e più si allungavano, più diventavano ispide. In passato, aveva visto barbe che somigliavano a una pianta rotolante incollata al mento e alle guance di un uomo.

A differenza di altri biker, Romeo sembrava essere davvero orgoglioso dei suoi peli sul viso. Forse perché non aveva capelli in testa. Non solo la sua folta barba corvina era ben curata, ma si adattava al suo viso. In verità, gli si addiceva.

«Problemi?» grugnì.

«Solo che siamo ancora entrambi vestiti.»

Un lato della sua bocca molto baciabile si sollevò. «Ansiosa per il mio cazzo?»

Oh, qualcuno stava diventando ancora più presuntuoso del solito. «È quello che ho detto?»

«Non sono cieco. Lo vedo nei tuoi occhi, donna. Posso anche vedere quanto sono fottutamente duri i tuoi capezzoli. Scommetto che se ti toccassi la figa, sarebbe fradicia.»

Quella stessa figa si strinse in anticipo al suo tocco. «Perché io, Rome?»

Lui strinse gli occhi. «Che vuoi dire?»

«Perché io? Hai un sacco di donne a tua disposizione, perché stai inseguendo me?»

Quella sua espressione presuntuosa svanì rapidamente. «Non sto inseguendo. Non inseguo nessuna dannata femmina.»

Mah. Perché sembrava offeso? «Sei venuto al mio lavoro. Sei venuto nel mio appartamento,» gli ricordò. A lei sembrava un inseguimento.

«Sì, e tu mi hai rintracciato al Dick's. E allora, cazzo?»

«Avremmo potuto semplicemente fare sesso quella notte e dopo che me ne fossi andata, non avresti più dovuto vedermi. A me andava bene, pensavo che sarebbe andato bene anche a te. Non è così che di solito preferisci?»

«Chi cazzo lo dice?»

«Le tue azioni passate. Dimmi, quanto spesso fai il bis? A parte con le sweet butts, ovviamente.»

Una profonda ruga apparve sulla sua fronte e lui ringhiò, «Che cazzo stai facendo, Maddie?»

Lei pensava fosse ovvio. «Cerco di capire in cosa sono diversa dalle altre donne che scopi e molli.»

Rotolò via da lei e si sedette, mostrandole la sua larga schiena e una chiara visione della sua giacca con i suoi rocker e le sue toppe. Era un buon promemoria che i Knights erano una parte enorme della sua vita e lo sarebbero sempre stati. Viveva e respirava per quel club. La maggior parte dei membri MC leali lo faceva. Essere un biker era la loro vita, non un hobby.

«Che cazzo stai facendo, Maddie?»

Non gli piaceva essere messo alle strette? La cosa la sorprese. Pensava che non gliene sarebbe importato niente visto che Romeo aveva una reputazione che di solito abbracciava. «Cerco di proteggermi.»

«Da?»

«Da te.»

Lui si strofinò la mano avanti e indietro sul suo cuoio capelluto liscio. I movimenti scattosi erano la prova del suo fastidio. «Non pensavo volessi altro che cazzo.»

Pensava di essere stata piuttosto chiara al riguardo. «Ed è vero. Volevo solo dimenticare la mia situazione lavorativa per un'ora o due. Sembravi una soluzione facile dato che presumevo che non ti piacessero i legami.»

Quando la sua testa si mosse bruscamente, anche lei si sedette.

«Ma poi ti sei intromesso nei miei affari venendo al mio posto di lavoro e ora sei qui nella mia camera da letto.» Per lei, quello sembrava un legame. Forse non pesante come catene, ma più simile a un sottile filo interdentale.

«Per scopare.»

No, era più di questo. «Sei venuto al mio lavoro e hai finto di avere un infortunio per potermi scopare di nuovo? Certo che no. Una cosa non aveva niente a che fare con l'altra. Hai detto che volevi proteggermi. Non è un comportamento tipico per qualcuno che preferisce le avventure di una notte.»

Lui si succhiò i denti abbastanza forte da farsi sentire.

Non gli piaceva stare sotto i riflettori? *Mah.* Peccato.

Aggiunse, «E non darmi quella scusa del cazzo sui Fury che sono alleati, Rome.»

«Non è una scusa quando è fottutamente vero.»

«Okay,» le uscì con un sospiro.

«Okay cosa?»

Lei scrollò le spalle. «Solo okay.»

La sua espressione si fece dura, portandola a credere che non gli piacesse quella risposta. Molto probabilmente perché si rese conto che era il suo tentativo di chiudere quella linea di conversazione.

Era ovvio che stava solo usando l'alleanza dei Knights con i Fury come scusa. Perché se fosse stato davvero preoccupato per la sua situazione, come presidente dei Knights, avrebbe potuto facilmente contattare Trip, il presidente dei Blood Fury, e condividere le sue preoccupazioni.

Sarebbe stata incazzata se lui l'avesse fatto? Certo. Perché come la sua comparsa come finto paziente allo Smith's, Romeo stava ancora ficcando il naso dove non doveva.

Nonostante la sua opinione al riguardo.

Nonostante lei gli avesse detto più volte di farsi i cazzi suoi.

Quando lui si alzò e fece un paio di passi lontano dal letto, lei pensò che se ne stesse andando. Almeno finché non si fermò.

Ancora una volta, si concentrò sulla schiena della sua giacca, un duro promemoria di chi e cosa fosse lui.

Quella finì per essere un pensiero fugace quando il suo sguardo vagò sul suo culo e lei ebbe un flashback delle sue dita che si conficcavano profondamente nei suoi glutei ben sviluppati, provando la potenza dietro ogni spinta vigorosa.

La sua figa pulsò a quel particolare ricordo, più tutto il resto che era successo mentre erano nudi.

La verità era che non voleva che se ne andasse.

Non ancora, comunque.

Era egoista? Forse. Ma non riusciva a immaginare che Romeo dicesse di no se lei gli avesse chiesto di restare. «Te ne vai?»

Lui si girò, con un cipiglio. «Vuoi che me ne vada?»

«Non è per questo che ti sei alzato?»

«Mi sono alzato per togliermi tutta questa merda.»

Beh, allora...

In questo caso, non le importava di sbagliarsi.

Tuttavia... si chiedeva quanto spesso Romeo si spogliasse completamente con le sue conquiste o se lei fosse un caso speciale. Temeva che se avesse chiesto, li avrebbe riportati alla loro precedente conversazione. Non solo quella conversazione era una perdita di tempo, ma lei preferiva arrivare al momento in cui non avrebbero scambiato nemmeno una parola.

L'unico motivo per cui erano nella sua camera da letto.

Era anche più sicuro così, dato che, a quanto pare, non andavano d'accordo su certi argomenti. Uno dei quali era la sua vita personale.

«Hai bisogno di aiuto?» offrì. «Sono disponibile e ansiosa di assistere.»

«Tutto quel chili mi ha reso fottutamente stanco, quindi un aiuto mi farebbe comodo.»

Le piaceva molto di più la direzione di questa conversazione. Probabilmente anche a lui. «Hai almeno abbastanza forza per toglierti gli stivali?»

«Probabilmente ce la faccio.»

Preferiva decisamente questo stuzzicarsi giocoso alle cose più serie. Inoltre, il fatto che lui potesse alleggerirsi lo rendeva ancora più attraente ai suoi occhi.

Dopo aver slegato gli stivali e averli sfilati, i suoi calzini seguirono rapidamente. Fu piacevolmente sorpresa che non avessero buchi con le sue piccole dita che spuntavano fuori.

Certo, quel pensiero la portò a chiedersi se si comprasse i vestiti da solo o se mandasse una delle ragazze del club a prendergli pacchi di calzini e boxer. Se gli facevano il bucato, Maddie non dubitava che si spingessero oltre per il presidente dei Knights.

Non avrebbe mai capito il bisogno di una sweet butt di compiacere questi biker, nonostante fossero trattate come serve a contratto. La realtà era che sceglievano di vivere quello stile di vita e nessuna di quelle che conosceva veniva trattenuta contro la sua volontà.

Una volta che fu a piedi nudi, alzò le braccia di lato in un messaggio non detto perché lei prendesse il controllo.

Sarebbe stata felice di farlo.

Si alzò in piedi e gli si avvicinò lentamente, decidendo da dove iniziare.

La sua giacca, ovviamente. L'orgoglio e la gioia di un biker. Importante quanto la sua moto, dato che era la prova della sua fratellanza e del suo modo di vivere. La sua giacca lo definiva.

«Girati.»

Quando lo fece, lei fece scivolare le mani su per le sue braccia e sotto le spalle del gilet di pelle prima di sfilarglielo con cura. La pesantezza della pistola era inconfondibile e molto probabilmente nascosta da qualche parte nella fodera.

«Attenta con quella.»

«Con quel commento, supporrò che sia davvero carica e pronta a sparare.»

«Altrimenti non varrebbe un cazzo.»

Andò ad appendere la sua giacca all'attaccapanni fissato dietro la porta della sua camera da letto. Quando si girò, lui la stava guardando intensamente con un'espressione vuota e i suoi occhi scuri indecifrabili.

Anche il suo linguaggio del corpo non rivelava nulla.

Stava cercando di nascondere qualcosa? O lei stava esagerando?

Si fermò a pochi centimetri da lui e gli afferrò la maglietta, sfilandogliela per esporre il suo torace tatuato e molto impressionante. Lisciò entrambe le mani sulla sua pelle calda e seguì i contorni dei suoi muscoli.

Continuava a nascondere i suoi pensieri e, sorprendente-mente, non ebbe alcuna reazione al suo tocco. Così, piegò le ginocchia abbastanza da poter far scorrere la lingua dal suo ombelico su per i suoi addominali e tra i suoi pettorali definiti.

Lui le strinse i capelli a pugno come una coda di cavallo e ringhiò, «Donna.»

Beh, *quello* ottenne una reazione.

Si fermò per dare un colpetto a uno dei suoi capezzoli scuri e granulosi con la punta della lingua prima di fare lo stesso con l'altro. Quando si raddrizzò, l'espressione sul suo viso le fece pulsare la figa ad ogni battito del suo cuore.

Si stava anche facendo più umida di secondo in secondo.

Dovevano sbrigarsi prima che lei finisse in una pozza enorme ai suoi piedi.

Avvicinandosi, fece scorrere il naso lungo la sua gola mentre inspirava il profumo tipico di un biker – scarico, cuoio, erba e qualcos'altro che non riusciva a identificare – contemporaneamente aprendogli la fibbia della cintura e sbottonandogli i jeans.

Il calore irradiava da lui come da una fornace e la bruciava ovunque la toccasse. Ma la attirava anche come una falena verso la fiamma.

Non avrebbe dovuto provare attrazione per lui.

Non avrebbe dovuto desiderarlo.

Non avrebbe dovuto farlo entrare nel suo appartamento.

Ma l'aveva fatto.

Non sapeva quale fosse il suo 'ingrediente segreto' che lo rendeva dannatamente irresistibile, ma ora capiva *più o meno* perché avesse sempre una fila di donne pronte a cadere ai suoi piedi, da usare e poi scaricare a piacimento.

Forse dopo stasera, sarebbe stata la prossima a essere buttata via.

Potrebbe persino bloccare il suo numero e domani sera andare a caccia della sua prossima conquista.

Le sarebbe importato? Voleva dire di no, ma forse non era più vero.

Fare questo non era una buona idea.

Anzi, tutto questo era una pessima idea.

Nonostante il suo istinto, gli sfilò comunque i jeans e i boxer.

O finché non si impigliarono nella sua erezione. Nel momento in cui lo liberò, si afferrò il cazzo per accarezzarne lentamente la lunghezza mentre usciva dai jeans e dalla biancheria intima ammucchiati ai suoi piedi.

Non era una bugia che Romeo fosse un bel pezzo di ragazzo. La sorprendeva sempre quando i biker si allenavano. Prima che la sua famiglia entrasse a far parte dei Fury, non conosceva molto i biker o i club motociclistici e avrebbe pensato che avessero tutti la pancia da birra e un temperamento violento.

Era ovvio che Romeo si prendesse cura di sé. Forse per conquistare più donne? Forse per il suo orgoglio? Non lo sapeva, ma apprezzava lo sforzo che metteva nel suo fisico.

Mentre era nudo, lei poteva dimenticare per un po' che fosse un biker. Essendo nuda, lo vedeva come avrebbe visto chiunque altro.

«Ora tu.»

La sua voce era così profonda e roca da farle esplodere brividi in tutto il corpo, le faceva dolere i capezzoli, le stringeva la figa e le rendeva il respiro un po' affannoso.

«Non mi aiuti?» La raucedine nella sua stessa voce la colse alla sprovvista.

«Cazzo no. Voglio guardarti spogliarti.» La sua esitazione di un attimo lo fece ringhiare, «Donna, fallo adesso,» subito dopo.

Un altro buon promemoria di chi fosse.

Un biker autoritario. Che indossasse i colori del suo club sulla giacca o inchiostrati sulla pelle della sua schiena nuda.

Tutto ciò che pensava di *non* volere in un uomo.

Capitolo Venticinque

Mentre Romeo guardava Maddie spogliarsi lentamente di quel poco che indossava, si accarezzò lentamente il pene duro come la roccia.

Quando finalmente fu nuda, si fissarono a pochi passi di distanza. La distanza avrebbe potuto benissimo essere la larghezza del fiume Allegheny. Era troppo lontana, e lui moriva dalla voglia di averla stretta contro di sé. Nonostante ciò, prima voleva apprezzare la donna di fronte a sé usando solo gli occhi.

L'avrebbe toccata e assaggiata abbastanza presto.

Il suo respiro si fece corto e un rossore le salì sul petto fino alle guance quando il suo sguardo infuocato seguì il suo pugno che scivolava su e giù per la sua dura asta.

I capelli le cadevano sciolti intorno alle spalle snelle ed erano abbastanza lunghi da far cadere alcune ciocche ribelli sui suoi seni pieni. Entrambi i capezzoli erano contratti e l'anticipazione di assaggiarle di nuovo la figa gli fecero venire l'acquolina in bocca.

Il chili era stato dannatamente buono, ma se glielo avessero chiesto, Maddie sarebbe stato il suo pasto preferito.

Era fottutamente allettante.

E troppo dannatamente assuefacente.

Normalmente, se fosse stato interessato a una donna, semplicemente avrebbe attivato il suo fascino e di solito non ci voleva molto sforzo per portarla esattamente dove voleva. Se finiva per essere una scocciatura, passava rapidamente oltre e rivolgeva la sua attenzione alla prossima donna che gli catturava lo sguardo.

Un sacco di fighe calde e umide esistevano là fuori. Non c'era nessun motivo per lavorare troppo duramente per ottenerne una.

Se avesse fallito, avrebbe potuto facilmente mandare un messaggio a una sweet butt perché venisse a soddisfare i suoi bisogni. Ma in quel momento, non voleva una ragazza del club. *Fanculo.* Tutto ciò che desiderava stasera era a portata di mano.

Era dannatamente sicuro che si sarebbe stancato di Maddie prima o poi. Era sempre stato così per lui. Normalmente, una notte con qualsiasi donna era più che sufficiente.

Nella rara occasione, una donna poteva durare più di una scopata finché non avesse una dannata bocca che si muoveva inutilmente e sputava costantemente un mucchio di stronzate, facendogli venire il mal di testa.

Perché lui considerasse di stare con una conquista più di una volta, lei doveva essere fottutamente al top. Dargli una bocca così abile da potergli succhiare lo sperma direttamente dalle palle e una figa abbastanza stretta da tagliargli la circolazione al cazzo.

Dato che Maddie non aveva nessuna delle due cose, non capiva la sua anormale ossessione per lei. Soprattutto perché questa era la terza fottuta volta che erano nudi insieme.

Ciò che gli faceva contorcere lo stomaco era il fatto che non aveva alcuna voglia di liberarsene. Non provava il soffocamento di un collare invisibile intorno al collo o un anello per il cazzo sul suo pene. Nel momento in cui sentiva uno dei due stringersi minimamente, scappava fuori dalla porta.

Ma fanculo, in questo momento l'impulso non era di scappare, era di restare.

Tuttavia, non era quello che lo turbava di più di tutta quella fottuta storia. Era il fatto che provava l'impulso di possederla. Di proteggerla.

Di reclamarla come sua.

Per l'amor del cielo, non poteva nemmeno dire che fosse l'erba a parlare. Era sobrio come un sasso. Doveva essere rotto.

O qualcosa del genere.

Si sarebbe preoccupato di quella merda più tardi. Dopo averla scopata. Dopo essersi abbuffato di quella dolce figa. Dopo aver sentito il suo nome uscirle dalle labbra quando veniva. Dopo averle sborrato dentro fino in fondo.

Il sesso era l'unica ragione per cui avrebbe dovuto essere a casa sua. Non per fregarsene di quello che era successo allo Smith's dopo che se n'era andato.

Il suo «Qualcosa non va?» lo deviò dal sentiero della perdizione. *Grazie al cielo*. Perché se avesse continuato a percorrere quella strada, si sarebbe rimesso i vestiti di scatto e sarebbe corso verso la porta.

Ancora prima di scoparla.

Il problema era che, se fosse successo, sarebbe finito nel suo letto a ossessionarla tutta la notte. Avrebbe anche avuto il cazzo irritato e le vesciche sulla mano.

La realtà non era sempre migliore dell'immaginazione. Ma nel caso di Maddie, lo era. Lo sapeva per certo perché aveva provato quella opzione.

Un paio di volte.

«L'unica fottuta cosa che non va è che la mia faccia non è ancora coperta dai succhi della tua figa.»

Un respiro affannoso le sfuggì dalle labbra socchiuse. «Beh, possiamo rimediare a questo torto.»

«Certo che possiamo. Facendoti sedere sulla mia faccia.»

«Sarà difficile da realizzare con te lì in piedi. Non sono una ginnasta.»

«Ho soluzione facile.» Era ora di iniziare questa festa.

Avvicinandosi, le avvolse le dita intorno alla nuca e la tirò a sé per un bacio completo. Uno che la fece sciogliere contro di lui, perché, *fanculo sì*, aveva delle dannate abilità.

Quando ebbe finito, fece il giro del letto e ci salì. Due secondi dopo, era disteso sulla schiena. «Saltaci sopra.»

Si lisciò la barba mentre aspettava che lei lo seguisse sul letto. Doveva essere un ottimo materasso visto che si mosse a malapena quando lei ci salì e gli si mise a cavalcioni sulla testa.

I suoi sensi andarono in sovraccarico nel vedere la sua perfetta, piccola figa a pochi centimetri dal suo viso. Sentì anche una folata di quanto fosse eccitata. Chiuse gli occhi e inspirò ancora più profondamente.

Il miglior fottuto profumo di sempre. Non era elegante o costoso, ma decisamente il suo preferito.

Ora aveva bisogno di un piccolo assaggio.

Quando aprì gli occhi, incrociò i suoi per un secondo prima di afferrarle i fianchi e tirarla giù.

«Ti sto schiacciando?»

La sua risposta fu di affondarle il naso e la lingua nella figa per godersi appieno l'esperienza.

Dannata perfezione.

Quando alternò il fotterla con la lingua e il succhiarle le

labbra carnose, non ci volle molto prima che le sue cosce iniziassero a tremare e a stringergli la testa.

Quando le succhiò il clitoride, lei inarcò i fianchi.

Quando allungò ciecamente la mano, trovò quei capezzoli duri come la roccia e li torse, lei gli premette la figa più forte contro la bocca.

Poteva sbattere quella figa da urlo contro la sua faccia finché non fosse svenuto per mancanza d'aria, e a lui non sarebbe importato un cazzo. Avrebbe pensato di essere morto e andato in paradiso. Ma non appena si fosse ripreso e si fosse ritrovato ancora sulla Terra, sarebbe stato pronto a rimangiarla.

Romeo non lo avrebbe negato, sia l'ossigeno che la figa erano un requisito per lui per vivere. Dopo di che, tutto il resto necessario nella vita era un lontano secondo posto.

Se fosse rimasto bloccato su un'isola deserta, gli sarebbero mancati la sua moto e i suoi fratelli, ma col cazzo che poteva stare senza una donna per più di qualche giorno. Poteva anche buttarsi da una dannata scogliera a testa in giù contro le rocce sottostanti.

La vita non sarebbe più valsa la pena di essere vissuta.

Un po' drammatico? Non se era vero.

Le sue dita si strinsero intorno alla sua testa, e lei cominciò a cavalcargli la faccia come se fosse una cliente ubriaca di un bar di campagna e lui un toro meccanico.

«Rome,» gemette.

Diavolo sì.

Il suo nome, i suoi gemiti, i suoi sussurri erano musica per le sue orecchie schiacciate.

Non ci volle molto prima che le sue dita si conficcassero ancora più profondamente nel suo cranio e lei si sollevasse di scatto, staccandogli la bocca quando venne. Lui la tirò subito giù di nuovo per poter assaggiare i risultati dei suoi sforzi. Non riusciva a leccarla abbastanza velocemente.

Fanculo sì. Era decisamente pronta per il suo cazzo.

La sua faccia e la sua barba erano un disastro, e a lui non importava un cazzo. Indossare la sua eccitazione era un distintivo d'onore.

Non a tutte le donne piaceva farsi mangiare la figa.

Non tutte le donne potevano venire così solo venendo leccate.

Grazie al cielo Maddie non era una donna qualunque.

Anche se quella dovrebbe essere una cosa buona – e non problematica – non faceva altro che fargliela desiderare di più. E di farlo di nuovo.

Quello non era normale per lui.

Niente di tutto questo era fottutamente normale.

Le rilasciò i fianchi e piegò la testa all'indietro per respirare più facilmente. Quando vide che i suoi occhi erano ancora chiusi, la testa ciondoloni in avanti e le labbra socchiuse, la sua erezione si contrasse per ricordargli che stava aspettando impazientemente.

Presto, gli disse silenziosamente. *Devo avvolgerti stretto prima.*

Per l'amor del cielo, avrebbe dovuto pensarci prima che si spogliassero entrambi.

Fissò la donna ancora a cavalcioni sulla sua testa. «Hai dei preservativi a portata di mano?»

Non era sicuro di voler sentire quella fottuta risposta. Se li avesse avuti, significava che non era il primo uomo nel suo letto. In questo appartamento, almeno.

Se avesse detto di no... Allora avrebbe dovuto alzare il culo e prenderne uno dal suo portafoglio.

Per qualche ragione, preferiva la seconda opzione.

Scomodo? Fanculo sì.

Ne valeva la pena? Senza dubbio.

Strinse i denti per evitare di dire cazzate che l'avrebbero fatta incazzare e avrebbero finito la serata troppo presto quando lei si allungò più che poté per raggiungere il comodino e tirare fuori il cassetto.

Supponeva che quella fosse la sua risposta.

Dopo una rapida occhiata alla scatola quando la tirò fuori per vedere se era sigillata o aperta, chiuse gli occhi.

Cazzo, non voleva saperlo. Lo avrebbe solo fatto incazzare di brutto.

Solo il pensiero di qualcun altro – diverso da lui – che scivolava in quella figa calda e umida gli avrebbe fatto venire voglia di accoltellare qualcuno. Far scivolare quella lama proprio tra le costole. Magari anche torcerla un po'. E una volta a terra, li avrebbe tenuti lì con uno stivale alla gola.

Ma che cazzo?

Ora era incazzato con sé stesso per essersi lasciato turbare da quella merda.

Sì, niente di tutto questo era fottutamente normale.

Avrebbe dovuto andarsene. Liberarsi da qualsiasi cazzo di cosa stesse succedendo prima che fosse troppo tardi e non potesse più liberarsi affatto.

Chi stava prendendo in giro? Il suo culo non andava da nessuna parte.

Soprattutto quando Maddie tirò fuori un preservativo dalla scatola, lo strappò e si sistemò di nuovo a cavalcioni sul suo ventre. La sua figa bagnata si spalmò sulla sua pelle mentre scendeva e attraversava quel cazzo pulsante Non si fermò finché la sua erezione non fu di fronte a lei, dandole facile accesso per srotolare il preservativo lungo la sua lunghezza.

Era dannatamente contento che avesse preso l'iniziativa. Le donne che non muovevano un dannato dito durante il sesso per lui erano sempre una e via. Con quelle, l'immaginazione era sempre meglio della realtà.

Una volta che il suo cazzo fu inguainato, lei lo tenne dritto.

Fanculo sì, gli piaceva decisamente una donna che prendeva l'iniziativa. Non solo gli aveva cavalcato la faccia, ma stava per fare lo stesso con il suo cazzo.

E col cazzo che lui l'avrebbe fermata. *Assolutamente no.* Si sarebbe sdraiato e si sarebbe goduto ogni dannato secondo. Poteva dettare il ritmo, e lui poteva guardare.

Sentendo il suo «Pronto?» alzò lo sguardo da dove gli teneva il pene al suo viso.

Il suo cazzo era duro come la roccia nel suo pugno. «Qualche dubbio che non lo sia?»

Lei sorrise con aria furba. «Pensavo che il consenso fosse importante prima che io... ci salissi sopra, così?»

«Non c'è bisogno di chiedere, solo—» Gemette un *«Cazzoooo,»* quando lei lo allineò e si calò sulla sua asta.

Lei si immobilizzò quando lo ebbe sepolto il più profondamente possibile. «Ti sento molto più grosso in questa posizione.»

Cosa? «Va bene?»

Quando lei si dimenò come se lo stesse mettendo alla prova, lui si morse un gemito.

«Sei un po' troppo così,» ammise.

Le sorrise. «Sembra una buona cosa.»

«Più grosso non è sempre meglio,» condivise lei.

«Non mi convincerai di questo.»

Con il labbro inferiore stretto tra i denti, gli appoggiò le mani sul petto e si sporse in avanti. Molto probabilmente per alleviare qualsiasi disagio. «Okay,» respirò. «Così va meglio.»

Diavolo sì, andava meglio.

«Ora mi muovo,» avvertì.

«Il mio cazzo non è un aeroporto. Non devi annunciarlo, solo—»

I suoi pensieri si confusero, e dimenticò quello che stava per dire quando lei fece quello che aveva detto che avrebbe fatto. *Si mosse.*

E lui era lì per questo.

Su. Giù. Avanti. Indietro. Roteando i fianchi.

Lo cavalcò lentamente. Lo cavalcò velocemente.

Si fermò in cima. Si fermò in fondo.

Da qualche parte lungo il cammino, perse quel poco di sanità mentale a cui normalmente si aggrappava. Perché lei lo stava facendo impazzire.

Non che gli importasse un cazzo perché ne valeva la pena.

L'unico problema che aveva era che non era sicuro su cosa concentrarsi. Sulla sua espressione? Sulle sue tette che rimbalzavano selvaggiamente? Il suo cazzo che scompariva e riappariva ancora e ancora mentre lei tornava a essere quella aspirante regina del rodeo ubriaca?

Diventò così dannatamente bagnata che la sua eccitazione cominciò a gocciolargli lungo l'asta e a raccogliersi alla base.

Guardarla gli fece mancare il dannato respiro. Guardarla gli fece dolere il petto. Guardarla gli fece mettere in discussione le sue fottute scelte di vita.

Tutte.

Aspetta un attimo... Cosa?

Sì, stava perdendo la testa, ed era tutta colpa sua.

Aveva una figa magica o qualcosa del genere?

Doveva essere così. Gli aveva lanciato qualche incantesimo del cazzo.

Fu tirato fuori dai suoi pensieri folli quando gli conficcò

le unghie così profondamente nel petto che giurò di aver visto del sangue.

Non gliene importava un cazzo.

Dato che la sua figa pulsava intorno al suo pene, doveva essere vicina a venire.

Poi lei gettò la testa all'indietro e si abbatté su di lui, spingendolo ancora più a fondo mentre le onde di un orgasmo lo stringevano e lo rilasciavano al punto che quasi sborrava lì per lì.

Strinse i denti per tenersi insieme visto che era troppo presto per finire. Voleva di più di quello che lei era disposta a dare.

Con un lungo gemito, gli crollò sul petto, il suo respiro era pesante e rapido e il pollice gli scorreva avanti e indietro sul suo capezzolo.

Era ora di prendere il controllo.

Capitolo Ventisei

Dopo averle passato un braccio dietro la schiena e mentre le era ancora profondamente dentro, la girò e fissò i suoi occhi castani velati. «*Ora... Sei pronta?*»

Un sorriso si diffuse sul suo viso rilassato.

Lui stava per cambiarlo.

Spingendo le ginocchia più a fondo nel materasso, spinse il suo cazzo a casa.

Il suo cervello ebbe un sussulto. *Fanculo*, la sua figa *sembrava* davvero casa.

Ignorò le invisibili, gelide dita che gli accarezzavano la spina dorsale.

Certo, il buon sesso di solito lo lasciava soddisfatto, ma questo era diverso. Uno strano prurito che si rifiutava di grattare sotto la superficie.

Per l'amor del cielo, non poteva farsi coinvolgere. Aveva un nome da onorare. Uno stile di vita da mantenere. Maddie era una minaccia per tutto questo.

Aveva visto alcuni dei suoi fratelli – persino altri fratelli dei Dirty Angels o dei Blood Fury – cadere vittime dell'amore, per poi passare da una selezione infinita di fighe a rimanere bloccati con una sola. Mentre sembravano felici, persino contenti, Romeo pensava che dovesse essere tutto fumo e niente arrosto. Stare con una sola donna per il resto della sua vita gli sembrava una fottuta tortura.

Inoltre, non voleva avere a che fare con nessun dramma da signora riguardo al fatto che lui avesse amanti per soddisfare la sua voglia di varietà. Alla maggior parte delle donne non piaceva quando erano fedeli e il loro uomo no.

«Rome!»

Si scosse mentalmente e si rese conto di aver smesso di muoversi. Si era perso nei suoi pensieri che per un secondo si era dimenticato dove si trovava e cosa stava facendo.

Quello che avrebbe dovuto farsi era Maddie, ma invece stava andando in panico. Senza una dannata ragione.

Non le stava mettendo un anello al dito. Certo come la merda non le stava dando la sua giacca da indossare. Non la stava nemmeno portando a fare un giro sulla sua moto.

Stava facendo quello che Romeo faceva meglio. Scoparla. Niente di più, niente di meno.

Niente di più, *stronzo*, niente di meno.

«Non sei già venuto, vero?» La sua domanda avrebbe potuto benissimo essere un secchio di ghiaccio gettato sul suo culo nudo perché il fatto che lei pensava che fosse venuto così velocemente lo svegliò di brutto.

Lo irritò anche perché non era un dannato da due pompate e via.

«Non sono venuto, donna. Dammi un se... se... *cazzo*.» L'ultimo gli uscì con un gemito.

Stava perdendo la testa. Doveva concentrarsi su quello che stava facendo e, dopo, concentrarsi sull'uscita.

«Okay, beh... Non abbiamo tutta la notte.»

Se quello doveva essere un altro dei suoi dannati scherzi, lui non rideva. «Hai fretta cazzo?»

«Devo—» Le sue parole si persero in un sussulto seguito da un lungo gemito mentre lui si abbatteva su di lei.

Questa volta non si sarebbe fermato. Non finché lei non fosse esplosa di nuovo su di lui. Non finché non fosse venuto.

Le succhiò un capezzolo, senza essere delicato. Se fosse stato troppo rude, lei aveva una voce. Poteva dirgli di andarci piano o di smettere. Quindi, a meno che non sentisse diversamente, avrebbe continuato a fare così come voleva, che significava dare il massimo.

Questa volta doveva contare visto che sarebbe stata l'ultima volta. Doveva esserlo, visto che era un'opportunità di scopata in più di quante ne desse a chiunque altro. Sarebbe stato stupido per lui farlo di nuovo.

Anche pericoloso.

Non solo per la minaccia di rimanere coinvolto con lei, ma per un biker di nome Shade. Romeo avrebbe preferito mantenere le sue corde vocali intatte e anche al sicuro nel suo dannato collo.

Dopo aver lasciato un capezzolo lucido e in erezione, passò all'altro. Più forte succhiava, più la sua schiena si inarcava e più le sue unghie si conficcavano nella sua schiena e nel suo culo.

Una rapida occhiata mostrò che i suoi occhi erano stretti e le labbra socchiuse. Lo prese come un incoraggiamento visivo per spingersi ancora oltre.

Fece un cerchio intorno a un'areola con la punta della lingua, prima di scegliere un punto bello tenero sul suo seno per affondarvi i denti.

Di nuovo, lei non gli disse che era troppo o che non le piaceva. Il suo linguaggio del corpo gli diceva il contrario. Quindi lo fece di nuovo, questa volta abbastanza forte da lasciare un leggero segno sulla sua pelle d'avorio prima di sfiorarla leggermente con le labbra.

Quando la morse, lei aveva gettato la testa all'indietro, esponendo la delicata colonna della gola. Dato che lo chiamava, la strinse con la mano e fece scivolare l'altro braccio sotto i suoi fianchi, sollevandoli leggermente. Ora era all'angolazione perfetta.

Affondando le ginocchia più a fondo per avere una leva, si abbatté su di lei ancora e ancora, facendole sobbalzare le tette avanti e indietro e il respiro affrettarsi ad ogni spinta vigorosa.

Lei non lo fermò. Non gli disse di rallentare o pretese che la scopasse più dolcemente.

Divorò tutto quello che lui le dava.

Si chiese quanto potesse spingersi oltre. Quanto rude le piacesse.

Aveva superato i limiti in passato, ma solo con le sweet butts. Di solito erano pronte a tutto. Ma quando scopava sconosciute, tendeva a non esagerare. Non voleva finire in una cella di cemento per qualche dannato malinteso.

Tuttavia, questa era Maddie. Non avrebbe avuto problemi a dirgli di cambiare marcia.

Anche se non gli aveva mai chiesto di rallentare, doveva farlo comunque. Era pericolosamente vicino a venire. Le sue palle erano tirate su, il suo cazzo pulsava e la pressione stava aumentando.

Strinse i denti e rallentò il ritmo prima di venire troppo velocemente.

Dato che questa era l'ultima volta, doveva farla contare anche per Maddie. Anche se lei non era consapevole che questo non sarebbe potuto accadere di nuovo.

Non essendo uno che di solito diceva di no a una figa gratis, in questo caso, Romeo non avrebbe avuto scelta.

Faceva schifo, ma era meglio che cadere in una dannata tana di coniglio e non riuscire a scappare. Era la prima volta nei suoi trentaquattro anni su questo fottuto pianeta che si preoccupava di cosa sarebbe successo.

Ancora una volta, i suoi pensieri che venivano tirati in una direzione che voleva evitare lo costrinsero a tornare alla questione attuale...

La donna sotto di lui.

La donna che stava penetrando.

La donna i cui piccoli rumori e la figa calda e umida lo stavano portando al punto di non ritorno. Stava a malapena sfiorando quel limite, quindi lei doveva venire presto prima che non riuscisse a venire affatto.

Grazie al cielo si scoprì che non era l'unico sul punto di venire. Le sue unghie gli graffiarono la schiena così forte e profondamente che, per un secondo, si preoccupò che il suo inchiostro si rovinasse. Le sue gambe lo strinsero ancora più forte, e lei cominciò a rispondere a ogni sua spinta.

Quando gli afferrò il culo e cercò di tirarlo ancora più a fondo, lo sentì... I piccoli impulsi che diventavano più intensi e arrivavano più velocemente. La sua figa che lo stringeva e diventava ancora più umida.

Gesù, quello non lo stava aiutando a tenersi insieme, ma col cazzo che si sarebbe fermato.

Assolutamente no.

Ancora una volta, si disse che, dato che questa era l'ultima dannata volta, doveva farla valere. Per lei. Per sé stesso.

Questa *era* l'ultima dannata volta, lo giurò. Doveva tenere duro. Se qualcuno aveva la dannata forza di volontà per farlo, quello era lui.

«Cazzo, donna,» gemette, aggrappandosi solo a un filo che si stava rapidamente sfilacciando. «Vieni, dannazione.»

«Non voglio,» gli rispose con un gemito.

«Perché cazzo no?» Lo avrebbe ucciso.

«È... Si sente... così dannatamente bene.»

Un lato della sua bocca si sollevò, ma solo per un secondo prima che lui stringesse le labbra e continuasse. Invece di pompare dentro di lei, cambiò tattica. Cominciò a far roteare i fianchi e a spingere a fondo, mentre si infilava una mano tra di loro per toccarle il clitoride. Strinse anche la presa sul suo collo in modo da poter sentire la sua gola muoversi sotto le sue dita.

«Rome...»

Fece del suo meglio per ignorare il suo nome e concentrarsi sul finale... farla venire.

«Rome...»

Chiuse gli occhi perché non riusciva a guardarle il viso contorcersi per il piacere. Piacere che lui le stava dando.

«Rome...»

Aspetta. Forse non era piacere. C'era qualcosa che non andava?

Sollevò una palpebra per controllare. *Oh, fanculo no.* Niente andava storto, tutto andava bene.

Come lui, anche lei stava solo perdendo la testa. Nel miglior modo possibile.

Continuò a far roteare sia i suoi fianchi che il suo clitoride finché...

Grazie al fottuto cielo.

Nel momento in cui le increspature si trasformarono in un orgasmo completo, la inseguì su quella strada ed entrambi arrivarono alla loro destinazione finale a pochi secondi di distanza.

Quello era stato fin troppo vicino per i suoi gusti. Aveva una reputazione da proteggere. Non solo di essere un amante delle donne, ma anche di essere bravo a letto. Venire prima di Maddie avrebbe rovinato tutto.

Felice di essere ancora il re, le rilasciò la gola e sostituì la sua mano con la faccia. Rimase sepolta nel suo collo finché il suo respiro non rallentò un po' e il suo cazzo non cominciò ad ammorbidirsi. Quando lo fece, si assicurò rapidamente il preservativo alla base e, con riluttanza, le scivolò fuori.

Con un gemito, si rotolò di lato e sulla schiena, fissando il soffitto, e si asciugò una goccia di sudore dalla fronte con il dorso della mano. Con quella che non teneva il preservativo pieno, ovviamente, perché avere un tubo di lattice pieno di sperma che gli schiaffeggiava la faccia non era in programma.

Con un gemito soddisfatto, Maddie allungò le braccia sopra la testa e puntò i piedi prima di girare la testa per fissarlo. Non doveva guardarla per sapere che lo stava facendo, il calore del suo sguardo gli bruciava la parte laterale della testa calva.

«Il bagno è nel corridoio. Buttalo nella spazzatura e non tirare lo sciacquone. Non ho bisogno di una bolletta dal padrone di casa per un water intasato.»

Che cazzo? Era quello che doveva dire? Niente sulle sue abilità o su quanto intenso fosse stato il suo orgasmo o su come lui fosse la migliore scopata che avesse mai avuto?

Solo... non intasare il suo dannato water?

Forse aveva bisogno di sentire prima un po' di apprezzamento da parte sua. «Notte perfetta. Buon cibo. Brava donna.»

Lei inclinò l'orecchio in avanti. «Cosa hai detto?»

«Mi hai sentito.»

Sorrise ma non ricambiò lo stesso riconoscimento. O, *diavolo*, nessuno.

Per l'amor del cielo.

«Okay...» Scivolò giù dal letto e si diresse verso la sua pila di vestiti.

«Che fai?»

Cominciò a vestirsi. Sfortunatamente, coprendo il corpo che lui preferiva nudo. «Devo pulire la cucina.»

«Adesso?» sbottò.

Lo guardò mentre finiva di tirarsi su i pantaloncini. «No, tra una settimana. Quando il chili avrà la muffa e i piatti dovranno essere sabbiati.»

Le sue sopracciglia si strinsero. Corrugò la fronte. «Da quando hai quella lingua così tagliente?»

«E quando mai non ce l'ho avuta?»

Lui scosse la testa e borbottò, «Le battute.» Stava cercando di rovinare una bella serata?

«Pensavo che avresti avuto un po' di senso dell'umorismo.»

«Ho un senso dell'umorismo.»

«Potresti avermi ingannata.»

«Forse tu non sei divertente.»

Lei scrollò le spalle. «Ora, questo è stato fantastico, ma ho delle cose da fare.»

«Mi stai buttando fuori?»

«Pensavo che avessimo finito. Cosa mi sfugge?»

Pensavo che avessimo finito. Tirò un respiro e fissò la donna ora vestita che aveva appena scopato. «Non sapevo che avessi fretta di sbrigarti, cazzo.»

Le sue sopracciglia si inarcarono sulla fronte. «*Ah.* Non ti piace quando la scarpa è nell'altro piede?»

«Di che cazzo parli?»

«Non sei il re del mordi e fuggi?»

La sua fronte si corrugò. «Mordi e fuggi?»

«Tocca e scappa? Monta e smonta? Salta e rimbalza? Immergi e schiva? Fanculo e getta via?»

«Gesù Cristo,» mormorò. «So cosa significa 'mordi e fuggi'. Sono solo sorpreso di sentirtelo dire.»

«Pensi che non sia mai stata vittima di un mordi e fuggi?»

La sua testa scattò. «Sei scappata più veloce della merda dopo quella notte nel camper.»

«Non sapevo volessi che mi fermassi.»

All'epoca, non lo voleva perché preferiva continuare a respirare. Qualcosa che il suo patrigno avrebbe potuto facilmente cambiare se Shade li avesse scoperti insieme. E avesse scoperto che Romeo le aveva preso la verginità.

La verità era che, molto probabilmente, sarebbe rimasto in vita abbastanza a lungo da farsi scuoiare vivo da quel membro dei Fury. Sarebbe morto, sì, ma solo dopo aver sofferto molto più di quanto avrebbe voluto.

Quindi, fanculo no, non avrebbe voluto che Maddie si fermasse nel suo letto quella notte, visto che non aveva un fottuto desiderio di morte. Le aveva solo fatto un favore, comunque, facendo quello che lei gli aveva chiesto. Niente di più.

Non si era approfittato di lei; era stato solo accomodante. Ma dubitava che Shade ci avrebbe creduto.

«Vabbè,» mormorò e si diresse verso l'unico bagno del suo piccolo appartamento, gettò il preservativo usato nella spazzatura dopo averlo annodato, fece una pisciata, si pulì ogni residuo di succo di figa, si controllò i denti per eventuali peli pubici incastrati e si sciacquò la bocca con il collutorio sul bancone.

Una volta che spalancò di nuovo la porta, la sentì armeggiare in cucina. Scosse la testa con fastidio, tornò nella sua camera da letto per vestirsi e indossare la sua giacca, poi si diresse verso l'uscita.

Dato che lei aveva finito con lui, tanto valeva prenderlo come un segno. Era stato buono solo per una cosa.

Aspettò che lei lo chiamasse per dirgli almeno addio o grazie o qualcosa del genere, ma non sentì altro che piatti che tintinnavano. Quando sbirciò in cucina mentre si dirigeva verso la porta, lei gli dava le spalle al lavandino.

Si fermò, aprì la bocca, poi scosse la testa e decise che era meglio continuare a muoversi e non dire niente.

Meno male che non era una qualche fighetta sensibile, perché altrimenti si sarebbe sentito una merda per essere stato liquidato così.

In meno di un minuto, era giù alla sua moto, a cavalcioni. Fissò il suo appartamento mentre ripensava a tutto quello che era successo.

Considerò le sue opzioni, anche se prima si era detto che quella era l'ultima volta.

Si succhiò i denti alle sue stesse bugie.

Poi lo capì...

Madison non sembrava il tipo da essere appiccicosa, quindi cosa ci sarebbe stato di male a farla diventare una sua fissa?

Questo non significava che non potesse scopare nessun altro. O ordinare a una sweet butt di mettersi in ginocchio per poterle scopare la faccia e sborrarle in gola.

No, poteva aggiungere Maddie alla sua rotazione regolare. La parte migliore sarebbe stata che, a differenza di una sweet butt, non avrebbe dovuto condividerla con nessuno dei suoi fratelli. Avrebbe stroncato sul nascere qualsiasi loro interesse per lei.

Ma questo non risolveva il problema del fatto che la donna fosse considerata proprietà del BFMC. Ancora più preoccupante, appartenente al membro dei Fury più pericoloso.

A Shade non sarebbe piaciuto il fatto che Romeo stesse usando Maddie solo per venire.

In verità, non riusciva a immaginare che Trip sarebbe stato d'accordo. L'uomo era iperprotettivo con chiunque fosse legato al suo club. Proprio come dovrebbe essere un buon presidente. Anche se era più intenso della maggior parte.

Romeo certo non governava il suo MC con il pugno di ferro. Era troppo lavoro. Se uno dei suoi fratelli aveva bisogno di essere rimesso in riga ci pensava un sergente d'armi per fare il lavoro sporco.

Con un'ultima occhiata alla finestra del suo appartamento, sorrise. Doveva escogitare un piano in cui lei avrebbe dovuto scopare solo lui, mentre lui poteva farsi qualsiasi donna volesse.

Dannazione, quel piano gli piaceva anche se probabilmente a lei no. Ci sarebbe voluto solo un po' di persuasione accurata.

Con un sorriso, il ruggito della sua moto riempì la notte mentre sfrecciava via.

Capitolo Ventisette

MI SERVE QUESTO LAVORO. Mi serve questo lavoro. Mi serve questo lavoro.

Giurò che quello era ormai il suo mantra quotidiano.

Un giorno alla volta, ragazza. Alla fine ne varrà la pena.

Sperava.

Almeno questo era quello che continuava a ripetersi. Si sarebbe potuta prendere a calci in seguito se si fosse rivelato falso e tutto quello che aveva fatto era sprecare l'ultimo anno e mezzo allo Smith's subendo abusi.

La sua lingua era particolarmente sanguinante oggi per essersela morsa troppe volte. Si fermò solo quando Roger uscì dalla porta e la lasciò sola a chiudere.

Amava vedere la sua schiena mentre si allontanava. Era il suo lato migliore. Sia per lei che per il resto dei suoi dipendenti.

Stasera, era l'ultima ad andarsene perché Roger l'aveva messa alle strette dopo che aveva finito con il suo ultimo paziente. Non appena lo vide avvicinarsi nella sua direzione, il terrore la sopraffece. Sapeva all'istante che sarebbe stata costretta a fare qualche lavoro di merda. Uno a cui non poteva rifiutarsi.

Roger la teneva intrappolata nel suo minuscolo pugno di ferro e lo sapeva. Il giorno in cui sarebbe cambiato, gli avrebbe detto che pezzo di merda era. Molto probabilmente tramite un'e-mail anonima, dato che non poteva dirglielo direttamente in faccia senza che lui mettesse una croce sulla sua carriera.

La ragione di merda di stasera per farla rimanere fino a tardi era pulire le attrezzature per la forza sul pavimento. Dimenticate il fatto che i terapisti sanificavano ogni attrezzatura dopo che un paziente la usava. Apparentemente, la scusa di Roger era che non si 'fidava di nessuno a farlo correttamente'. Strano come si fidasse di lei a farlo bene?

Vabbè.

Era stato leggermente più stronzo del solito – era possibile? – dopo che Romeo lo aveva affrontato. Prova che a Roger non piaceva che qualcuno gli mettesse i piedi in testa. Quindi ora veniva punita più del normale regolarmente.

Avrebbe evitato di pulire l'attrezzatura e sarebbe tornata a casa se le telecamere non fossero state ovunque. A guardare. A registrare. Come il Grande Fratello.

Maddie non dubitava che Roger tenesse d'occhio anche le riprese in diretta sul suo cellulare. L'ultima cosa di cui aveva bisogno era essere rimproverata di nuovo o vedersi decurtare lo stipendio per 'insubordinazione'.

La sua unica scelta era stringere i denti e sbrigarsi prima di andarsene per la serata. Solo che, alla fine, ci mise un'ora e mezza oltre il suo orario di chiusura. Tempo che non avrebbe mai recuperato né sarebbe stato compensato.

Perché il suo capo era uno sfruttatore e un perdente.

L'altra notte aveva sognato che le inciampava davanti e, invece di aiutarlo ad alzarsi, finiva per prenderlo a calci mentre era a terra. Non era sicura se dovesse ammettere di essersi svegliata con un sorriso. Forse se lo sarebbe tenuto per sé. Ma ricordarlo le fece spuntare un altro sorriso sul volto.

Finché non uscì.

Prima che potesse girarsi e chiudere la porta, vide che il suo veicolo non era l'unico parcheggiato in quello che avrebbe dovuto essere un parcheggio vuoto. Proprio accanto alla sua Toyota c'era una Harley. E su quella Harley sedeva un uomo. E su quell'uomo c'era una giacca di pelle che proclamava che era il presidente dei Dark Knights MC.

Sospirò.

Maddie non aveva sue notizie da circa due settimane. Non che lei lo avesse contattato. La ragione per cui non gli aveva mandato un messaggio o chiamato era...

Le piaceva troppo fare sesso con lui.

Troppo.

Aveva preso il suo cellulare diverse volte nelle ultime due settimane per organizzare un 'incontro', ma secondi dopo aveva riposto lo stesso telefono. Non voleva iniziare a dipendere da lui. Non per protezione. Nemmeno per sesso.

Inoltre, non voleva che lui pensasse che lei avesse bisogno di lui. Per niente. Questo poteva essere pericoloso quando si trattava di biker iperprotettivi e possessivi.

Scuotendo la testa, si girò e si prese il suo tempo per chiudere a chiave la porta principale dello Smith's. Dopo aver rilasciato un altro sospiro forte e lungo, si diresse verso l'uomo che la stava aspettando.

Un durag nero e setoso gli copriva la testa calva, mentre degli occhiali da sole altrettanto scuri gli nascondevano gli occhi — scurissimi anche quelli — nonostante il sole stesse ormai tramontando.

Quegli occhiali seguirono ogni suo passo attraverso il parcheggio. Certo che aveva parcheggiato proprio accanto alla portiera del guidatore. Aveva paura che cercasse di evitarlo?

Se doveva ammetterlo – anche se non l'avrebbe mai detto ad alta voce – l'uomo stava dannatamente bene a cavalcioni della sua moto tosta. Soprattutto con le sue mani esperte piantate su quelle cosce robuste.

Si fermò accanto a lui. «Almeno hai aspettato che Roger se ne andasse.» L'uomo forse aveva davvero un po' di buon senso.

«Aspetto qui da un po'.»

La sua testa scattò all'indietro. «Quanto tempo?»

«Abbastanza a lungo da vedere il tuo capo stronzo andarsene insieme a tutti i tuoi fottuti colleghi. Perché sei rimasta?»

Se gli avesse detto la verità, lui le avrebbe solo fatto un sacco di storie e le avrebbe detto che avrebbe dovuto lasciare quel lavoro per la millesima volta.

Non voleva sentirselo dire. Era stanca. Aveva fame. Le facevano male i piedi. «Dovevo finire alcune cose.»

«Come cosa?»

«Come il lavoro.»

La sua fronte si corrugò. «Che genere di lavoro? Quel coglione ha insistito perché rimanessi fino a tardi?»

«No.»

Il grande uomo poteva muoversi velocemente quando voleva. Perché all'improvviso era sceso dalla moto e si trovava faccia a faccia con lei. Con una presa stretta sul mento, le sollevò il viso in modo che lei non potesse evitarlo.

Alzò una mano per fermare qualunque cosa stesse per vomitare. «Non voglio sentirlo, Rome. Ho finito di spiegare. Se non riesci ad accettarlo, allora vattene.»

Le sue narici si dilatarono, un muscolo gli balzò sulla guancia e la sua presa si strinse al punto da sfiorare il dolore.

Doveva fermarlo prima che iniziasse con lei. Se lo avesse

fatto, lei avrebbe potuto sbottargli contro, dirgli di andare a farsi fottere e la cosa successiva che sapeva era che lui avrebbe detto a Shade che lei aveva problemi con il suo capo.

Quello poteva essere un errore fatale.

Per Roger.

«Vedo che stai per sbottare... ma per favore... semplicemente non farlo,» finì sussurrando.

Quello gli fece serrare le labbra così strettamente che finirono per formare un taglio.

«Perché sei qui?» Forse poteva distrarlo.

«Sei stata qui una dannata ora e mezza più di tutti gli altri, Maddie.»

Oh, era incazzato? Non era lui a pulire attrezzature già pulite. «Dimmi qualcosa che non so. Perché mi stai pedinando?»

Il suo mento barbuto si ritrasse nel collo. «Non ti sto pedinando.»

«Non hai ancora detto perché sei qui.»

«Pensavo che volessi mangiare e scopare.»

Anche se sembrava allettante, accettare quell'offerta l'avrebbe fatta scivolare su una china pericolosa. Quella che stava cercando di evitare. «È una specie di pacchetto spa?»

«Sì. Ti qualifichi per lo speciale del presidente. Solo per un periodo limitato.»

«Forse non lo voglio.»

Il suo improvviso sorriso non era un sorriso 'felice', ma più predatorio. Quando aggiunse un profondo, rauco, «Vuoi che ti dimostri che sei una dannata bugiarda?» le fece arricciare le dita dei piedi e un calore le si accumulò tra le gambe.

Dannazione.

Si schiarì la gola perché la sua voce non si incrinasse quando rispose, «Non c'è bisogno.»

«Pensavo sarebbe andata così.»

«Sei così dannatamente presuntuoso,» mormorò tra sé.

La sua testa si inclinò di lato. «Vuoi il mio cazzo? È quello che hai appena detto?»

«Ho detto che sei dannatamente presuntuoso.» Questa volta lo disse forte e chiaro in modo che non ci fosse 'malinteso'.

Il suo sorriso si allargò e si spinse gli occhiali da sole sulla sommità della testa. Perché quest'uomo sembrava così dannatamente bello?

Era frustrante. Se fosse stato un qualche troll brutto, lei avrebbe potuto facilmente resistergli.

Sfortunatamente, non lo era.

Ciò che peggiorava le cose era anche che fosse dannatamente bravo a letto.

Sfortunatamente, lo sapeva anche lui.

Tuttavia, era il resto del bagaglio che si portava dietro che non le piaceva tanto...

Quella giacca che indossava con orgoglio. L'atteggiamento che la maggior parte dei biker aveva nei confronti delle donne considerate proprietà. O la convinzione errata che chiunque avesse una vagina fosse debole, indifeso e avesse *bisogno* della loro protezione.

«Lo speciale del presidente include un massaggio ai piedi?»

«No.»

«Oh. Peccato. È quello di cui ho davvero bisogno in questo momento invece di un massaggio interno.»

Lui sbuffò. «Quel massaggio interno ti farà dimenticare i tuoi piedi.»

«Non ne sono così sicura,» mormorò. C'era stata sopra per troppe ore oggi. «Ottengo un rimborso se non funziona?»

«Abbiamo una politica di non rimborso. Ma se non sei soddisfatta del servizio, possiamo rimediare.»

«Come?»

«Facendolo di nuovo. Gratis.»

«*Oooh*. Così generoso. E se non mi piace la seconda volta?»

«Allora lo faremo finché non sarà fatto bene e tu sarai soddisfatta.»

«Che ne dici di questo... Lascerò perdere lo speciale del presidente e prenderò invece un pacchetto cibo e massaggio ai piedi.»

«Devi prendere l'intero *pacchetto*.» Si afferrò il cavallo e lo scosse. «Non è à la carte.»

Con un leggero sbuffo, abbassò la testa per nascondere il suo divertimento perché il suo ego non aveva davvero bisogno di sapere che era anche divertente.

Lui le afferrò di nuovo il mento e le sollevò il viso. «Non nasconderti da me.»

«Ti aspetti sempre che le donne ascoltino i tuoi ordini?»

«Sì.»

«Almeno sei onesto al riguardo. Quindi... Dove mi porti a mangiare? Un ristorante con cinque stelle Michelin?»

«Quasi. Da Dick's. Abbiamo una dannata cucina piena di roba e anche cuochi che paghiamo per fare quella roba.»

«Non mi piace il sapore della merda, ma ho una gran voglia di un ottimo panino al pollo carico di sottaceti e un contorno di patatine fritte a waffle condite. Sanno farlo?»

«Sì.»

Lei gli lanciò un'occhiata scettica. «Stai mentendo?»

«Non ho nessun fottuto bisogno di mentire.»

«Se arriviamo lì e mi danno bastoncini di pollo surgelati e patate novelle insipide, scrivo una recensione a una stella,» lo avvertì.

Le sue labbra si incresparono. «Dick's non si riprenderà mai se lo fai.»

Maddie dubitava che qualsiasi recensione negativa che il bar dei biker ricevesse avrebbe causato danni. I biker ci andavano per bere, non per l'atmosfera o per i pasti gourmet. Se i loro stomaci cominciavano a brontolare, era sicura che arachidi, alette di pollo piccanti e una birra fredda risolvessero il problema.

Lei scrutò la sua bella Harley. «Posso salire sulla tua moto?»

Se non lo avesse osservato attentamente, si sarebbe persa il suo leggero dilatarsi delle narici e il suo corpo che si tendeva.

Oooh. Non caricava mai una donna sul retro della sua moto? Pensava che farlo potesse significare una sorta di impegno? *Interessante.*

Il suo sedile era abbastanza grande per un passeggero. Non tutte le moto ce l'avevano. Era sorpresa che quella di Romeo ce l'avesse visto che era determinato a rimanere scapolo.

«Non è una buona idea lasciare qui la tua auto.»

Le sue sopracciglia si inarcarono in una finta sorpresa. «Non lo è? Non è una brutta zona.»

«Non vuoi poter fare un mordi e fuggi?»

Mah. Psicologia inversa. Stava davvero usando la testa. Quella calva tra le sue spalle. «Quella è la tua specialità.»

«Avresti potuto ingannarmi.» Quando lei aprì di nuovo la bocca, lui la fermò. «Basta chiacchiere. Vieni o no?»

«Spero di sì. Non mi hai ancora delusa.»

Lui non roteò gli occhi, ma lei era sicura che ci fosse dannatamente vicino. «Donna...»

Gli sorrise e gli diede una pacca nello stomaco con il dorso della mano. «Okay, il mio stomaco sta brontolando.»

Un cellulare apparve nella sua mano, e lui toccò lo schermo.

«Stai già cercando un altro appuntamento?»

Lui scosse la testa e continuò a digitare. «Mi assicuro che abbiano il pollo per il tuo panino e le patatine fritte a waffle.»

«Patatine fritte a waffle condite.»

Finalmente alzò lo sguardo. «Patatine fritte a waffle condite.»

«E se non le hanno?»

«Allora i loro culi farebbero meglio a trovarne un po' prima che arriviamo.»

«Sei un capo stronzo come Roger?»

«No.»

«Dovrei chiedere al tuo personale di cucina quando arriviamo?»

«No. Ma io non sono il loro capo. Lo è Magnum.» Un cipiglio gli storceva le labbra. «O almeno dovrebbe esserlo.»

«Come presidente non sei il capo di tutti?»

Lui grugnì.

«Proprio come pensavo,» ribatté.

Lui scosse la testa. «Andiamo, donna.»

Non appena lei sbloccò la portiera del guidatore, lui gliela aprì. Mentre saliva sul suo Highlander, lo stuzzicò, «Direi 'che gentiluomo!', ma entrambi sappiamo che sarebbe una bugia.»

«Scommetto che un gentiluomo non può mangiarti la figa bene come lo faccio io!» Il punto esclamativo su quella frase fu lui che le sbatté la portiera.

Una volta che gettò la sua lunga gamba sulla moto, lei abbassò il finestrino. «Spero che non sia una specie di specchietto per le allodole.» Sì, era pronta a fare sesso con la bestia sexy, ma il suo stomaco doveva essere soddisfatto prima.

La sua risposta fu lui che fece rombare la sua Harley e le fece un cenno con il mento verso l'uscita del parcheggio.

Certo che stava aspettando che lei partisse. Non avrebbe dovuto sorprendersi che volesse seguirla da Dick's. Molto probabilmente per assicurarsi che lei non cambiasse idea e non scappasse.

Onestamente, non le importava chi facesse da guida finché lei avesse il suo cibo gratis e il sesso senza impegno. Un modo sicuro per dimenticare la sua dannata giornata di merda.

Capitolo Ventotto

Mentre accompagnava Maddie fuori, Romeo tenne appositamente spenti i riflettori per evitare che la sua partenza attirasse attenzioni indesiderate. Con un paio di pantaloni della tuta larghi che gli pendevano sui fianchi, ora stava a piedi nudi sulla lastra di cemento fuori dalla sua porta mentre lei si dirigeva verso il suo SUV.

Sazia e scopata a dovere, ovviamente. Un lato della sua bocca si sollevò. Le aveva dato lo speciale del presidente, eccome.

I cuochi erano riusciti a prepararle un rispettabile panino al pollo e le patatine fritte a waffle che desiderava tanto. Condite, ovviamente. Grazie a quello e a un rapido massaggio ai piedi di cinque minuti – durante il quale lei aveva gemuto e sospirato come se stesse avendo un intenso orgasmo – Romeo era riuscito ad avere la donna che desiderava.

Lei finì soddisfatta... Lui finì soddisfatto... Amava quando un piano andava in porto.

Con le mani sui suoi fianchi e un sorriso pieno che ora gli

curvava le labbra, osservò l'ondeggiare dei suoi fianchi prima che il suo sguardo si incollasse al suo sedere ondeggiante.

Maddie sembrava fottutamente sexy nuda o vestita. Lui preferiva la prima, se qualcuno glielo avesse chiesto.

Il suo cuore si fermò quando la sentì chiamare, «Ehi, Magnum,» proprio mentre raggiungeva il suo SUV.

Magnum?

Merda. Tanto valeva aver tenuto la visita di Maddie segreta. E se qualcuno doveva vederla, certo come la morte non voleva che fosse il sergente d'armi dei Knights.

Una figura grande e scura apparve dalle ombre con la sua attenzione focalizzata su una sola cosa...

Maddie.

Cazzo. Cazzo. Cazzo.

Inspirò profondamente per prepararsi, dato che la sua bella serata e il suo umore rilassato stavano per andare a puttane.

L'euforia naturale che provava scopando una donna stupenda stava per crollare come un blocco di cemento da un palazzo di dodici piani.

Sfortunatamente, era stato colto in flagrante a meno che non riuscisse a inventare una scusa che Magnum avrebbe bevuto. Romeo non era sicuro di essere un bugiardo abbastanza bravo.

Aspetta. Aveva appena fatto l'occhiolino a Magnum? Un fottuto occhiolino. Aveva visto bene? Era piuttosto buio. Poteva essere stato un semplice tic all'occhio. Come quello che aveva lui in quel momento.

Doveva essere quello.

«Puoi tenere questo piccolo segreto tra noi, vero?» chiese al massiccio uomo mentre saliva sul suo Highlander. Non ottenendo risposta, continuò con, «Ottima chiacchierata. A dopo, Mag!»

Nemmeno Magnum disse nulla. Invece, puntò solo i suoi occhi stretti nella direzione di Romeo. Che *riusciva* a vedere chiaramente, nonostante la mancanza di luce.

«Cazzo,» gemette Romeo mentre il suo fratello del club cominciava a muoversi pesantemente nella sua direzione nel momento in cui Maddie si allontanava.

Cristo.

«Dobbiamo parlare,» ringhiò Magnum.

Certo che dovevano. Romeo alzò il mento. «Quale?»

La risposta che Romeo ottenne alla sua domanda impertinente non fu quella che si aspettava quando si ritrovò sbattuto contro la porta di casa sua con una grossa zampa che gli stringeva la gola.

Non aveva nemmeno bisogno della fiamma tremolante di un dannato accendino Bic per vedere la tempesta sul volto del suo mastino.

L'ano di chiunque altro si sarebbe ristretto così tanto da essersi chiuso ormai, ma Romeo sapeva abbastanza da rimanere immobile e mantenere la calma. Poteva essere molto più giovane e non molto più piccolo di Magnum, ma non era nemmeno un coglione stupido.

Comunque, questo non era un ubriaco a caso da Dick's. Qualcuno del genere sarebbe stato molto più facile da gestire. Invece di un'altra birra, si beccavano un pugno in faccia.

«Che cazzo fai, stronzo? Sei davvero determinato a far incazzare i Fury, eh?»

Romeo mantenne un tono basso e costante. «Lo dirò solo una volta, fratello... Toglimi le mani di dosso. Sai fottutamente meglio di chiunque altro che non devi mettere le tue dannate mani sul tuo presidente.»

Non appena la presa di Magnum si allentò abbastanza da permettere a Romeo di allontanare la sua mano, scivolò di lato in modo che la sua schiena non fosse più appoggiata alla porta. Essere intrappolato non era mai una buona posizione.

Che fosse da un compagno Knight o meno.

«Maddie ti ha appena chiesto di non dire niente, quindi chi lo dirà ai Fury? Tu? La dice lunga sulla tua fottuta lealtà al tuo club *e* al tuo presidente.»

La mascella di Magnum si spostò e puntò un dito nella direzione di Romeo. «Non mettere mai in discussione la mia lealtà a questo fottuto club. Sono un membro da prima che tu indossassi i dannati pannolini.»

Poteva anche essere vero, ma Romeo non aveva intenzione di fare i conti.

«Cerco di proteggere lei e il nostro fottuto club, stronzo. E se ci pensi bene, cerco anche di proteggere te. Shade si presenterà nel cuore della fottuta notte, ti taglierà la gola, poi il mio culo dovrà reagire. Questo causerà una fottuta guerra. Tutto perché non sei riuscito a tenere il tuo fottuto cazzo nei pantaloni. Ci sono un sacco di fottute fighe in giro senza dover bagnare il tuo cazzo in quella.» Inclinò la sua testa calva nella direzione in cui Maddie si era allontanata.

«È venuta da me.» Almeno la prima volta. E la seconda. Il suo mastino non aveva bisogno di sapere il resto.

«Non me ne frega un cazzo. C'è una dannata parola che ha solo due lettere. Non ci vuole molto fottuto sforzo per dirla, anche per un semplice fottuto come te. Se cercava un cazzo, potevi dirle di no e mandarla a farsi fottere. Ma certo, hai visto una facile opportunità per farti scopare e ti ci sei buttato sopra.»

«Non è così.»

Le sopracciglia di Magnum gli salirono sulla fronte. «No? Non ti sei approfittato di un bersaglio facile?»

«Non credo che apprezzerebbe se tu la chiamassi facile.»

Questa volta il dito di Magnum lo punzecchiò sul petto.

Forte. «Tu sei quello facile, coglione, non lei. Ti sei buttato su una dannata opportunità a cui avresti dovuto voltare le spalle.»

«L'hai vista?» *Dannazione*. Continuava a scavarsi la fossa più profonda ogni volta che apriva la bocca.

«Hai usato la testa sbagliata, Rome. In futuro, non hai altra scelta che dire di no. Se si ripresenta, dille di no. Prova.»

Magnum non era la sua dannata babysitter. Non era nemmeno quella di Maddie. «No.»

«Vedi? Non è così difficile. A differenza del tuo cazzo.»

«Stavo dicendo di no a te, fratello.»

Magnum strinse le labbra mentre lo fissava.

A Romeo non piaceva quello sguardo. «Ho delle cose da fare.»

Magnum schiaffeggiò una mano sul petto di Romeo, impedendogli di rientrare. «Vuoi che indossi la tua fottuta giacca?»

«No.»

«Vedi? Continui a dimostrare di sapere come usare quella fottuta parola. Ecco come stanno le cose... Non sei disposto a liberartene, allora il tuo culo farebbe meglio a dirigersi a nord e incontrare Trip. Poi, una volta ottenuto il suo benestare, ti siedi con Shade. O fai il contrario. Chiedi prima a Shade prima di imbarazzare il tuo culo nero davanti al comitato esecutivo dei Fury quando ti diranno di andare a farti fottere.»

«Ho appena fottutamente detto che non ho intenzione di riempire quel posto sul retro della mia dannata moto.»

«Il tuo vecchio culo deve essere sordo.»

«Ti ho sentito benissimo, cazzo. Sai cosa cazzo devi fare, quindi fallo.» Si portò un dito all'orecchio. «Qual era quella parola?»

«Vattene.»

«Anche quello va bene.»

«Di nuovo, quello era per te. Non per lei.»

«Stai rovinando una bella cosa, Rome. Ti ho detto di non fare casino. Sei dannatamente intenzionato a farlo.»

«Ne stai facendo una tragedia più grande di quella che è.»

«Il fatto che tu stia infilando il tuo cazzo nella proprietà di un altro club è un...» Magnum si chinò finché non furono quasi naso a naso. Sbottò, «Grosso. Fottuto. Problema.» Si raddrizzò. «Pensavo fossi più intelligente di così. Ora so di essermi sbagliato.»

Ahi. «Quanto era un grosso problema quando lo hai fatto tu?»

Quando Magnum girò la testa, Romeo poté vedere la mascella dell'uomo contrarsi. Ma doveva ammettere che suo fratello aveva ragione. Era stato stupido.

Sfortunatamente, il risultato fu che, non appena ebbe finito di scopare Maddie, era pronto a rifarlo. E ancora. Mai nella sua dannata vita aveva avuto un prurito che non riusciva a grattare. Con lei si sentiva così. Aveva voglia di scoparla e una volta che lo faceva, si sentiva sollevato. Ma ogni dannata volta quel prurito tornava con una fottuta vendetta.

Ancor peggio, e così fottutamente diverso da lui, non riusciva a smettere di pensare a lei. Era costantemente nei suoi pensieri, che fosse con lui o meno. Giurava che si stava trasformando in una sorta di malattia o qualcosa del genere. Come un virus che non riusciva a debellare.

«Hai due scelte. Lasciala stare o buttati a capofitto. E sai cosa significa buttarsi a capofitto... Un viaggio a nord e un incontro.»

Non era disposto a fare nessuna delle due cose. Ma per ora, quella merda se la sarebbe tenuta per sé.

Ciò che davvero lo faceva incazzare era che il suo mastino avrebbe dovuto ascoltare il presidente del club, non il contrario. Tutta questa storia era incasinata. «Grazie per il consiglio, fratello. Ci dormirò su.»

«Faresti meglio a non aspettare troppo a decidere. Altrimenti, se Shade scopre che ti stai facendo la sua ragazza alle sue dannate spalle, potresti non svegliarti, cazzo.»

«Annotato.»

Magnum grugnì. «Scommetto che quella nota l'hai scritta con un dannato pastello.»

Romeo forzò una risata secca. Maddie non era l'unica a pensare di essere un comico. «Nah. Inchiostro invisibile.»

Il mastino dei Knights scosse la testa e si girò per andarsene. *Grazie al cielo.* Come previsto, l'uomo aveva totalmente rovinato la dannata euforia post-sesso di Romeo.

Proprio mentre si girava per entrare, sentì, «Rome,» e si voltò sopra la spalla.

«So che è fottutamente difficile per te ma... non rovinare un'alleanza che è solida da fottuti anni per una figa.»

Il problema era che, per lui, Maddie era tutt'altro che una figa.

Per qualche fottuta ragione, quell'idea lo turbava più della conversazione che aveva appena avuto con Magnum.

Romeo strinse i denti e si diresse all'interno.

Aveva detto a Magnum che ci avrebbe dormito su, ma non gli piaceva che nessuno gli dicesse cosa fare. Stasera non faceva dannatamente eccezione.

«Non dovrei ricordarti che è un privilegio lavorare qui. Così come lavorare per me.»

Maddie sedeva di fronte a Roger nel suo ufficio, cercando

con tutta se stessa di non vomitare. Come al solito, il suo capo aveva deciso che lei avesse commesso qualche immaginario peccato mortale. Come salutare un paziente con il tono sbagliato o qualche altra stronzata del genere.

«Sembra che tu te ne sia dimenticata.»

Forse perché lei non lo vedeva come un vitello d'oro. Non valeva la pena adorarlo come lui pensava. Era il suo capo, semplice e chiaro.

L'unico problema era quanto fosse influente nel mondo dello sport professionistico. Almeno nella parte occidentale della Pennsylvania. Maddie era sicura che nessuna delle squadre sportive nel resto degli Stati Uniti avesse mai sentito parlare di quel cretino.

Roger era una leggenda nella sua mente.

Un po' come Romeo.

Ma sfortunatamente, *era* ben noto a Pittsburgh negli ambienti sportivi, quindi doveva fare la brava. Ingoiò la bile che le saliva in gola per dire, «Apprezzo che mi abbia dato questo lavoro—»

«Ho indicato in qualche modo che è il tuo turno di parlare?»

Maddie strinse i denti sulla lingua per non vomitare quello che pensava davvero dell'uomo seduto di fronte alla sua scrivania.

Con un sorriso compiaciuto sulla sua faccia da schiaffi. Anzi da pugni.

Si ricordò per la centesima volta che aveva solo bisogno di un po' più di esperienza alle spalle, così qualsiasi squadra a cui si fosse candidata l'avrebbe presa più seriamente. Nonostante la sua istruzione, avere solo poco più di un anno di lavoro, così come la sua età, giocavano a suo sfavore.

Lo capiva. Le squadre sportive professionistiche volevano

solo fisioterapisti esperti. Non volevano lasciare i loro atleti strapagati nelle mani di qualcuno senza una vasta esperienza.

Com'era, quei lavori erano molto ricercati e qualsiasi posto vacante avrebbe avuto molti candidati. In quel momento, con il suo livello di esperienza, molto probabilmente avrebbero archiviato il suo curriculum in un cestino — alias spazzatura — senza nemmeno guardarlo.

L'influenza e la raccomandazione di Roger avrebbero aiutato la sua a essere vista. Quindi Ecco del perché della sua lingua sanguinante e il suo sorriso forzato.

Era pronta che lui dicesse quello che voleva dire... il che significava che doveva sbrigarsi a scriverle un rapporto per qualsiasi presunto torto avesse fatto in modo che lei potesse allontanarsi dalla sua presenza.

Sedersi in un ufficio chiuso con quell'uomo non era tra le dieci cose che preferiva fare.

Al contrario, Romeo *era* in quella lista di cose da fare.

Ciò che la infastidiva di più era che non riusciva a smettere di pensare a lui. Soprattutto dopo l'ultima volta che si erano frequentati.

Non aveva idea di cosa stesse blaterando Roger, dato che all'improvviso era tornata a due notti fa.

Cavolo. Quel massaggio ai piedi, però... Quello che le aveva fatto una volta che la sua pancia era piena di cibo sorprendentemente decente. Non se lo aspettava da un vero bar di biker. Birra fredda? Sì. Un sacco di whisky che scorreva? Certo. Buon cibo? Una lotteria.

Una volta sazia di cibo, aveva iniziato ad affondare i pollici nella pianta dei suoi piedi. Non si vergognava di ammettere che aveva quasi avuto un orgasmo. Poi, quando le aveva stretto le dita doloranti, si era quasi sciolta in una pozza.

Come fisioterapista sportiva, lavorava molto manualmente con i pazienti e dubitava che i suoi massaggi fossero lontanamente a quel livello.

L'uomo aveva mani molto forti e capaci.

Poteva anche aver aiutato il fatto che fosse completamente nudo mentre manipolava i suoi piedi doloranti nel migliore dei modi.

Sfortunatamente, non era durato quanto avrebbe voluto. Ma d'altronde, se avesse continuato, si sarebbe potuta addormentare. Era così rilassante.

Si era svegliata rapidamente quando lui le aveva risalito il corpo con un calore bruciante negli occhi e un sorriso malizioso sulle labbra proprio prima che...

Un «Ti sei addormentata?» abbaiato la fece sobbalzare sulla sedia e i suoi occhi si spalancarono.

Merda. «No, scusa. Ho mal di testa.» Roger era un esperto nel farglielo venire.

«Stavi gemendo.»

«Davvero?» Si strinse la fronte e fece una smorfia per rendere la sua bugia credibile. «La testa mi pulsa.» Più che altro si stava perdendo nel ricordo di quanto bene Romeo l'avesse pompata. La sua figa si strinse al ricordo.

L'ufficio di Roger era l'ultimo posto in cui avrebbe dovuto eccitarsi. *Che schifo.* Quello sarebbe dovuto bastare a non farle voler più fare sesso.

Avrebbe dovuto, ma non successe.

Diede una sbirciatina all'orologio sul muro dietro di lui. La lancetta dei secondi si muoveva troppo dannatamente lentamente. Questa giornata doveva finire come ieri. «Ricordami ancora perché sono qui?»

Roger la guardò accigliato attraverso la scrivania. «È la tua valutazione trimestrale dei dipendenti.»

Davvero? Aveva perso il conto. Non che importasse. Avrebbe trovato qualche ragione per non darle un aumento, anche se fosse stato solo di un misero cinque centesimi all'ora. Anche se doveva darle un aumento, non glielo avrebbe concesso solo per ripicca.

In realtà, era sorpresa che Roger non facesse pagare i suoi dipendenti semplicemente per il 'privilegio' di lavorare nella sua attività.

Stronzo narcisista.

«Sono passati davvero tre mesi interi dall'ultima? Il tempo vola quando ami il tuo lavoro,» mentì. Si sfiorò il naso con un dito per assicurarsi che non fosse cresciuto.

Mentre Roger esaminava i suoi punteggi di valutazione dei dipendenti, non fu sorpresa di quello che erano. Non fu nemmeno sorpresa di non aver ricevuto un aumento, ma almeno oggi non le stava decurtando lo stipendio con qualche scusa del cazzo.

Quando il suo cellulare vibrò per un messaggio in arrivo, abbassò la testa e ci diede un'occhiata di nascosto, cercando di non far capire che non stava prestando attenzione all'uomo dall'altra parte della scrivania.

Invece, stava prestando attenzione all'uomo che le aveva mandato il messaggio.

Cena e cazzo?

Beh, guarda un po', all'improvviso aveva una gran voglia di patatine fritte a waffle croccanti...

Un massaggio ai piedi di cinque minuti...

E un Cavaliere Oscuro per consegnare tutto quello e altro ancora.

Capitolo Ventinove

Qualcuno aveva bisogno di una fottuta lezione di buone maniere.

Se da un lato, l'odio di Maddie per il suo lavoro continuava a spingerla nel suo letto, dall'altro, vederla reprimere tutta quella merda gli faceva venire voglia di piantare il pugno nella gola del suo capo.

Romeo voleva vedere quel figlio di puttana in ginocchio a boccheggiare. Ancora meglio, implorare pietà. E non il Shadow di nome Mercy, perché se si fosse messo dalla parte sbagliata di quell'uomo, Roger Smith si sarebbe cagato e pisciato nelle mutande contemporaneamente.

A dire il vero, Romeo non sapeva chi avrebbe preferito incontrare in un vicolo buio, uno Shade incazzato o Mercy.

Nessuno dei due, se avesse dovuto scegliere.

Anche se Magnum era un duro – anche alla sua età – molto probabilmente non ti avrebbe aperto dalle palle alla gola per poi infilarsi nella tua carcassa per usarti come cappotto.

«Cazzo,» sussurrò Romeo, pensando a quanto selvaggi potessero essere entrambi gli uomini.

Certo, avevano sempre una ragione valida per fare quello che facevano. Romeo si assicurava di non dare a nessuno dei due un motivo.

Aspetta...

Il suo cervello ebbe un sussulto quando si chiese se scopare la figliastra di Shade senza il suo permesso avrebbe davvero scatenato una reazione del genere.

Scopare Maddie sarebbe stata una condanna a morte? Magnum credeva di sì, ma Romeo non aveva idea di come funzionasse davvero la mente contorta di Shade.

Quanto a Smith, voleva solo schiacciargli la trachea finché quel coglione non avesse imparato una lezione su come trattare i suoi dannati dipendenti. Anche se a Romeo importava solo di una persona in particolare.

Quella che veniva da lui molto tesa – ormai regolarmente – e, dopo il tipo di terapia di Romeo, se ne andava molto rilassata. Aveva il compito di annullare qualsiasi danno Smith avesse causato a Maddie.

Ogni volta che si era presentata nelle ultime settimane, arrivava prima e si fermava più a lungo. Se questo significava più sesso con lei, significava anche più pasti e parole condivise.

Per quanto fosse assurdo, anche se non era il suo solito modo di fare con le donne, aveva iniziato davvero ad aspettare quel momento con impazienza.

Il suo sorriso fu rapidamente spazzato via dal suo volto quando notò un movimento con la coda dell'occhio destro.

Proprio l'uomo che stava aspettando.

Anche se aveva considerato di indossare qualcosa per nascondere la sua identità, come una maschera o simili, alla fine, decise che voleva che Smith sapesse esattamente chi stava consegnando l'importante messaggio.

La sua unica preoccupazione riguardo a questa visita speciale era se Maddie fosse finita licenziata. Se fosse successo, probabilmente non l'avrebbe mai perdonato, e lui non avrebbe più potuto assaggiarla o scoparla.

Quel pensiero inquietante quasi lo tenne seduto nella macchina che aveva preso in prestito. Se avesse mai voluto l'opportunità di immergere di nuovo il suo cazzo nella dolce, umida figa di Maddie e guardare la sua faccia mentre veniva, avrebbe dovuto andarsene e lasciare perdere tutta la situazione come lei insisteva.

Avrebbe dovuto.

Ma non l'avrebbe fatto.

Romeo poteva trarre beneficio dal fatto che Smith fosse un bastardo, ma questo non significava che avrebbe lasciato che il capo di Maddie continuasse a fare quello che voleva senza controllo. Era irritato ogni dannata volta che entrava nel suo appartamento, o lei entrava nel suo con l'umore a pezzi.

Aveva scontato una pena in prigione. Aveva visto altri detenuti essere picchiati. Non fisicamente, ma mentalmente. Il suo lavoro da Smith non avrebbe dovuto essere simile a scontare una pena in prigione.

Non era una condanna a morte; era un dannato lavoro.

Quindi, *sì*, un piccolo aggiustamento di atteggiamento era in programma per stasera. Se Maddie avesse sentito il bisogno di continuare a lavorare lì per far avanzare la sua carriera, allora avrebbe avuto bisogno di un ambiente di lavoro migliore. Il che significava che, se lei non se ne andava da Smith, allora Smith doveva cambiare.

Romeo era fermamente deciso ad aiutare a far sì che ciò accadesse.

Dopo essersi sgranchito le gambe dal sedile del guidatore, fece lunghi passi attraverso il parcheggio non illuminato. Certo, guidando qualcosa con più di due ruote, si era tolto la giacca. L'aveva lasciata nella macchina dopo aver deciso che era meglio non pubblicizzare il suo MC.

Questa piccola visita a tarda notte non aveva un cazzo a che fare con i Knights, comunque. Non erano affari del club, era personale.

Romeo pensava che se Smith lo avesse visto avvicinarsi, o sarebbe scappato, si sarebbe nascosto o avrebbe chiamato i maiali. Per questo, si era vestito appositamente di nero, indossando anche un do-rag sulla sua testa calva a volte riflettente, e si era tenuto nell'ombra mentre si muoveva rapidamente, ma silenziosamente, per raggiungerlo.

Non doveva essere stato abbastanza cauto, perché quando Smith si voltò sopra la spalla, Romeo seppe di essere stato scoperto. Aumentò il passo nello stesso momento in cui Smith si lanciò in una corsetta.

Per l'amor del cielo, non si aspettava di mettersi a sudare stasera. Questa doveva essere un'operazione di 'cattura e rilascio', non un inseguimento.

Una fugace consapevolezza gli attraversò la mente... Avrebbe dovuto assumere Mercy per consegnare il messaggio in modo che Romeo potesse rimanere anonimo.

Ma era un tirchio e, comunque, era troppo tardi. Ora doveva portare a termine il suo intento e consegnare quel messaggio. Uno che Smith doveva ricevere forte e chiaro.

Proprio mentre Romeo arrivava a circa un metro e mezzo dal proprietario dell'attività in fuga, Smith si fermò improvvisamente e si girò per affrontarlo. «Cosa vuoi?»

Avrebbe dovuto essere soddisfatto che il bianco degli occhi dell'uomo fosse così dannatamente spalancato da accecarlo?

«Tu!» Urlò Smith quando riconobbe Romeo. «L'amico di Mad, il teppista.»

Ma che cazzo? Dimenticate la parte in cui il coglione la chiamava 'Mad' dopo che Romeo lo aveva avvertito al riguardo. «Mi chiami un fottuto teppista?»

«Altrimenti perché mi daresti la caccia?»

«Per una semplice chiacchierata,» mentì Romeo, facendo piccoli, lenti passi più vicino. Stava cercando di non spaventare Smith dato che non era dell'umore di scattare dietro a quel coglione indossando i suoi pesanti stivali.

«A proposito di cosa?»

«A proposito del modo in cui tratti i tuoi fottuti dipendenti.»

Le sopracciglia di Smith si unirono. «Che diavolo c'entra con te? Se non pensano di essere trattati bene, sono liberi di trovare un altro lavoro altrove. Non li sto costringendo a rimanere.»

«Non lo fai?»

Per ogni passo che Romeo faceva verso Smith, l'altro ne faceva uno indietro, non rendendosi conto di avere un muro dietro di sé.

Stupido? Certo che sì, ma col cazzo col che Romeo lo avrebbe avvertito. Invece, avrebbe usato quell'errore a suo pieno vantaggio.

La sua mano scattò fulminea e le sue dita si strinsero forte intorno alla gola dell'uomo. Usò quella presa per sbattere Smith contro il muro. Allo stesso modo in cui Magnum aveva fatto con lui qualche settimana fa.

I suoni soddisfacenti dell'aria che veniva forzatamente espulsa dai polmoni di Smith raggiunsero le orecchie di Romeo. Secondi dopo, il pomo d'Adamo di Smith si spostò sotto il suo palmo.

«Toglimi la mano dal collo.»

Smith pensava di essere nella posizione di fare richieste? Era ora di dimostrare il contrario. Invece di allentare la presa, Romeo la strinse. «Nessuno ti impedisce di toglierla.»

Il capo di Maddie stava cercando di ingoiare? Stava lottando per respirare?

Peccato.

Smith strattonò il polso di Romeo e cercò di liberare le sue dita, ma Romeo era più forte.

Più determinato.

E, se a qualcuno importava abbastanza da chiedere, incazzato.

Una cosa era certa, era stanco di vedere Maddie maltrattata. E l'uomo che causava tutto ciò era ora nelle mani di Romeo.

Quando Smith cercò di liberarsi di nuovo, si sbatté la testa contro il muro di mattoni.

Quello doveva fare male.

Che peccato.

Il sorriso che indossava prima tornò subito al suo posto. «Allora... Hai una ragione per trattare i tuoi dipendenti come merde? Oltre all'ovvia che sei un coglione.»

Un rantolo fu l'unica risposta che sentì.

Romeo girò la testa finché il suo orecchio non fu più vicino. «Non ho capito.»

La bocca di Smith si aprì e si chiuse come un pesce fuor d'acqua.

Forse doveva ammetterlo che la sua stretta al collo forse non stava aiutando questa discussione. «Se allento la presa, scapperai? Prima di rispondere, solo un avvertimento... avremo una discussione che tu voglia o no. Non potrai sfuggirle. Se non è ora, sarà dopo. Te lo prometto.»

Tutto quello che sentì fu un gorgoglio.

Romeo allentò leggermente la presa. «Cos'è?»

Di nuovo, non sentì altro che un rumore strozzato.

«Sono contento di sentire che sei d'accordo e pronto per una piccola conversazione. Allora, ecco come andrà. Ti lascerò andare e continueremo questa discussione come due fottuti uomini. Non deludermi scappando come una piccola puttana. Hai capito?»

Smith riuscì a fare un leggero cenno con la testa.

Romeo lo fissò per qualche altro secondo, sapendo benissimo che quel coglione sarebbe scappato, prima di rilasciare la gola di Smith e fare un passo indietro. Era pronto a buttare a terra quel figlio di puttana, se necessario. E Smith non poteva correre più veloce di un proiettile. Non che Romeo avesse intenzione di ammettere di essere armato.

Ma a questo punto, quel figlio di puttana non aveva fatto nulla che meritasse una condanna a morte. Ora, se avesse messo le mani su Maddie... Quella sarebbe stata una storia completamente diversa.

«Non so chi diavolo ti credi di essere, ma ho molti amici in alto e te ne pentirai.»

«Mah. Immagina. Io ho amici in basso e non mento quando dico che i miei amici fanno molta più paura dei tuoi. Ma non sono qui per una gara a chi ce l'ha più grosso. Voglio solo scambiare due parole.»

«Avresti potuto chiamare.»

«Nah, Roge, dubito che avresti risposto. E comunque, questa doveva essere una cosa faccia a faccia.»

«Non ho niente da discutere con te.»

«Non ho la stessa opinione.»

«Devo tornare a casa,» insistette il capo di Maddie.

Mentre si allontanava, Romeo gli schiaffeggiò la mano sul petto – allo stesso modo in cui Magnum aveva fatto con lui – per fermarlo. «Mi servono solo pochi minuti del tuo tempo.»

«Non ho pochi minuti.»

«Non sto chiedendo, Roge.»

«Avevo ragione a chiamarti teppista.»

Romeo lasciò correre. Non gliene fregava un cazzo di quello che Roger Smith pensava di lui. Gli importava di più di come quel coglione trattava Maddie. Voleva che Maddie fosse felice mentre Smith voleva che fosse infelice.

Quel coglione provava piacere a farlo. Era una dannata dimostrazione di potere per lui. Un potere che doveva essere strappato alla fighetta che gli stava di fronte.

«Dato che hai una fottuta fretta, fammi andare al punto... Tratti la mia ragazza come una fottuta merda.» *Dannazione*, aveva appena chiamato Maddie la *sua ragazza*? Aveva perso la testa?

Doveva essere così.

«Sai chi altro non sopporta che tu la tratti come una merda?» Fece una pausa. «La sua famiglia.» Non avrebbe menzionato che i Fury la consideravano famiglia e che se avessero scoperto il trattamento di Smith nei confronti di Maddie, avrebbero avuto una conversazione anche con lui. Solo che non aveva bisogno di menzionare tutta quella MC, solo un membro in particolare... «Hai mai incontrato il suo patrigno?»

La sua risposta «no« uscì tesa, come se la sua trachea fosse stata contusa o qualcosa del genere.

«Sii contento di non averlo fatto. Gli basterà una sola parola e si infiltrerà nei tuoi incubi. Fidati della mia fottuta parola, non lo vuoi.»

«Non le stai facendo nessun favore aggredendomi.»

«Non ti ho aggredito. Non ancora, comunque. Stiamo solo avendo una discussione da uomo a uomo. Non darmi una ragione per mostrarti la differenza tra parlare e finire per non parlare più per una mascella rotta.»

«Finirai in prigione.»

Romeo scrollò le spalle. «Niente di nuovo. Ma ecco la cosa... Io respirerei ancora. A differenza di te.»

«Mi stai minacciando?»

«Come ho detto, non sono io quello di cui devi preoccuparti. Considerami la calma prima della fottuta tempesta di merda. Non vuoi quella tempesta di merda, Roge. Te lo assicuro. Potresti avere conoscenze, ma anche lei.»

«Che diavolo significa?»

«Esattamente quello che ho detto, quindi ti darò un suggerimento che dovresti seguire... Devi trattare lei e il resto dei tuoi dipendenti meglio. Trattali con rispetto. Dagli buone referenze.»

«Non devo fare niente di quello che dici.»

Romeo continuò come se Smith non avesse detto una parola. Si chinò più vicino e abbassò la voce di un'ottava per sottolineare il suo punto. «Maddie non ha lasciato il tuo culo abusivo perché pensa che rovinerai la sua carriera. È vero? La tieni sotto scacco con quella merda?»

«Non ha una carriera da rovinare.»

«Cazzate. Sta perdendo tempo con te così può passare a cose più grandi e migliori. Sai quali sono per lei?»

Smith annuì. «Ha questa idea sbagliata che verrà assunta da una squadra sportiva professionistica. Non le daranno mai una prima occhiata, figuriamoci una seconda. È troppo un disastro.»

«Allora perché non l'hai licenziata se fa così schifo?»

Smith strinse le labbra.

«Pensavo,» continuò Romeo. «Solo chiacchiere e tentativi di controllarla. Quindi, ecco cosa farai per rimediare... Parlerai bene di lei con i tuoi amici. Il suo lavoro da sogno è lavorare per gli Steelers. Fai in modo che lo ottenga.»

Smith fece una smorfia. «Non posso farle avere un lavoro con—»

«Gli Steelers non hanno ancora un posto per lei, allora controlla con i Penguins. O i Pirates. Falla entrare dove si farà conoscere da quegli atleti strapagati. O diavolo, dalle una fottuta scelta.»

Le sopracciglia di Smith gli si inarcarono sulla fronte. «Pensi che io abbia quel tipo di potere?»

Maddie lo pensava. Era l'unico motivo per cui continuava a lavorare per quel figlio di puttana, quindi doveva essere vero. Non avrebbe continuato a torturarsi se non lo fosse stato. A meno che lui non avesse parlato a vanvera, e fosse stata tutta una dannata bugia.

I narcisisti tendevano a mentire spesso.

«Non è vero? Non ti sei appena vantato di avere amici in alto?»

La bocca di Smith si spalancò. «Intendevo nelle forze dell'ordine.»

«Eccoti che mi menti di nuovo, Roge,» disse Romeo con un tono molto basso.

Quel coglione diventò ancora più bianco come un giglio? Bene.

«Perché pensi che sia abbastanza brava da essere assunta da loro?»

«Stai dicendo che fa schifo nel suo lavoro? La tieni, quindi sembra un'altra fottuta bugia. Non mi piacciono i bugiardi, Roge.»

«Il mio nome è Roger.»

«Non ti piace che il tuo nome venga abbreviato? Beh, nemmeno a Maddie.» Romeo gli conficcò un dito nel petto. «Non chiamarla più Mad. Ultimo avvertimento.»

«Ho finito con questa conversazione. Non hai fatto nessun favore a Madison.»

«Una volta che appoggerai la testa sul cuscino stasera,

Roge, sono sicuro che ripercorrerai questa conversazione nella tua mente e capirai cosa devi fare. Quindi, fallo.»

Smith scosse la testa e quando cercò di scappare, Romeo questa volta non lo fermò. Invece, rimase dove si trovava e guardò Smith camminare velocemente verso la sua leziosa auto sportiva.

Un lato della bocca di Romeo si sollevò dopo aver visto Smith voltarsi più volte sopra la spalla.

Non appena Smith salì nella sua auto e sfrecciò via, le labbra di Romeo si strinsero.

Non era andata proprio come previsto. Aveva fatto passare il suo messaggio? O aveva solo incasinato le cose per Maddie?

E se l'avesse fatto, chi se ne sarebbe pentito di più?

Capitolo Trenta

Non appena Maddie varcò la porta dello Smith's Sports Therapy & Rehab Center per la sua dose quotidiana di abusi verbali, Maribeth la chiamò al bancone della reception.

«Ho un nuovo paziente?» Se sì, Romeo farebbe meglio a non aver mandato un altro Knight con un finto infortunio.

La receptionist scosse la testa. «Sfortunatamente, no. Roger vuole vederti immediatamente nel suo ufficio.»

Cosa?

Il suo stomaco si contorse e sperò che la farina d'avena che aveva mangiato a colazione non facesse la sua ricomparsa. «Ha detto perché?»

Maribeth mascherò rapidamente la sua espressione. Non era promettente. «No. Mi ha solo detto che devi andare a trovarlo prima che arrivi il tuo primo paziente.»

«È arrivato presto,» mormorò Maddie, guardando verso il retro dell'edificio. Dove si trovava l'ufficio di Roger. Dove aspettava l'uomo infelice.

Le sopracciglia della receptionist si alzarono. «Figurati. Era qui prima ancora che io aprissi stamattina.»

Cavolo. Non era un buon segno. Roger non arrivava mai presto. Di solito entrava quando gli pareva e piaceva.

Ma che le chiedesse di andare nel suo ufficio come prima cosa...

Ripassò rapidamente nella sua mente tutti i pazienti con cui aveva lavorato ieri. Così come tutto ciò che aveva detto loro e ai suoi colleghi. Doveva aver fatto qualcosa di sbagliato. Solo che non sapeva cosa.

Inoltre, se avesse voluto solo insultarla, non si sarebbe fatto scrupoli a farlo davanti a tutti. Quindi, qualunque cosa volesse dirle in privato non poteva essere buona.

Conoscendo Roger, molto probabilmente era davvero, *davvero* brutto.

Maddie sobbalzò quando squillò il telefono sulla scrivania di Maribeth. La receptionist non salutò chiunque fosse, ma pochi secondi dopo disse solo, «Adesso sta arrivando,» nel ricevitore e riagganciò prima di lanciare a Maddie uno sguardo di comprensione.

Merda.

Era sicura che Roger si fosse inventato un'altra stupida ragione per decurtarle lo stipendio. Ciò significava che la sua busta paga sarebbe stata ancora una volta leggera. Ciò significava anche che sarebbe stata a corto di soldi per pagare le bollette. Ancora una volta.

Non sapeva come lui continuasse a farla franca. Forse doveva parlare con un avvocato con una vasta conoscenza delle leggi sul lavoro. Non si sarebbe sorpresa se Roger ne stesse violando almeno una. Molto probabilmente ne stava violando una sfilza.

Con una mano premuta sul suo stomaco in subbuglio, diede a Maribeth un rigido cenno e si diresse verso il retro dell'edificio, schivando le attrezzature e sperando di non lasciare una scia di farina d'avena non digerita.

Era dannatamente sicura che Roger le avrebbe decurtato lo stipendio se si fosse sentita male di fronte a tutti.

Quando raggiunse il suo ufficio, la porta era chiusa; quindi, bussò timidamente con una sola nocca.

«È aperto,» sentì abbaiare attraverso la porta.

Ottimo. Sembrava già scontroso.

Fece un respiro profondo, aprì la porta ed entrò rapidamente.

«Chiudila dietro di te.»

Lo fece, poi si girò per affrontare l'uomo seduto dietro la scrivania nel suo grande ufficio come se fosse seduto su un trono. Tutto ciò di cui aveva bisogno era una corona e uno scettro per completare l'aspetto pomposo.

Buon Dio, detestava quest'uomo con tutto il cuore e l'anima.

Mentre si stava per sedere su una delle sedie di fronte alla sua scrivania, Roger la fermò con, «Non disturbarti a sederti. Non starai qui a lungo.»

Il suo cuore batteva così forte che era dannatamente sicura che Roger potesse sia vederlo che sentirlo. Sfortunatamente, probabilmente sarebbe stato contento di quanto fosse nervosa dato che l'uomo prosperava sulla paura e sulla miseria. Si divertiva a far saltare e contorcere i suoi dipendenti. Così come a farli scusare e implorare per cose che presumibilmente avevano fatto.

Strinse le mani per evitare di strofinare i palmi sudati sui suoi pantaloni kaki e aspettò.

Roger aveva solo una cartella appoggiata accanto al suo monitor sovradimensionato. In mano aveva una penna – una di quelle costose penne stilografiche – con cui stava picchiettando l'estremità sulla scrivania.

Tap. Tap. Tap.

«Voleva vedermi?» chiese lei.

Tap. Tap. Tap.

Ogni tap le faceva venire i nervi a fior di pelle, ma supponeva che fosse per questo che lo faceva.

«Non volevo, ma non mi hai lasciato scelta.»

Che diavolo *significava?*

«Il tuo amico mi ha fatto visita la scorsa notte.»

Il suo amico?

«Più che altro mi ha messo alle strette e mi ha affrontato.»

Lei si acciglió. «Chi?» Non poteva essere Shade dato che il suo patrigno non aveva idea di cosa le stesse succedendo al lavoro. Aveva intenzione di mantenerlo così.

Aspetta. Romeo farebbe meglio a non aver avvertito Shade—

«Marvin Carter. Quello che ha finto un infortunio e ha fatto perdere tempo alla mia terapista.»

Oh, merda. Cosa ha fatto Romeo adesso?

Certo che sapeva cosa aveva fatto. Ha ficcato il naso dove non voleva. Ora era nei guai per qualcosa che aveva fatto lui.

Figlio di puttana!

Forse poteva salvarsi. «Non è mio amico.»

Roger inarcò un solo sopracciglio. «Davvero? Ti ha chiamata la *sua ragazza.*»

La sua bocca si spalancò. Lui ha fatto cosa? «Non sono la sua ragazza. È sicuro che stesse parlando di me?»

«Sei l'unica che lavora per me con ambiziosi sogni di lavorare per una squadra sportiva professionistica.»

Il suo cuore si strinse. Lo ha menzionato? A Roger? Perché?

«Mi ha chiesto di intercedere per te.»

Oh no. Represse un gemito.

«Intercederò, ma non in modo positivo. Posso prometterti che, dopo quell'aggressione violenta di ieri sera, non lavorerai mai più qui.»

Per essere stata un'aggressione violenta, Roger sembrava stare benissimo.

«Mi assicurerò che ogni porta ti venga sbattuta in faccia prima ancora che tu abbia la possibilità di aprirle. E il tuo sogno di lavorare per una squadra di Pittsburgh?» Roger sbuffò. «Neanche per sogno. Te la sei giocata.»

La sua farina d'avena stava lentamente e pericolosamente risalendo la gola. Ingoiò, cercando di contenerla. Anche se Roger si meritava una ciotola intera di farina d'avena rigurgitata riversata sulla sua scrivania perfettamente in ordine.

Il suo capo le puntò un dito contro. «Sei licenziata. Non riceverai alcun tipo di buonuscita, né riceverai la tua ultima busta paga. Hai cinque minuti per raccogliere le tue cose personali e andartene. Se indugi, farò venire la polizia per scortarti fuori.»

«Ma—»

Roger alzò il palmo, scosse la testa, prese un foglio dalla cartella e lo fece scivolare sulla sua scrivania. «Ho elencato tutte le ragioni per cui sei stata licenziata. Non disturbarti nemmeno a fare domanda per la disoccupazione. Mi sono assicurato che ti sia negata.»

Il sangue le defluì dal viso. Non sarebbe stata in grado di ottenere l'indennità di disoccupazione?

Quest'uomo era oltremodo crudele.

Non poteva sopravvivere senza alcun tipo di reddito. In una o due settimane, sarebbe stata senzatetto, affamata e avrebbe vissuto sotto un dannato ponte in una scatola di cartone.

Cavolo, cosa stava per fare?

Roger picchiettò il suo Rolex. «Cinque minuti. Iniziano ora.»

Prese il suo foglio di licenziamento dalla scrivania e, non

appena spalancò la porta per andarsene, sentì alle sue spalle, «E, Mad... Non prendere niente che non ti appartiene.»

Come se volesse qualcosa di suo.

Fanculo lui. Fanculo questo posto.

E, dannazione, fanculo Romeo per aver causato tutto questo.

Uscì, ma aveva un'altra cosa da dire... Voltandosi, appallottolò la sua lettera di licenziamento, la gettò verso la scrivania, gli fece il dito medio con entrambe le mani e aggiunse un «Vada al diavolo« prima di sbattere la porta.

Non c'era niente in quel posto che volesse portare con sé.

Nemmeno una dannata cosa.

Nemmeno i ricordi.

Venti minuti dopo, sedeva nella sua auto nel parcheggio del Dirty Dick's, fissando il bar e stringendo il volante così forte da desiderare che fosse invece il collo di Romeo.

A causa sua, aveva appena sprecato un anno e mezzo da Smith's. Un dannato anno e mezzo intero a sopportare le stronzate di Roger. Per cosa? Per far sì che tutto svanisse in un istante?

Era tutta colpa di Romeo. Era andato contro la sua richiesta di non immischiarsi.

Uomini! Pensavano sempre di saperne di più. Tutto quello che finì per fare fu rovinare tutto.

Ora non aveva lavoro e nessuna possibilità di ottenere il lavoro dei suoi sogni. Tutto a causa delle sue stronzate.

Non avrebbe mai dovuto frequentarlo. Sapeva che era un errore. Era andata contro il suo istinto e per questo, era finita per essere la perdente in questo scenario.

Il sesso era stato fantastico, ma non abbastanza da valere la pena che lui le avesse rovinato il futuro. Ed è esattamente quello che aveva fatto minacciando Roger. O qualunque cosa Romeo avesse fatto.

Dato che era ancora presto, non aveva idea se lui fosse al Dick's, ancora a letto o in giro. Non sapeva nemmeno se il motociclista avesse un dannato lavoro regolare. Non riusciva a immaginare che essere il presidente dei Dark Knights pagasse bene, ammesso che pagasse.

Trip non riceveva alcun tipo di compenso in cambio di tutto il mal di stomaco che gli veniva dall'essere il presidente dei Blood Fury. Nemmeno Zak con i Dirty Angels.

Non importava. Niente di tutto questo importava. Ciò che importava in quel momento era affrontare Romeo per il suo errore.

Non appena uscì dal suo Highlander, si incamminò a grandi passi verso la porta d'ingresso del Dick's. Appena entrò, scrutò l'interno per lo più vuoto in cerca dell'uomo. Andò direttamente al bar, dove un Knight con una toppa con il nome Sigh stava seguendo il suo avvicinamento.

«Dov'è Romeo?»

«Chi lo chiede?»

«Una donna molto incazzata con lui in questo momento.»

Sigh ridacchiò. «Niente di nuovo. Immagino ti aspettassi più di una storia di una notte con lui?»

«No. Non mi aspettavo niente da lui se non che stesse fuori dai miei dannati affari.» La sua voce si fece più alta e le sopracciglia di Sigh si inarcarono sempre di più, con ogni parola che pronunciava. Alla fine stava praticamente urlando e Sigh sorrideva come un idiota.

«L'hai chiamato?» chiese il Knight divertito.

No, perché voleva affrontarlo di persona. Non voleva sentire le sue scuse del cazzo al telefono. Voleva poter leggere le sue espressioni. Forse anche prenderlo a calci nelle palle. «Suppongo che allora non sia qui.»

Sigh scrollò le spalle. «Forse. Forse no. Non indossa un braccialetto elettronico, quindi non viene rintracciato.»

Cosa? Scosse la testa. «È a casa sua?»

«Di nuovo, forse—»

Maddie lo interruppe alzando la mano come per dire 'smettila di parlare'. Lo stesso che Roger le aveva dato. Con un altro impaziente scuotimento della testa, tirò fuori il telefono, trovò il suo numero tra i preferiti – cosa che sarebbe cambiata presto – e lo chiamò.

Dopo due squilli, rispose e, prima che potesse dire una parola, lei chiese, «Dove sei?»

Il silenzio la accolse.

«Rome,» ringhiò nel telefono. «Dove diavolo sei?»

«Non dovresti essere al lavoro?»

Aveva il coraggio di chiederglielo? «Forse sono al lavoro.»

«Quando hanno iniziato a mettere Dr. Dre? Pensavo che a quel coglione piacesse solo la musica classica.»

Dr. Dre?

Si fermò e si rese conto che stava parlando della canzone «*I Need a Doctor*» che suonava in sottofondo nel bar. Aveva sempre pensato che fosse una canzone di Eminem. *Mah.*

Lei gemette. Quello non c'entrava niente in quel momento. «Dove sei?»

«A pochi metri dietro di te.»

Capitolo Trentuno

AVEVA APPENA PARCHEGGIATO la sua moto nel piazzale del Dick's quando notò il suo Highlander. Era difficile non vederlo a quell'ora del mattino, quando i loro clienti erano pochi e distanziati. Il suo telefono che squillava mostrava il numero di Maddie.

A quanto pare, voleva scambiare due parole con lui.

Una volta risposto ed entrato nel Dick's, la vide in piedi vicino a Sigh. Quando fu a pochi metri, lei si girò con il telefono ancora incollato all'orecchio.

Il suo stomaco si contorse quando i suoi occhi si strinsero su di lui.

Qualcosa non andava se era lì così presto. Avrebbe dovuto essere al lavoro—

Porco cazzo.

«Vuoi una birra, fratello?» lo sfottò colorava il tono di Sigh. «O forse un casco e uno di quei bicchieri di plastica per proteggere le tue palle?»

Ignorando suo fratello, Romeo afferrò il gomito di

Maddie con una presa ferma, facendola barcollare in avanti e il telefono staccarsi dal suo orecchio.

«Lasciami andare,» sibilò come una gatta incazzata

«Una volta che saremo in privato,» sgranocchiò tra i denti stretti. «Andiamo.»

«Perché? Non vuoi avere questa discussione in mezzo al tuo bar?»

«Non ho idea del perché tu sia qui.» Anche se aveva una dannata buona ipotesi. «Ma qualunque cosa sia, non sono affari di nessuno,» finì con un mormorio.

Chiaramente, la donna era incazzata. Non solo incazzata, poteva vedere che i suoi occhi erano rossi e gonfi, come se avesse pianto.

Ma certo, cazzo. Sperava di sbagliarsi e che fosse lì per qualcos'altro, ma il suo istinto gli diceva diversamente. Cercare di aiutarla la scorsa notte stava per ritorcersi contro il suo fottuto culo. Non un morso sexy, nemmeno. Questo avrebbe lasciato una cicatrice.

Non aveva bisogno di chiedersi quanto danno avesse fatto perché era dannatamente sicuro che stava per scoprirlo. Solo che non al Dick's. Non di fronte ai suoi fratelli, a nessuna sweet butt o alla coppia di clienti mattinieri seduti al bar. Certo, i pochi occhi nel locale si erano già girati verso di loro.

«Nella tua auto? O a casa mia?» suggerì lui.

«Sei sicuro di non voler avere questa discussione proprio qui?» Lei puntò il dito verso il pavimento.

Abbassò la voce. «Meglio di no. Andiamo. Usciamo sul retro.»

Mentre la guidava verso la cucina del Dick's, Sigh gridò, «Devo mandare una squadra di soccorso se non torni entro mezz'ora?»

«Dammi dieci minuti,» gli disse Romeo.

«Non avrà bisogno di dieci minuti,» assicurò Maddie a Sigh. «Sarà veloce.»

Quello poteva essere un bene. Poteva essere un male. Si preparò per il secondo.

Dato che era troppo presto perché la cucina fosse aperta, c'era silenzio mentre la attraversavano e tornavano fuori. Era meglio lì che dentro, dato che meno occhi e orecchie sarebbero stati su di loro.

Non appena si fermarono dietro l'edificio, lui chiese, «Che succede?»

«Che succede?» La sua voce stridula lo fece rabbrividire. «Cosa hai fatto, Romeo?»

Lui strinse le labbra.

Per l'amor del cielo. Questa discussione stava per fargli venire il bruciore di stomaco.

Ripassò rapidamente alcuni scenari per vedere come poteva uscire dai guai. Anche se era abbastanza sicuro che sarebbe stato impossibile.

La sua espressione diceva tutto.

«Che diavolo hai fatto? E perché? Ti ho detto di starne fuori. Ti ho anche detto che sarebbe successo se non l'avessi fatto!» gridò, colpendolo al petto con entrambi i palmi. L'impatto lo costrinse a fare un passo indietro prima che avesse la possibilità di prepararsi.

Non gliene fregava un cazzo che lei lo avesse spinto. Era più preoccupato che la sua voce fosse ora carica di tristezza e delusione. Aggiungi il tradimento sul suo viso e avrebbe potuto pugnalarlo al cuore.

Mantenne la voce bassa e costante per cercare di impedire che la polveriera di fronte a lui esplodesse e lasciasse dietro di sé terra bruciata. «Dimmi cosa è successo,» la esortò, anche se lo sapeva.

«Sono stata licenziata.»

La sua testa sussultò.

«Tutto per colpa tua. Mi farà mettere sulla lista nera.»

Quel figlio di puttana. «Cazzate.»

La sua mascella si spalancò e i suoi occhi scuri si sgranarono. «Cazzate? Pensi che stia mentendo?»

«No—»

«Pensi che *lui* stia mentendo?»

Quella domanda era così tagliente che Romeo si sorprese di non sanguinare.

Prima che potesse rispondere, lei continuò. «Hai fatto un casino, Rome. Un casino enorme. Ora non ho un lavoro e molto probabilmente la mia carriera avrà una macchia nera permanente. Non solo, ma il mio sogno di lavorare con gli Steelers non si realizzerà mai, tutto per colpa tua! Ti sei assicurato che non avessi nemmeno una possibilità equa!»

Le lacrime le riempirono gli occhi. Mentre una le rigava il viso, se la asciugò con rabbia.

«Ti rendi conto che ho sopportato i suoi abusi solo per aiutare la mia carriera? Un dannato anno e mezzo intero e ti ci sono voluti solo pochi minuti per rovinare tutto. Qualunque cosa tu gli abbia fatto ha fatto schiantare e bruciare la mia vita e la mia carriera.»

«Cercavo di aiutare, Maddie, non di fare casino.» Allungò una mano per asciugare il flusso ormai costante di lacrime che le rigavano le guance, ma prima che potesse farlo, lei gli schiaffeggiò via la mano.

«No. Non fare finta che ti importi, Rome. Non ti importa di nessuno tranne che di te stesso. Non sei migliore di lui!»

La sua testa sussultò e il coltello conficcato nel suo cuore si torse dolorosamente. «Cercavo di aiutarti.»

Non era sicuro di come annullare il suo casino. Far sparire Smith prima che avesse l'opportunità di rovinare il futuro di Maddie?

Gesù.

«Beh, hai fallito. Non sono sicura del perché tu abbia pensato che aggredire il mio capo avrebbe aiutato! Chi lo fa?» Alzò una mano. «Oh, aspetta. Qualcuno che non sa controllare i propri impulsi, ecco chi. Qualcuno che non mi rispetta abbastanza da tenere conto di quello che dico. Sono solo una donna. Cosa ne so, giusto? Ho bisogno di un motociclista grande e cattivo per risolvere i miei problemi perché non sono abbastanza forte da risolverli da sola.»

Strinse le mascelle. «Quel coglione non ti rispettava, Maddie. Continuava persino a chiamarti con un nome che non ti piace. Ti trattava come una merda. Chi cazzo sopporta una cosa del genere?»

Cazzo, si stava scavando una fossa ancora più grande?

«Io, la stupida, a quanto pare.» Scosse la testa e si premette entrambi i pugni sugli occhi pieni di lacrime. «Proprio come sono una stupida ad aver mai avuto a che fare con te. Pensavo che tu, tra tutti, non ti saresti immischiato nella mia vita. Ragazzi, se mi sbagliavo, oltre ad essere stupida. Voi ragazzi non riuscite a farne a meno, vero?»

Dannazione. «Hai fatto il tuo punto,» mormorò lui.

Quando abbassò i pugni, la sua espressione si era fatta dura. «Non credo di averlo fatto, ma eccolo qui, forte e chiaro... Lasciami in pace. Non chiamarmi. Non passare. Non pensare nemmeno a me. Hai fatto abbastanza e non ho bisogno di altro del tuo cosiddetto aiuto. Questa doveva essere solo una storia di sesso occasionale, Rome. Basta. Non volevo che nessuno cercasse di governare la mia vita. O anche solo ficcarci il naso. L'hai fatto comunque senza il mio consenso e ora guarda dove sono.»

«Maddie...» Quando allungò la mano verso di lei, lei si allontanò rapidamente.

«Ti ho detto di lasciar perdere, Rome.» Si diede un

pugno sulla coscia. Non una volta, non due, ma troppe volte per contarle. Forse era per non prenderlo a pugni invece. «Questo è esattamente il motivo per cui non ho mai voluto avere a che fare con un motociclista. Grazie per il promemoria. Mi assicurerò di non commettere di nuovo quell'errore.»

«Non doveva andare così—»

La sua testa si inclinò di lato. «Sai cosa non ho ancora sentito? Una dannata scusa. Sai perché? Perché voi ragazzi non volete ammettere quando avete torto. Non che dire scusa annullerà il danno. Non lo farà.» Con un altro scuotimento della testa, gli passò accanto furiosa.

«Maddie!» Quando lei non si fermò e scomparve dietro l'angolo dell'edificio, lui mormorò, «Dannazione.»

Si massaggiò la fronte perché gli stava venendo un dannato mal di testa.

Anche se le avesse chiesto scusa, dubitava che lei avrebbe voluto sentirla comunque. In quel momento, era troppo incazzata. Aveva bisogno di darle un po' di spazio e aspettare che si calmasse per poterle spiegare che non l'aveva fatta licenziare apposta.

Non era stata quella la sua intenzione.

Voleva che lei lavorasse da Smith? Certo che no.

Voleva rovinare la sua carriera? Assolutamente no.

Doveva davvero fare un'altra visita a Smith? Probabilmente. Forse quel bastardo la riprenderebbe, se Romeo si decidesse a fare un bel bagno d'umiltà. Odiava quel sapore ma si sarebbe forzato a mangiarne una fetta solo per Maddie e per rimediare al suo casino.

Ancora una volta, si rese conto del suo più grande errore.

Non avrebbe dovuto essere un tirchio e avrebbe dovuto rimanere anonimo assumendo Mercy per fare una visita a Smith.

Sì, avrebbe dovuto gestirla in modo completamente diverso e tenersi le mani pulite.

Il suo fottuto errore.

Uno che non avrebbe commesso di nuovo.

ASPETTÒ QUALCHE ORA – abbastanza perché lei si calmasse un po' – prima di mandarle un messaggio.

Fece qualcosa che raramente faceva... Si scusò.

Ho fatto casino. Scusa.

Tutto quello che ottenne in cambio fu silenzio radio. Forse qualche ora non era abbastanza. Forse avrebbe dovuto aspettare qualche giorno.

Per l'amor del cielo, non lo voleva.

Le sue lacrime lo avevano ucciso. Aveva messo il cuore e l'anima nel sogno di lavorare per una squadra sportiva famosa, e lui quel cuore gliel'ha spezzato.

Pensava di aver fatto la cosa giusta resistendo alla tentazione di mettere le mani sul suo capo – ora ex capo – almeno fino al punto di causare lesioni. Quello che aveva fatto doveva essere solo un avvertimento.

Non voleva farla licenziare. Voleva solo che Smith iniziasse a trattare Maddie meglio. Trattarla come meritava. Non meritava di essere maltrattata dal suo dannato capo e stressata al punto da dover trovare sollievo facendo sesso con un uomo.

Certo, lui aveva tratto beneficio da quello stress, ed era stato il fortunato ad aiutarla ad alleviarlo. Ma lei avrebbe potuto andare da qualsiasi fottuto uomo.

Il suo labbro si arricciò alla possibilità che lei scegliesse qualcun altro. Il pensiero che Maddie si facesse scopare da qualcun altro gli bruciava profondamente nello stomaco. Che avesse orgasmi da qualche altro stronzo.

Dannazione.

La verità era che lei avrebbe potuto andare ovunque. Ma era venuta da *lui*.

Perché si fidava di lui abbastanza da farlo.

Allo stesso modo in cui si era fidata di lui abbastanza da farsi sverginare.

Aveva rotto quella fiducia. Ora doveva ripararla.

Anche se lei non lo voleva.

Anche se lei si ostinava a volere che lui stesse fuori dalla sua vita.

Aveva capito.

Era incazzata. Era ferita. Era preoccupata per il suo futuro. E, come previsto, per come avrebbe pagato le bollette finché non avesse trovato un altro lavoro.

«Stupido coglione,» mormorò tra sé mentre scendeva dalla sua moto.

Fissò la sua casa. Non aveva bisogno di entrarci per sapere che era vuota. Proprio come la sua dannata anima.

Avrebbe dovuto dirle di no. Proprio come insisteva Magnum. Avrebbe dovuto mandarla via. Dirle di correre veloce e lontano da lui.

Non era mai stato bravo a fare la cosa giusta.

La prova era ovvia.

Maddie aveva ragione. Era un egoista del cazzo. Pensava solo a se stesso.

La sua situazione era stata la prima volta che non lo aveva fatto. E, naturalmente, aveva fatto casino.

Maddie aveva detto che quello che aveva fatto era un buon promemoria del perché non voleva avere a che fare con i motociclisti. La sua reazione era un buon promemoria del perché a lui non piacevano i legami.

Lo soffocavano.

Forse doveva solo tagliare quei fottuti legami e semplice-mente lasciarla andare.

Quella sarebbe stata la cosa migliore. Per lei. Per lui.

Anche per l'alleanza.

Odiava che Magnum avesse ragione.

Mentre estraeva le chiavi dalla tasca anteriore dei jeans, si fermò sentendo un fruscio nelle vicinanze.

Poteva essere un animale. Un uccello o uno scoiattolo.

Cazzo. Uscivano di notte? Non era un esperto di fauna selvatica. E se fosse stata una puzzola?

Socchiudendo gli occhi, scrutò le ombre ascoltando atten-tamente.

Perché cazzo stava ancora lì? Era più sicuro dentro, dove aveva molta birra, un bong e una mazza da baseball.

A soli sei passi dalla porta, sentì di nuovo qualcosa. Questa volta sembrava lo scricchiolio di ghiaia sotto i piedi.

Quella era o una fottuta puzzola gigante o un altro tipo di animale.

Uno con due piedi invece di quattro.

Allungò la mano per prendere il cellulare e accendere la torcia, ma prima di averlo afferrato bene, qualcosa gli arrivò addosso forte e veloce.

Romeo non ebbe nemmeno la possibilità di reagire prima di ritrovarsi non solo in ginocchio, ma incapace di respirare.

Capitolo Trentadue

QUELLA NON ERA una dannata puzzola, a meno che quel bastardo a strisce non sapesse usare un dannato cric.

Poteva tranquillamente dire che non era nemmeno un dannato scoiattolo.

Ma *era* un branco di animali. Non aveva idea di quanti fossero perché ora era a terra incapace di alzarsi, incapace di vedere un cazzo dato che un liquido caldo lo stava accecando.

Non lacrime. Più denso, come sangue.

Qualcosa di duro gli aveva scosso il cervello e la sua testa ora pulsava all'unisono con il suo cuore che batteva all'impazzata.

Doveva alzarsi e reagire... o scappare.

Stava per morire dietro al Dick's e a pochi metri dalla sua dannata porta?

Non appena cercò di pulirsi il sangue dagli occhi e raddrizzare il mondo che si inclinava e girava, qualcosa gli si schiantò nello stomaco, facendolo cadere di nuovo a terra.

Gesù Cristo.

Non riusciva nemmeno a prendere un dannato respiro mentre i colpi continuavano ad arrivare. Uno dopo l'altro, dopo l'altro. Gli stavano tirando tutti addosso? Come una dannata piñata? L'unico problema era che, se lo avessero rotto, non avrebbero trovato nessuna dannata caramella.

Cercò di raggomitolarsi per proteggersi almeno i punti più vulnerabili, ma il dolore divenne ancora più insopportabile quando si mosse. Probabilmente aveva ossa rotte e merda varia.

Chiunque lo stesse circondando gli stava anche urlando contro, ma non riusciva a schiarirsi la testa abbastanza da capire cosa urlassero. Non che gli importasse un cazzo in quel momento dato che era troppo impegnato a cercare di rimanere vivo.

Se fosse sopravvissuto, avrebbe avuto delle risposte. In un modo o nell'altro.

Un pensiero casuale raggiunse il suo cervello annebbiato. Maddie aveva fatto venire i Fury a prenderlo a calci nel culo?

Uno di loro era Shade?

Era così incazzata con lui? Se sì, anche se si meritava la sua rabbia, lei la stava portando a un livello completamente diverso.

Le donne potevano essere dannatamente brave nella vendetta. A volte erano più pericolose degli uomini.

Pochi secondi dopo veniva trascinato a terra. Le sue braccia e le sue gambe erano inutili per combattere. *Diavolo*, non riusciva ad alzare abbastanza le braccia per coprirsi la testa ed evitare i colpi.

Lo stavano rompendo pezzo per pezzo.

Non si era mai sentito così dannatamente impotente in vita sua.

L'ultima volta che era stato aggredito in quel modo era stato in prigione. All'epoca, il suo compagno di cella lo aveva avvertito che stava per succedere. Questo gli aveva dato abbastanza tempo per prepararsi e pianificare un contrattacco.

A differenza di allora, questa volta non aveva avuto alcun avvertimento.

Essendo dietro al Dick's, la sua unica speranza era che un Knight o un dipendente uscisse sul retro, vedesse che cazzo stava succedendo e chiedesse aiuto.

Che continuasse a respirare o meno, voleva che quei bastardi venissero identificati. Se qualcuno avesse ucciso il presidente dei Knights, i suoi fratelli sarebbero andati in cerca di vendetta. Anche se alla fine si fosse trattato dei Fury che davano a Romeo una fottuta 'lezione'.

Non era sicuro di quanto fosse durato l'attacco. Poteva essere stato un minuto. Potevano essere stati dieci.

L'ultimo pensiero lucido di Romeo fu che sicuramente era sembrata un'eternità.

ROMEO SBATTÉ LE PALPEBRE. Una luce intensa lo fece trasalire e richiudere gli occhi.

Con un gemito, sollevò una sola palpebra per ricontrollare.

Quando morivi, avresti dovuto camminare verso la luce brillante, giusto?

Aspetta. Si qualificava davvero per passare attraverso le porte del paradiso?

Assolutamente no.

O era un trucco? Un tentativo di attirarlo a seguire la luce e poi, una volta che i cancelli si fossero chiusi di scatto dietro di lui, si sarebbe ritrovato in un posto molto caldo? A bruciare per tutta l'eternità?

Sarebbe stato un casino.

Fanculo la luce. Avrebbe resistito il più a lungo possibile. Non ci sarebbe andato volontariamente. Avrebbero dovuto trascinarlo mentre scalciava e urlava—

«Romeo!»

Dio o Satana, non riusciva a capire chi, aveva una voce molto familiare.

Dannazione, stavano cercando di ingannarlo usando la voce di Wick. Non ci stava cascando.

«Rome!»

«Non ci vado,» gemette. «Fottiti.» Perché parlare faceva persino male? O, diavolo, respirare?

Che cazzo? Perché sentiva dolore? Era morto. Voleva un dannato rimborso se si soffriva ancora dopo la morte.

«Rome! Svegliati prima che debba chiamare una fottuta ambulanza.»

Cosa? Non dovrebbe essere il coroner?

«Non sei Wick.» Anche dire quelle tre parole era una dannata lotta.

«Chi sono?»

«Il fottuto diavolo.»

«Me l'hanno già detto.»

Quando rialzò le palpebre, un dolore acuto e lancinante gli fece pulsare il cervello. «Stai cercando di ingannarmi con quella luce.»

«È il mio fottuto telefono, idiota.»

«Perché ti serve un—» Cercò di bloccare la luce accecante con la mano, ma le sue braccia pesavano troppo per poterle sollevare. «Sono morto?»

«Non sembra proprio. Ti ho controllato il polso e ne hai ancora uno. E dato che sei uno stronzo, la mia ipotesi ignorante è che no, non sei morto.»

Questo spiegherebbe l'agonia insopportabile in ogni

centimetro del suo corpo. O almeno nelle parti che riusciva ancora a sentire.

Aveva partecipato a molte risse, comprese risse da bar e zuffe in prigione. Mai aveva fatto così fottutamente male.

«Dovremmo portarti all'ospedale, comunque.»

«Dovremmo ma non lo faremo.»

«Non sono sicuro che tu abbia scelta, presidente.»

«Ho sempre una scelta.»

«Certo, una scelta tra la vita e la fottuta morte. Potresti avere lesioni interne. Il cervello potrebbe sanguinare. I polmoni perforati. Chi cazzo lo sa?»

«Quando cazzo ti sei trasformato in un paramedico?» Ogni dannata parola pronunciata era una fatica.

Wick sbuffò e alzò le mani. «Vabbè, fratello. Tanto per dire, sembri un animale investito da una settimana in questo momento. Devi aver fatto qualcosa di stupido per scatenare tutto questo. Hai tutto il fottuto diritto di continuare a essere un coglione.»

Romeo poteva essere d'accordo con quello. Era un coglione, ma non perché non volesse cure mediche. «Chiama Sparky.»

Sparky, un altro Knight, era anche un vigile del fuoco volontario. A volte poteva cavarsela con alcune cose mediche in caso di necessità. Punti, pulizia di ferite da risse, rimozione di detriti da escoriazioni stradali... Quel genere di cose.

Romeo non si sarebbe fidato di lui per un intervento chirurgico al cervello. O per una vasectomia.

Wick sbuffò, «Sparky non è un mago.»

Con quella osservazione, Romeo era dannatamente sicuro che doveva essere messo davvero male. «Non me ne frega un cazzo. Digli di incontrarmi a casa mia. Può rattopparmi.»

«Come cazzo arrivi a casa tua?»

L'unica cosa che riusciva a muovere in quel momento erano i bulbi oculari, quindi diede un'occhiata nella direzione della sua cuccia e valutò la distanza. Era vicino come il cazzo, ma dubitava di poter persino strisciare per quei pochi metri. «Mi aiuterai tu. Dopo che avrai chiamato Sparky.»

Wick scosse la testa. «Non chiamo Sparky. Ti porto all'ospedale, Rome. E stiamo perdendo tempo con la tua dannata testardaggine. Il tuo fottuto braccio è ad angolazioni che non ho mai visto prima e non voglio mai più vedere. Hai un osso che ti spunta dalla coscia e lo stivale al contrario. C'è sangue dappertutto. Un dannato cerotto a farfalla e un bacio sulla bua non sistemeranno quello che ti sei rotto.»

«Mi incazzerò se mi porti in un posto diverso da casa mia.»

«Che cazzo farai, mi picchierai?» Wick sbuffò. Fece un passo indietro e lo sfidò, «Alzati e prova.»

Nel momento in cui Romeo cercò di superare il dolore per fare proprio quello...

Perse la fottuta battaglia.

Di nuovo.

I suoni fastidiosi. Gli odori innaturali. Le luci accecanti.

Potrebbe non essere l'inferno, ma ci andava dannatamente vicino.

Forzò di nuovo gli occhi ad aprirsi e li spostò abbastanza per dare un'occhiata migliore a ciò che lo circondava.

Certo come il cazzo. Ora si ricordava vagamente, anche se la sua memoria era un po' a macchie. Più che altro aveva dei buchi enormi.

Guardò in basso per vedere aghi con tubi attaccati conficcati nel suo braccio senza gesso. Anche una delle sue gambe era ingessata e sospesa in aria con una specie di marchingegno. Quello che indossava attualmente era quanto di più lontano potesse esserci dalla sua giacca, tranne che essere nudo.

Meglio che non gli abbiano tagliato la sua dannata giacca. Era uno dei suoi beni più preziosi.

Per l'amor del cielo. Era finito sotto un autoarticolato che viaggiava a centoventi all'ora o qualcosa del genere? Aveva giudicato male la distanza e la velocità del camion?

Un rumore alla sua sinistra lo fece girare la testa. E pentirsene.

Bishop era sprofondato su una sedia vicino al letto, scorrendo il suo cellulare.

Ora Romeo si chiedeva dove fosse il suo. Era distrutto? Se lo fosse, era fottuto. Tutta la sua vita era memorizzata in quel dannato telefono.

Il suo vicepresidente alzò lo sguardo, poi posò il telefono. «Era ora che ti svegliassi. Sei stato incosciente così fottutamente a lungo che pensavo di dover prendere in mano il martelletto.»

Pensava cosa?

«Q—» La sua gola sembrava piena di polvere e ghiaia. Nonostante cercasse di schiarirla, la sua voce rimase roca e parlare era una fatica. «Quanto tempo sono stato qui?» Qui ovviamente era un ospedale.

«Questo è il quarto giorno.»

Che cazzo? Quattro giorni? «Perché non me lo ricordo?»

Bishop scrollò le spalle. «Potrebbe essere perché avevi perso i sensi. Quando eri sveglio, hai farfugliato un po' di merda che non aveva molto senso. Ti hanno davvero rimescolato il cervello.»

Loro. Quindi, non era stato spiaccicato come un insetto sulla griglia anteriore di un diciotto ruote.

«Come sono arrivato qui?» gracchiò.

«Wick.»

«Dov'è?»

«Non lo so. Ci siamo dati tutti il cambio per starti vicino.»

«Per farmi compagnia?»

«Per assicurarci che i figli di puttana che ti hanno conciato così non tornino a finire il lavoro.»

Romeo lasciò che quella informazione si sedimentasse nella sua materia grigia scossa e contusa.

Loro. Figli di puttana. Wick. Pezzi e ricordi dell'attacco gli stavano lentamente tornando alla mente.

Bishop riprese il telefono. «Vado a far sapere a Magnum che ti sei svegliato.»

«Fanculo. Voglio parlare prima con Wick. Gli ha detto a Magnum cosa è successo?»

«Cosa credi?»

La sua bocca e la sua gola erano così dannatamente secche che aveva bisogno di acqua. Anche se il whisky sarebbe stata una scelta migliore.

Sollevando il suo braccio illeso, ma gravemente contuso – quello con gli aghi conficcati sia sul dorso della mano che nell'avambraccio – cercò la tazza appoggiata su un tavolino rotante accanto al letto. Sfortunatamente, era vuota. «Acqua.»

Bishop si alzò di scatto, prese la caraffa, riempì il bicchiere di plastica e glielo porse. «Vuoi che ti aiuti?»

Romeo cercò di afferrare la tazza e la mancò. Ci provò di nuovo e la mancò ancora.

Bishop gli avvicinò la cannuccia alle labbra. «Potrebbe volerci un po' per riacquistare la coordinazione. Ricordi quella vecchia pubblicità in cui rompevano un uovo in una padella e dicevano, 'questo è il tuo cervello sotto l'effetto delle droghe?' Il tuo cervello è un po' così adesso, ma invece di un uovo, ne hanno rotte una dozzina intere.»

Che cazzo stava dicendo?

Qualunque cosa fosse non era importante. Ma quello che lo era... «Il mio giubbetto?»

«A casa tua.»

«Tutto okay?»

«È una fottuta schifezza, fratello. Sei più preoccupato della tua dannata giacca che di te stesso?» Bishop scosse la testa. «È sana e salva. Wick ci ha pensato e ha lasciato quella e la pistola che avevi con te a casa tua prima che l'ambulanza ti portasse via il culo.»

Avrebbe tirato un sospiro di sollievo, ma pensò che farlo avrebbe fatto un male cane dato che le sue costole erano strette da bende per una buona ragione.

Ma... la sua pistola? Perché non l'aveva tirata fuori se la sua vita era in pericolo?

«Gli ho fatto qualche buco in più?»

«Non credo. Sembra che l'unico sangue che doveva essere lavato dal marciapiede fosse il tuo.»

Ottimo.

«Pensi che siano stati i Fury?»

La fronte di Bishop si corrugò. «Perché cazzo dovrebbero essere stati i Fury?»

Merda. «Non sono stati loro. Hai ragione sul mio cervello che è in pappa.» Cambiò rapidamente argomento. «Wick mi ha trovato?»

«L'ho appena detto.»

«Devo parlargli.»

Bishop scosse la testa. «L'hai appena detto.»

Per l'amor del cielo. Aveva un danno cerebrale permanente? «Che c'è che non va in me?»

«Elencare ciò che va bene sarebbe più breve.»

«Supponeva essere una fottuta battuta?»

Il vicepresidente dei Knights sospirò. «No, Rome, è la fottuta verità. Non ricordi cosa ti ha detto il dottore?»

«Non ricordo un cazzo. Solo pezzetti di me che vengo aggredito.»

«Allora sono sicuro che ti darà una lista della spesa la prossima volta che passerà.»

«Nessun danno cerebrale?»

«Le abbiamo chiesto come avremmo fatto a capire quando sei normalmente un idiota.»

«Non è modo di parlare al tuo presidente,» brontolò.

«Preferiresti che mentissi?»

«Sì.»

Bishop sbuffò.

«Dammi il mio telefono così posso scrivere a Wick.»

«A proposito del telefono...»

Oh, per l'amor del cielo.

«Sully te ne ha già preso uno nuovo. Ha fatto trasferire tutto dalla compagnia telefonica, quindi non dovresti aver perso molto.»

«Il mio telefono si è perso o quei bastardi l'hanno preso?»

«È conciato come te.»

«Non sono stato conciato. Sono stato colto di sorpresa.»

«Il tuo culo è stato pestato. Di brutto.» Bishop fece un cenno con il mento verso il letto d'ospedale. «La prova è che sei bloccato in quel letto.»

Come se avesse bisogno di quel dannato promemoria.

Aveva chiuso con quella conversazione. L'unico con cui voleva parlare in quel momento era Wick.

«Scrivi a Wick, poi vai a prendermi il mio nuovo telefono, la mia moto e la mia giacca.»

Bishop fece una gran risata. «Come cazzo fai ad andare sulla tua moto quando sei in dannata trazione?»

«Troverò un modo.»

«L'unico veicolo con le ruote che guiderai per un po' sarà una sedia a rotelle.»

Le buone notizie continuavano ad arrivare.

Capitolo Trentatré

«Hai visto chi era?» chiese Romeo a Wick neanche due ore dopo e dopo un breve, quanto mai necessario pisolino.

Wick si appoggiò alla sedia e appoggiò gli stivali sul letto d'ospedale. «Più o meno.»

Romeo strinse gli occhi su quegli stivali sporchi finché Wick non li fece ricadere a terra. «Erano i Fury?»

La fronte di Wick si corrugò allo stesso modo di quella di Bishop. «I Fury? Perché cazzo avrebbero dovuto prenderti a calci nel culo? Oh... cazzo... Perché ti sei scopato la loro proprietà senza permesso? Quella bomba che appartiene a quel fottuto spaventoso di Shade? Come si chiama?»

«Wick,» ringhiò Romeo, poi se ne pentì subito. Tossire non faceva bene alle costole rotte. Non un colpo di tosse, non due, ma un vero e proprio infinito attacco. «Ne hai riconosciuto qualcuno?»

«No e non ho visto una fottuta giacca in vista. Se fossero stati i Fury, si sarebbero fatti riconoscere per farti sapere che erano loro e assicurarsi che tu sapessi perché ti stavano facendo visita.»

L'uomo aveva ragione. Se fosse stato quel MC, si sarebbero assicurati che Romeo sapesse che stavano consegnando quel messaggio. «Voglio sentire i dettagli.»

«Non c'è molto da dire. Sono uscito a buttare della merda nel cassonetto e a fumarmi una fottuta sigaretta. Ti ho visto a terra che ti rotolavi. Un bastardo ti stava picchiando con qualcosa di metallico, gli altri due ti stavano prendendo a calci come un sacco di merda.»

Come potevano esserci solo tre di loro? All'epoca, sembravano una dozzina. «Si sono fermati quando ti hanno visto?»

«Certo che no. Non si sono dispersi finché non gli ho sparato un paio di colpi.»

Romeo doveva essere svenuto a quel punto per esserselo perso. «Ne hai colpito qualcuno?»

«Non sono sicuro perché era fottutamente troppo buio per vedere. Non credo che sia stata una cosa casuale, giusto?»

«Potrebbe essere.» Ma Romeo ne dubitava.

«Se non lo è, sanno dove vivi.»

Non c'è dubbio. «O pensano che stessi al Dick's.» Questa era una possibilità remota.

«In ogni caso, Magnum se ne sta occupando.»

Fantastico cazzo.

Se l'attacco avesse avuto qualcosa a che fare con Maddie, chi avrebbero sentito la ramanzina da parte del suo sergente d'armi. L'uomo gli aveva detto di lasciare in pace Maddie. Romeo aveva ignorato quell'avvertimento e ora guarda dove era finito.

In un fottuto letto d'ospedale.

Insieme a Maddie disoccupata. Oltre che incazzata con lui.

Chiuse gli occhi e respirò. Con cautela.

Doveva rimettere le cose a posto con lei.

. . .

Anche se odiava ammetterlo che Magnum avesse avuto ragione, Romeo avrebbe dovuto dirle di no come aveva detto. Avrebbe anche dovuto dire di no a sé stesso, invece di essere così dannatamente egoista.

Ma non l'aveva fatto ed eccolo lì.

In sintesi... aveva fatto un casino.

«Tanto per saperlo, Sully era in stand-by.»

Le parole di Wick gli fecero spalancare gli occhi. «Per cosa?»

«L'estrema unzione, credo.»

«Fottuto Sully. Non sa che sono troppo fottutamente testardo per morire?»

Wick sbuffò. «Abbastanza sicuro di aver sentito una delle infermiere dire che per un po' è stata dura tenerti in vita.»

«Beh, tutti si sbagliavano, no?»

«È stata dura, Rome. Meno male che sono uscito sul retro quando l'ho fatto. Se non l'avessi fatto...»

Vero, ma sarebbe stato ancora meglio se fosse uscito prima sul retro. «Sì.»

«Prego, stronzo.»

Sarebbe stato meglio anche se Wick avesse avuto una mira migliore. Romeo tenne per sé quell'opinione. «Grazie, fratello.»

«Tu avresti fatto lo stesso.»

«Spero che uno qualsiasi dei nostri fratelli sarebbe intervenuto. Nessuno di noi è una fighetta.»

«Vero.» Wick lo fissò per troppo tempo. «Chi pensi che ce l'abbia con te?»

«Non ne ho fottutamente idea.»

«Magnum se ne sta occupando.»

Gesù Cristo. «Me l'hai già detto.»

«Scoprirà chi sono quei bastardi e perché ti hanno teso un'imboscata in quel modo.» Wick inclinò la testa. «Potrebbe non essere il Blood Fury, ma pensi ancora che abbia a che fare con quella tipa dei Fury?»

«Non ne ho fottutamente idea,» ripeté, ma stava iniziando a pensare che fosse collegato. L'unica persona con cui aveva avuto un problema ultimamente era...

Roger Smith.

Quel coglione gli aveva messo una taglia addosso? L'ex capo di Maddie probabilmente aveva abbastanza soldi per assumere qualche tossico per fargli un culo così. Dato che era sopravvissuto, assumere qualche feccia dalla strada avrebbe avuto più senso. Se fosse stato un sicario professionista, Romeo dubitava che sarebbe ancora vivo.

«Beh,» iniziò Wick con un sorriso divertito, «il dottore ha detto che avrai bisogno di fisioterapia per guarire. Immagino sia un bene che tu ce l'abbia in tasca.»

Romeo si accigliò. Come faceva Wick a sapere che Maddie era una fisioterapista? «Non è in tasca mia.»

Wick ridacchiò. «Solo nel tuo letto, allora? Non ti ho mai visto correre dietro a una tipa. Deve essere qualcosa di speciale.» Agitò le dita e le sopracciglia. «È brava con le mani, fratello?»

A Romeo non piaceva questa svolta della conversazione. «Non è niente. È proprietà di un alleato. Tutto qui. Mi stavo solo prendendo cura di lei, come farebbero loro per noi se uno dei nostri si spostasse a nord.»

«Per l'amor del cielo, Rome. Pensi davvero che non abbiamo occhi e fottute orecchie? O cervelli per capire le cose?»

«Di cosa stai parlando?»

«L'ho vista entrare e uscire da casa tua nelle ultime settimane. Il modo in cui arrivava non è lo stesso di come se ne andava. Sei anche sparito qualche notte. Da quando ti fermi a casa di qualche donna?» Alzò un dito. «Mai. Te la fili appena ti tiri fuori.» Prima che Romeo potesse negare, continuò. «E la prova più ovvia? Le sweet butts che si lamentano che le hai ignorate. Quando cazzo non ti fai fare un pompino da almeno una di loro al volo? O più probabile una sveltina.»

Merda. Era così ovvio? Aveva una routine?

Certo come il cazzo che ce l'aveva.

«Ho bisogno di dormire. E di altri antidolorifici.» Tutto stava iniziando a fargli un male cane. Qualunque cosa gli avessero dato stava svanendo. Velocemente.

Wick scoppiò a ridere. «La verità può essere fottutamente dolorosa, non è vero?»

Un rumore li fece voltare entrambi verso la porta.

Poteva andare meglio questa fottuta giornata?

A quanto pare no.

«Vattene,» ordinò Magnum a Wick mentre entrava pesantemente nella stanza.

Con un sorriso, Wick si alzò dalla sedia, diede a Romeo un saluto sgangherato, un «Prez,» e si allontanò.

Ora erano rimasti solo Romeo e il gigante. Si preparò a quello che sarebbe successo dopo.

In piedi alla fine del letto d'ospedale, Magnum fece un cenno con il mento verso di lui. «Che cazzo hai combinato per causare questa merda, stronzo?»

«Perché dai sempre per scontato che io sia lo stronzo e non sia stato un attacco casuale?»

«Non è un'ipotesi. I fatti sono fottuti fatti.»

«Hai già capito chi mi ha teso un'imboscata?»

«Non ancora, ma scommetto che c'entra qualcosa con la donna da cui ti ho detto di stare fottutamente lontano.»

«Ipotesi piuttosto audace,» ribatté Romeo.

Magnum scosse la testa. «So che non è Shade. Lui non fa

fare il lavoro sporco ad altri fottuti. Sarebbe venuto silenziosamente nel cuore della notte e se ne sarebbe andato altrettanto silenziosamente dopo averti conficcato la mano nel petto e strappato il cuore. Potrebbe ancora succedere se continui a giocherellare con Maddie.»

«A proposito di lei...»

Magnum gemette e si passò una mano agitata avanti e indietro sulla testa calva. «Devo fottutamente sedermi per qualunque cazzo stia per uscire dalla tua bocca?»

Se lo avesse fatto, Romeo pensò che il gigante non sarebbe rimasto seduto a lungo. «Quindi...»

«Cristo,» mormorò Magnum.

Forse se Romeo avesse dato al suo braccio destro un po' di contesto, sarebbe stato in grado di trovare i coglioni che lo avevano messo in ospedale molto più velocemente.

«Lei ha... *aveva* un capo di merda che la maltrattava costantemente.» Il petto di Magnum sembrò gonfiarsi a quelle parole, quindi aggiunse rapidamente, «Verbalmente. Quel coglione tratta tutti i suoi dipendenti come merda. Sembra che provi piacere a rendere le loro vite lavorative miserabili. La faceva lavorare fino a tardi gratis, continuava a decurtarle lo stipendio per stronzate inventate...»

«Licenziarsi avrebbe risolto facilmente quel problema.»

«Per la maggior parte delle persone, sì.» Spiegò a Magnum il sogno di Maddie di lavorare per gli Steelers, o almeno per una delle squadre sportive di Pittsburgh.

Quando ebbe finito, Magnum disse, «Forse mi era stato detto che era per questo che si era trasferita qui. Non ci avevo pensato molto all'epoca perché non me ne fregava un cazzo del perché, solo del fatto che si trovava nella nostra zona.»

«Sì, quindi... Forse dovresti saperlo. Giusto per sicurezza...»

«Per sicurezza di cosa?»

«Di eventuali ulteriori attacchi,» finì Romeo con riluttanza.

«Fottuto cazzo. Sapevo che avevi fatto qualcosa di stupido. Ti sei fatto fottuti nemici con lui?»

«Stavo solo cercando di aiutare la proprietà di un alleato.» Magnum ci avrebbe creduto? L'uomo non era stupido.

«Gesù Cristo. Facendo cosa?»

«Per aiutarla, ho scambiato due parole con il suo capo,» rispose.

«A proposito di?»

«Non importa di cosa si trattava.»

Magnum chiese, «Ti ha fatto questo?»

«Non lui, ma... Penso che forse abbia assunto qualcuno per farmi un culo così.» Era l'unica cosa che avesse un qualche senso. Se questo non avesse avuto a che fare con Roger Smith, allora avrebbe dovuto essere casuale.

Specialmente perché non si era mai messo con donne sposate o impegnate. Non ne valeva la pena. C'erano un sacco di donne single là fuori che non gli avrebbero detto di no quando lui avrebbe sfoderato il suo fascino.

«Cosa ti ha dato quell'indizio?»

«Non riesco a pensare a nessun altro che ce l'abbia con me.»

«Allora, cosa gli hai fatto?»

«Come ho detto, ho scambiato due parole.»

Magnum inarcò un sopracciglio. «Quelle 'parole' includevano anche le mani?»

«Per un secondo.» O due.

Magnum abbassò la testa a fissare i suoi stivali per un momento mentre si strofinava il palmo avanti e indietro sulla nuca. «Quindi, hai minacciato il suo capo,» concluse una volta che guardò di nuovo Romeo.

La sua mascella stava scricchiolando? Perché sembrava proprio che la sua mascella stesse scricchiolando.

Di solito non era un buon segno.

«Non proprio. Gli ho solo dato un paio di suggerimenti.»

«Vuoi dirmi quali erano quei suggerimenti?»

«Uno era di smettere di essere un coglione con i suoi dipendenti...»

«E?»

«E di spendere una buona parola per Maddie con una delle squadre in modo che potesse ottenere il lavoro dei suoi sogni.»

«Perché cazzo dovrebbe farlo?»

«Perché ha contatti con le squadre della zona. È l'unica fottuta ragione per cui lei ha continuato a sopportare le sue stronzate e non si è licenziata.»

«Gliel'hai rovinata.»

Dato che quella non era formulata come una domanda, Romeo avrebbe dovuto offendersi. Ma, sfortunatamente, era vero. «Si potrebbe dire così visto che l'ha licenziata.»

«Poi ha mandato dei sicari a farti visita.»

«Credo di sì.»

«Per l'amor del cielo!» sbottò Magnum. «Avresti dovuto lasciarla in pace. Avresti dovuto starne fuori. Avresti dovuto ascoltare qualcuno più vecchio e più saggio di te.»

«La tua opinione.»

«Un dannato buon consiglio. Un fottuto giorno ti renderai conto che dovresti prendere sul serio le mie opinioni.»

Un giorno, presto, il gigante non sarebbe più stato il sergente d'armi del club e la sua opinione non avrebbe significato un cazzo.

«Allora, cosa ti ha portato inseguire quella figa?» Magnum

alzò un dito mentre contava. «Hai rischiato la nostra alleanza.» Sollevò un secondo dito. «Hai fatto licenziare la donna.» Un terzo si alzò. «Potresti averle rovinato il sogno.» Ne abbassò due ma lasciò alzato il medio. «Ti sei fatto picchiare a sangue.»

«Questo riassume tutto,» mormorò Romeo. Allungò di nuovo la mano verso l'acqua ma faticò ad afferrarla. Che si fotta se chiedeva aiuto a Magnum. Sarebbe morto di sete prima.

«Nel caso te ne fossi dimenticato, il mio fottuto lavoro è proteggere il nostro club e i nostri fratelli. Rendi quella merda difficile quando fai il contrario di quello che ti dico. Ti ho detto che era una cattiva idea. Ti ho anche detto, se volevi un pezzo di lei, di farlo nel modo giusto. Pensi sempre di poter essere furbo, Rome. Di poter volare sotto il radar. Questo dimostra che non sei bravo a farlo.»

«Ammetto che le mie scelte di vita non sono sempre le migliori—»

Un telefono che squillava nella giacca di Magnum fece estrarre il telefono al gigante e guardare lo schermo. Con un ultimo sguardo penetrante a Romeo, l'esecutore dei Knights premette lo schermo e se lo portò all'orecchio. «Sì.»

Più a lungo ascoltava chi chiamava, più il suo viso si trasformava in cemento. Quando si voltò, Romeo iniziò a preoccuparsi.

Qualcosa non andava e lui era dannatamente sicuro che avesse a che fare con lui.

«Per l'amor del cielo... Non è una fottuta merda... Non sono sicuro... Devo pensarci e richiamarti... Hai ragione. Non sono buone notizie ma dovremo affrontarle in un modo o nell'altro... Grazie, fratello, te ne devo una.»

Magnum si ripose il telefono, si voltò, si mise le mani sui fianchi e fissò Romeo.

«Quella chiamata aveva a che fare con me?»

Magnum fece un respiro profondo e scosse la testa. «Hai smosso un fottuto vespaio, lo sai?»

«Preferirei essere punto dalle vespe che essere reso tenero da un cric.»

«Le fottute vespe saranno il minimo dei tuoi problemi. Era Mercy. La sua squadra ha scavato un po'. Il fatto è che non hanno dovuto scavare troppo a fondo per scoprire che il suo capo ha dei legami, solo che non sono solo quelli che lei conosceva.»

Lo stomaco di Romeo si strinse. «Che cazzo significa?»

«Hai mai pensato che Smith potrebbe non essere il suo vero cognome?»

«Dici che Roger Smith non è Roger Smith? Qual è il suo vero cognome?» Romeo voleva davvero saperlo?

«Russo.»

Che cazzo? «Quel coglione non mi sembrava siciliano.»

«Sì, perché sua madre non lo è. Alcuni geni sono più forti di altri.»

«Gesù Cristo. Chissà se Maddie aveva idea che quel coglione avesse legami con La Cosa Nostra. Potrebbe rimanere scioccata solo scoprendo che la Mafia esiste a Pittsburgh. Mi chiedo perché tenesse quella merda segreta.»

«Potrebbe usare quell'attività per riciclare denaro e non voleva occhi che scrutassero troppo a fondo i suoi affari. Chi cazzo lo sa? Non me ne frega un cazzo del motivo. Me ne frega che li abbia alle sue spalle.»

«Se è dentro con i Russo, perché non sono morto?»

«Buona domanda. Se vuoi esserlo, sono disposto ad aiutarti.» Magnum diede un'occhiata alle macchine nella stanza. «Sono sicuro di poter trovare un pulsante rosso da qualche parte o staccare qualcosa.»

«Molto divertente.»

«Quello che non è divertente è la verità, che la mia vita sarebbe molto più fottutamente semplice, Rome.»

«Sì, okay. Ma è una domanda seria. Se fosse stata la Mafia, perché non sono morto?»

«Perché voleva mantenere segreti i suoi legami con La Cosa Nostra? Probabilmente ha assunto degli idioti disperati per qualche spicciolo e senza vere capacità. Facendo così non avrebbe lasciato una traccia che riconducesse alla loro organizzazione. Inoltre, la sua imboscata potrebbe essere stata personale e non avere nulla a che fare con gli affari di famiglia.»

Dannazione. In effetti sembrava una spiegazione ragionevole.

«Come mai quella task force federale a cui apparteneva il padre della bambina di Ali-Cat non ha eliminato tutti quei figli di puttana? Erano delle fighette?»

Magnum scrollò le spalle. «Pensi che io abbia informazioni riservate su una fottuta task force federale? Pensi che me ne stia seduto a bere una fottuta birra con uno degli ex membri di quella masturbazione di maiali?»

Romeo sbuffò. «È sposato con tua figlia maggiore. Ed è il padre di tua nipote.»

«E allora? Non significa che abbiamo conversazioni profonde e significative. Tollero il suo culo solo perché voglio che Liyah e i miei nipotini rimangano nella mia vita. È l'unica fottuta ragione. Vuoi sapere perché non hanno eliminato quei mafiosi del cazzo, chiamalo.»

«Non mi parlerà.»

«Sì, sai perché? Perché stavi annusando il culo Liyah quando lui l'aveva già rivendicata.»

«Se quel maiale pensa che Ali-Cat sia sua proprietà, si sbaglia.»

«Certo. Ecco perché non ti voleva. Non è proprietà di nessuno.»

«Tranne tua,» mormorò Romeo.

«È il mio sangue che le scorre nelle vene.»

Romeo sospirò. Con cautela. «Allora, adesso cosa facciamo? Andiamo a prendere quel figlio di puttana?»

«E iniziare una guerra con i siciliani, sei fottutamente pazzo?» ringhiò Magnum.

«Allora cosa?»

«Non lo so ancora. Devo pensarci.»

«Non possiamo lasciar correre,» gli ricordò Romeo.

«Non ho bisogno che tu mi dica come fare quello che faccio.»

«Dico solo... Potremmo occuparcene separatamente. Potrebbe succedergli qualcosa di casuale. Un incidente o qualcosa del genere,» suggerì Romeo.

«Ho detto che ci penserò. Qualunque cosa facciamo, dobbiamo assicurarci che non sia collegata a noi.»

«Ma faremo qualcosa, giusto?»

«Hanno attaccato il nostro presidente. Certo come il cazzo che lo faremo. Come hai detto tu, non può passare inosservato. Attacchi uno, attacchi tutti noi.»

«È bello vederti di nuovo leale.»

«Non ho mai smesso di esserlo. I Knights potrebbero non essere sangue, ma cazzo, sono famiglia.» L'ultima cosa che Magnum disse mentre usciva dalla porta fu, «Anche tu, stronzo.»

Capitolo Trentaquattro

Ci vollero altri due giorni prima che venisse liberato dall'inferno dell'ospedale in cui era stato imprigionato.

Altri due dannati giorni prima che potesse cercare di fare ammenda con Maddie. Anche usando il suo telefono sostitutivo, lei non rispondeva alle sue chiamate o ai suoi messaggi. Dato che non lo faceva, aveva intenzione di affrontarla di persona.

Ora che sapeva che il suo ex capo usava un cognome comune per nascondere i suoi legami con i Russo, era preoccupato per lei.

Dato che era ancora ingessato, e lo sarebbe stato per qualche altra settimana, non poteva andare con la sua moto fino al suo appartamento. Invece, si faceva portare in giro da una recluta in una macchina ed essenzialmente era la sua puttana.

Booger aspettava nel parcheggio mentre Romeo lentamente trascinava il suo culo ferito su per i gradini del suo appartamento usando solo una stampella a causa del suo braccio rotto. Fortunatamente, il suo braccio e la sua gamba rotti erano sui lati opposti del corpo, altrimenti Booger avrebbe potuto spingerlo in giro su una sedia a rotelle. E portarlo su per le scale come una sposa novella dato che non c'era l'ascensore.

Appoggiando la stampella sotto il braccio, si appoggiò alla porta di Maddie dato che era dannatamente senza fiato dopo aver superato la rampa di scale fino al secondo piano.

Almeno non era ruzzolato giù. Sarebbe stato un casino e molto probabilmente lo avrebbe riportato di nuovo in ospedale.

Una volta che non si sentì più sul punto di morire, bussò alla porta dietro di sé e appoggiò il peso sulla gamba buona in modo che quando lei avesse aperto la porta, lui non sarebbe caduto all'indietro finendo seduto ai suoi piedi.

Era un dannato disastro.

Con un gemito, si girò e bussò di nuovo. Questa volta un po' più forte e gridò, «Maddie! Apri questa fottuta porta!» Fanculo il disturbo ai suoi vicini.

Ancora una volta, non sentì nulla. Né la sua voce. Né passi. Nemmeno un «fottiti.»

Aveva già trovato un altro lavoro ed era attualmente al lavoro?

Era un tale idiota. Avrebbe dovuto assicurarsi che la sua auto fosse giù nel parcheggio prima di affrontare la fottuta fatica di salire una rampa di scale.

Sì, era un dannato disastro.

Il rumore di una serratura che girava gli fece sperare finché non si rese conto che non era la porta di fronte a lui, ma quella dietro.

Un uomo biondo, forse sui trent'anni, uscì nel corridoio. «Se stai cercando la ragazza che viveva qui, si è trasferita.»

Lei ha fatto cosa? Forse ha trovato un lavoro migliore con uno stipendio migliore e ha deciso di migliorare il suo appartamento.

Forse si stava anche mentendo da solo. «Quando?»

L'uomo scrollò le spalle. «Circa una settimana fa, forse? Scusa, ho dimenticato di segnarlo sul calendario.»

Sapientone. «Si è portata via tutta la sua roba?»

L'uomo scrollò di nuovo le spalle. «Un gruppo di ragazzi, tutti con dei gilet con il nome di una qualche banda sulla schiena, entravano e uscivano. Ho notato che avevano un furgone chiuso e un paio di furgoncini.»

Per l'amor del cielo. Ora il cartello 'appartamento in affitto' affisso di fronte all'edificio aveva senso.

«Non avevo idea che fosse affiliata a dei criminali, altrimenti mi sarei lamentato con il padrone di casa. Mentre erano qui, ho pensato che fosse più sicuro per me rimanere dentro e tenere la porta chiusa.»

Gesù Cristo. «Sembra che tu sia rimasto dentro invece di fare la cosa da vicino e aiutare come la fighetta che sei.»

La bocca spalancata dell'uomo si richiuse di scatto. «E tu stai violando la proprietà privata dato che la tua amica non vive più qui. È meglio che te ne vada prima che chiami la polizia.»

«Togliti dai miei fottuti piedi,» ringhiò Romeo. Ne aveva abbastanza di quel coglione.

L'ex vicino di Maddie sbuffò una risata e squadrò Romeo dall'alto in basso. «Chi me lo impedirà? Tu? Sembra che qualcuno ti abbia già preso a calci nel culo. Due volte.»

«Conosci quei *criminali* che ti hanno fatto pisciare addosso? Anch'io ho un gilet come quello. E anche più di trenta dei miei fratelli. Ora... Stavi dicendo?»

«Stavo dicendo, 'Pronto, 112?'«

«Visitare un amico non è illegale, figlio di puttana. Quindi, avanti, chiama i fottuti sbirri e vedi dove ti porta.» Si aggiustò meglio la stampella sotto il braccio e zoppicò attraverso lo stretto corridoio. «Ricorda solo, so dove vivi.»

Più si avvicinava, più gli occhi del vicino si sgranavano. «È una minaccia?»

«Dannatamente giusto che lo sia.» In realtà, non aveva senso sprecare altro tempo lì, quindi Romeo si girò con cautela sulla gamba buona e zoppicò verso le scale.

«Pensavo che foste solo chiacchiere,» si sentì dire proprio prima dello sbattere della porta dell'appartamento. Insieme al rumore di una serratura che girava.

«Non ne vale la pena,» mormorò Romeo tra sé e sé e fece del suo meglio per non rompersi il resto delle ossa mentre tornava giù per le scale.

«Dov'è quella cazzo di donna?»

«Chi?» riempì l'orecchio di Romeo.

«Sai chi,» rispose lui impaziente.

«Non hai ancora imparato la lezione?» chiese Magnum.

Romeo si tolse il telefono dall'orecchio, lo guardo con un'espressione furiosa per qualche secondo prima di rimetterlo all'orecchio. «Dato che i Russo sono coinvolti, sono andato a controllarla ed è sparita.»

«Sì.»

«Sì?» fece eco Romeo.

«Questo ho detto.»

«Dov'è andata?»

«Fratello, pensi che condivida i suoi dannati piani con me? Perché non la chiami, cazzo?»

L'aveva fatto. Numerose volte. «Non risponde al telefono.»

«Forse questo dovrebbe dirti qualcosa.»

Romeo lasciò cadere la testa all'indietro e strinse i denti. «È solo incazzata adesso. Le passerà.»

«Vuoi saperlo così fottutamente tanto, chiama Shade e chiediglielo. Perché stai chiamando la persona sbagliata. Non ho fottutamente idea di dove sia. La mia ipotesi? È andata il più lontano possibile da te.»

Non stava andando da nessuna parte, quindi cambiò argomento. «Qual è il piano?»

«Per cosa?»

«Per riprendere quei figli di puttana.»

Magnum sbuffò. «Vuoi che andiamo in guerra con la dannata Mafia?»

«Non guerra. Solo sparargli un paio di colpi.»

«Un paio di colpi portano ad altro. Guarda cosa hanno fatto ai Deadly Demons. Hanno praticamente spazzato via quell'MC dopo essere stati traditi.»

«Noi non siamo quei Deadly Dumbasses.»

«Ascolta, fratello, ci ho pensato a lungo e fottutamente seriamente e ho deciso che dobbiamo prendere le decisioni migliori per mantenere questo club integro. Hanno un sacco di fottuti soldi dietro la loro organizzazione con accesso a molto di più. Hanno anche una fottuta potenza di fuoco molto migliore della nostra. Potrebbero facilmente eliminarci uno per uno finché non rimarrebbe più niente della nostra fratellanza. È quello che vuoi?»

La risposta di Magnum lo sorprese. Quando mai quell'uomo si era tirato indietro da qualcosa? Romeo giurava che si fosse ammorbidito con l'età. «Suppongo che tu abbia avuto un incontro con i Shadows a proposito di questo.» Doveva essere da lì che veniva tutta questa cautela.

«Non un incontro formale, ma sì, abbiamo discusso le nostre opzioni per affrontare quel tipo di organizzazione. Questi non sono un altro MC. Non sono quei coglioni dei

Warriors che ci sparano addosso e agli Angels. Avremmo bisogno di tutta la fottuta alleanza alle nostre spalle per affrontare un esercito siciliano e questo non succederà. Nessuno vuole iniziare una dannata guerra se possiamo evitarla. Abbiamo troppo da perdere.»

«A me sembrano un branco di fighette.»

Un forte sospiro raggiunse l'orecchio di Romeo. «Suggerisco di guardarti nel fottuto specchio, Rome, e chiederti se sei pronto ad affrontare La Cosa Nostra nelle tue fottute condizioni.»

«Non dico che dobbiamo farlo questa fottuta settimana, ma dobbiamo contrattaccare. Quello che mi ha fatto non può passare inosservato.»

Dopo una lunga pausa, Magnum disse, «Questa è una merda personale, fratello. Non c'entra un cazzo con il resto di noi.»

«Dici che non sosterrai il tuo presidente?»

«Per l'amor del cielo. Non è quello che ho detto. Sei finito nella merda che ti ho detto di evitare e ora vuoi che la trasformiamo in una tempesta di merda? Sii intelligente. Accetta le tue punizioni per essere stato stupido e lascia perdere.»

Romeo non poteva farlo. Capiva quello che diceva Magnum ma non doveva per forza piacergli. Poteva anche affrontare Smith – o Russo o qualunque cazzo fosse il suo vero nome – da solo. Ma non avrebbe semplicemente 'lasciato perdere'. Fanculo quella merda.

E, *sì*, era personale.

Quello che Smith aveva fatto a Maddie. Quello che Smith aveva fatto a lui.

Ma era comunque deluso dal fatto che il suo sergente d'armi non lo avrebbe sostenuto in questo. «La vecchiaia ti ha davvero ammorbidito il culo.»

«A differenza tua, più invecchio, più divento saggio. Inoltre, la mia testa è molto più fottutamente fredda ora di quanto non fosse prima. Ricorda che devo badare a tutto il dannato club, non solo a te.» Un rumore in sottofondo fece di nuovo fermare Magnum. «Devo andare. Ho una bambina che ha bisogno di me e quella bambina non sei tu.»

La linea si interruppe.

Forse avrebbe dovuto parlarne con Bishop e, se il suo vicepresidente fosse stato d'accordo, sottoporlo al consiglio per una votazione. Magnum non era l'alfa e l'omega. Poteva essere nel consiglio, poteva essere ai vertici della catena di comando dei Knights, ma era solo uno dei trentadue membri con la giacca.

Si sarebbe preoccupato di quella merda più tardi. In quel momento, era in missione. Doveva trovare Maddie e assicurarsi che stesse bene.

Scorse la rubrica del suo telefono fino al contatto di LZ e, quando lo trovò, premette Invia.

«Non sapevo avessi il mio fottuto numero,» furono le prime parole di Zeke.

Romeo non stava chiamando quel coglione presuntuoso per fare una conversazione amichevole. Aveva solo bisogno di informazioni. «Dov'è lei?»

«Lei?» chiese il primogenito di Zak Jamison. Quel moccioso che Sophie Jamison avrebbe dovuto ingoiare.

«Sai di chi cazzo sto parlando.»

«Non sono sicuro di saperlo.»

Romeo strinse i denti. Quel ragazzo era un coglione semplicemente perché poteva esserlo. «Dov'è andata Maddie?»

«Dopo che le hai fatto licenziare il culo? Dove credi?»

«Se lo sapessi, non starei chiamando il tuo culo. Si è presa un appartamento migliore?»

«Senza un dannato lavoro, non poteva fottutamente

permettersi l'appartamento che già aveva. Non aveva fottutamente altra scelta che traslocare, Rome. Dovresti essere tu a pagare il suo padrone di casa per la rottura del contratto non lei.»

«So che si è trasferita, ma dov'è andata? Qualcuno degli Angels l'ha accolta? O è tornata a nord?»

«Vado a fare un'ipotesi azzardata... Se voleva che tu sapessi dove cazzo è andata, te l'avrebbe detto.»

Romeo voleva ficcare uno dei suoi gessi nel culo di LZ. Quel moccioso non aveva rispetto per i suoi anziani. «Non sarai mai un presidente bravo come tuo padre.»

«Potrei essere bravo la metà di lui ed essere comunque mille fottute volte meglio di te.»

Romeo premette con forza il dito sul telefono per interrompere la chiamata e chiuse gli occhi, aspettando che la rabbia si placasse. Quando lo fece, provò di nuovo con Maddie. Come previsto, andò direttamente alla segreteria telefonica.

«Ho visto che ti sei trasferita. Fammi sapere che stai bene. Solo un messaggio o qualcosa del genere.» Riattaccò.

Le stava azzeccando tutte, cazzo. Si toccò la fronte col cellulare mentre pensava a cosa fare dopo.

Rintracciare Trip era fuori discussione. Parlare con Shade era decisamente fuori discussione. Scorse mentalmente un elenco di membri dei Fury che avrebbe potuto contattare senza farsi scoprire.

Poi lo colpì. Qualcuno che avrebbe potuto aiutarlo.
Castle.

I motociclisti neri dovevano tenersi uniti, giusto? E Castle avrebbe saputo se Maddie fosse tornata a casa. Inoltre non sarebbe stato una dannata spia.

Ma Romeo aveva il numero di Castle?

Scorse la sua lista di contatti. Aveva un sacco di numeri di molti motociclisti dell'alleanza, ma quello di Castle non c'era. Doveva rimediare.

Si scervellò su chi potesse avere il numero di Castle. Forse Cisco. Quei due sembravano essere uniti ogni volta che i club si riunivano.

Inviò rapidamente un messaggio al capitano della o della strada dei Knights. *Hai il numero di Castle?*

Venti minuti dopo, l'unico messaggio che ricevette furono le dieci cifre di cui aveva bisogno. Venti minuti e trenta secondi dopo, chiamò l'unico membro dei Black Blood Fury.

A ventuno minuti, ebbe la sua risposta.

Da un lato, era sollevato, dall'altro no perché ora doveva trovare un modo per portare il suo culo rotto a Manning Grove e tenerlo nascosto.

Capitolo Trentacinque

MADDIE RICEVETTE un messaggio da un numero che non riconosceva, *Trovato lavoro x te oggi se ti servono soldi.*

Anche se avrebbe certamente bisogno di soldi, non aveva idea di chi le stesse scrivendo. Molto probabilmente era qualche truffatore.

Chi sei? chiese, pensando che non avrebbe mai ricevuto una risposta se così fosse stato.

Sig. Telefono nuovo. Perso il vecchio.

Da quando la gente cambia numero di telefono quando compra un telefono nuovo? Era così anni '90.

Ma doveva ricordare che questi erano motociclisti e alcuni, se non la maggior parte, se ne fregavano dell'ultima tecnologia. Non si preoccupavano nemmeno di trasferire i numeri di telefono. Potevano facilmente inviare un messaggio di massa con il loro nuovo numero. Maddie era sicura di non essere in quella lista dei Fury.

Probabilmente Sig aveva bisogno che lei badasse ai bambini. Avevano salvato i tre giovani fratellastri di Autumn da una setta e li avevano presi con sé per crescerli come propri.

Da quando era tornata a casa, Maddie aveva inviato innumerevoli curriculum senza molte risposte positive. Probabilmente non aiutava il fatto che non avesse una buona referenza quando si trattava di Roger Smith. Mentre aspettava di ottenere un colloquio da almeno uno, i membri dei Fury e le loro donne le avevano affidato lavoretti strani per tenerla occupata e metterle un po' di soldi in tasca.

Finora, aveva aiutato al motel di proprietà del club, al garage di Dutch, fatto alcune commissioni per Justice Bail Bonds, fatto da babysitter e persino aiutato una notte molto impegnativa al Crazy Pete's Bar.

A che ora hai bisogno di me? rispose al vicepresidente del club.

ASAP fu la sua risposta.

Diede un'occhiata all'ora e sospirò. Aveva dei progetti con sua sorella minore Josie, ma se Sig e Red avevano bisogno di aiuto, allora Maddie voleva aiutare. Quella era la parte positiva dell'appartenere a un MC. Tutti erano considerati famiglia e si aiutavano a vicenda ogni volta che era possibile.

Okay, verrò da te tra un po'.

Prima che potesse scrivere a Josie per annullare i loro piani, ricevette un altro messaggio da Sig. *Non a casa.*

Si acciglió a quella notizia inaspettata. Perché non avrebbe voluto che lei badasse ai bambini a casa loro?

Allora dove?

I secondi scorrevano mentre aspettava la sua risposta.

Il Co-Z Inn.

Il cosa? *Un motel?* chiese. Il suo cipiglio si fece più profondo.

Dato che non ne aveva mai sentito parlare, fece una rapida ricerca su Google per scoprire dove si trovasse.

Non aveva alcun senso. Perché diavolo Sig avrebbe dovuto portare i bambini in un motel a Parsington?

Casa infestata da insetti. In disinfestazione.

Allora perché non sarebbero rimasti al The Grove Inn qui a Manning Grove? Poteva essere al completo?

Le ci sarebbero voluti buoni venticinque minuti, se non di più, per arrivarci.

Con un altro sospiro, chiese, *Numero di stanza?*

15

Sarò lì presto.

NON RIUSCIVA A IMMAGINARE che quella città fatiscente di Parsington fosse considerata una qualche sorta di 'destinazione' per i turisti. Almeno la pittoresca cittadina di Manning Grove attirava persone in visita al Pennsylvania Grand Canyon e in autunno arrivavano per i brillanti colori delle foglie autunnali.

Solo tre veicoli erano parcheggiati di fronte alle camere del The Co-Z Inn. Nessuno di loro era la moto di Sig, né il SUV della sua famiglia.

Mah.

Infatti, non riconobbe nemmeno l'auto di fronte alla camera quindici. Questo le fece drizzare i peli sulla nuca.

Era una specie di trappola? Stava per essere rapita? O peggio?

In piedi fuori dal suo Highlander, lasciò la portiera del guidatore aperta – nel caso in cui dovesse scappare – e si guardò intorno. Poi decise di mandare un messaggio a Sig per assicurarsi di non finire nei guai.

Sono qui. Vieni fuori.

Non avrebbe nemmeno bussato alla porta finché non

avesse saputo con certezza che si trattava di Sig e dei bambini. Aveva imparato la lezione dopo che i Fury avevano dovuto affrontare per anni i pericolosi pazzi che vivevano su Hillbilly Hill.

Porta aperta.

Non ci cascava. Assolutamente no.

Rispose rapidamente con un messaggio, *Se non esci, me ne vado e dovrai trovare qualcun altro che faccia da babysitter.*

Con il cuore che le batteva in gola, stava cominciando a credere che fosse davvero una specie di trappola.

Doveva andare. Ma prima di farlo, trovò il numero di telefono originale di Sig e lo chiamò. Andò direttamente alla segreteria telefonica. Gli mandò un messaggio subito dopo solo per assicurarsi che la perdita del cellulare fosse vera.

Dopo essere risalita sulla sua Toyota, chiuse le portiere mentre aspettava di vedere se riceveva una risposta e fissò la porta del motel per vedere se lui sarebbe apparso.

Quando la porta si aprì, il respiro le si mozzò.

Quando un uomo uscì, il suo cuore perse un battito.

Quello non era Sig.

A meno che non avesse cambiato razza, si fosse fatto crescere una barba più lunga e avesse preso venticinque chili.

Che diavolo?

Era una trappola! Una trappola organizzata da Romeo.

Figlio di puttana! Ora il suo polso batteva per una ragione diversa. Se fosse stata intelligente, era una ragione che doveva ignorare.

Il suo cervello le diceva che quell'uomo era un problema. Il suo cuore le diceva che non importava.

Il cuore voleva ciò che il cuore voleva, giusto?

Sbagliato!

Aveva bisogno che il suo buon senso fosse più forte del suo desiderio.

Quando Romeo zoppicò fuori dalla stanza del motel usando una stampella, notò che aveva dei gessi sia sul braccio sinistro che sulla gamba destra. Premendosi le dita sulle labbra, sussurrò, «Santo cielo.»

Che diavolo era successo? Aveva avuto un incidente con la sua moto?

Si fermò dove il marciapiede di cemento incontrava il parcheggio asfaltato e aspettò.

Lei rimase immobile sul suo sedile mentre una raffica di emozioni la travolgeva.

Rabbia.

Eccitazione.

Confusione.

Empatia.

E...

No.

Stai zitto, cuore!

Doveva andarsene. L'uomo ferito che la aspettava le aveva rovinato la carriera e non in senso buono. Una carriera che richiedeva anni di istruzione per poter lavorare sodo per un anno e mezzo sopportando un capo prepotente. Bastò che Romeo scambiasse 'due parole' con Roger perché lui distruggesse quella carriera in pochi minuti.

Romeo pensava di saperne più di lei.

Non aveva ascoltato e non aveva lasciato perdere come lei gli aveva chiesto.

Nonostante il suo fastidio, strinse i denti e uscì di nuovo dal suo veicolo per avvicinarsi a lui mentre i suoi occhi scuri seguivano ogni suo passo.

Si fermò proprio di fronte a lui e alzò il mento. «Mi hai ingannata.»

«Non saresti venuta se non l'avessi fatto.»

No, non ci sarebbe andata. «Hai avuto un incidente?»

«No.»

«Che è successo?»

Lui inclinò la testa verso la porta aperta della stanza del motel.

Sì, era una trappola. Voleva averla da sola e convincerla a perdonarlo. Lei si fece forza perché non era pronta a farlo.

Diavolo, forse non lo sarebbe mai stata.

Era disoccupata, disperata per un nuovo lavoro ed era stata costretta a tornare a casa per questo. A causa sua.

I suoi occhi saettarono da Romeo alla stanza del motel e viceversa.

Scosse la testa. «No. Non te la caverai così, Rome. Non mi importa se sei stato investito da un autobus.» Era una bugia, ma lui non aveva bisogno di saperlo.

«Dannazione,» sussurrò lui.

«Mi hai sconvolto la vita, ora vuoi che ti perdoni? Così?» Schioccò le dita.

«Non ti chiedo perdono. Ti chiedo di entrare così abbiamo un po' di privacy.»

Stronzate. Voleva averla da sola per poter toccare le corde del suo cuore. «Non credo di aver bisogno di sentire niente di quello che hai da dire. Hai già detto abbastanza. A Roger.»

Quando il suo telefono fece un «ding«, lei lo guardò. Sig le aveva risposto, *Ma che diavolo stai dicendo?*

Almeno questo provava che Sig non era coinvolto. Se lo fosse stato, non avrebbe mai perdonato nemmeno lui. «Mi chiedo come si sentirebbe Sig sapendo che hai finto di essere lui?»

Romeo fece un cenno con il mento verso il cellulare nella sua mano. «È lui?»

«Sì. Dovrei dirgli che mi hai ingannato?»

«Solo se vuoi rendere la mia vita uno spettacolo di merda ancora più grande di quello che è adesso.»

«Perché dovrebbe importarmi? Me l'hai fatto tu.»

Lui sospirò, abbassò la testa e si strinse la fronte. «Non *devi* perdonarmi, Maddie. Ti chiedo solo di ascoltarmi.»

«Tu non mi hai ascoltato. Se l'avessi fatto, avresti lasciato perdere le cose come stavano.»

«Sì,» ammise lui dolcemente.

«È una scusa?» Non che una scusa avrebbe riparato quello che aveva rotto, ma almeno avrebbe mostrato rimorso.

Il suo petto si sollevò e si abbassò lentamente. «Ho fatto un casino e me ne pento.»

Le sue sopracciglia si inarcarono. «È un 'mi dispiace'?»

«No. Non mi dispiace. Una volta che mi avrai ascoltato, saprai perché.»

Lei allungò una mano. «Allora parla.»

Lui scosse la testa. «Non qui fuori.»

«Non credo che nessuno ti sentirà, Rome. Questo posto è una discarica deserta.» Quando si guardò intorno per sottolineare il suo punto, notò qualcosa che le era sfuggito al suo arrivo.

E questo avrebbe potuto essere pericoloso se fosse stato qualcuno che voleva farle del male.

«Chi c'è in macchina?» Chiunque fosse, era sprofondato nel sedile, rendendolo difficile da individuare.

«Una recluta.»

Certo. Nelle condizioni in cui si trovava, non poteva guidare da solo. Né andare con la sua moto. Ma almeno non aveva una qualche oca come compagna di viaggio.

«Lo farai aspettare in macchina?»

«Non è un cane o un moccioso. Cazzo, sopravviverà.»

Si morsicò le labbra per combattere la sua reazione per un secondo prima di richiudere rapidamente l'acciaio intorno al suo cuore. Avrebbe avuto bisogno di una torcia per sfondarlo. «Perché sei venuto qui se non sei qui per scusarti?»

«Voglio spiegare.»

«Avresti potuto farlo con una telefonata.»

«Non rispondi al fottuto telefono!» urlò prima di controllare visibilmente la sua impazienza.

«Allora avresti potuto scrivere una lettera.»

«Gesù Cristo,» mormorò.

«E includere un assegno per tutte le difficoltà finanziarie che sto attraversando ora. A quanto pare, ne sei consapevole visto che l'hai usato per attirarmi qui.»

«Per l'amor del cielo, Maddie. Se vuoi andare da qualche altra parte, possiamo farlo. Non è che ci proverò con te. Sono piuttosto inutile in questo momento.» Fece un gesto su e giù lungo il suo corpo con il braccio illeso.

Considerò le sue ferite. Almeno quelle che poteva vedere. Aveva ragione. Sarebbe stato innocuo e incapace di convincerla ad andare a letto con lui.

Guardò di nuovo la stanza del motel aperta. Forse non sarebbe stata rapita, ma si ricordò che era comunque una trappola.

Una trappola in cui stava per cadere.

«Bene. Non vedo l'ora di sentire quello che hai da dire.» Lo guardò negli occhi e lo avvertì, «È meglio che ne valga la pena.»

Quando si diresse nella stanza, sentì il tonfo della stampella e alcuni grugniti soffocati mentre lui la seguiva.

Appena superò la soglia, chiuse la porta e vi si appoggiò con la schiena. La sua espressione era tesa e le labbra serrate.

Aveva forse dolore?

Peccato davvero.

Capitolo Trentasei

Maddie si sedette sul bordo del letto e lo osservò attentamente mentre cercava di nascondere il suo dolcre.

Dannazione.

Non avrebbe dovuto provare pena per lui, ma la provava. La sua carriera riguardava l'aiutare le persone, non augurare loro di soffrire.

Chiuse gli occhi e respirò finché non lasciò andare un po' della sua rabbia e frustrazione nei suoi confronti. Non tutta, ovviamente, perché aveva bisogno di usarla come carburante per mantenere intatto il suo cuore, ma abbastanza per ascoltarlo e prendere in considerazione qualunque cosa avesse da dire.

Con la mascella serrata, si aggiustò la stampella, si staccò dalla porta e zoppicò più vicino finché non si trovò a pochi passi da dove lei sedeva.

Ma più si avvicinava, più era facile percepire il suo profumo familiare e più forte le batteva il cuore. Quella reazione indesiderata la fece sbottare, «Ti do quindici minuti.

Non un minuto di più.» Diede un'occhiata all'ora sul suo cellulare. «Inizia adesso, quindi faresti meglio a parlare.»

Quello che aveva appena detto lo aveva infastidito? Bene. Dato che lei si era compromessa entrando nella sua stanza del motel, lui doveva seguire la sua regola per tenerla lì e ascoltare qualunque cosa avesse da dire.

Lei gli ricordò, «Il tempo scorre...»

Si appoggiava davvero molto a quella stampella. Era rimasto apposta in piedi in modo che lei provasse un po' di compassione per lui?

«Avevi ragione quando hai detto che quel coglione aveva dei contatti. Solo che non sono i contatti che pensavi.»

Maddie scosse la testa confusa. «Cosa intendi?» Questa non era la conversazione che si aspettava.

«Il vecchio Roger è collegato a La Cosa Nostra.»

La sua testa sobbalzò. «La cosa?»

«La dannata Mafia di Pittsburgh.»

Quella risposta inaspettata le fece sgranare gli occhi. «C'è la Mafia a Pittsburgh?» Come faceva a non saperlo? Era una cosa risaputa e lei se l'era persa in qualche modo?

«Sì, Maddie, c'è la fottuta Mafia a Pittsburgh. Ecco la prova.» Cercando dove le indicava il viso, si rese conto che in alcuni punti era più scuro del normale, come intorno agli occhi. Come aveva fatto a non notare che erano lividi e non un gioco di luci e ombre? Anche il suo naso era gonfio e leggermente più storto?

Si scosse mentalmente per combattere l'ondata di simpatia. Doveva tornare all'argomento principale... «Come è collegato?»

«Chiedilo a chi cazzo ne sa...» Soffiò, poi fece una smorfia. «In realtà, mi hanno picchiato a sangue e lui sembra essere un Russo sotto mentite spoglie.»

«Un Russo?»

«Sì, quelli siciliani che comandano a Burgh.»

«Roger è siciliano?» Niente di tutto questo aveva senso.

Sospirò con impazienza. «Donna, quella parte non è importante. La cosa importante sono i suoi legami con quell'organizzazione. Hanno un sacco di potere e un sacco di soldati che fanno il loro lavoro sporco. Molto più della nostra alleanza di MC.»

«Allora, perché il suo cognome è...» Si batté il palmo della mano sulla fronte. «Santo cielo. Certo! Smith è un nome falso, non è vero?»

«Deve esserlo.»

«Ma perché avrebbe bisogno di usare un nome falso?»

Romeo alzò una spalla. «Molto probabilmente perché il posto dove lavoravi non fosse collegato a quella famiglia criminale. Potrebbe essere che usino quel posto per riciclare denaro. Chi cazzo lo sa. Il fatto è che ha dei contatti. Contatti con cui non vuoi avere a che fare.»

«I suoi contatti con la squadra sportiva professionistica erano una bugia?» Se aveva sofferto a lavorare per quel coglione per un anno e mezzo quando non l'avrebbe mai portata da nessuna parte...

«Non so dirtelo. Ma se così fosse, potrebbe anche essere il motivo per cui usa Smith come cognome. Sicuramente quelle squadre non vogliono essere collegate a nessuno della dannata Mafia.»

Non riusciva a immaginare che lo volessero. Diavolo, lei non avrebbe lavorato per lui se lo avesse saputo.

Se tutto questo era vero, Roger lo aveva nascosto bene.

O... Romeo le stava mentendo?

Aveva davvero avuto un incidente con la sua moto e si era inventato questa storia semplicemente per tornare nelle sue grazie?

Si sarebbe abbassato a tanto?

Studiò l'uomo di fronte a lei. La maggior parte degli incidenti motociclistici provocava escoriazioni stradali. Romeo non sarebbe sfuggito a qualche graffio se l'incidente fosse stato abbastanza grave da causare ossa rotte e altri lividi.

«Togliti la maglietta.»

La sua testa sobbalzò all'indietro. Molto probabilmente perché non si aspettava quella richiesta. «Normalmente, mi andrebbe bene. Non oggi.»

Interessante. «Ti ho già visto nudo prima.» Molte volte.

«Non c'entra l'essere nudo. C'entra l'avere le costole rotte.»

«Cosa hanno usato?»

«Un cric. Stivali. Pugni.»

Si alzò in piedi e si mise faccia a faccia con lui. «Quando sono ossa contro un cric, di solito le ossa si rompono prima dell'acciaio. Voglio vedere.»

«Perché? Così puoi fottutamente pungermi le costole? Farmi soffrire per averti fottuto la vita?»

«Tentatore,» mormorò, infilando le mani sotto la sua giacca e sfilandogliela.

Lui non la fermò, ma la avvertì con un «Attenta.»

Lei sollevò il suo giubbetto nella mano. «Con questo? O con te?»

Qualcosa balenò dietro i suoi occhi scuri. «*Entrambi.*»

Sapeva quanto fosse importante una giacca per i membri del club e che doveva trattarla con rispetto. Rappresentava il loro stile di vita. Rappresentava la loro fratellanza, la loro famiglia ritrovata, la loro lealtà reciproca. Rappresentava il loro tutto.

Girando la testa, lui la guardò appoggiarla sull'unica sedia della piccola stanza e tornare a stare di fronte a lui. Rimase in silenzio, con solo qualche smorfia, mentre lei lentamente e con cautela gli tirava su la maglietta dai jeans, lavorandola con attenzione intorno al gesso sul braccio e alla stampella. Una volta che il suo ampio torace fu scoperto, lei gettò la maglietta sul letto e gli girò intorno, usando sia gli occhi che un tocco leggero per controllare ogni centimetro che poteva vedere.

Il suo magnifico corpo era decisamente danneggiato. Non assomigliava per niente all'ultima volta che lo aveva visto nudo.

Solo il ricordo dell'ultima volta che avevano fatto sesso le fece diventare il respiro corto e la vagina contrarsi.

Dio, perché quest'uomo la rendeva debole? Perché doveva continuare a ricordarsi cosa aveva fatto e cosa quell'azione le aveva causato.

Non poteva certo perdonarlo così facilmente. Ammesso che volesse farlo.

Saltò le costole e tutti i lividi visibili, anche se alcuni erano più difficili da individuare a causa della sua pelle scura e dei numerosi tatuaggi. Non trovò escoriazioni stradali e le ferite visibili erano coerenti con un pestaggio e non con un incidente con la sua moto.

Le aveva detto la verità. Non stava solo cercando di farsi perdonare. Ma questo significava anche che quello che diceva su Roger poteva essere vero.

Il suo ex capo era davvero legato alla *Mafia*? Era da lì che derivava la sua arroganza? Era una persona più orribile di quanto Maddie avesse mai capito?

Romeo disse che le persone che lo avevano aggredito lo avevano picchiato con un dannato cric. Non riusciva a capire come non stesse peggio. O morto. «Gesù, Rome. Come mai non ti hanno rotto più ossa di quelle che hanno fatto?»

«Sono abbastanza sicuro quando dico che Gesù non mi

ha aiutato. Immagino che pensasse che mi meritassi quel calcio nel culo come avvertimento. Se Wick non fosse uscito sul retro per una sigaretta, sarebbe andata peggio.»

Grazie a Dio per Wick! «Hai intenzione di vendicarti?»

Romeo non avrebbe mai lasciato correre quello che gli era successo. Avrebbe voluto vendetta nonostante la sua affermazione che La Cosa Nostra avesse un esercito più grande dell'alleanza MC. E tra i tre club, quella fratellanza motociclistica combinata era piuttosto grande e potente.

Avevano anche i Shadows di Diesel alle loro spalle. Anche se quei sei ex membri delle forze speciali stavano invecchiando, erano comunque più pericolosi di più di una dozzina di motociclisti.

«Non posso fare un cazzo adesso.»

Non aveva nemmeno detto che alla fine non l'avrebbe fatto. Ma... avrebbe cercato di gestirla da solo? Non riusciva a immaginare che Trip o Zak volessero scontrarsi con la Mafia e iniziare una grande guerra. In quel momento, le cose erano tranquille e serene nei loro mondi. I loro club e le loro famiglie in espansione erano al sicuro.

«Sei preoccupato che ti vengano di nuovo a cercare? Non so molto della Mafia, tranne quello che ho imparato dai film e dalla TV. Non riesco a immaginare che sia una rappresentazione accurata.»

«Abbastanza dannatamente vicino.»

Se fosse stato vero, che Romeo fosse un bersaglio della Mafia era più che preoccupante. «Avrebbero potuto ucciderti, Rome.» Cos'era quella misteriosa fitta agli occhi?

Si rifiutò di piangere per l'uomo che le aveva rovinato il futuro. Non importa quanto fosse ferito. Non importa se quello che gli era successo fosse una specie di karma. Un karma che lei non aveva ordinato.

Non avrebbe mai voluto che fosse gravemente ferito o

morto. Nonostante quello che aveva fatto e quanto lei avesse sofferto da allora.

Con il suo braccio buono, si allungò, le afferrò il mento e le sollevò il viso verso il suo. «Ti sarei mancato se l'avessero fatto?»

«Non fa nemmeno ridere, Rome.» Se non fosse stato ferito, lo avrebbe respinto per il suo tentativo di fare leva sulle sue emozioni. Invece, cercò di non lasciare che il suo tocco scalfisse ancora di più il rivestimento d'acciaio del suo cuore.

«Sì, ovvio. Non stavo ridendo quando mi hanno teso un'imboscata, ma ridere adesso farebbe davvero schifo.» Si fermò prima di dire, «Non volevano uccidermi. Mi stavano dando un avvertimento, facendo una dichiarazione. Se mi avessero voluto morto, non sarei qui adesso. Avrebbero potuto facilmente eliminarmi da lontano, accoltellarmi in mezzo alla folla o farmi investire da uno dei loro fottuti camion della spazzatura mentre andavo con la mia moto.»

«Romeo,» gli sussurrò, cercando di non immaginare niente di tutto ciò.

Abbassò ancora di più la testa, bloccando i loro sguardi. «Sì, mi mancheresti.»

Essere picchiato duramente non aveva certo frenato la sua arroganza.

Si fece indietro e si liberò dalla sua presa. «Hai capito male. Non voglio che nessuno venga ferito o ucciso in quel modo. Non tu.» *Ma specialmente tu.*

«Cazzate. Sai cosa fa più schifo di tutta questa merda?»

«Il dolore?»

«No. La parte peggiore è che non posso scoparti.»

Certo. Scopare era una priorità più alta persino del respirare per quest'uomo.

«Le tue ferite non sono ciò che lo impedisce, Rome. Ci vogliono due per ballare e questa donna non ha voglia di ballare con te. Hai detto che mi avresti spiegato perché sei a Parsington e perché mi hai ingannato per farmi venire qui. Non ho ancora sentito una spiegazione e i tuoi quindici minuti stanno per scadere.» Aveva bisogno di sentire quello che aveva da dire, in questo modo poteva andarsene prima che la sua risolutezza si sgretolasse completamente e lei cadesse nel suo fascino.

O mancanza di fascino.

«Ti racconterò di mia madre.»

Beh, dannazione, quello era un completo cambio di argomento. Ma dal modo in cui lo aveva detto, aveva la sensazione che questa 'spiegazione' non le sarebbe piaciuta. Si sistemò di nuovo sul bordo del letto.

«Lei è la ragione per cui mi sono intromesso anche quando mi hai detto di non farlo.»

«Hai detto che se n'era andata.»

«Se n'è andata. Mi manca ancora ogni fottuto giorno.»

La sua gola si strinse per la dolorosa perdita nel suo tono e nell'espressione del suo viso.

Altre prove che questa storia non le sarebbe piaciuta. Per niente.

«Ho visto quello che è successo a te succedere a lei.»

Cosa? «Con il suo capo?»

Lui scosse la testa. *«Il suo ultimo uomo.»*

Il suo ultimo uomo. Lei si accigliò. «Tipo un fidanzato?»

«Sì.» Sospirò. «Sapeva proprio come sceglierli. Persino il bastardo da cui sono nato. Giuro che era una calamita per ogni fottuto perdente e approfittatore. Ma quell'ultimo...» Scosse la testa e tirò un sospiro. «Con lui, l'ho vista perdersi a poco a poco finché non è rimasto altro che un dannato guscio vuoto. Quel figlio di puttana le aveva fottutamente fatto il lavaggio del cervello con tutte quelle manipolazioni. Le faceva credere che le cose fossero vere quando erano una completa bugia. Niente di quello che dicevo le avrebbe fatto cambiare idea e tutto era difficile da guardare. L'ho supplicata di lasciarlo. Ho provato come un dannato a convincerla. Ma la sua influenza era molto più forte. Le faceva credere di essere inutile. Che non era niente senza di lui. Alla fine è diventata un'ombra della madre che ricordavo. Si è arrivati a un punto in cui non ce la faceva più...»

Quando smise di parlare, lei aspettò un po' prima di pungolarlo con, «Hai detto che se n'era andata.»

«Sì.»

Lei si chiese se chiederlo – o anche come chiederlo – ma aveva bisogno di sapere tutta la storia. «L'ha uccisa lui?»

«Non con le sue mani.»

Lei sbatté le palpebre e lasciò che la sua mente riordinasse quello che aveva detto prima di concludere dolcemente, «Ma con le sue.»

«Sì.»

Santo cielo. «Quanti anni avevi?»

«Dieci.»

Santo cielo! «Tu non... l'hai trovata, vero?» *Ti prego, di' di no. Ti prego, di' di no. Ti prego, di' di no.*

«Il bastardo l'ha fatto. E il fottuto colpo di grazia è stato che lei gli ha scritto un dannato biglietto. Non ha lasciato niente per me.»

Si portò una mano al cuore perché una freccia aveva trafitto l'acciaio.

L'immagine appesa al muro a casa sua le balenò nella mente... «È stato allora che ti ha preso tua zia.»

«Sì.»

«Dov'è adesso?»

Il suo mento si sollevò e la sua espressione si fece di cemento. «Dove credi?»

Certo. «Non riuscivo a immaginare che gliel'avresti fatta

passare liscia.» Proprio come non si sarebbe aspettata che Romeo lasciasse correre quello che Roger e la sua 'famiglia' gli avevano fatto.

«Avrei dovuto farlo prima. Forse lei sarebbe ancora qui.»

Oh certo. Era perfettamente normale che qualcuno di meno di dieci anni facesse sparire l'amante di sua madre. Non era nemmeno normale per gli adulti! «Eri un bambino, Rome. D'altra parte, tua madre era un'adulta. Ha preso le sue decisioni, buone o cattive che fossero. È rimasta con lui nonostante il modo in cui la trattava.»

«Come hai fatto tu?»

La sua situazione non era esattamente la stessa di quella di sua madre. Roger era il suo capo, non il suo compagno. Se avesse dovuto avere a che fare con Roger ventiquattro ore su ventiquattro, sette giorni su sette... «Intendi finché non mi hai tolto la scelta.»

«Non pensavo che le cose andassero a finire così. Sei venuta da me a causa dello stress che quel figlio di puttana ti stava causando. L'ho visto, donna, con i miei stessi occhi. Non posso dire di aver odiato che tu finissi nel mio letto a causa di questo, ma ho odiato il motivo.»

«Ti stai forse spacciando per un eroe per avermi fatto licenziare? Voglio essere sicura di aver capito bene.»

Lui sbuffò, «Non sono un eroe. Che diavolo, non stavo certo a guardare quell'idiota continuare a farti quello che quel figlio di puttana ha fatto a mia madre. La gente ha paura di essere picchiata a sangue fisicamente. Essere distrutti mentalmente fa male quanto essere presi a botte. Se non peggio. Le mie ossa rotte guariscono in poche settimane. Una mente spezzata non si rimette così in fretta. A volte non si riprende mai.»

«Mi dispiace che sia successo a tua madre. Mi dispiace che ci siano persone del genere al mondo. Mi dispiace che tu non mi abbia raccontato prima quello che è successo a tua madre.»

Le sue sopracciglia si inarcarono. «Avrebbe fatto la differenza?»

«Non lo so,» gli rispose onestamente. «Ero determinata a lavorare per il mio lavoro dei sogni e pensavo che lavorare per Roger mi avrebbe aiutato a realizzarlo. Ma anche se mi fossi sbagliata e lui non potesse o non volesse aiutarmi, senza una buona referenza...»

«E io ti ho rovinato la buona referenza.»

«Non era solo una referenza, Rome. Era solo un pezzo del puzzle.» Lei elencò il resto uno per uno. «Avevo bisogno di un impiego costante, della giusta esperienza e delle ore necessarie per essere anche solo considerata per quel tipo di posizione. Non avrebbero mai guardato nessuno con il poco tempo che avevo lavorato con i pazienti.»

«Non so come rimediare.»

Santo cielo, sembrava sincero? Si sentiva davvero in colpa per quello che aveva fatto e voleva fare ammenda?

Poteva perdonarlo? Questo restava da vedere. «Non credo che tu possa. Posso solo sperare che qualcuno mi dia una possibilità così posso ricostruire il mio curriculum. Ma, onestamente, se Roger avesse davvero dei contatti con quelle squadre sportive, allora sono fregata sotto quell'aspetto. Se voglio continuare a lavorare per il mio sogno – e lo voglio – allora potrei dovermi trasferire in un altro stato con squadre diverse. Squadre su cui Roger non avrà alcuna influenza.»

Però non voleva davvero farlo. Anche se non voleva vivere con la sua famiglia, o nemmeno a Manning Grove, non voleva nemmeno trasferirsi abbastanza lontano da rendere le visite più faticose. Era legata alla sua famiglia e voleva che rimanesse così. Inoltre, non avrebbe avuto nessuno alle sue spalle se avesse avuto bisogno di qualcuno.

Aggiungici il fatto che a Shade non sarebbe piaciuto che lei fosse così fuori portata. Non aveva mai nascosto il fatto che lei, Josie, la loro madre e Jude gli appartenevano ora. Erano sotto la sua protezione e lui prendeva la cosa sul serio.

Se fosse successo qualcosa a uno di loro, non avrebbe lasciato altro che terra bruciata.

Capitolo Trentasette

«Ho inviato curriculum ovunque. Senza una buona referenza, dovrò accettare qualsiasi colloquio mi capiti, non importa dove si trovi.»

Col cazzo che Maddie si trasferiva in qualche altro fottuto stato. Quella era una dannata stronzata.

«Shade non ti lascerà andare da questa parte dello stato,» disse Romeo con più sicurezza di quanta ne provasse. Sperava con tutto il cuore che quello che aveva detto fosse vero.

«Potrebbe non piacergli, ma non governa la mia vita.» Gli lanciò un'occhiata significativa. «Nessuno lo fa. E quello che hai fatto mi ha messo tra l'incudine e il martello, Rome. Non è una decisione che voglio prendere, ma potrei non avere scelta.»

«Hai sempre una scelta,» brontolò lui.

Odiava quella risposta scontata perché non era sempre vera. «Oh, certo. Intendi la scelta di lavorare in una delle attività dei Fury praticamente gratis o pulire i tavoli al Coffee and Cream per il salario minimo? Non sono andata a scuola per anni per questo. Scusa, ma non rinuncerò al mio sogno o ai miei obiettivi di carriera a causa di Shade.» Poi aggiunse, «O tua.»

Doveva escogitare un piano per tenerla nella Pennsylvania occidentale. «Ho un lavoretto per te.»

Lei roteò gli occhi. «Certo che sì. Fare cosa? Essere una cuoca o servire al bar da Dick's? Se volessi fare quello per vivere, potrei lavorare da Crazy Pete's.»

«Ho bisogno della tua esperienza.»

«La mia esperienza?» La sua voce si alzò di tono. «Per cosa?»

«Il dottore ha detto che avrò bisogno di un fisioterapista una volta che questi fottuti gessi saranno tolti.»

«Posso raccomandartene uno bravo.»

«Ne ho già uno bravo.»

«Sono sicura di poterti trovare uno competente più vicino. Non c'è bisogno di guidare per ore a nord per vedermi.»

«Non è vero. Ho un sacco di altri fottuti motivi per venire a trovarti.» Non solo doveva convincerla a occuparsi della sua fisioterapia, ma anche a tornare a sud per farlo.

«Dimmene uno.» Maddie alzò un dito e aggiunse, «A parte il sesso.»

«Ho un intero elenco.»

«Okay, sentiamo.»

Merda. Non si aspettava di essere messo alle strette su quella affermazione. Avrebbe dovuto saperlo. Maddie era intelligente e non si faceva mettere i piedi in testa. Ma...

Se pensava che si sarebbe aperto in due dandole quell'elenco... *Fanculo*. Stava già facendo cose non normali per lui solo guidando a nord per vederla. Raccontandole di sua madre. Non condivideva mai cose personali con le donne e certamente non le inseguiva.

Cazzo. Se quella non era una doccia fredda...

Ancora non capiva la sua ossessione per lei. Perché non riusciva a smettere di pensarla giorno e notte. Cosa rendeva Maddie diversa dal resto delle sue conquiste? La risposta avrebbe *dovuto* essere 'niente'.

Solo che non lo era.

Il suo petto si strinse quando un panico inaspettato cominciò a farsi strada. «I miei quindici minuti non sono finiti?»

Le sue sopracciglia si inarcarono. «Sono disposta a prolungare il tuo limite di tempo per questo.»

Gesù Cristo. «Stai fraintendendo.»

«Dubito che sia così.»

«Maddie, non potevo semplicemente stare a guardare quel coglione abusare di te in quel modo.» Nessuno che si prendesse cura di lei lo avrebbe fatto. Se qualche membro dei Fury avesse saputo che Smith era un totale stronzo con lei, certamente sarebbe intervenuto e se ne sarebbe occupato.

«Beh, hai decisamente risolto il problema. Solo che non nel modo che avrei preferito. Sarebbe stato molto più karmico per me lasciare il suo impiego una volta ottenuto il lavoro dei miei sogni. Mi sarei gustata la faccia di quello stronzo nel consegnare le mie due settimane di preavviso.»

«Karmico?» Quella era una dannata sfilza di parole.

Le sue labbra si arricciarono leggermente agli angoli mentre spiegava, «La soddisfazione di vedere il karma in azione.»

«Ti ha dato un karmagasmo?»

Un sorriso le sfiorò le labbra prima che lei le stringesse insieme per soffocarlo.

Cazzo, quanto gli fece venire voglia di rivederla avere un orgasmo. Sfortunatamente, non sarebbe successo presto.

A meno che non diventasse creativo.

Certo, lei non sarebbe stata disponibile in questo momento. Aveva altro lavoro da fare...

Il suo cervello doveva essere in tilt. Ancora non riusciva a capire perché gli importasse che lei avesse ignorato tutti i suoi messaggi e le sue chiamate.

Perché lo disturbava così tanto?

E perché il suo cuore faceva cose pazze quando l'aveva vista parcheggiata fuori?

O uscire dalla sua Toyota.

O entrare nella sua stanza del motel.

Quelli erano segni che era fottutamente rotto, giusto?

In passato, era stato sollevato quando le donne semplice-mente scomparivano dalla sua vita.

Nessun 'addio' era necessario. A dire il vero, se se ne andavano tranquillamente da sole, la sua vita diventava molto più semplice.

Niente lamenti. Niente strilli. Niente stalking.

Niente fottuto dramma.

Allora, perché cazzo era lì?

Aveva detto di avere una lista di ragioni. In realtà, ce n'era solo una.

Lei.

«Hai ragione. I tuoi quindici minuti sono scaduti.» Si alzò dal letto. «Devo andare. Grazie per la spiegazione e mi dispiace per quello che è successo a tua madre. Mi dispiace che tu l'abbia persa in quel modo. Ma quello che ti è successo, Rome, è colpa tua. Quello che hai fatto è stato sconsiderato. Non ti ho detto di picchiare Roger. L'hai fatto da solo. Ti ho detto mille volte di starne fuori, ma non hai potuto. Ora, non solo sono disoccupata e forse nella lista nera, ma ti hanno ridotto a pezzi.» Si diresse verso la porta. «Buona vita, Rome. Cercherò di fare lo stesso.»

Alzò la stampella e la usò per bloccarle il passaggio. Non aveva ancora finito con lei. «Potrei darti una vita fantastica, Maddie. Potrei darti tutto quello che vuoi.»

I suoi occhi si sgranarono. «Tutto quello che voglio? Credo che tu ci abbia già provato e guarda dove è finito. Sei davvero disposto a rinunciare al tuo titolo di Stallone Supremo? Ti senti bene? Hai la febbre?»

«Ho qualche acciacco,» rispose lui. «Capisco che non pensi che io sia serio, ma lo sono. Potresti tornare con me.»

I suoi occhi castani si fecero ancora più grandi. «E fare cosa?»

«Indossare la mia giacca.»

Per l'amor del cielo. Gli era davvero uscito di bocca? Non aveva mai voluto una donna e pensava che sarebbe morto scapolo. Rimanere libero fino alla fottuta fine.

Nessuno a cui rendere conto. Nessuna donna che continuasse a parlare di stronzate nel suo orecchio. Nessuna lunga lista di cose da fare. No...

Tirò un sospiro.

Niente Maddie.

La stretta al petto tornò.

Tutto questo era la prova che gli scagnozzi di Smith gli avevano scosso il cervello e scombinato i fili.

Una risata secca le sfuggì. «Perché? Non hai bisogno di me. Hai delle oche che fanno quello che vuoi.»

Aveva ragione.

Ma si sbagliava anche.

Aveva bisogno di lei.

Non per farsi coccolare o fare da infermiera.

Non solo per il sesso.

«Dirò a tutti che sei mia.»

«Ma non lo sono.»

«Hai solo bisogno di un po' di persuasione.»

«Pensi che sia tutto ciò che ci vorrà? Se è così, sei semplice.»

«Come una vita semplice.»

«Allora dovresti viverne una, ma so che essere il presidente di un MC è tutt'altro che semplice. Per anni ho guardato Trip guidare i Blood Fury. È un duro lavoro e molta responsabilità. Ora che ci penso, come diavolo sei diventato presidente?»

Dannazione. Quello era un colpo basso, ma non la prima volta che gli veniva chiesto. «Ho delle capacità.»

«*Mmm hmm.* Quali capacità sono quelle? La capacità di togliere i reggiseni con una mano? O di convincere una donna a togliersi la gonna? Mangiare figa?»

L'ultima era sicuramente una delle sue maggiori capacità e non si vergognava ad ammetterlo. «Ti sei dimenticata quanto sono bravo a mangiare figa? Hai bisogno che te lo ricordi?»

Con le labbra strette, i suoi occhi lo squadrarono dall'alto in basso. «Non credo che tu sia in forma per quello, ma grazie per l'offerta.»

«Non sarò così per sempre.» Il suo cervello poteva essere rotto, ma la sua bocca no. Ci sarebbe voluta solo un po' di attenta pianificazione.

«Immagino che tu non abbia capito l'indizio quando sono tornata a casa e ho bloccato il tuo numero.»

«A proposito di quello—»

Lei alzò una mano. «Ascolta... Anche se fossi interessata a essere la tua signora, è risaputo che non potresti mai impegnarti con una sola donna, Romeo. Non è nella tua natura e io non sono stupida. Se e quando mi sistemerò, voglio che sia con un uomo che amo e rispetto e che fa lo stesso in cambio.

Qualcuno che supporta le mie decisioni, che gli piacciano o no. Qualcuno leale e che ha occhi solo per me. Qualcuno che non si annoierà e non tradirà. Non credo che tu corrisponda a quella descrizione.»

Aprì la bocca per dirle che si sbagliava e che lei sarebbe stata l'eccezione, ma la richiuse rapidamente. Mai nella sua dannata vita aveva pensato che avrebbe dovuto lavorare così duramente per convincere una donna a indossare la sua giacca.

E perché avrebbe dovuto? Di nuovo, cosa cazzo c'era che non andava in lui?

Il suo piano non era stato quello di venire a Manning Grove per convincerla a indossare la sua giacca, a diventare la sua signora, era solo per...

«Giusto,» mormorò finalmente.

«Come pensavo. Ora... dato che chiaramente non hai bisogno di una babysitter, dovrei andare.»

Ancora una volta, bloccò la sua uscita usando la stampella. «Dato che sono ferito, una babysitter non farebbe male.» Soprattutto se fosse lei.

«Ne hai già una. Sta aspettando in macchina,» le indicò la porta con la testa, «ed è gratis. Io faccio pagare a ore.»

«Cosa include la tua tariffa oraria?»

«Scaldare al microonde le crocchette di pollo e accendere i tuoi cartoni animati preferiti.»

Un lato della sua bocca si sollevò. «Non minacciarmi con un bel momento.»

Finalmente anche lei abbozzò un sorriso. «Grazie per aver dimostrato che sei semplice.»

«Ho detto vita semplice.»

Aveva bisogno di escogitare un piano migliore. Improvvisare non stava funzionando.

Si scervellò. Cosa diavolo piaceva alle donne?

Non ne aveva idea. Non aveva mai 'frequentato'. Non aveva mai dovuto 'corteggiare' nessuna di loro per spogliarle.

Voleva solo una cosa da loro e preferiva le donne che volevano solo la stessa cosa da lui.

Cena? Drink? Film? Non ne aveva fottutamente idea. Ma tutti dovevano mangiare prima o poi, quindi... «Cena con me.»

La sua testa sobbalzò all'indietro. «Cosa? Perché?»

Quella richiesta non avrebbe dovuto essere così dannatamente scioccante. *Gesù*. «Perché cazzo no? Dobbiamo entrambi mangiare, giusto?»

«Ma vuoi che mangiamo *insieme*. Tipo in un ristorante con i tavoli?»

«Che cazzo, donna?» mormorò lui scuotendo la testa.

«Quand'è l'ultima volta che hai portato una donna a cena fuori?»

Mai. «Abbiamo mangiato insieme da Dick's.»

«Ci siamo infilati del cibo in bocca stando in piedi a uno dei tavoli di preparazione. Non è la stessa cosa.»

«Dipende da chi chiedi.»

Lo fissò con quel sorriso sfuggente ormai scomparso. «Cosa stai facendo, Rome?»

«Cosa intendi?»

«Cosa. Stai. Facendo? Cos'è tutto questo?» Agitò una mano nell'aria. «Perché improvvisamente vuoi che io indossi la tua giacca? Tu, un noto donnaiolo e scapolo incallito.»

«Forse quell'imboscata mi ha svegliato e mi ha fatto capire che la vita è troppo breve.»

«Sono sicura che lo sapevi prima di fare la conoscenza di un cric.»

«Forse me l'ha fatto capire meglio.»

«Suppongo che sia una battuta?»

«Maddie...»

«Rome... Io... non capisco perché questo venga da te. Solo perché abbiamo fatto sesso—»

«Un sacco di volte,» la interruppe.

«Non significa che voglio essere la tua signora,» finì. «Sei fatto?»

«Non sono fatto. Non sono ubriaco...» Abbassò la stampella e fece un cenno con il mento verso la porta. «Lascia perdere. Hai detto che devi andare, allora vai.»

Lei lo fissò troppo a lungo con la fronte aggrottata per la confusione.

Aveva finito di cercare di illuminarla. O capiva o non capiva. Ed era chiaro...

Non capiva.

Tuttavia, si fermò invece di scattare immediatamente la breve distanza fino alla porta. «Fammi pensare alla cena. Quanto tempo ti fermi qui? Hai un incontro con Trip?»

Se ce l'avesse avuto, certamente non sarebbe rimasto in un motel di merda. Sarebbe stato al The Grove Inn, invece. Ma stava mantenendo la sua presenza nella zona sotto silenzio e preferiva che nessuno nei Fury sapesse che era qui a inseguire Maddie. Soprattutto il presidente dei Fury, così come Shade.

«Non so quanto mi fermerò.» Aveva pianificato di rimanere abbastanza a lungo da convincerla a tornare a sud con lui.

Sfortunatamente, sembrava che non sarebbe stato facile e non poteva rimanere qui per sempre. La sua assenza sia da Dick's che dal suo MC avrebbe sollevato bandiere rosse nella sua stessa fratellanza.

«Fammi sapere. Quando lo farai, sarò qui o non ci sarò.»

«Se non ci sarai, so dove trovarti,» gli disse mentre si dirigeva verso la porta.

«Dubito che ti prenderai nemmeno la briga di cercare,» mormorò alla porta dopo che lei l'ebbe chiusa dietro di sé.

Se fosse stato dannatamente intelligente, sarebbe tornato a casa e si sarebbe dimenticato che quella donna fosse mai esistita.

Ma lui era semplice e dimenticarla sarebbe stato impossibile.

Capitolo Trentotto

Un suono ovattato, che sembrava fin troppo vicino, gli fece spalancare gli occhi.

Che cazzo era stato?

Scarafaggi? Un ratto?

«Booger?»

La recluta non aveva una chiave della sua stanza, quindi dovevano essere fottuti scarafaggi. Questo motel li faceva crescere grandi come fottuti pony.

Prima che potesse accendere la lampada sul comodino per farli disperdere, si ritrovò bloccato al letto.

«Che cazzo?» urlò.

Gesù Cristo! La Cosa Nostra lo aveva rintracciato fin quassù a Parsington? Erano qui per finire il lavoro?

Dove cazzo aveva messo la pistola? Poteva persino sparare con la mano sinistra dato che il suo braccio destro era fottuto?

Qualunque cosa avesse intenzione di fare, doveva farla ora. Non sarebbe tornato volentieri in ospedale.

O sei piedi sottoterra.

Era una fottuta merda perché, con le costole rotte e senza il pieno uso di una gamba e un braccio, era praticamente impotente. Non poteva combattere come faceva di solito ed era alla loro fottuta mercé.

Da quello che poteva capire nel buio e dal numero di mani che lo tenevano fermo, erano solo due uomini. Forse Wick aveva sparato e ucciso il terzo figlio di puttana che gli aveva teso un'imboscata. Supponendo che fossero gli stessi perdenti.

Nessuno dei due intrusi disse una parola, ed entrambi indossavano abiti scuri insieme a cappelli tirati giù. Sfortunatamente, il poco che poteva vedere scomparve nel momento in cui lo tirarono su in posizione seduta e gli tirarono quella che sembrava una federa sulla testa.

Perché cazzo non dicevano una dannata cosa?

Questo non era un buon segno. «Chi cazzo siete? Vi ha assunti quel coglione?»

Nessuna sorpresa, non ottenne risposta. Invece, lo tirarono giù dal letto e lo misero in piedi. O, più precisamente, su un piede.

Vide le stelle quando si divincolò con forza contro di loro, cercando di liberarsi. «Lasciatemi andare, cazzo. State facendo un fottuto errore che non volete fare. Ve lo giuro. Sarete cacciati come fottuti cani rabbiosi.»

Non poté nascondere i suoi grugniti di dolore mentre gli avvolgevano una corda intorno alla vita nuda e lo manovravano in modo da potergli legare il braccio buono. Chiaramente, non gliene fregava un cazzo che fosse già fottuto e, per la maggior parte, incapace di respingerli.

Gesù Cristo. Stava per morire indossando solo le mutande? In un dannato motel pieno di scarafaggi?

Lanciò una maledizione bruciante quando strinsero

ancora di più la corda, causando dolori acuti che si irradiavano dalle sue costole rotte.

«Booger!» urlò, sperando che la recluta potesse sentirlo nella stanza accanto dato che le pareti erano sottili. Così sottili che la notte scorsa aveva sentito quel coglione masturbarsi con il porno. Non una volta sola, ma cinque fottute volte. «Booger! Dannazione!»

Non c'era modo che questi stronzi gli permettessero di continuare a urlare aiuto. Ma era così dannatamente strano che non gli ordinarono di stare zitto. Quindi, finché non lo avessero fermato, avrebbe usato la sua fottuta voce dato che era tutto ciò che aveva.

«Booger! Svegliati cazzo—»

***

ROMEO GEMETTE. La sua lingua era secca come un dannato deserto per qualcosa che gli era legato intorno alla bocca, imbavagliandolo efficacemente. Non riusciva a vedere un cazzo dato che la federa era ancora al suo posto.

Tuttavia, era piuttosto dannatamente chiaro che non era più al suo posto e si stava muovendo involontariamente.

Non si sentivano voci, solo il suono di un motore e il rumore della strada. E, naturalmente, il suo battito cardiaco martellante.

La sua testa pulsava nel punto in cui lo avevano colpito per farlo tacere. La sua gamba buona era ora legata a quella ingessata, legandolo come un tacchino pronto per il forno il giorno del Ringraziamento.

Non aveva idea di chi lo avesse rapito.

Non aveva idea di dove fosse diretto.

Non aveva idea di come salvarsi dato che non poteva fare

affidamento sulla sua dannata recluta. A quanto pare, masturbarsi cinque volte di fila ti faceva dormire come un morto.

Se Romeo fosse sopravvissuto, si sarebbe assicurato che Booger non avesse mai ottenuto i suoi fottuti colori. Non dopo questo. E se fosse morto, allora il suo MC si sarebbe assicurato che Booger non avrebbe avuto bisogno di colori dove lo avrebbero mandato per non aver protetto il suo presidente.

Un peccato mortale per una recluta.

Romeo grugnì quando il furgone, o qualunque cosa fosse, si fermò improvvisamente e lui rotolò in avanti.

Per l'amor del cielo, solo il viaggio era una tortura a causa del dolore.

Ascoltò attentamente per tenere traccia di quello che stava succedendo in modo da essere preparato nella remota possibilità di avere un'opportunità di fuga. Registrò tutti i suoni nel suo cranio pulsante.

Lo spegnimento del motore.

L'apertura e la chiusura violenta delle portiere del guidatore e del passeggero.

Lo scorrere di una porta laterale, che confermava che aveva ragione sul fatto di essere trasportato in un furgone di grandi dimensioni.

Ruote che rotolavano verso il furgone. Non un altro veicolo. Qualcosa di più piccolo. Un carrello? Una barella?

All'improvviso, le mani lo afferrarono di nuovo, facendolo scivolare sul pavimento del furgone, sollevandolo e lasciandolo cadere su una superficie piana. I suoi gessi sbattevano contro il sottile metallo echeggiarono nella notte.

Strinse i denti per sopportare la corsa accidentata su quello che poteva essere asfalto, poi su una specie di rampa. Lo portarono all'interno fresco e silenzioso di un edificio. Si potevano sentire solo le ruote che rotolavano sul cemento.

Perché La Cosa Nostra lo avrebbe portato in un qualche edificio a Manning Grove? Non aveva alcun dannato senso.

Era svenuto più a lungo di quanto pensasse? Era stato portato invece a Pittsburgh?

Quando il carrello si arrestò bruscamente, si meravigliò di non essere stato catapultato a terra con un incontro ravvicinato e poco elegante col pavimento.

Senza preavviso, fu tirato giù dal carrello e su un altro oggetto metallico piatto. Ma questa superficie non era solida. Sembrava più una grata con dei buchi contro la pelle nuda della sua schiena e della gamba senza gesso.

La possibilità di fuga fu scaricata nel fottuto water nel momento in cui gli legarono il culo a quella che era la grata metallica.

Un momento dopo sentì un forte sibilo. Qualcosa – non aveva fottutamente idea di cosa – era stato acceso.

Che diavolo stava succedendo?

Era la fine per lui?

Inaspettatamente, la federa fu tirata via dalla sua testa e il bavaglio tagliato via dalla sua bocca con un coltellaccio.

Sbattere le palpebre e diede un'occhiata ai suoi dintorni meglio che poté. *Che cazzo era questo?*

Aspetta...

Torse il collo per vedere da dove proveniva il calore che gli bruciava la pelle.

Santo cielo.

Non pensava che la situazione potesse peggiorare finché non si rese conto di essere su una specie di teglia scorrevole che si stava infilando in un grande forno.

Aveva ragione. *Era* un tacchino del giorno del Ringraziamento in procinto di essere cucinato.

Cristo. Non voleva morire incenerito.

Quando riconobbe i suoi due rapitori, capì dove si trovava.

Non era La Cosa Nostra. Non aveva nemmeno lasciato Manning Grove.

Era al Tioga Pet Crematorium, un'attività di proprietà dei Fury. L'avevano comprato per una buona ragione. E quello che stavano per fargli era una di quelle.

Figlio di una puttana.

Maddie era corsa dal suo dannato patrigno? Shade sapeva che Romeo se l'era scopata? O peggio ancora, che le aveva tolto la fottuta verginità tutti quegli anni fa?

Con gli occhi spalancati e il culo stretto più di quanto volesse ammettere, chiese, «Ditemi cosa cazzo ho fatto per meritarmi la pena di morte?»

«Le tue azioni passate dimostrano che sei un cane,» rispose Shade con il suo ritmo leggermente più lento. Il membro dei Fury parlava molto meglio ora di quando Romeo lo aveva incontrato per la prima volta. Era più ovvio anni fa quando doveva scegliere attentamente le sue parole. «Sai quanti cani abbiamo trasformato in cenere in questo stesso forno?»

«Che fa uno in più?» Easy sfoggiava un fottuto sorriso che Romeo desiderava poter cancellare dalla faccia dell'altro membro dei Fury.

Santo fottuto cielo. «Avete intenzione di bruciarmi a morte?»

Sia il calore che il pensiero di essere trasformato in un mucchio di cenere lo facevano sudare. Se fosse dovuto morire, questo non sarebbe stato il modo in cui voleva andarsene. Diavolo, potevano incenerirlo, scaricare le sue ceneri nel water e i suoi stessi membri del club non avrebbero avuto idea di cosa gli fosse successo.

Un giorno qui, il giorno dopo scaricato.

Tentò un'Ave Maria. «Non pensate che questo rovinerà l'alleanza?»

«Chi lo verrà a sapere?» chiese Easy. «Sei semplicemente scomparso un giorno. Puff, sei andato in un fottuto fumo.»

«Non rimarrà niente di te. Nessuna fottuta prova di quello che è successo qui stasera,» aggiunse Shade.

Romeo sapeva che Shade era 'strano', ma uccidere un presidente di un MC che faceva parte dell'alleanza dei Fury? Quello era totalmente fottutamente folle.

«Conosciamo la tua reputazione, Romeo,» ringhiò Shade. «Sappiamo che ti piace usare le donne per il tuo piacere, poi darle un calcio nel fottuto culo. Maddie non è una sweet butt. Non dovevi approfittartene. Diavolo, non è per te. Punto.»

«Lei ti ha detto che le ho preso—» Si chiuse la bocca di scatto. Doveva negoziare attentamente con loro, non dargli merda in modo che fossero tentati di dire 'fanculo' e spingere la teglia con il suo culo nero in quelle fottute fiamme.

Represse un brivido al pensiero di morire bruciato. Quello doveva essere uno dei modi più fottutamente orribili per morire.

Mantieni la calma. Mantieni la fottuta pazienza. Non fargli vedere che sudi.

Troppo tardi per la parte del sudore dato che goccioline gli coprivano già la fronte e gli rotolavano sulle tempie solo per il calore.

«Amo la mia famiglia. Farei qualsiasi cosa per loro. L'ultima cosa che voglio è che la mia ragazza venga bruciata da uno come te. Hai un sacco di donne con cui scopare. Lascia in pace Maddie.»

Sembrava un avvertimento per il futuro e non la minaccia di una morte imminente. Tutta questa storia era una specie di fottuto bluff malato? Non avrebbe festeggiato ancora. «Hai dovuto fare tutta questa merda per dirmi questo?»

«Avevamo bisogno di fare una dichiarazione. Una che non avresti dimenticato.»

Romeo poteva garantire che non si sarebbe mai dimenticato questa merda. Non era sicuro che l'avrebbe nemmeno mai perdonata.

«Le hai anche detto di lasciarmi in pace? O pensi solo che sia stato unilaterale?» chiese a Shade.

«Non me ne frega un cazzo se vuole sposarti e avere i tuoi dannati bambini. Non succederà. Trovati un motivo per lasciarla perdere.»

Non sapeva che Maddie aveva già tagliato i ponti con lui? «Come la prenderà che tu ti intrometta nella sua vita?»

Shade non rispose, ma Easy sì. «Non deve saperlo e nemmeno tu glielo dirai.»

Un lato della bocca di Shade si sollevò e non era un sorriso. Per la prima volta nella sua fottuta vita, una scheggia di paura scivolò lungo la spina dorsale di Romeo.

Poteva cavarsela se la minaccia gli fosse arrivata frontalmente. Ma era ben noto tra quelli dell'alleanza che Shade era silenzioso e letale. A differenza di Diesel. A differenza di Judge. A differenza di Magnum.

Shade era più pericoloso di tutti loro. Era allo stesso livello da stringere il culo dei Shadows di Diesel.

Saresti morto prima di capire cosa ti ha colpito.

Doveva convincere Shade a riconsiderare i suoi piani. «Le hai parlato del suo capo stronzo? E perché sono intervenuto?»

«Ti ha detto di non immischiarti?»

Ah, cazzo.

«Ma tu l'hai fatto lo stesso, non è vero?» chiese poi Easy.

I due membri dei Fury lo stavano prendendo di mira a turno.

Shade fece un cenno con la testa a Easy. «Fallo scivolare dentro.»

«Aspetta!» urlò Romeo. «Maddie sa che state facendo questo?»

«Non dipende da lei.»

«Potrebbe avere una fottuta opinione.»

«Le opinioni sono come i buchi del culo,» disse Easy con una risata secca, «tutti ne hanno uno.»

Fanculo Easy. Romeo doveva concentrarsi su Shade. Easy era solo il tirapiedi di quello psicopatico. «Lei non voleva dirti di quel coglione per cui lavorava. Aveva paura che gli sarebbe successo qualcosa di simile se l'avesse fatto. Quindi, me ne sono occupato io.»

«Facendola licenziare.»

Quanto gli aveva detto Maddie?

«Dovresti ringraziarmi per essermi occupato di quel coglione. Volevo solo dare una lezione a quel bastardo per averla maltrattata. Stavo cercando di aiutarla a non rovinare la sua dannata carriera.»

«Beh, l'hai rovinata,» disse Easy. «Tutti quei dannati anni di università e ora cosa? È tornata a vivere a casa e fa lavoretti strani. Tutto perché non hai saputo rispettare le sue decisioni.»

«Che cazzo c'entra con te?» sibilò Romeo.

«È famiglia,» fu la risposta di Easy. «Siamo tutti fottuta famiglia.» Si chinò più vicino. «Tu no.»

«Saresti dovuto venire da me,» disse Shade.

«A proposito di quel coglione? Ho appena detto—»

«Per chiedere il permesso,» interruppe Easy.

«Per fottere quel figlio di pu—»

«Per fotterla.»

Figlio di una puttana. «Questa merda non c'entra un cazzo con te, Easy. Stanne fuori.»

Easy sorrise. «Queste sono fottute parole forti per un uomo a pezzi.»

«Slegatemi e vedremo quanto sono fottutamente a pezzi.»

«Basta,» interruppe tranquillamente Shade.

Romeo tirò un respiro per calmare la sua rabbia. Easy aveva ragione. Non era nelle fottute condizioni di minacciare nessuno. Non solo era ferito e ingessato, ma era anche legato.

Doveva mantenere la calma.

«Devi sapere che non sei la mia scelta per lei,» disse poi Shade.

«L'ho capito.»

Quello che faceva schifo era che Romeo non aveva ancora idea di quanto Shade sapesse. Non voleva scavare perché questo avrebbe potuto sollevare bandiere rosse. E il suo culo nero era ancora parcheggiato di fronte a un forno a misura d'uomo.

Non era il momento migliore per parlare della vita sessuale di Maddie e di come lui fosse coinvolto.

«Sembra che quello che voglio per lei sia diverso da quello che vuole lei,» continuò Shade.

Aspetta un attimo. Che diavolo voleva lei?

«Ma questo non significa che non possa dirti comunque quello che voglio...»

Oh, cazzo.

Romeo aveva bisogno di scendere da queste dannate montagne russe. O lo uccidevano o—

«Tu devi essere fedele a Maddie. Cioè... niente storie a parte, niente troiette, niente di niente. Se sento che l'hai tradita anche solo una volta...»

«Non lo farò.»

«Ho difficoltà a crederlo con il tuo passato.»

«Lei mi ha cambiato.» *Santo cielo.* Era vero? «In meglio,» aggiunse rapidamente. «Voglio che indossi la mia giacca.»

«L'ha detto anche lei,» arrivò la sgradita risposta di Easy.

Cristo, ora non poteva tirarsi indietro. Sarebbe rimasto bloccato con una sola donna per il resto della sua fottuta vita?

E se avesse fatto casino, sarebbe stato incenerito?

Sembrava peggio della prigione a vita.

Il sudore che gli si raccoglieva sulla fronte era dovuto a un fottuto attacco di panico perché la sua vita come la conosceva sarebbe finita e non per la paura della morte?

Se fosse stata chiunque altro tranne Maddie...

Chiuse gli occhi e cercò di rallentare il battito accelerato del suo cuore.

Ma *era* Maddie.

Non era costretto a prendersi una signora.

Non doveva offrirle la sua giacca.

Ma l'aveva fatto. Prima di questa minaccia.

Perché?

Perché il suo vero panico era iniziato quando l'aveva trovata scomparsa. Dopo che era tornata a Manning Grove.

Aveva avuto e aveva ancora paura di perderla.

Cristo. Chi cazzo era? Come poteva una sola donna far fare alla sua vita una completa inversione a U?

«Ora... La mia signora ti ha invitato a cena.»

Aprì gli occhi. *Che cazzo stava succedendo?*

Un minuto l'uomo lo minacciava di ridurlo a un mucchio di cenere, l'altro lo invitava a condividere un fottuto pasto?

Tutta questa dannata storia era incasinata.

Capitolo Trentanove

Mai nella sua dannata vita avrebbe pensato di sedersi a un tavolo e cenare con i genitori di una donna che si era scopato.

Come se fosse normale. Come se loro fossero normali.

Nessuno di loro era normale.

Neanche uno.

Nonostante le costole, la gamba e il braccio rotti, faceva fatica a stare fermo.

Poteva essere scampato alla cremazione molto prima del suo tempo, ma era ancora paranoico riguardo a questo invito a cena. Tutta questa storia doveva essere una dannata trappola, e non si sarebbe sorpreso se i membri dei Fury avessero fatto irruzione in qualsiasi dannato secondo, lo avessero trascinato fuori e seppellito in uno dei loro campi, per non essere mai più visto.

Diede un'occhiata al suo piatto ancora pieno, poi a Maddie seduta di fronte a lui. Masticava indisturbata come se Romeo cenasse con loro ogni sera.

Ma nessuno diceva una dannata parola.

Shade sedeva a un'estremità del tavolo da pranzo, Chelle all'altra. Romeo sedeva lungo un lato vicino a Jude, mentre Maddie sedeva accanto a sua sorella Josie.

«Perché non mangi?» gli chiese il fratello adottivo di Maddie.

Forse perché poche ore prima era a un pelo dal diventare cenere.

O perché sia lui che Maddie erano strettamente sorvegliati da Shade.

O perché la sorella minore di Maddie continuava a ridacchiare sottovoce. Molto probabilmente per l'imbarazzo di tutta questa fottuta situazione.

Aveva detto a Maddie che voleva portarla a cena. Solo che non si aspettava che fosse a casa della sua famiglia.

«Non ti piace il pollo?» gli chiese la signora di Shade.

Romeo diede un'occhiata alla madre di Maddie, poi di nuovo al suo piatto. Prese forchetta e coltello, tagliò un piccolo pezzo di volatile arrosto e se lo infilò in bocca. «È ottimo,» rispose a Chelle mentre masticava, senza nemmeno sentirne il sapore.

Dovette ingoiare un po' d'acqua solo per mandar giù quel piccolo pezzo dato che la sua gola era stretta.

Dall'altra parte del tavolo, Josie fece un risolino soffocato e diede una gomitata alla sorella maggiore.

«Smettila,» sussurrò Maddie, non trovando questa situazione divertente come sua sorella.

«Come ti sei fatto male?» chiese Jude.

Il ragazzo doveva avere tra la fine dell'adolescenza e l'inizio dei vent'anni ormai. Era cresciuto come una dannata erba infestante da quando era arrivato a Manning Grove.

«Per non essermi fatto i cazzi miei.»

Jude rise e infilzò l'ultimo spicchio di patata nel suo piatto con la forchetta. «Suppongo che tu li abbia uccisi per quello che ti hanno fatto.»

La forchetta di Maddie sbatté sul piatto e lei lasciò cadere la testa tra le mani con un gemito.

L'espressione di Shade rimase indecifrabile.

Gli occhi di Josie si fecero grandi come il suo piatto prima che scoppiasse in una fragorosa risata.

E Chelle la rimproverò, «Jude! Non a tavola!»

Ma sul divano andrebbe perfettamente bene?

Jude si strinse nelle spalle e sorrise. «È così che lo gestiremmo nei Fury.»

Romeo si acciglio. «Sei un membro adesso?»

Il petto del ragazzo si gonfiò. «Recluta.»

Romeo grugnì e diede un'altra occhiata a Maddie. Lei roteò gli occhi per il vanto del fratello minore.

A quanto pare, Shade non aveva istruito suo 'figlio' su come gli affari del club dovessero rimanere all'interno del club. Ciò significava solo membri con la giacca. «Suppongo che tu non abbia ancora imparato, non si menzionano quelle cose in compagnia mista.»

«Come se non sapessero cosa—»

«Jude!» tuonò Shade.

Jude si strinse le labbra.

«Ha ragione,» mormorò Shade. «Parlare troppo è un buon modo per farsi togliere la giacca.»

Romeo ebbe un colpo di frusta quando Jude cambiò rapidamente argomento. «Mangi le tue patate?»

Fece scivolare il suo piatto verso Jude. «Tutte tue.» Guardò Jude ingoiare i croccanti spicchi di patata nella gola il più velocemente possibile.

«Mi dispiace che tu non abbia gradito il tuo pasto,» si scusò dolcemente Chelle.

Merda. «Non è quello. Il dolore mi sta fottendo lo stomaco.» E, naturalmente, il suo dolore in quel momento era un dieci su dieci a causa di essere stato malmenato da Shade ed Easy. Ma seguì il suo stesso consiglio e non avrebbe menzionato quella merda in compagnia mista.

Non era solo il dolore a fargli perdere l'appetito. Era il fatto che non avesse idea dello scopo di questa cena. Aveva davvero bisogno di parlare da solo con Maddie più tardi e avere un'altra conversazione. Farle sapere che non la stava prendendo in giro riguardo al suo desiderio che indossasse la sua giacca.

Forse lei ci credeva tanto quanto lui.

Aveva decisamente perso la dannata testa.

Quando la guardò, gli sorrideva dietro il suo bicchiere d'acqua.

Lo aveva perdonato o quello era un sorriso diabolico perché sapeva che questo sarebbe stato il suo ultimo pasto?

Era questa la sua idea di vendetta per averle rovinato il futuro?

Un ronzio gli fece sobbalzare il cuore nel petto.

Tutti a tavola controllarono i loro telefoni tranne Chelle.

E Romeo. Perché non staccava gli occhi da nessuno.

Con il telefono in mano, Shade fece scivolare indietro la sedia. Girò i suoi occhi scuri verso Romeo. «Ci stanno aspettando.»

Cosa? «Chi?»

«Andiamo,» fu la risposta di Shade, insieme a un cenno della testa verso la parte anteriore della casa.

Per l'amor del cielo. Questa giornata si stava rivelando un vero casino. «Ho scelta?»

«No.»

«Posso venire?» chiese Jude.

«No,» ripeté Shade.

L'espressione di Maddie non gli diceva nulla.

La faccia di Shade non gli diceva un cazzo.

Il sapore di terrore nella bocca era amaro. «Sai cos'è?» chiese a Maddie.

Scosse la testa. «No. Ma sei in buone mani.»

Non direbbe quella merda se sapesse a che gioco ha giocato il suo patrigno con lui nel cuore della notte.

Afferrò la stampella appoggiata al tavolo e la usò per aiutarsi ad alzarsi.

«Ciao, Romeo!» urlò Josie mentre seguiva il membro dei Fury dai capelli lunghi verso la porta d'ingresso.

Si fermò quando sentì Chelle esclamare, «Buona fortuna!»

Romeo non aveva idea di cosa cazzo stesse succedendo, ma era dannatamente sicuro che avrebbe potuto usare tutta la fortuna che riusciva a trovare.

***

Zoppicare su per le scale fino al secondo piano del Fienile, la chiesa dei Fury, era stato faticoso. Quando entrò nella sala riunioni dei Blood Fury, trovò gli ufficiali già seduti attorno al tavolo di legno massiccio con il logo del club scolpito proprio al centro.

Shade non lo aveva preso in giro quando aveva detto che 'loro' li stavano aspettando.

Trip era appoggiato allo schienale della sedia a capotavola all'estremità opposta a dove Romeo stava appoggiato alla sua stampella.

Dannatamente sicuro che non gli piacesse essere sulla graticola. Anche se non era stato invitato a sedersi, nonostante avesse due evidenti arti rotti.

«Sei venuto a reclamare Maddie, eh?» chiese Sig, fratello di Trip e vicepresidente del club.

«Lo stai facendo al contrario, non credi?» chiese poi Cage, il loro capitano di strada.

«Non dovevo farlo affatto,» disse loro Romeo.

Trip inarcò un sopracciglio. «Davvero?»

Non era vero, ma che si fottesse se cambiava la sua risposta. Aveva il massimo rispetto per Trip e il resto dei membri dei Fury, ma non era un dannato idiota. Era il dannato presidente dei Dark Knights MC. Non rispondeva a loro. Era lì solo per rispetto.

E forse perché Shade aveva insistito.

Dimenticate il fatto che era stato anche fortemente suggerito da Magnum per il bene dell'alleanza.

Cazzo.

«Ha toccato la proprietà dei Fury senza chiedere prima,» annunciò Ozzy, il segretario del club, come se fosse una notizia dell'ultima ora.

«Penso che lei non sarebbe d'accordo sul fatto di essere proprietà del tuo club. Era adulta quando Shade si è messo con la sua signora.»

Ozzy, uno degli Originali dei Blood Fury, rispose, «Non importa. Non deve essere nata nel club perché sia nostra proprietà e sotto la nostra protezione. Il punto è che lo è e questo è tutto quello che devi sapere.»

È strano come Shade, in piedi accanto a lui, non stesse dicendo un cazzo.

Eppure, perché sembrava un dannato matrimonio riparatore?

«Maddie non ha accettato di indossare la mia giacca.»

«Non deve accettare,» disse Trip. «O approviamo che tu la reclami o no. Sai come funziona questa merda.»

Romeo dubitava davvero che Stella, la signora di Trip, sarebbe stata costretta a indossare la sua giacca se non lo avesse voluto.

Potevano tutti fingere che le loro donne non avessero scelta, ma la realtà era che sicuramente ce l'avevano. Le signore avevano più potere di quanto nessuno di loro volesse ammettere.

Almeno ad alta voce.

«Sì, ma sapete anche come funziona quando una donna è incazzata nera perché è costretta a fare qualcosa che non vuole fare,» ricordò loro Romeo.

Alcuni di loro mormorarono il loro assenso, mentre Deacon mormorò, «Parole più vere non esistono.»

La sua signora era un'altra che non si sarebbe fatta forzare a fare niente. Reese era il tipo di donna che avrebbe castrato il suo vecchio se avesse fatto casino.

Diede un'occhiata intorno al tavolo. In effetti, nessuna delle loro donne era senza spina dorsale.

Avere una donna forte al loro fianco li rendeva più potenti. Avere una donna debole che si nascondeva dietro di loro, in attesa di essere istruita su cosa fare, faceva l'opposto.

Ma non avrebbe tirato fuori quella merda in quel momento.

Sapeva solo che, se doveva condividere la vita con qualcuno, lei doveva essere in grado di pensare con la propria testa e conoscere la vita.

Maddie corrispondeva a quella descrizione.

Aggiungici il fatto che era fottutamente sexy e intelligente. Non era incline a drammi o isterismi. Qualsiasi fottuto uomo sarebbe stato fortunato ad averla. Anche quando era arrabbiata con lui, non strillava, non urlava né gli graffiava i fottuti occhi.

O lo prendeva a ginocchiate nei coglioni.

Anche se se lo meritava.

La verità era che non voleva che nessun altro l'avesse.

Non voleva che il suo nome attraversasse le labbra di nessun altro uomo.

Non voleva che lei dicesse il nome di nessun altro uomo.

Certo, non durante le normali faccende quotidiane, ma di notte. Quando contava.

Il suo nome e solo il suo nome doveva essere udito quando lei veniva.

Il suo nome e solo il suo nome doveva essere chiamato quando lei aveva bisogno di un po' di cazzo.

Gesù Cristo, era fottuto.

In piedi di fronte a questa squadra, capì che la sua vita come la conosceva era ormai finita. Si sarebbe unito al 'club dei vecchi'. Un club di cui non aveva mai voluto essere un membro con tanto di tessera.

Non aveva mai capito perché qualcuno avrebbe voluto una sola donna per il resto della sua vita quando ce n'erano così tante in giro tra cui scegliere. Fino ad ora.

Ogni uomo seduto intorno a quel tavolo, persino l'uomo in piedi accanto a lui, sapeva che quando trovavi quella giusta, facevi tutto il necessario per tenertela stretta.

Avrebbe potuto farsi riportare da Booger nel territorio dei Knights dopo che Easy e Shade lo avevano riaccompagnato al motel di merda stamattina presto. Aveva avuto l'opportunità di scappare da tutto questo.

Non l'aveva fatto.

Invece, si era messo i dannati vestiti e aveva fatto portare quel coglione della recluta a casa di Maddie prima.

Per sedersi a cena con la sua fottuta famiglia.

«Hai ripensamenti?» chiese Cage con una risata «Scommetto che il suo culo è così dannatamente stretto che esploderebbe se dovesse scoreggiare.»

«Come il tuo quando il tuo bambino sorpresa è stato lasciato sulla tua fottuta soglia. Giusto?»

«A proposito... Quanti figli hai in giro?» chiese Trip.

Romeo poté rispondere onestamente, «Zero. So come prevenire i parassiti da culla.» Diede un'occhiata al capitano di strada dei Fury e aggiunse, «A differenza di alcuni altri.»

«Cazzo,» sussurrò Deacon e abbassò la testa per nascondere la sua risata.

«Okay, torniamo agli affari qui,» ordinò Trip. «Ho cose migliori da fare che ascoltare voi stronzi scambiarvi insulti. Sbrighiamoci.»

Romeo era d'accordo. Aveva cose migliori da fare che essere lì. Come parlare con Maddie e capire le cose. Era più piacevole da guardare di ognuno di quei figli di puttana.

«Solo per essere chiari,» continuò Trip. «La stai reclamando, giusto?»

Stava finalmente premendo il grilletto? «Sì.»

Il presidente dei Fury diede un'occhiata a Shade. «Ti va bene?»

Ci volle un'eternità e un dannato giorno perché Shade rispondesse. Infatti, aspettarono così a lungo che Ozzy finalmente urlò, «Gesù Cristo, fratello! Ti va bene che questo reclami la tua ragazza o no? Una semplice fottuta domanda ha bisogno solo di una semplice fottuta risposta.»

«Se è quello che vuole lei, ma prima ho bisogno di alcune garanzie.»

Ma era quello che voleva lei? O era costretta a farlo? O si era decisa nel tempo intercorso tra la loro discussione nella sua stanza del motel e il sedersi a cena?

«Te l'ha detto lei?»

Shade si voltò a guardarlo. «Le hai rovinato la vita. Devi sistemare quella merda.»

«Diventare la mia signora sistemerà le cose?»

«È meglio che sia così,» rispose Shade.

Non aveva idea di come avrebbe funzionato. Immaginava che l'avrebbe capito.

O si sarebbe ritrovato con una donna amareggiata per essere bloccata con lui.

Come un dannato matrimonio combinato.

Un brivido gelido gli corse lungo la schiena.

Cercò di deglutire, ma era quasi impossibile.

Era fatta. La sua vita da single era agli sgoccioli. Addio botta e via.

«Posso già immaginare quali siano quelle garanzie,» disse Trip con impazienza, «quindi lasciatemi arrivarci così possiamo andarcene da questo fottuto posto...» Incrociò gli occhi di Romeo. «Terrai il tuo cazzo nei pantaloni? Niente sweet butts, niente amiche occasionali, niente sconosciute?»

«Spero di sì.»

Qualcuno fece un forte ronzio. «Fottuta risposta sbagliata.»

Judge.

«Cosa ti importa?» chiese al sergente d'armi del club.

«Devi esserti perso la parte in cui Maddie appartiene a noi. Non a te. A meno che non sentiamo le risposte che vogliamo sentire e,» Judge fece un cerchio con il dito intorno al gruppo, «diciamo che può.»

«Capisco che vogliate proteggerla...»

«Da donnaioli come te,» mormorò Shade.

Sia Deacon che Ozzy sbuffarono.

«Vi dirò una cosa che non ho detto a nessuno. So di avere una reputazione. So che quella reputazione era vera. Ma...» Tirò un respiro. «Non sono stato con nessun'altra donna da quando l'ho incontrata.»

Il silenzio fu assordante finché Shade chiese, «Nemmeno una sweet butt?»

«No.»

«Lei lo sa?»

«No.»

«Hai intenzione di dirglielo?»

Probabilmente sarebbe una fottuta buona idea.

Capitolo Quaranta

MADDIE SI AGITAVA su uno sgabello al bar privato dei Fury nel Fienile.

Dove aspettava con impazienza.

Non appena Shade e Romeo avevano lasciato la casa, lei era saltata nel suo SUV e aveva mantenuto abbastanza spazio tra i due veicoli in modo che non si accorgessero che li stava seguendo.

Shade non le aveva detto niente di tutto questo, ma lei sapeva esattamente cosa stesse facendo.

Mettere Romeo alle strette.

Costringerlo a farsi avanti o a tacere.

Costringerlo a dichiarare di fronte agli ufficiali del club se voleva reclamare Maddie come sua signora oppure no.

L'unico problema era che Shade non le aveva mai chiesto se era quello che voleva lei e, a dire la verità, era ancora combattuta.

Se avesse usato la testa e non il cuore, lo avrebbe respinto. Soprattutto dopo che si era intromesso nei suoi affari e aveva rovinato tutto.

Inoltre, lui non era mai stato un uomo da stare con una sola donna. Lei non voleva legarsi a un traditore. Non ora, non mai.

Non era nemmeno sicura che Romeo fosse il tipo di uomo che potesse essere leale. Forse all'inizio lo sarebbe stato, ma alla fine?

Valeva la pena rischiare bruciore di stomaco e crepacuore?

Un altro problema era il più ovvio... Era un dannato motociclista. Non solo un motociclista, ma il presidente di un intero club! Voleva davvero avere a che fare con quella merda? In passato, aveva volutamente evitato di mettersi con i motociclisti. Ed eccola lì, sul punto di essere reclamata da uno?

Sospirò e si portò le mani alla testa, cercando di riordinare i suoi pensieri che rimbalzavano come palline da ping-pong.

Alla fine, avrebbe voluto dei figli. Non aveva idea di quale fosse la sua posizione su quell'argomento. Non aveva idea se sarebbe stato un buon padre.

I 'se' erano infiniti quando si trattava di quell'uomo.

Lo amava davvero?

Lui la amava?

Voleva passare il resto della sua vita con qualcuno che l'amasse e la tenesse cara. Che supportasse le sue decisioni.

Non voleva un uomo costretto a stare con lei. Era dannatamente sicura che se Romeo avesse dovuto scegliere una donna con cui passare il resto della sua vita, avrebbe voluto che fosse una di sua scelta. Chiunque altro sarebbe stato una ricetta per il disastro e non una buona per una relazione solida.

Temeva di non essere mai in grado di fidarsi di lui al cento per cento. Se avesse dovuto uscire a un'ora strana o se fosse tornato a casa tardi, si sarebbe sempre chiesta dove fosse andato, con chi fosse?

C'era così tanto su cui doveva riflettere. Così tanto di cui dovevano parlare.

Quando si era trasferita dal suo appartamento ed era tornata a casa, non aveva mai più voluto vederlo o parlargli. Aveva cercato di allontanarlo dalla sua mente e dal suo cuore.

Ci era riuscita? Certo che no, ma sapeva che con abbastanza tempo e distanza i suoi sentimenti verso di lui alla fine sarebbero svaniti.

Finché non lo vedeva, non lo sentiva, non lo toccava, non lo baciava...

Non faceva sesso con lui.

Gemette quando lo stomaco cominciò a bruciare e il cuore a dolere al pensiero di non fare mai più niente di tutto ciò con lui.

Cercò di resistere. Ci provò davvero. Si disse più e più volte che quello che aveva con lui era solo sesso. Solo qualcosa di fisico.

Non c'erano emozioni di mezzo.

All'inizio, pensava anche che i loro incontri sarebbero avvenuti solo un paio di volte. Ma due divennero quattro, poi otto e sedici prima che perdesse il conto.

Durante tutti quei momenti, si rifiutò di ammettere che non era solo sesso. Che Romeo non era semplicemente un cane arrapato. Che lei non lo stava solo usando come fuga dal suo lavoro stressante e dal capo prepotente.

Prima che se ne rendesse conto, cominciò ad aspettare con ansia di vederlo, sentirlo, toccarlo, baciarlo...

Scoparlo.

Ma tutto ciò era l'esatto opposto di essere la signora di qualcuno. Di essere presenze permanenti nella vita l'uno dell'altra.

Di vivere una vita insieme.

Per sempre.

Poteva svegliarsi accanto a lui ogni giorno?

Poteva guardare sweet butts e donne a caso appiccicarsi a lui, cercando di tentarlo? Perché sapeva che era una realtà.

L'aveva visto.

D'altra parte, aveva anche visto Trip stroncare quella merda sul nascere rapidamente. Anche Zak, il presidente del DAMC, faceva lo stesso. Nessuno metteva in dubbio quanto quei due presidenti fossero leali alle loro mogli.

Ma quanti l'avrebbero guardata e si sarebbero dispiaciuti per lei per essere bloccata con un uomo non noto per tenere il suo cazzo nei pantaloni?

Ci sarebbero stati sussurri?

La sfiducia e le voci avrebbero alla fine creato un cuneo tra loro?

Tirò un sospiro, cercando di calmare lo stomaco, cercando di tenere a freno i suoi pensieri.

Aveva solo ventisette anni. Aveva tutto il tempo per trovare qualcuno di cui innamorarsi. Per avere figli con qualcuno. Qualcuno di responsabile. Qualcuno che fosse un buon marito e un buon padre...

Il rumore di colpi le fece sollevare la testa e dare un'occhiata verso la scala che portava al secondo piano. Romeo stava scendendo lentamente e con cautela.

Vederlo lottare le torse qualcosa dentro. Ma fu quando si fermò sui gradini e i suoi occhi si incrociarono con i suoi che lei si rese conto...

Tutte le sue preoccupazioni erano solo questo. Preoccupazioni e non fatti.

Il vero fatto era che non voleva passare la sua vita con nessun altro.

Non importa quanto imperfetto fosse quell'uomo. Non importa la sua storia.

Si era avvicinato a Roger solo perché stava cercando di aiutarla. Se non fosse preoccupato per lei, non l'avrebbe mai fatto. Invece, avrebbe potuto semplicemente continuare la sua vita e non intraprendere alcuna azione per suo conto.

Se non fosse preoccupato per lei, non avrebbe chiesto a una recluta di guidarlo a nord per poter chiarire le cose con lei.

Se non fosse preoccupato per lei, avrebbe potuto rifiutarsi di affrontare il comitato esecutivo dei Blood Fury.

Aveva fatto tutto questo senza che lei glielo chiedesse.

Il cliché 'le azioni parlano più forte delle parole' era dannatamente vero in questo caso.

Ad essere onesti, doveva almeno dargliene atto.

Saltò giù dallo sgabello e si precipitò da lui mentre lui usava la stampella per continuare a scendere i gradini. «Hai bisogno di aiuto?»

Si fermò e scosse la testa. «Rimani lì.»

Trattenne il respiro mentre lui scendeva gli ultimi quattro gradini senza cadere e rompersi altre ossa.

Quando si fermò di fronte a lei, finalmente respirò. «Stai bene?»

«Non sono caduto di faccia.»

Ovviamente. «Intendevo dopo essere stato di sopra.»

Ignorò la domanda chiedendo, «Hai portato la tua gabbia?»

Lei annuì.

«Allora andiamocene da questo fottuto posto prima che scendano tutti.»

«Dove andiamo?»

«In un posto dove possiamo parlare senza che nessuno di quei... *loro*,» fece un cenno con il mento verso il soffitto, «siano fottuti ficcanaso o ci diano una fottuta opinione che non abbiamo chiesto.»

Sembrava un piano con cui poteva lavorare. «È una buona idea. Ho già abbastanza persone nella mia vita a cui piace prendere decisioni per me.» Alzò un sopracciglio nella sua direzione.

La sua bocca si contorse. «Capito. Andiamo prima che tu ne abbia un fottuto sacco di più.»

Lei mantenne il suo passo lento mentre attraversavano Il Fienile e uscivano dalla porta principale. «Rimani qui, prendo la macchina e ti vengo a prendere.»

La sua mascella si spostò ma le diede un solo cenno.

Uh. Non gli piaceva dipendere da una donna? Peccato.

Corse alla sua SUV, parcheggiata dietro l'edificio, e si fermò dove lui aspettava in meno di un minuto.

Dopo aver messo la macchina in Park, saltò fuori e spalancò la portiera del passeggero.

Quando lui squadrò l'interno e ringhiò piano per la frustrazione, lei lo esortò a «Aspetta,» prima di mettersi dietro di lui per aiutarlo a sfilarsi la giacca. Una volta liberato, lei la piegò con cura e la mise sul sedile posteriore mentre lui si issava sul lato passeggero con un grugnito e qualche gemito di accompagnamento.

Doveva impazzire per non poter guidare la sua moto. Giurava che le loro motociclette fossero un'estensione del loro corpo e se non avessero potuto guidare, sarebbe stato come tagliargli un arto.

Mentre si sistemava, gli sbatté la portiera del passeggero e corse intorno alla parte anteriore della Toyota per saltare dentro. Dovevano andarsene da lì prima di essere visti e fermati.

Una volta che la sua Highlander fu in retromarcia, chiese, «Dove andiamo?»

«Conosci questa zona molto meglio di me. Un posto dove ci siamo solo io e te.»

Solo io e te.

Dove potevano andare oltre all'orribile motel di Parsington? Doveva esserci un posto più vicino. Quando una lampadina si accese nella sua testa, mise rapidamente la SUV in Drive e si allontanò dalla fattoria.

Nemmeno cinque minuti dopo, parcheggiò in un appartato campo di tabacco di proprietà dei Fury ma coltivato dagli Amish locali.

Una volta spento il motore, rimasero in un silenzio imbarazzante. Il suo battito cardiaco martellante era l'unico suono nelle sue orecchie.

Qualcuno doveva far partire questa conversazione.

«Rome—» cominciò lei nello stesso momento in cui lui disse, «Maddie—»

Se lui avesse voluto parlare, lei lo avrebbe lasciato fare dato che moriva dalla voglia di sentire quello che aveva da dire.

«Non avrei mai immaginato che la mia vita prendesse questa direzione.»

«Nemmeno io,» rispose lei.

«Non ho mai voluto una signora,» continuò.

«Io non ho mai voluto esserlo.»

«Non pensavo fosse nel mio sangue sistemarmi.»

Quando lei ribatté con, «Io non ho mai voluto sistemarmi,» la sua fronte si aggrottò.

«Stare con me sarebbe sistemarsi?»

Doveva aver toccato un nervo scoperto. «Beh, prima di tutto, non sto con te. Secondo, non voglio essere costretta a fare niente. Inoltre, non voglio stare con qualcuno costretto a stare con me.»

«Non...» Scosse la testa. «Nessuno sta forzando un cazzo.»

«Allora, cosa è successo lassù?»

«La verità è che non voglio che nessun altro ti abbia. Voglio farti mia. Ti ho reclamata al tavolo di sopra. Ora voglio reclamarti davanti a tutto il mondo. Voglio che tutti sappiano che sei 'proprietà di Romeo'. Ora e per sempre.»

«Proprietà di Romeo?» La sua domanda uscì con un sussurro.

Lui mormorò un 'cazzo'.

Lei si schiarì la gola per riportare la voce alla normalità. «Pensi che una donna istruita, indipendente, voglia essere proprietà di qualcuno?» Soprattutto di un uomo.

«Qual è la differenza tra indossare la giacca di un uomo e una fede nuziale? Non dicono entrambi agli altri che sei stata reclamata?»

«È una proposta?» scherzò a metà, ma il suo stomaco si contorse al pensiero dell'uomo seduto accanto a lei che proponeva matrimonio a chiunque.

Romeo, un marito?

Si sporse in avanti e guardò il cielo attraverso il parabrezza.

«Cosa stai cercando?»

«Maiali che volano.»

«Non hai risposto.»

Si slacciò la cintura di sicurezza e si girò sul sedile per affrontarlo. «Neanche tu.»

«Ti ho detto che voglio che tu indossi la mia giacca.»

All'epoca pensava solo che fosse una reazione istintiva e che quando la realtà l'avesse colpita, lui avrebbe cambiato idea. «Hai avuto la loro approvazione?»

Se l'avesse avuta, avrebbe creduto che fosse davvero serio.

«Una volta che ho accettato i loro termini.»

Le sue sopracciglia si strinsero. «Termini? Quali termini?»

«Che non immergerò il mio cazzo in nessun'altra femmina.»

Alzò una mano. «Aspetta... Hai accettato solo perché te l'hanno imposto?»

«Questo è il punto...»

Tre battiti di cuore dopo lo punzecchiò, «Cosa? Sputa il rospo.»

Perché sembrava che quello che stava per dire sarebbe stato doloroso?

«Non sono stato con nessun'altra da quando ti ho vista da Bangin' Burgers.»

Capitolo Quarantuno

NON SONO STATO *con nessun'altra da quando ti ho vista da Bangin' Burgers.*

«Cosa?» sussurrò. Come poteva essere? «Perché? Ti si era rotto il cazzo?»

Lui si accigliò. «È una battuta?»

«Voglio solo la verità, Rome, così posso prendere una buona decisione su dove andiamo da qui.» Se andremo da qualche parte.

«Solo perché tu lo sappia, loro hanno preso quella decisione per te.»

«Questo è quello che pensano, ma non governano la mia vita. Non mi farò imporre nessun uomo. Non possono votare con chi passerò il resto della mia vita. E nemmeno con chi dormirò.»

«Quindi, non vuoi stare con me,» lo pose come un fatto e non come una domanda. Sfortunatamente, la sua espressione non rivelava nulla.

«Non ho detto questo. Quello che ho detto non riguarda solo te.»

«Sono l'unico stronzo in questa dannata gabbia, donna.» Puntò il dito verso il pavimento. «Sono io quello seduto su questo sedile. Sono io quello che ha dovuto affrontare la tua famiglia Fury. Sono io quello che sta rinunciando alla sua libe —» Inghiottì l'ultima parte della parola e il suo viso si contorse come se avesse ingoiato qualcosa di aspro.

«Stavi per dire libertà?»

Lui sogghignò, «Quella era una dannata stronzata.»

Lei sbatté le palpebre confusa. «Cosa?»

«Andare di fronte a quella fottuta squadra di esecuzione.»

«Come se i Knights non facessero la stessa merda.»

«Neanche lontanamente. Se uno dei miei fratelli vuole che una donna indossi la sua giacca, tanto di cappello. Se vuole rinunciare alla sua libertà per una figa, allora...» Fece una smorfia.

C'era di nuovo quella parola, libertà. Considerava essere leale a una sola donna restrittivo come la prigione, dove aveva veramente perso la sua libertà? «Avanti. Non avevi finito. Finisci.»

«Finito.»

«A me non sembrava. Guarda, capisco. Hai paura di perdere la tua libertà. Indovina un po', Rome? Hai perso il punto sul fatto che non saresti l'unico a esserne colpito. Anch'io sono coinvolta in questo.» Ora stava per dire qualche dura verità. «Ecco il punto... Non starò con un uomo che non mi ama. Uno che non rispetta le mie decisioni. Voglio un partner nell'amore e nella vita, non un dannato dittatore.»

Il suo volume si alzò di un tono. «Stai dicendo che mi sono sorbito tutta quella dannata merda per niente?»

«Ti hanno fatto sudare?» chiese lei con calma.

«Non lassù.»

Non lassù. Quella fu una risposta strana. Una che fece rizzare i sottili peli sulla nuca.

«Allora dove?» Quando lui non rispose, lei lo punzecchiò, «Dove, Rome? Shade ti ha fatto qualcosa? Dimmi la verità. Sei in qualche modo costretto?»

«Dio-fottuto-dannazione,» mormorò tra i denti prima di dire più forte, «No, donna. Non sono costretto a fare un cazzo.» Chiuse gli occhi, tirò visibilmente un respiro, e quando li riaprì, incontrarono i suoi. Il suo sguardo intenso non vacillò mentre continuava, «Sono venuto a Manning Grove di mia spontanea volontà. Ti ho chiesto di indossare la mia giacca di mia spontanea volontà. Sono salito di sopra di mia spontanea volontà. Se non avessi voluto che tu fossi la mia signora, non sarei mai venuto qui. Sarei stato felice che tu fossi sparita senza una fottuta parola. Avremmo potuto separarci e nessuno di loro avrebbe saputo niente di quello che è successo tra noi. Entrambi avremmo potuto andare avanti e vivere le nostre dannate vite. Ma eccomi qui...»

«Wow. Mi stai rendendo molto difficile resisterti quando questo è stato uno dei discorsi più romantici che abbia mai sentito.»

Romeo si strinse i denti.

«Dimmi. *Perché* vuoi che io sia la tua signora, Rome? Non ho ancora sentito un buon argomento per questo.»

«Non è ovvio?»

«Onestamente, no.»

Si grattò la barba sulla mascella con le dita. «Forse perché tutto questo è fottutamente nuovo per me, Maddie. Non so come comportarmi. Non so cosa fare. Non so nemmeno cosa cazzo dire. Ti ho già fatto incazzare di brutto quando ho scambiato parole con il tuo capo stronzo. Sto cercando di non fare di nuovo una cazzata.»

«La risposta non deve essere complicata.»

«Non essere complicata? A me sembra proprio di sì.»

«Intendi, capire cosa dirmi?»

«No, questa... roba di relazioni. È peggio quando stai rendendo piuttosto dannatamente chiaro che non provi le stesse cose per me.»

La sua testa sobbalzò all'indietro. «Cosa? Come fai a sapere cosa provo?»

«Suppongo, perché non hai detto un cazzo.»

Le sue sopracciglia si inarcarono. «Hai chiesto?»

Strinse le labbra così forte da farle diventare una linea sottile.

Lei sospirò. «Sì, ero incazzata con te, Rome. Ma nel profondo, se non provassi niente per te, entrambi non saremmo seduti qui adesso ad avere questa discussione. Nessuno—e intendo *nessuno*—potrebbe costringerci a fare qualcosa che non vogliamo fare. Sei d'accordo?»

«Hai continuato a dire che sono stato costretto.»

«Perché stiamo parlando del mio futuro. Anche del tuo. Voglio essere sicura che sia quello che vuoi.»

«Ma ora sei sicura.» Strano come non l'avesse formulata come una domanda.

Lei rise piano. «Guarda, tutta questa... situazione è stata confusa. Per me come per te. Tutto quello che so è che, nonostante fossi ferita e arrabbiata con te, mi sei comunque mancato.» Sorprendentemente, rivelarlo le tolse un peso dalle spalle.

«Sei scappata.»

«Il mio cuore soffriva per te,» ammise poi.

«Hai bloccato il mio dannato numero.»

Lei si strinse nelle spalle. «Allora, immagino di averti fatto un favore facendoci capire entrambi come sarebbero state le nostre vite senza l'altro.»

«Vero? Non mi è piaciuto. Non mi piace nemmeno aver bisogno di nessuno tanto quanto ho bisogno di te.»

Santo cielo. La voleva davvero.

Romeo. Il famigerato donnaiolo.

L'uomo noto per saltare da un letto all'altro per tutta la sua vita adulta aveva smesso di farlo dopo l'incontro casuale che avevano avuto in un chiosco di hamburger.

Aveva visto altri motociclisti ripulire le loro abitudini da segugio dopo aver incontrato 'quella giusta'. Era lei 'quella giusta' per Romeo?

Una risata imbarazzata le sfuggì dalle labbra. «Siamo un casino.»

«Non lo metto in dubbio.»

«Funzionerà davvero?» Aveva ancora qualche dubbio. Anzi, più di qualcuno. Lui era stato abitudinario per un dannato lungo periodo.

«Non sono sicuro.»

Almeno era onesto su quello. «Vale la pena provarci?»

Esitò prima di ammettere, «Non sarà facile.»

Certo che no. «Le nostre vite cambieranno completamente,» lo avvertì lei.

«Non completamente. Ma di sicuro sarà diverso.»

Di nuovo, non stava mentendo.

«Se costruiamo una base solida, possiamo crescere da lì.» *Santo cielo*, lo stavano davvero facendo? Romeo sarebbe diventato il suo signore? Lei sarebbe stata la sua signora?

Qualcosa che nessuno dei due voleva.

Fino ad ora.

«Maddie...» Le sollevò il mento e la costrinse a guardarlo direttamente negli occhi. «Voglio rendere questa fottuta cosa chiara, poi dobbiamo andare avanti. Lo faccio per una ragione e quella ragione sei tu. Non lo faccio perché sono costretto, lo faccio perché voglio. Non riesco più a vedermi con nessun'altra che te. Pensavo che quei figli di puttana mi avessero scombussolato il cervello quando mi hanno colpito alla testa, ma la verità è che mi ha fatto vedere le cose più chiaramente.»

Fissò l'uomo a pochi centimetri da lei. L'uomo a cui aveva dato la sua verginità tanto tempo fa. L'uomo a cui aveva dato il suo cuore più recentemente.

Il suo cuore e la sua testa forse non erano ancora del tutto in pace con tutto questo, ma finalmente erano in un solo posto.

«Questo mi ha colto di sorpresa,» sussurrò.

«Sì. Anche a me.»

«Non è così che immaginavo la direzione che avrebbe preso la mia vita.»

«Sì. Neanche io.»

«Non avrei mai pensato di finire con qualcuno come te.»

«Sì. Uguale.»

Gli afferrò la barba e la tirò. Abbassando la voce di un'ottava, fece eco, «Voglio che sia chiaro, cazzo, e poi basta, andiamo avanti. Lo sto facendo per un solo motivo, e quel motivo sei tu. Non perché qualcuno mi obbliga, ma perché lo voglio io. Non riesco più a immaginarmi con nessun'altra che non sia te.»

Quando lui aprì bocca, lei gli posò un dito sulle labbra e scosse la testa.

«Hai detto che era complicato, quindi lascia che te lo semplifichi io... Ti amo, Rome.»

Finalmente era uscito. Non poteva più tirarsi indietro.

«Sì...»

Trattenne il respiro, aspettando.

«Anche io.»

Lo rilasciò sollevata.

Forse non aveva pronunciato le parole esatte, ma non aveva bisogno di farlo. Perché lei lo sentiva invece, avvolgendola come un caldo abbraccio. Non voleva lasciar andare quella sensazione.

Come aveva fatto la sua vita a prendere una svolta così folle?

Oh... Lo sapeva.

Era tutto a causa dell'uomo sul sedile del passeggero.

Quello che baciò a lungo e con passione.

Quello che sussurrò promesse sulle sue labbra di tutte le cose che le avrebbe fatto, tutte le cose che si era persa, una volta tolti i suoi gessi.

Non vedeva l'ora.

Dopo la loro chiacchierata nel campo di tabacco, lei lo riportò al motel di Parsington. Una volta che lui prese le sue cose con il suo aiuto, mandò via Booger e tornarono a Manning Grove in un motel molto migliore.

Il Grove Inn, di proprietà dei Fury.

Gli disse che non avrebbe mai condiviso una stanza con gli scarafaggi dato che avevano ancora molto da discutere e sistemare tra loro prima che potessero essere prese decisioni importanti.

Lo aiutò a spogliarsi e a mettersi a letto. Una volta che lui fu comodo, lei si unì a lui indossando solo reggiseno e mutandine.

Anche se avevano molto da capire e un futuro da pianificare, lei finì per distrarsi dato che i gessi, i suoi tatuaggi e un paio di boxer aderenti erano tutto ciò che l'uomo indossava.

Sarebbe stata molto più felice se lui non fosse stato ingessato. O avesse avuto le costole rotte.

Anche lui.

Ma allora, non avrebbero parlato molto.

Gli si raggomitolò intorno a lui, facendo attenzione alle sue costole mentre lui lentamente le passava le dita tra i capelli sciolti.

Usando la punta di un dito, lentamente tracciò i suoi numerosi tatuaggi così come le linee dei suoi muscoli. Quando ebbe finito di esplorare, gli accarezzò la barba con il dorso delle dita. Sfiorandogli poi le labbra leggermente dischiuse con il pollice, il suo respiro caldo le sfiorò l'impronta digitale.

Le afferrò la mano per fermarla. «Mi stai facendo eccitare.»

Alzando la testa, vide che non stava mentendo. «Beh, è la prova che quello non è rotto.»

«Se si rompe quello, sparami.»

«Non credo che un pene rotto giustifichi l'eutanasia.»

«Cazzo se non lo fa. Sarebbe un modo umano per porre fine alla mia miseria.»

«Il sesso non è tutto.»

«Parla per te. Perché, per me, stare dentro di te lo è.»

Nascose il suo sorriso contro la sua pelle calda e scura. Quando finalmente riuscì a controllarlo, disse, «Non mi sarei mai aspettata che tu fossi così romantico.»

«Sorprende un sacco anche me.»

Roteò gli occhi. «So come liberarmi di quell'erezione.»

I suoi occhi si scaldarono. «Certo. Anch'io.» Lui trascinò l'impronta del pollice sulle labbra di lei nello stesso modo in cui lei aveva fatto con lui.

«Avevo un'altra idea.»

Si diede una pacca sulla coscia nuda. «Non mi dispiace stare sotto e lasciarti cavalcarmi come un toro meccanico.»

«Non era quello.»

Strinse le labbra, molto probabilmente cercando di

trovare un'altra idea che non gli peggiorasse troppo le costole. Sfortunatamente, quelle opzioni erano limitate.

«Segarmi?»

«Stavo pensando più a far sì che fossimo entrambi sulla stessa pagina.»

«Non suona bene come se tu mi segassi.»

«Fattela andare bene.»

Rise piano. «Non fare la sfacciata con me, donna. O il tuo signore dovrà darti una lezione.»

«Non sei ancora il mio signore.» Gli diede un leggero morso giocoso al capezzolo, facendolo sobbalzare.

Lui gemette, «Cazzo. Non ha aiutato le mie costole.»

«Cosa pensi che succederà se ti faccio un pompino o ti sego? O ti cavalco come un toro meccanico?»

«Questa fottuta merda fa schifo. Solo per questo motivo, Smith deve...»

Il suo polso accelerò. «Deve cosa?»

«Niente.»

«Quello è uno degli argomenti di cui voglio discutere. Abbiamo bisogno di completa onestà tra noi. Nessun segreto.»

«Maddie, ci sono cose che succederanno nella mia vita che tu non hai bisogno di sapere. Meglio per te. Meglio per tutti quelli coinvolti.»

«Gli affari del club non sono affari miei, non è vero?»

«Sai come funziona e non fare finta di no.»

«Guarda cosa è successo l'ultima volta che lo hai affrontato,» gli ricordò inutilmente.

«E questo deve essere affrontato.»

«Qui stiamo parlando della *Mafia*, Rome. Non è un gruppo di delinquenti giovanili che imbrattano il muro del Dirty Dick's.»

«So chi cazzo sono, donna. So di cosa sono capaci. Mettiamolo in chiaro, non puoi mettere in discussione le mie azioni. Sono il dannato presidente dei Knights e devi ricordartelo. Ci saranno azioni che dovranno essere prese che non ti piaceranno. In sintesi, non hai voce in capitolo sugli affari del club. Se questo sarà un problema, allora avremo un problema.»

«Roger non aveva niente a che fare con gli affari del club,» gli ricordò. «Riguardava me. Questo significa che dovrei avere voce in capitolo se stai pianificando una qualche sorta di vendetta.»

«Maddie...»

«Non voglio che tu ti faccia di nuovo male o che tu venga ucciso. Non voglio che tu mi renda vedova prima ancora di farmi tua moglie.»

La sua fronte si abbassò. «Pensi che non sappia come gestire i miei affari?»

«Beh... Se vogliamo andare lì...»

«Gesù Cristo,» mormorò lui.

Si stava incazzando e questo non stava portando da nessuna parte. «Pensavo che fossimo qui per chiarire le cose?»

«Ho accettato solo per farti spogliare e metterti a letto.»

Capitolo Quarantadue

Maddie si mise seduta. «Se è quello che—»

Romeo le afferrò il polso e la tirò giù accanto a sé. «Perché non parliamo prima, e poi passiamo a un bel po' di... cose che non richiedono parole?»

«Perché le nostre bocche saranno occupate? Scommetto che cavalcarti in faccia non ti rovinerà le costole.»

La sua rabbia si dissipò rapidamente e le sue labbra si curvarono in un sorriso. «Cazzo sì. Vuoi fare pratica prima? Mi manca il sapore della tua figa.»

Quella stessa figa si strinse al ricordo di tutte le volte che lui l'aveva fatta venire usando solo la sua bocca molto abile. «Sai come farmi perdere la testa e dopo non sarò in grado di pensare lucidamente, quindi possiamo affrontare prima questa conversazione?»

«Se dobbiamo,» mormorò.

«Sì, dobbiamo perché ho bisogno di sapere dove andiamo da qui. Ho bisogno di un posto. Ho bisogno di un lavoro. E, francamente, ho bisogno... di te.»

«Mi hai—»

«Intero,» aggiunse.

«Ho anche un posto, quindi è coperto. Quella è la base di cui hai parlato. Lavoreremo sul resto.»

«Sembra che ti aspetti che io venga a vivere con te dietro il Dick's.»

«Per ora, finché non trovo un posto migliore.»

«Ho voce in capitolo su dove vivremo?» gli chiese.

«Finché è nel territorio dei Knights.»

Poteva lavorare su quello. Sarebbe stato anche bello vivere vicino a Zeke, così come di nuovo a Gabi dato che erano le sue due amiche più care dopo la sorella minore Josie.

«Il problema successivo è la mia situazione lavorativa. E non osare dirmi che essendo la tua signora non dovrò lavorare. O che posso lavorare in una delle attività dei Knights. Ho lavorato duramente e a lungo per ottenere la mia licenza come fisioterapista sportiva. Questo è quello che voglio fare, Rome. Questo non è negoziabile.»

«Tutto è negoziabile.»

«Questo no.» Sospirò a lungo e ad alta voce. «Capisco che il tuo cuore fosse al posto giusto quando hai affrontato Roger, ma non ci hai pensato bene.»

«Non lo negherò.»

«Se torno nella zona di Pittsburgh, questo limiterà le mie possibilità di fare ciò che amo e realizzare il mio sogno, specialmente se sarò messa sulla lista nera dalle squadre di Pittsburgh. Possibilmente anche l'intero settore. Nessuno si affretta ad assumermi, Rome. Diavolo, non riesco nemmeno a ottenere un colloquio.»

«Risolverò la cosa per te.»

Lui stava per fare cosa? Lei gemette. «Hai intenzione di sistemarlo per me? Non sono sicura che mi piaccia questa risposta.» Agitò una mano lungo il suo corpo. «Guarda cosa è successo l'ultima volta. Sono disoccupata e ti hanno fatto il culo.»

«Che cazzo,» mormorò. «Quante fottute volte devo dirlo? Solo perché sono stato preso in un'imboscata e in inferiorità numerica. Nel fottuto buio.»

Ragazzi, qualcuno era suscettibile a quell'argomento. «Okay, allora spiega... come hai intenzione di sistemarlo per me?»

«Ricordi quando ho detto che ci saranno delle merde che non hai bisogno di sapere? Questa è una di quelle.»

Il suo stomaco si contorse. «Rome...»

«Maddie, lascia che me ne occupi io. Ho bisogno che tu ti fidi di me. Questa merda non funzionerà tra noi se non lo fai. Sistemerò quello che ho rovinato. Te lo devo e mi assicurerò che tu ottenga quello che ti è dovuto.»

Proprio in quel momento, si rese conto che lui avrebbe fatto quello che aveva intenzione di fare, non importa quello che lei diceva. «Almeno promettimi che non ti farai uccidere?»

«Non mi farò uccidere. Abbiamo finito di parlare?»

«Vuoi solo passare alla parte successiva.»

«Hai detto che volevi che fossi onesto, quindi ecco la mia onestà. Voglio che avvolga le tue labbra intorno al mio cazzo e smetta di sbatterle su cose che gestirò io.»

«Sento davvero l'amore,» disse seccamente.

«Quello che stai per fare non c'entra un cazzo con l'amore. Io che sistemo quello che ho rotto sì.»

Beh, allora... Immaginò che avessero finito di parlare. Per ora.

Si spostò sul letto finché la sua bocca non si trovò sopra il suo cazzo semi-duro. Lo vide indurire proprio davanti ai suoi occhi.

Entrambe le sue mani le affondarono nei capelli e lui sussurrò, «Cazzo sì.»

«Non ho ancora fatto niente.»

«Ma il mio cazzo sa cosa sta arrivando.»

«Tu?»

«Oh, sì. Poi sarà il tuo turno.»

A quanto pare dove c'era la volontà, c'era la via. Sperava solo che fargli un pompino non gli causasse più dolore di quanto valesse. Tuttavia, lui non aveva problemi a usare la bocca, quindi avrebbe potuto dirle di smettere se fosse diventato insopportabile.

Dopo avergli sfilato i boxer, gli strinse la base del pene con la mano. Poi abbassò la testa e lo prese in bocca il più profondamente possibile senza soffocare.

Mentre la sua testa e la sua mano si muovevano all'unisono, questo causò i più piccoli sussulti dei suoi fianchi. Se le sue costole fossero guarite, non aveva dubbi che lui si sarebbe spinto dentro di lei con forza in quel momento, molto probabilmente facendola vomitare.

Se era vero che non aveva avuto rapporti con nessun altro – a meno che non si fosse masturbato nel frattempo – non era venuto di recente. Sarebbe stato più che pronto e carico. O a esplodere.

Questo significava anche che non ci sarebbe voluto molto perché raggiungesse quel punto.

La presa sui suoi capelli si strinse. «Così. Più a fondo. Stringimi le palle.»

Gli tirò e gli massaggiò delicatamente il sacco morbido e delicato.

Dopo aver leccato la spessa cresta, trascinò la lingua all'indietro per succhiare la punta. Il sapore salato del suo liquido seminale le colpì le papille gustative prima che passasse a circondare la base della corona.

«Cazzo, donna,» gemette. «Prendimi a fondo.»

Lei lo ingoiò il più profondamente possibile. L'uomo non sarà enorme, ma di sicuro era grosso.

Dal modo in cui le sue dita si flettevano, sapeva che stava combattendo l'impulso di spingerle la testa in giù e impalarle la gola con il suo cazzo.

Era grata che avesse abbastanza controllo da non farlo.

Ma come aveva previsto, non ci volle molto perché Romeo raggiungesse il suo limite.

Non pochi minuti dopo, con un profondo grugnito, le sparò il suo seme in fondo alla gola e le ricoprì la lingua con il suo orgasmo. Lei lo tenne in bocca finché il suo cazzo smise di sussultare e i suoi muscoli si rilassarono, poi lo lasciò scivolare via lentamente.

La sua testa ricadde sul cuscino e tra respiri affannosi, ringhiò al soffitto, «Cazzo, donna... Voglio scoparti così tanto.»

Se qualcuno capiva la sua frustrazione, quella era lei in quel momento. Era fradicia e le sarebbe piaciuto potergli cavalcare i fianchi e montarlo finché non fosse venuta. Ma invece, avrebbe dovuto accontentarsi che lui usasse la bocca e le dita invece del suo cazzo.

Non aveva mai odiato Roger più di quel preciso momento. La sua unica consolazione era che Romeo gliela avrebbe fatta pagare per il danno che aveva causato. Sia a lei che a lui.

Si considerava una brava persona, sempre desiderosa di aiutare gli altri. Per rimanere fedele a sé stessa, avrebbe dovuto davvero scoraggiarlo dal vendicarsi del suo ex capo. Ma, *dannazione*, nel profondo, il pensiero che Roger ricevesse una preziosa lezione le dava una certa soddisfazione.

Forse vivere tra motociclisti tosti le aveva lasciato il segno e l'aveva resa più spietata di quanto avrebbe dovuto essere. O forse era semplicemente il fatto che Roger Smith si meritava tutto quello che gli stava per capitare.

Una bella fetta di karma servita dal suo futuro signore.

Sentirlo esigere, «Siediti sulla mia faccia,» la riportò dai suoi pensieri su quel coglione.

Fanculo Roger Smith.

L'unico uomo a cui avrebbe dovuto pensare in quel momento era quello sulla cui faccia stava per sedersi.

Forse non avevano ancora capito tutto tra loro e sapeva che la loro relazione non sarebbe stata facile, ma alla fine, era sicura che ne sarebbe valsa la pena.

Capitolo Quarantatré

«Lei sa dove sei?» gli chiese Shade.

«Cazzo no.»

«Glielo dirai?»

«Col cazzo,» ripeté Romeo.

Shade annuì. «Questa è una delle volte in cui non mi fregherà un cazzo che tu la tenga all'oscuro.»

«Felice di avere la tua approvazione,» disse seccamente. «Scommetto che non lo dirai nemmeno alla tua signora.» Quando Shade non rispose, Romeo continuò, «Immaginavo. Proprio come Chelle non sa che mi hai tenuto legato davanti a un forno per cani morti.»

«Ci saranno sempre segreti che ti porterai nella tomba,» disse Shade con tono pratico.

Romeo avrebbe scommesso le sue fottute palle che Shade ne avesse un sacco.

Ci erano voluti più di due mesi per arrivare al punto in cui i suoi lividi erano sbiaditi, le sue ossa rotte guarite e i suoi gessi rimossi.

La sua vita era praticamente tornata alla normalità. La sua nuova normalità, comunque.

Quella in cui Maddie ora viveva con lui a casa sua. Almeno finché non avesse trovato qualcosa di più grande e migliore. Un posto dove lei non si sarebbe lamentata ogni volta che saliva e scendeva le ripide scale – quella che lei chiamava una scala glorificata – fino al loro letto.

Aveva anche un posto fisso sul retro della sua moto. Era la prima e sarebbe stata l'ultima donna a sedersi lì.

Nonostante si fossero sistemati nella loro relazione, lei era stressata perché non le era ancora stata offerta un fottuto colloquio.

Odiava vederla così.

Tranne per la parte in cui si offriva volontario per aiutarla ad alleviare un po' del suo stress.

Un lato della sua bocca si sollevò.

«Eccolo.» La testa di Shade era girata mentre guardava fuori dal finestrino del passeggero.

Romeo strinse gli occhi, cercando di distinguere l'uomo in movimento. «Sei sicuro che sia lui?»

«Cazzo, dimmelo tu. Hai visto quel figlio di puttana di persona. Io no.»

Ma Romeo aveva mandato a Shade abbastanza foto di Roger Smith via messaggio che il membro dei Fury dai capelli lunghi avrebbe dovuto riconoscere l'ex capo stronzo di Maddie.

Shade ora sapeva anche tutto quello che Smith le aveva fatto, rendendolo ancora più motivato ad allearsi con Romeo per occuparsi di quel figlio di puttana. Entrambi avevano deciso di tenerlo nascosto ai loro club dato che questa punizione era puramente personale.

Magnum non aveva bisogno di sapere cosa stavano facendo. Né Judge né Trip.

Per tenersi le mani pulite, anche Maddie non aveva bisogno di conoscere i dettagli.

«Pronto?» chiese Shade.

«Sì. Non vedo l'ora,» gli mormorò, guardando Smith – o Russo o qualunque fosse il suo vero fottuto cognome – salire sulla sua costosa auto da fighetto. Non appena uscì dal parcheggio dell'attività di Smith, Shade mise in moto il furgone bianco anonimo con la targa falsa e lo seguì.

Il loro piano era semplice. Far sparire Smith.

Romeo poteva confermare che Shade aveva il modo perfetto per farlo. Dovevano solo portare Smith a Manning Grove senza farsi prendere lungo il tragitto.

Questa cosa doveva essere gestita nel modo più silenzioso e pulito possibile. Nessuna prova lasciata alle spalle se non un'auto sportiva abbandonata. L'ultima cosa che volevano era che i siciliani scoprissero cosa era successo a Smith o da chi. Poteva scatenare una guerra tra l'MC e la Mafia, e nessuno lo voleva. Era uno dei motivi per cui avevano lasciato le loro giacche a casa, dato che li avrebbero facilmente identificati.

L'obiettivo era anche tenere il suo culo fuori dalla prigione. Dubitava che gli sarebbero stati concessi colloqui coniugali, anche se Maddie fosse stata d'accordo.

«Sta svoltando a sinistra,» disse a Shade, come se il patrigno di Maddie non avesse due occhi perfettamente funzionanti nella sua testa incasinata.

Nessuna sorpresa quando Romeo non ottenne alcuna reazione da lui. Shade era un uomo di poche parole e aveva perfezionato la faccia da poker.

Seguirono quel figlio di puttana per due ore mentre sbrigava commissioni in luoghi molto pubblici. Romeo temeva che se una delle fermate di Smith non fosse stata in un buon punto per loro o se lo stronzo fosse tornato a casa prima che potessero intercettarlo, avrebbero dovuto interrompere la loro missione e rifare tutto un'altra notte.

Nessuno dei due voleva ripetersi. Volevano sbrigare quella fottuta merda. Stanotte. In questo modo potevano andare avanti con le loro vite e dimenticare che Smith fosse mai esistito.

La parte difficile di questo piano era non lasciare dietro di sé DNA, testimoni o prove video. Questa cosa doveva essere gestita con abilità. Seguirlo a casa e prendere il tipo dal suo vialetto o dalla sua casa sarebbe stato stupido dato che quel figlio di puttana probabilmente aveva un sistema di sicurezza con telecamere.

Mentre guardavano Smith gettare il bucato a secco nella sua auto, Shade disse, «Potremmo doverci creare la nostra opportunità.»

«Penso la stessa cosa. Hai qualche idea su come cazzo farlo?»

«Sì.»

Romeo aspettò che spiegasse e quando non lo fece, chiese con impazienza, «Vuoi condividere, cazzo?»

«Potremmo farlo uscire di strada, ma i danni e il trasferimento di vernice sarebbero prove. Dobbiamo lasciare la sua auto intatta e far sembrare che l'abbia abbandonata.»

Quella non era una fottuta soluzione. Forse Romeo doveva chiamare uno dei Shadows e chiedere consiglio. Se qualcuno avesse potuto far sparire qualcuno senza lasciare traccia, sarebbero stati gli uomini di Diesel. Avrebbero anche saputo una buona tecnica per isolare il loro bersaglio.

Ma, se si fosse potuto evitare, avrebbe preferito non condividere quello che sarebbe successo quella notte con nessuno.

«Non ho ancora sentito la tua idea.»

Romeo strinse i denti quando Shade rispose solo con un grugnito.

Il membro dei Fury tolse il piede dal pedale del freno del furgone e premette l'acceleratore per seguire la Porsche di Smith fuori dal centro commerciale, dove si trovava la lavanderia a secco, e sulla strada.

Conoscevano il suo indirizzo di casa, quindi non appena Smith svoltò su una strada che alla fine avrebbe portato al suo quartiere recintato – e sorvegliato – lo avvertì, «È meglio che tu metta in moto la tua cazzo di idea visto che sta tornando a casa.»

Naturalmente, solo il rumore del motore gli rispose.

Doveva fidarsi che Shade sapesse cosa cazzo stesse facendo.

Shade svoltò a destra così bruscamente che Romeo dovette aggrapparsi a qualcosa per non essere sbalzato contro la portiera del passeggero. Non avrebbe passato altre sei settimane ingessato.

«Smith sta andando dritto,» annunciò Romeo.

«Sì.»

Il membro dei Fury sfrecciò su una strada sconosciuta e buia tenendo d'occhio l'app GPS sul telefono attaccato al cruscotto in un supporto.

Passò un segnale di stop e frenò bruscamente in mezzo a un incrocio, quasi lanciando Romeo attraverso il parabrezza.

«Cazzo, avverti un fratello.» urlò Romeo. «Gesù, non voglio rovinarmi questa bella faccia.»

Shade si girò a guardarlo. «Esci.»

«Cosa?»

«Esci, vai a nasconderti sul lato della strada e quando lo stronzo si ferma, salta dentro e guideremo in un posto più isolato.»

«Poi cosa?»

«Non c'è tempo per fottute domande. I fari stanno arrivando.»

Romeo diede un'occhiata lungo la strada e vide un bagliore in lontananza. *Cazzo.*

In un lampo, si infilò i guanti di pelle, spalancò la portiera del furgone, saltò fuori e si nascose dietro un albero che di giorno non gli avrebbe mai nascosto il culo. Grazie al cielo si mimetizzò con la notte buia.

Con il cuore che gli batteva all'impazzata, sbirciò intorno al sottile tronco d'albero e seguì il veicolo in arrivo. Sperava dannatamente che Shade avesse scelto la strada trasversale giusta e che non fosse un automobilista qualsiasi ad avvicinarsi.

Una volta che il veicolo superò una piccola altura, la Porsche si fermò bruscamente, nonostante non ci fosse un segnale di stop. Il veicolo rimase lì per alcuni secondi prima che Smith suonasse il clacson, abbassasse il finestrino e cominciasse a imprecare contro Shade. «Togli quella ferraglia dalla strada!»

Era ora di muoversi. Romeo doveva entrare in quel veicolo prima che Smith mettesse la sua auto da fighetto in retromarcia e trovasse un percorso alternativo.

Non appena Smith ritrasse la testa nella sua auto, Romeo spalancò la portiera del passeggero e saltò dentro. «Guida.»

«Che diavolo? Tu! Non puoi fare sul serio! Esci subito dalla mia auto!» Mentre Smith allungava la mano verso il suo cellulare nella console centrale, Romeo lo afferrò per primo e se lo infilò nella tasca posteriore.

Mentre era lì dietro, estrasse la pistola dalla fondina infilata nella cintura nella parte bassa della schiena. Non perse tempo a premere l'estremità della canna sulla tempia di Smith per mostrare allo stronzo quanto fottutamente serio fosse.

Smith alzò entrambe le mani in segno di resa, supplicando, «Non spararmi.»

Prova che il narcisista non era altro che una fighetta sotto la superficie. Essere imparentato con i Russo non cambiava quel fatto.

«Guida, cazzo!» urlò Romeo e premette l'estremità della canna più forte contro il lato della sua testa, facendo trasalire Smith. «Ora, o ti spappolerò le fottute cervella su questa merda.»

Era tentato. Così fottutamente tentato.

Sparare a quel figlio di puttana sarebbe stato il modo più semplice per occuparsi di Smith, ma troppo disordinato. Non solo Romeo sarebbe stato coperto del DNA di Smith, ma avrebbe dovuto preoccuparsi dei residui di sparo.

Sarebbe stato troppo rischioso eliminarlo in quel modo. Ma questo non significava che il suo dito non accarezzasse il grilletto mentre quella fantasia si svolgeva.

«Guida!» urlò di nuovo.

«Non hai imparato la lezione la prima dannata volta?»

Che bastardo arrogante. «Ammetti di aver mandato i tuoi scagnozzi contro di me.»

«E lo farò di nuovo.»

«Ne dubito,» brontolò Romeo.

«Non sai con chi ti stai mettendo.»

Fanculo questo stronzo. «Sono abbastanza sicuro di sì. So che il tuo vero cognome non è Smith. So a chi sei collegato.»

«Allora hai delle palle a fare questo.»

«Le mie palle sono dannatamente belle, se devo dirlo. Ora smetti di sbattere le tue e guida.»

«E se non lo faccio?»

«Non farlo e scoprilo. Scelta tua.» Poi avvertì, «Scegli saggiamente.»

Smith sbatté la mano sul volante. «Non avrei mai dovuto

assumere quella stronza. Sapevo che era un guaio fin dall'inizio.»

«Non ricordo di averti chiesto la tua fottuta opinione. Ora... Guida!» abbaiò.

Con la mascella serrata e mormorando imprecazioni, Smith spinse la leva del cambio dalla folle alla prima marcia. Quando tolse il piede dalla frizione, l'auto sobbalzò in avanti.

«Segui quel furgone bianco,» ordinò Romeo, osservando attentamente le mani di Smith. Quel figlio di puttana poteva avere qualcosa addosso o nella macchina. Lui tenne la sua pistola puntata sulla tempia dell'uomo. «Meglio stare attenti alle buche.»

Il pomo d'Adamo di Smith si era appena mosso? Bene.

Fu una corsa scomoda di venti minuti. Per un po' si chiese se Shade si fosse perso. Il suo braccio si stava stancando a tenere la pistola ferma e la sua mano stava iniziando ad avere i crampi.

Quando Shade finalmente accostò il furgone, era su una strada sterrata in un campo di mais. Nessun lampione. Nessun traffico. E le piante di mais erano abbastanza alte da nascondere facilmente la Porsche.

Perfetto.

Forse doveva dare più credito a Shade che essere solo uno psicopatico. Era possibile che fosse anche intelligente. Romeo non si sarebbe fatto un'opinione definitiva sul suo futuro suocero finché non lo avesse conosciuto molto meglio.

«Metti il freno a mano e spegni questa merda.»

«Questa macchina non è una mer—»

«Non me ne frega un cazzo. Devo ricordarti che la tua misera opinione non conta. Su niente.»

«E adesso?» sbuffò Smith dopo che il motore si spense.

La portiera del guidatore fu strappata e uno Shade guantato allungò la mano, afferrò Smith e lo tirò fuori dal veicolo.

Il terreno non era lontano, ma comunque lo colpì duramente con un grugnito.

«Adesso questo, figlio di puttana!» urlò Romeo. Si infilò rapidamente la pistola, saltò fuori dalla Porsche e si unì a loro, dove Smith era ancora seduto per terra con Shade in piedi sopra di lui, un rotolo di nastro adesivo in mano.

Probabilmente teneva un'intera scatola di nastro adesivo in quel furgone.

Con un calcio alla schiena dell'ex capo di Maddie, Romeo lo spinse a faccia in giù nel fango, gli piantò un ginocchio nella schiena, ci caricò tutto il suo peso e gli tirò un braccio in una direzione in cui normalmente non andava.

«Che diavolo!» urlò Smith.

«Stai zitto,» ordinò Romeo a Smith prima di dire a Shade, «Lo tengo fermo, tu lo leghi.»

Con l'aiuto di Romeo, Shade fece in fretta a legare i polsi di Smith dietro la schiena e ad avvolgere nastro adesivo intorno alle sue caviglie.

«Ve ne pentirete!»

Avrebbero davvero dovuto imbavagliare quello stronzo. Romeo era stanco di sentire i suoi piagnucolii da femminuccia.

«Nah. Non credo.» Diede un'occhiata a Shade. «Tu sì?»

Se avesse battuto le palpebre, si sarebbe perso Shade che scuoteva la testa.

Romeo tirò l'uomo in piedi e lo spinse. Smith, incapace di usare le gambe, cadde in avanti e ancora una volta atterrò nel fango, incapace di attutire la caduta.

Che peccato.

«Lascia che ti aiuti ad alzarti.» Romeo afferrò il braccio di Smith e lo tirò di nuovo in piedi.

«Dovete lasciarmi andare!» Il panico di Smith era evidente nella sua voce.

Mentre Shade afferrava Smith per aiutarlo a portarlo al furgone, Romeo lo fermò con, «Aspetta un attimo, fratello.» Poi si mise di fronte a lui e gli tirò un pugno in pieno naso. Tanto per non farsi sporcare il DNA di Smith. Avrebbe dovuto bruciare i vestiti macchiati di sangue che indossava. «Questo è un messaggio dalla *stronza* che hai assunto.»

Smith si meritava davvero più di un semplice naso rotto, ma per ora doveva bastare. Quello che stava per arrivare sarebbe stato peggio di qualsiasi fottuta frattura.

«Va bene. Ora che è sistemato...»

«Prima di caricare questo figlio di puttana...» Shade porse una bandana e Romeo gliela strappò. «Non voglio sentire i suoi fottuti lamenti per le prossime tre ore.»

«Tre ore?» strillò Smith. «Dove mi state portando?»

Quando Romeo ebbe finito di legare la bandana intorno alla bocca di Smith, gli avvicinò la bocca all'orecchio e sussurrò, «Nelle fiammeggianti profondità dell'inferno.»

Epilogo

«Contento adesso?» chiese Romeo a Magnum. «Eri preoccupato di rovinare la nostra alleanza. Come il fatto che tu stai con Cait l'ha rafforzata con gli Angels, il fatto che io stia con Maddie la rafforza con i Fury. Siamo più vicini a essere a prova di proiettile. Prego.»

«Dannatamente fortunato che tu non ti sia ritrovato scuoiato, sfilettato e appeso a testa in giù per i tuoi piedi cenere,» brontolò il gigante.

«I miei piedi non sono cenere!»

«È questa la parte che ti preoccupa? Non essere scuoiato o sfilettato?»

«Diavolo no. Il mio futuro suocero mi ama.» Romeo sorrise.

Magnum sbuffò e scosse la testa. «A dopo, stronzo.» Con questo, il sergente d'armi dei Knights si diresse goffamente verso l'uscita.

Romeo lo guardò andare per alcuni secondi prima di afferrare una bottiglia sigillata di Jack Daniels da dietro il bar del Dick's e dirigersi attraverso la cucina per tornare a casa dalla sua donna.

Non sarebbe stata casa per molto. La stava passando a Bishop, il suo vice, e presto si sarebbero trasferiti in una casa più grande non lontano dal Dick's. Avevano trovato una casa con tre camere da letto, due bagni e un garage abbastanza grande per la sua moto e il suo SUV. Ancora meglio, non aveva delle dannate scale.

Aveva persino un cortile abbastanza grande per rilassarsi e fare barbecue. Proprio come un vero figlio di puttana domestico.

Girò la manopola per assicurarsi che la porta fosse chiusa a chiave – dato che era un requisito per la sua sicurezza e la sua sanità mentale – e fu sollevato di scoprire di aver bisogno della sua chiave per entrare.

Quando lo fece, trovò Maddie – ora ufficialmente la sua signora – raggomitolata sul divano con il suo portatile, molto probabilmente a setacciare offerte di lavoro e a inviare una fottuta montagna di curriculum.

Le aveva detto più volte di non farsi prendere dal panico per guadagnare qualcosa – ci pensava lui – ma lei era determinata a trovare un lavoro il prima possibile.

Alzò lo sguardo dal computer e gli fece un sorriso mentre lui si sfilava la giacca e la appendeva vicino alla porta. «Ehi, tesoro.»

Il suo sorriso si fece più grande mentre andava direttamente da lei, le prendeva il viso tra le mani, si chinava e le dava un bacio sulla bocca.

In realtà, ora era la *sua* bocca dato che gli apparteneva.

«Dovrebbe essere un preludio?» lo stuzzicò.

«Cosa, non ti ha fatto eccitare?»

«Labbra sbagliate,» gli consigliò lei.

«Mi occuperò di quel casino dopo.» Il suo sguardo cadde sul suo portatile. «Novità?»

Il suo sorriso svanì. «No.»

Lui diede un'occhiata al suo telefono, vide l'ora e mormorò una maledizione tra i denti. Ci mancava poco che se lo perdesse.

Afferrando il telecomando dal cuscino accanto a lei, cambiò rapidamente canale da un reality show che gli stava rammollendo il cervello con un branco di oche giulive a un'emittente locale che trasmetteva le notizie di Pittsburgh.

Il volto di Roger Smith era stampato sullo schermo con la didascalia, Nuova svolta nel caso di un uomo locale scomparso da un mese.

«Oh mio Dio!» urlò Maddie, chiudendo il portatile e sedendosi. «Alza il volume!»

Il giornalista dietro la scrivania aveva un'espressione seria. «L'imprenditore locale, Roger Smith, risulta ora scomparso da quasi quattro settimane. L'unico segno della scomparsa di Smith è la sua Porsche 911 trovata in un campo di mais a circa otto chilometri da casa sua. Con questo nuovo sviluppo, le forze dell'ordine ora definiscono la sua improvvisa scomparsa come un atto criminale.»

«Quale nuovo sviluppo?» urlò Maddie alla TV.

Romeo si lasciò cadere sul divano accanto a lei, stappò il whisky e ne trangugiò una generosa sorsata.

Come se il giornalista avesse sentito la domanda di Maddie, rispose, «Diverse fonti ci dicono che Roger Smith è un alias e che ha legami con la famiglia criminale Russo.»

Maddie si voltò verso di lui con gli occhi spalancati mentre il telegiornale continuava a parlare in sottofondo.

«La polizia sta cercando qualsiasi soffiata dal pubblico. Se avete visto Roger Smith o conoscete il suo luogo di residenza, contattate il numero verde sullo schermo.»

Garantito, Romeo non avrebbe chiamato quel numero gratuito.

Con la mascella cadente, chiese, «Mi chiedo come i media abbiano scoperto quella connessione?»

Romeo si strinse nelle spalle. «Non ho idea. Potrebbe essere un bene per te, però. La sua parola ora non vale un cazzo.»

Lo guardò con gli occhi sgranati. «Cosa hai fatto?»

«Non ho fatto un cazzo.»

«Rome...»

«Senti, donna, non fare fottute domande di cui non vuoi le risposte. Ti ho detto che mi sarei fatto perdonare—»

Le sue labbra si appiattirono. «Quindi, ci hai messo le mani in pasta.»

Non solo con la sua 'scomparsa', ma anche con la fuga di notizie ai media. «Il karma può essere una stronza indipendente.»

«Il karma per caso è un motociclista nero alto un metro e ottantacinque?»

«Non posso confermare.»

Gli diede una gomitata sul bicipite. «Rome!»

Lui si strinse di nuovo nelle spalle e bevve un altro sorso di Jack prima di offrirle la bottiglia. Lei scosse la testa, rifiutandola.

«Tutto quello che so è che, ora che il suo culo è stato smascherato per essere legato alla fottuta Mafia, quelle squadre professionistiche taglieranno i loro legami con lui il più velocemente possibile.»

Gli afferrò l'avambraccio e lo strinse. Lui dovette supporre con eccitazione. «Come lo sai?»

«Ipotesi colta.»

«Stronzate,» disse.

«Sei un sacco più intelligente di me, quindi scommetto

che puoi capire cosa significa tutta questa merda per te. Non sto dicendo che c'è la garanzia che uno di loro ti assumerà, ma almeno la sua opinione sarà considerata inutile.»

«E potrebbero darmi una possibilità equa.»

Potrebbero, ma lui temeva che lei si sarebbe fatta delle speranze per poi rimanere devastata quando non si fossero concretizzate. «Ti copro finanziariamente, quindi potresti riuscire a mettere piede in uno dei loro stage. Poi, una volta che si renderanno conto di quanto fottutamente preziosa sei—»

Gli sorrise. «Come hai fatto tu.»

«Vorranno assumerti a tempo indeterminato. Se non lo fanno, peggio per loro.» Come sarebbe stata una sua perdita se non l'avesse inseguita a Manning Grove.

Non aveva assolutamente nessun rimpianto di averla fatta diventare la sua signora.

Non era una stronza gelosa. Non era una stupida troia. Non strillava in continuazione. Era super reattiva a letto. Stava benissimo nuda. Ma, soprattutto, aveva occhi solo per lui.

Era quasi perfetta.

Lui? Non tanto. Aveva ottenuto la parte migliore dell'accordo rispetto a lei. Non lo avrebbe negato.

«Credo che dobbiamo festeggiare.»

Alzò il Jack Daniels. «Ecco perché l'ho portato.»

Lo guardò con gli occhi socchiusi. «Quindi, sapevi che avremmo avuto un motivo per festeggiare? O era un'altra ipotesi colta?»

«Ho una laurea in ipotesi.»

Con un leggero sbuffo, mise da parte il portatile, afferrò la bottiglia, diede un lungo sorso, poi la appoggiò sul tavolino prima di arrampicarsi sulle sue ginocchia, a cavalcioni.

Le piantò immediatamente le mani sul suo culo delizioso,

dato che quello era il posto migliore dove metterle, oltre alle sue tette.

Si dimenò sulle sue ginocchia. «Come fai a essere già duro?»

«Non ci vuole molto con te.»

Gli angoli delle sue labbra si contrassero. «Questo è il complimento più carino che abbia mai ricevuto.»

«Ne ho un sacco.»

Gli avvolse le braccia intorno al collo e incrociò il suo sguardo. «Fammi sentire qualcos'altro.»

«Le tue tette sono una fottuta bomba. La tua figa stretta crea dipendenza. La tua bocca sa farmi un pompino meglio di un'aspirapolvere.»

«È *moooooolto* più romantico di fiori o di una cena a lume di candela,» lo stuzzicò. «Aspetta un attimo! Come fai a sapere che la mia bocca è meglio di un'aspirapolvere?»

«Ti ho appena detto che ho una laurea in ipotesi.»

«Sembravi dannatamente sicuro di te.»

«Sicuro di un sacco di cose.»

Gli diede una leggera spinta sulla pancia. «Tipo cosa?»

Rilasciò a malincuore una delle sue natiche per prenderle il viso tra le mani. «Tipo quanto tu abbia reso la mia vita molto, molto meglio.»

«E?»

«Tipo che farei qualsiasi cosa per proteggerti e prendermi cura di te.»

Avvicinò l'orecchio. «E?»

«Quanto ti amo?»

Le sue sopracciglia si strinsero. «Perché l'hai fatta diventare una domanda?»

«Non è una domanda. È vero. Solo che non sapevo se fosse quello che volevi sentirti dire.»

Gli afferrò una manciata di barba e la tirò delicatamente. «Voglio sempre sentirlo.»

Non era la sola. Ma sapeva di non dirglielo abbastanza e doveva migliorare. Dirglielo non gli costava un cazzo e la rendeva felice.

E lui voleva solo che lei fosse felice e che non si pentisse mai di stare con lui.

«Chi l'avrebbe mai detto che la mia voglia di un hamburger e patatine fritte da Bangin' Burgers avrebbe cambiato la direzione della mia vita.»

«Devo ammettere che un Bangin' Burger ti cambia la vita.»

«Così come il 'karma' sotto forma di un grosso motociclista.»

«Il tuo grosso motociclista,» le ricordò.

Gli si avvicinò finché le labbra non sfiorarono le sue. «E credo che me lo terrò.»

Grazie al cielo.

Per rimanere aggiornati sul lavoro di Jeanne, iscrivetevi alla sua newsletter qui: (in inglese): https://www.authorjeannestjames.com

---

Down & Dirty: Zak

Benvenuti a Shadow Valley, dove regna il Dirty Angels MC. Preparatevi ad affrontare quest'avventura a muso duro... Questa è la storia di Zak.

Dopo aver trascorso gli ultimi dieci anni in prigione, Zak, ex presidente del Dirty Angels MC, ha alcune priorità: riconnettersi con i suoi "fratelli", ubriacarsi e scopare. Non necessariamente in quest'ordine. Quando vede una bellissima donna al club e la scambia per una delle spogliarelliste, quelle priorità diventano un po' confuse.

Sophie non ha idea di cosa sia successo alla sua vita. Un minuto prima è concentrata sull'apertura della sua pasticceria e quello dopo... sta consegnando una torta per una festa di bentornato al club motociclistico dei Dirty Angels per un membro che è appena uscito di prigione. Sophie non sa che quella torta le cambierà la vita, per non parlare del fatto che la renderà il bersaglio di un club rivale. In circostanze normali, Sophie non andrebbe mai con un uomo come Zak: un motociclista tatuato, ex detenuto e spaccone.

Quando una decennale guerra territoriale minaccia di separarli, Zak farà di tutto per non perdere Sophie, il suo club e mantenere la città al sicuro. Vengono da due mondi molto diversi, e dovranno scoprire se il gioco vale la candela.

Girate la pagina per leggere il primo capitolo di:
https://books2read.com/Zak-IT

Down & Dirty: Zak

Dirty Angels MC, libro 1

CAPITOLO UNO

Un ronzio acuto risuonò nell'aria. La serratura magnetica della porta si aprì e, con una spinta violenta, Zak uscì alla luce del sole.

Si fermò a nemmeno un metro e mezzo dall'edificio, allargò le narici e con gli occhi chiusi inspirò a pieni polmoni.

Il profumo della libertà.

Aprì gli occhi, girò sui talloni e alzò le braccia per fare il doppio dito medio agli agenti che lo guardavano dalle telecamere. Gettò la testa all'indietro e scoppiò a ridere.

Che si fottessero tutti.

Il suo respiro si condensò in una nuvoletta di vapore nell'aria gelida, e anche se non indossava la giacca, non gli importava.

La vita. Era. Bella.

Sentì il suono di un clacson e si voltò per vedere chi fosse. Sebbene non fosse chi sperava, aveva deciso che non si sarebbe lamentato. Un fratello era pur sempre un fratello, che fosse di sangue o meno.

Prese il sacchettino di oggetti personali nel punto in cui l'aveva lasciato cadere nella foga di mandare a fanculo le guardie e corse sul marciapiede dove lo aspettava l'auto del suo amico.

Diesel gli lanciò il suo gilet di pelle, oltre a una felpa con cappuccio. Dopo aver indossato la felpa sulla t-shirt, se la portò al naso e inalò.

Sì. Il suo giubbotto puzzava di pelle, fumo, alcol e figa. La miglior combinazione al mondo.

Gli stemmi erano sporchi e usurati, ma parlavano chiaro. Era un fottuto Dirty Angel, un *Angelo della strada*, e dopo dieci anni in galera, le cose non erano affatto cambiate.

Sarebbe tornato a casa. Per sempre. Perché aveva giurato a sé stesso che non sarebbe mai più tornato in quella gabbia di cemento.

Mai più.

Diesel, il Sicario del club, gli fece un enorme sorriso quando si strinsero le mani dandosi degli affettuosi colpi sul petto. "È bello rivederti, fratello."

Il sorriso di quell'uomo era contagioso. "Anche per me, fratello. Ne è passato di tempo, cazzo." Indicò la toppa da Sergente sul gilet dell'amico. "Vedo che non è cambiato niente. Te ne vai ancora in giro a spaccare teste?"

Diesel si limitò a brontolare e girò attorno al cofano dell'auto verso il lato del guidatore.

Zak aprì la portiera della classica Pontiac GTO - la nuova bimba di Diesel dopo la moto - e scivolò sul sedile, tenendosi il gilet in grembo come se fosse prezioso. Prima di entrare, Diesel scrollò un po' il suo, lo girò al rovescio e se lo fece scivolare di nuovo sulle spalle.

I Colori non andavano mai indossati in una "gabbia" come l'auto, per cui andavano indossati al rovescio. Perché il *Dirty Angel Motorcycle Club*, o DAMC era un dannato club motociclistico, non un club automobilistico. Bisognava sempre tenerlo a mente. Zak sorrise al ricordo di aver preso a calci in culo un potenziale cliente per aver mancato di rispetto al club: aveva indossato i colori del suo giubbotto mentre era in macchina.

Ah, che bei momenti.

Mentre l'omone usciva dal parcheggio, voltò la testa per scrutare Zak, ma lui non era dell'umore giusto per parlare del suo lungo soggiorno in carcere, perciò si limitò a dire: "Andiamocene da qui e basta."

"Mi sembra una buona idea. Comunque dobbiamo andare in chiesa, ti aspettano tutti per festeggiare il tuo ritorno a casa."

Zak lo guardò sorpreso. "Ah, sì?"

"Sì, cazzo. Vogliamo cantare il bentornato al nostro presidente."

Zak scosse la testa e si accigliò. "Non sono più presidente, D. Anche io ne sono consapevole."

Diesel grugnì, poi disse: "Le cose cambieranno," e subito dopo girò la chiave nel quadro.

Il rombo gutturale del grosso motore a blocchi era musica per le orecchie di Zak. Non vedeva l'ora di risentire la potenza della sua moto tra le cosce. Gli mancava.

Gli mancava guidare sulle strade aperte.

Gli mancava vivere secondo i suoi orari e non quelli delle guardie.

Eppure, anche in quelle condizioni, non gli era mancato essere il presidente del club e non sapeva nemmeno se volesse più quella seccatura. Per un po' avrebbe voluto godersi la libertà ritrovata, ed essere costantemente ingabbiato nella gestione del club avrebbe soffocato i suoi buoni propositi.

A ogni modo, mentre il suo sguardo scivolava su Diesel, pensò che non fosse il momento giusto per parlarne.

Dovevano andare a una festa.

Bere birra.

Lui aveva bisogno di riconnettersi con i fratelli.

E, ultima cosa ma non per importanza, doveva tornare a scopare un po'. Perché dieci anni erano stati decisamente troppo lunghi per continuare a farne a meno.

Per prima cosa, si sarebbe fatto un bel giro in moto una volta tornato al club. Poi, avrebbe sturato le tubature.

E se una donna non gli fosse bastata? Nessun problema.

***

QUANDO LA GTO di Diesel attraversò il cancello per arrivare nel parcheggio posteriore del club, Zak venne travolto da un senso di sollievo. Prese a respirare più tranquillamente e si sentì automaticamente tornare alla vecchia vita. Era a casa. A casa, cazzo.

Aveva notato che non c'erano né moto né auto parcheggiate davanti al lato pubblico del club, il *The Iron Horse Roadhouse*. Hawk doveva aver chiuso il bar in modo che tutti potessero partecipare alla grigliata organizzata sul retro, sul lato privato del club.

"Ho chiesto alle ragazze di pulire una delle stanze più grandi al piano di sopra, così stasera avrai un posto dove dormire. Resta quanto ti pare. Sai come funziona."

Zak non rispose, si limitò ad annuire, stupito nel vedere la quantità di veicoli che affollavano il retro.

C'era un'enorme affluenza, santo cielo.

L'ansia cominciò a tormentarlo, sentì lo stomaco in

subbuglio. Era stato via per un sacco di tempo. Un maledetto decennio. Fino a quel momento tutto sembrava come lo aveva lasciato, ma lui sapeva che c'erano stati dei cambiamenti, e si augurava in cuor suo che fossero stati positivi.

La vita del club non si era fermata ad aspettare che Zak finisse di scontare la sua pena. Strinse con le dita il gilet che gli giaceva in grembo.

Diesel parcheggiò di fronte all'ingresso posteriore del club, era quasi come se il posto gli fosse stato riservato, e spense l'auto, senza però muoversi per uscire.

Neanche Zak si mosse. Alzò lo sguardo per leggere il cartello sopra la porta di metallo grigio.

Dirty Angels MC.

Poi sotto, a caratteri più piccoli... *A muso duro, fino alla fine*[1].

Allargò le narici inspirando ossigeno a pieni polmoni.

Quella era la sua famiglia. Lo avrebbero accolto a braccia aperte.

O almeno, *loro* lo avrebbero fatto.

Suo padre e suo fratello, invece... Non ne era così sicuro.

Scacciò quel pensiero dalla mente e lanciò un'occhiata a Diesel prima di aprire la portiera e alzarsi dal sedile del passeggero. Non appena fu in piedi, si strinse nelle spalle.

Finalmente si ragionava. *Finalmente* era a casa.

Abbassò lo sguardo sul punto in cui mancava la toppa rettangolare. Era stata strappata dalla pelle del gilet, restavano solo alcuni fili penzolanti lasciati come promemoria.

Non era più presidente. Quella toppa la stava indossando qualcun altro.

Oltre al potere, Pierce aveva accettato anche il conseguente carico mentale.

Tuttavia, alcuni fratelli non erano stati entusiasti all'idea che Pierce prendesse le redini della situazione. Anche se erano tutti parte di una grande famiglia, Pierce non proveniva da nessuna delle due linee di sangue dei due fondatori del club, Doc e Bear.

Pierce, poi, non era sempre stato d'accordo sul fatto che tutti gli affari del club restassero puliti e legali. Tendeva a utilizzare le vecchie maniere.

Ma le vecchie maniere avevano mandato troppi in prigione. E quando un fratello era in prigione, significava meno soldi nelle casse. Un membro in meno che faceva il suo dovere, un membro in meno che aiutava con gli affari.

Non portava che problemi. In generale, non era un bene per il club. Non era un bene per i fratelli liberi, perché dovevano darsi da fare ancor di più per colmare le lacune finanziarie.

"Hai intenzione di startene lì impalato o alzerai il culo e verrai dentro?" lo punzecchiò Diesel, scuotendo mentalmente Zak per distrarlo da quei pensieri.

Zak gli fece un sorriso, si baciò la punta delle dita e poi scattò in piedi, indicando con la mano il cartello d'ingresso del club.

Era bello essere a casa.

Diesel grugnì, aprì la porta e spinse Zak oltre la soglia, verso l'interno buio.

Poi, si sollevò un boato assordante. Gli urli, le grida, i versi di spavento del gatto, i fischi, i "cazzo sì" si librarono nell'aria, mentre la folla faceva spazio a Zak dividendosi come il Mar Rosso. L'area comune era piena. I volti familiari diventavano sfocati mentre Zak si faceva strada fra loro ricevendo pacche sulla schiena, colpi sulle spalle e calorose strette agli avambracci. Cominciò a sentire il volto indolenzito per il sorriso che sfoggiava; non avrebbe potuto essere più grande, più largo.

Si fece strada verso il bar privato del club e fissò Hawk

che se ne stava dall'altro lato. Quell'uomo enorme aveva le braccia muscolose incrociate sul petto e un'espressione seria in volto. Zak pensò che non era cambiato di una virgola, era solo dieci anni più vecchio. Aveva solo qualche ruga agli angoli degli occhi marroni, i suoi capelli scuri erano acconciati in una cresta mohawk. Beh, neanche quella era cambiata. Aveva entrambi i lati della testa rasati e il cuoio capelluto ricoperto di tatuaggi.

Era il braccio destro di Zak.

O almeno, una volta lo era stato. Lo sguardo di Zak cadde sulla toppa rettangolare dell'uomo, e fu contento di vedere che era ancora vicepresidente.

Ma Zak lo sapeva già. Lo avevano tenuto al corrente di tutto per gran parte del tempo che aveva passato in segregazione presso il Penitenziario Statale nella contea di Fayette. Moltissimi fratelli avevano fatto a turno per andare a visitarlo, quando possibile. Non che Zak si aspettasse che lo facessero, ma aveva apprezzato il loro gesto.

Dovette fare un enorme sforzo per trattenersi dal saltare oltre il bancone e stringere quell'uomo, di soli due anni più grande di lui, in un abbraccio da orso. Qualunque cosa succedesse, Hawk gli copriva sempre le spalle.

Nella buona e nella cattiva sorte. Non erano fratelli di sangue, ma erano fratelli per scelta.

"Sei brutto come sempre, con questa cresta da idiota," ringhiò Zak. "Scommetto che i tuoi capelli sono più duri di quanto il tuo cazzo non sia mai stato."

"Mi si ammoscia al solo pensiero delle saponette che ti sono cadute nelle docce."

Zak si rese conto di quanto la stanza fosse silenziosa. Avevano tutti gli occhi puntati su di loro.

"Ehi, che cazzo bisogna fare qui per avere un dannato drink?" Hawk si afferrò il pacco. "Succhiamelo. Forse ora hai imparato a farlo. Magari sei diventato un professionista."

"Sei un coglione," borbottò Zak, sforzandosi per restare serio.

Izzy si avvicinò al bancone e si mise fra i due uomini che si stavano scherzosamente facendo gli occhiacci. "Ragazzi, insomma... Baciatevi e fatela finita. E poi portate a quell'uomo un dannato drink."

Gli occhi di Zak scivolarono su Isabella. "Accidenti, Izzy, sei davvero bellissima."

"Qualsiasi corpo dotato di figa probabilmente ti sembra bello in questo momento. Ma," mise entrambi i palmi sul bancone e si sporse verso Zak, "essermi sbarazzata di quel porco schifoso mi ha di certo aiutata." Sbatté un cicchetto sul bancone e sollevò un sopracciglio.

"Jack."

Izzy annuì, poi si voltò per afferrare un Jack Daniels dallo scaffale dietro il bancone. "Chiamami Bella, Zak. Sto cercando di cancellare tutto quello che mi fa ripensare a lui." Riempì il bicchiere di Zak con una doppia dose.

Lui alzò il bicchiere verso di lei per fare un brindisi. "Alla libertà... Per entrambi." Poi buttò giù il whisky. Zak sentì il bruciore dell'alcool in gola, e si godette quella bella sensazione. Era reale. Un promemoria del fatto che finalmente era libero e doveva tornare a godersi la vita.

"Amen," mormorò lei.

Era davvero carina. I lunghi capelli ondulati castano scuro le arrivavano quasi al sedere. I suoi occhi marroni sembravano diffidenti; comprensibile, dopo la storia con quella merda dell'ex marito. Anche se fuori faceva freddo, indossava una canotta nera attillata con la scritta DAMC che le avvolgeva gli ampi seni. Il tessuto lasciava intravedere le spalline del reggiseno rosa. Un'ampia cintura di pelle nera le cingeva la vita stretta e i fianchi... Accidenti, si erano allargati ed erano diventati perfetti. Ideali per essere afferrati mentre ti cavalca.

A ogni modo, nonostante quei pensieri, non se la sarebbe scopata neanche per sogno, per due ragioni. La prima era proprio l'uomo dietro di lei, che già lo stava fissando. La seconda era accanto a lui. Diesel. I due erano fratelli, veri fratelli. Entrambi erano cugini di Izzy e la tenevano d'occhio. *Molto attentamente.* Zak di certo non aveva bisogno di un doppio calcio in culo appena uscito di prigione.

"Lo so che sono passati dieci anni, ma non pensarci nemmeno," gli mormorò Diesel all'orecchio.

Zak sollevò entrambi i palmi in segno di resa. "Non oserei mai."

"Bene."

Sembravano essere protettivi come non mai, e la cosa non lo stupiva. Aveva sentito cosa le aveva fatto l'ex, perciò capiva se si mettevano sull'attenti quando un uomo mostrava interesse. Lei lavorava al *The Iron Horse*, però, e gli rimaneva difficile pensare che nessuno flirtasse con lei. Quelle curve erano maturate negli ultimi dieci anni, e Zak doveva ammettere che era bella da morire. Si chiese quanti coglioni Hawk e Diesel avessero preso a sberle a causa di quella bellezza.

Izzy si spostò lungo il bancone per parlare con qualcun altro e Hawk prese il suo posto, versando a Zak un altro Jack Daniels doppio, poi uno a Diesel e uno a sé stesso. Fecero tintinnare i cicchetti per il brindisi e se li scolarono tutti d'un fiato.

Zak sbatté il bicchierino sul bancone e si fece più serio. "Qualcuno ha visto mio padre o Axel?"

Non gli sfuggì il momento in cui gli occhi di Diesel e di Hawk si incontrarono, come per scambiarsi un messaggio silenzioso, poi abbassarono gli occhi e guardarono di nuovo Zak.

"Li abbiamo incrociati per strada, ma non ci abbiamo mai parlato per davvero."

"Immagino che non saranno qui stasera," disse Zak a bassa voce, cercando di nascondere la delusione, ma fallendo nel tentativo di cancellarla dal proprio tono di voce.

"Sai come ragionano quegli sbirri di merda, Zak," disse Jag, avvicinandosi dietro di lui e dandogli una pacca di benvenuto sulla schiena. "Se ne stanno per i fatti loro. Non vogliono sporcarsi le mani fraternizzando con noi."

Zak si voltò verso suo cugino, e si strinsero le mani come per fare a braccio di ferro, poi si diedero una spallata affettuosa.

Jag borbottò: "Che si fottano," e avvolse le braccia muscolose intorno a Zak per stringerlo forte.

Zak notò un accenno di lacrime nel suo parente di sangue e negli occhi del presidente del club.

Nah. Di sicuro si stava sbagliando.

I Dirty Angels non piangevano mai. Anche quando gli scappava una lacrima.

E se succedeva, nessuno se ne accorgeva o ne parlava. Mai.

Una volta, un potenziale cliente aveva preso in giro un membro che si era emozionato e poi era magicamente scomparso. Proprio così.

Puff.

A ogni modo, era passato un sacco di tempo.

Persino i membri più duri del club versavano una lacrima di tanto in tanto. Ma, ancora una volta, in qualche modo nessuno se n'era mai accorto.

"Zio Mitch e tuo fratello si sono fatti vedere poco. Quando quei maiali degli sbirri si presentano qui, per qualsiasi motivo ritengano 'necessario', di solito mandano altri al posto loro. E da quello che ho sentito, tengono Jayde alle strette da quando è tornata a casa dal college. Non vogliono che si avvicini al club o a nessuno di noi, sporchi bastardi."

"E non hanno tutti i torti," scherzò Zak. O meglio, ci provò. La sua sorellina gli mancava. L'ultima volta che l'aveva vista aveva circa quattordici anni. Sua madre e lei si erano sedute in fondo all'aula per la sua condanna e, una volta finita l'udienza, lui si era voltato a guardarle, e loro erano andate via. Scomparse. Probabilmente era stata una scena troppo dura da sopportare.

Perciò non le biasimava, anzi cercava di non prendere sul serio il fatto che nessuno dei suoi parenti stretti gli avesse mai fatto visita nemmeno una volta mentre era a Fayette. Capiva il loro desiderio di tenere le loro vite separate.

Il nonno, però, si sarebbe incazzato se fosse stato ancora vivo. Aveva sempre messo anima e corpo nel club.

Merda.

Era il momento di festeggiare, non di diventare cupo.

Zak si schiarì la voce e disse: "Sono orgoglioso di te, per il fatto di essere stato votato Capitano della Roadhouse."

Jag abbassò la testa interrompendo il contatto visivo e mormorò: "Ma figurati, per così poco. Qualcuno doveva pur farsi avanti."

"Sono contento che sia stato tu a farlo."

Improvvisamente, qualcuno gli diede un colpo da dietro. Poi un altro. Si voltò e vide Ace, il padre di Diesel e Hawk, e Dex, il loro cugino e fratello di Izzy.

"Porca puttana, ragazzo, ti trovo in forma," borbottò Ace. "Vieni qua, stronzo."

Ace prese Zak tra le braccia e lo strinse forte, quasi impedendogli di respirare, ma prima di lasciarlo andare gli mormorò all'orecchio: "Cazzo, menomale che sei fuori. Dobbiamo rimettere questo club in carreggiata."

Zak notò la sua espressione sorpresa e si voltò verso Dex, che gli sorrise e disse: "Porca troia, fratello. Ci sei mancato tantissimo."

Zak strinse le labbra e annuì. Sentiva come un nodo in gola, la sensazione che si prova quando si reprimono le lacrime, e sbatté le palpebre più volte per scacciare ogni accenno di debolezza.

Per distrarsi da quelle emozioni, indicò la toppa di Ace con su scritto Tesoriere e gridò: "Voi stronzi vi fidate ancora di dare i vostri soldi a questo tipo?"

Una fragorosa risata riempì la stanza. Poi si girò verso Dex e indicò la sua toppa. "Segretario? Chi ha insegnato a Dex a leggere e a scrivere?"

Dex rise, gli diede un leggero pugno sulla schiena e afferrò il bicchiere che Izzy gli aveva riempito. Lo sollevò verso Zak come per fare un brindisi e poi se lo scolò.

Ace afferrò il braccio di Zak e lo tirò di lato, avvicinandosi e dicendogli: "Ho lasciato un messaggio sul telefono di tuo padre per fargli sapere che oggi saresti tornato a casa." Ace scosse la testa, abbassando il viso. "Mi dispiace, figliolo. Non ho ricevuto nessuna risposta."

"C'era da aspettarselo," gli rispose Zak, che poi gli rivolse un mezzo sorriso rassicurante. "Comunque grazie per averci provato."

Poi una voce tonante si levò dalla folla. "Levatevi dalle palle."

Grizz.

Dannazione. Sarebbe stato ancora più difficile nascondere le emozioni, quando il vecchio Grizz lo avrebbe raggiunto. La folla lo fece passare e Grizz si fermò a circa due metri da Zak, squadrandolo dalla testa ai piedi.

"Ti vedo in forma, giovanotto," gli disse Grizz ripetendo le parole di Ace.

"Ovvio," rispose Zak. "Era quasi un hotel a cinque stelle. Non potevo chiedere una vacanza migliore."

"Ragazzo, vieni a dare un abbraccio a questo vecchio orso." Con quelle parole, aprì le sue grosse braccia e Zak, con un sorriso, vi si rifugiò. "Cazzo," borbottò Grizzly, tirando su col naso.

"Non cominciare," lo avvertì Zak piano. "Se cominci sono spacciato anch'io."

Grizz annuì e poi mollò la presa. Zak ritrovò il suo equilibrio prima di affrontare quell'uomo più anziano, che era come un nonno per lui. Diamine, era come un nonno per la maggior parte dei membri del club. Era lì da sempre. Zak non aveva memoria del club senza di lui. La sua barba era più lunga, più disordinata e decisamente più grigia del giorno in cui Zak era stato rinchiuso. Ma i suoi occhi azzurri scintillavano. Era ancora vispo come un grillo.

"Dieci anni di galera, figliolo. Ti sei guadagnato le ali. Dirò alla mia vecchia signora di cucirtele sul gilet, e a Crow di aggiungerle ai tuoi tatuaggi."

Zak annuì per evitare di contraddirlo, ma in realtà le ali non le voleva. Né sul gilet, né sul corpo, né da nessun'altra parte. Non era orgoglioso di essere un detenuto. Un criminale.

Un avanzo di galera.

E non aveva nemmeno bisogno di qualcuno che glielo ricordasse continuamente, ma si tenne tutti quei pensieri per sé.

"Bene, basta con questi abbracci sdolcinati. È ora di divertirsi come dei veri uomini. La brace è accesa, il maiale è in cottura, e c'è un sacco di figa per tutti. Anche per te, Zak."

Zak si voltò verso il bancone e vide Pierce, il presidente

del club, in piedi sulla superficie lucida. Torreggiava su tutta la folla. Il suo annuncio fu seguito da un grido collettivo e tutti iniziarono a uscire dalla porta laterale del cortile per dirigersi verso un padiglione all'aperto, con tavoli da picnic e tutta la roba necessaria per dei festeggiamenti degni del club.

Altre persone gli diedero una pacca sulla spalla mentre gli passavano accanto. Alcuni li conosceva. Altri no. Alcuni, sia uomini che donne, indossavano dei gilet.

Molte erano le mogli dei membri.

Si chiese quanti avessero una donna, o meglio, la loro palla al piede.

Appena uscito di prigione, Zak si era ripromesso di non farsi ingabbiare da nessun bocconcino, né di farsi incastrare da un bel culo. Quando avrebbe fatto abbastanza caldo per uscire con la moto, non voleva nessuna donna aggrappata a lui. Avrebbe avuto un sacco di tempo per quel tipo di cose.

Per il momento... si sarebbe semplicemente goduto la vita.

Ma prima si sarebbe preso una bella sbronza. Poi si sarebbe fatto una bella scopata. O viceversa.

Zak emise un urlo e si buttò nella mischia.

Acquistalo qui: https://books2read.com/Zak-IT

---

1. Traduzione italiana scelta per "Down & Dirty 'til Dead" [N.d.T]

Se ti è piaciuto questo libro

Grazie per aver aver letto il mio libro! Se questa storia ti ha appassionato, per favore fallo sapere ad altre lettrici e altri lettori scrivendo una recensione sul sito dove hai acquistato il libro e/o su Goodreads. Le recensioni sono sempre bene accette e anche solo un paio di righe possono dare un grande aiuto per una scrittrice indipendente come me!

Libri disponibili in italiano

Made Maleen: Una fiaba in chiave moderna
Cicatrici
Riaccendere Chase
Tutto di Te: Una storia d'amore gay di seconda possibilità
Magnum: Un crossover Dark Knights MC/Dirty Angels MC
Romeo: Un crossover Dark Knights MC/Blood Fury MC

FRATELLI IN DIVISA:
Fratelli in divisa: Max (libro 1)
Fratelli in divisa: Marc (libro 2)
Fratelli in divisa: Matt (libro 3)
- Include Teddy: il capitolo finale (libro 3.5)
Fratelli in divisa: Natale dai Bryson (libro 4)

LA SERIE DI NOVELLE OSSESSIONATI:
Eternamente Lui
Solamente Lui
Necessariamente Lui
Pazzamente Lei

Informazioni sull'autore

Jeanne St. James ha pubblicato per USA Today e Amazon romanzi rosa che hanno avuto successo internazionale. Ama scrivere storie d'amore incentrate su donne dal carattere forte e uomini a cui piace dominare. Scrive da quando aveva tredici anni e ad oggi ha al suo attivo quasi sessanta romanzi di ambientazione contemporanea. Le trame dei suoi libri vertono su rapporti eterosessuali, rapporti omosessuali tra uomini e *ménages à trois* in cui sono coinvolti due uomini e una donna, e hanno per protagonisti personaggi di diverse provenienze. Sotto lo pseudonimo di J.J. Masters, Jeanne scrive anche storie d'amore omosessuali di ambientazione fantasy.

Per restare aggiornati sulle frequenti uscite dei suoi nuovi lavori, collegatevi al sito www.jeannestjames.com o iscrivitevi alla newsletter: https://www.authorjeannestjames.com (in inglese).

www.jeannestjames.com

Newsletter: http://www.jeannestjames.com/newslettersignup
Gruppo Facebook di lettrici e lettori: https://www.facebook.com/groups/JeannesReviewCrew/

facebook.com/JeanneStJamesAuthor

instagram.com/JeanneStJames

goodreads.com/JeanneStJames

Anche da Jeanne St. James (in inglese)

Trovate il mio ordine di lettura completo qui:

https://www.jeannestjames.com/reading-order

<u>LIBRI INDIVIDUALI</u>

<u>Made Maleen: A Modern Twist on a Fairy Tale</u>

<u>Damaged</u>

<u>Rip Cord: The Complete Trilogy</u>

Everything About You (A Second Chance Gay Romance)

Reigniting Chase (An M/M Standalone)

<u>Brothers in Blue Series</u>

<u>The Dare Ménage Series</u>

<u>The Obsessed Novellas</u>

<u>Down & Dirty: Dirty Angels MC Series®</u>

<u>Crossing the Line: A DAMC/Blue Avengers MC Crossover</u>

<u>Magnum: A Dark Knights MC/Dirty Angels MC Crossover</u>

Crash: A Dirty Angels MC/Blood Fury MC Crossover

<u>In the Shadows Security Series</u>

<u>Blood & Bones: Blood Fury MC®</u>

Beyond the Badge: Blue Avengers MC™